Universale Econ

STEFANO BENNI
ELIANTO

f
Feltrinelli

© Giangiacomo Feltrinelli Editore Milano
Prima edizione ne "I Narratori" gennaio 1996
Prima edizione nell'"Universale Economica" maggio 1998
Sesta edizione marzo 2002

ISBN 88-07-81493-5

A Grazia Cherchi
un'amica che non c'è più
e che fino all'ultimo
mi è stata vicina in questo libro
come in tutti i miei libri
con i suoi consigli, la sua allegria, la sua intelligenza.

Ma che paese è questo dove gli unici che
hanno ancora qualche speranza vengono
chiamati disperati?

Ci fu una grande battaglia di idee e alla fine
non ci furono né vincitori, né vinti, né idee.

GRANDI
PASCOLI,
SOLITO
(PURGATORIO)

ZOO
FANTASMA

DESERTO
FREDDO

YAMSERIUS

TRUPPE
ORONE

NEIKOS

PERSEFONE

IUM

LABORATORIO
DI
ERMETE

TRUPPE
ARGENTONE

WARMARKET

SIRIO

LA
CILLA

SOLE

DISCONTINUITÀ
DI GUTENBERG,
INGORGO
(INFERNO)

TRONCO
DEL
CASTAGNO

RUZZIER

Parte prima

LA MAPPA MAGICA

PROLOGO

C'era un gran rumore negli universi. Generazioni di stelle nascevano e morivano sotto lo sguardo di telescopi assuefatti, fortune elettromagnetiche venivano dissipate in un attimo, sorgevano imperi d'elio e svanivano civiltà molecolari, gang di gas sovreccitati seminavano il panico, le galassie fuggivano rombando dal loro luogo d'origine, i buchi neri tracannavano energia e da bolle frattali nascevano universi dissidenti, ognuno con legislazione fisica autonoma.

Ovunque si udiva il grido angoscioso di schegge, brandelli, filamenti, scampoli, frattaglie chimiche e asteroidi nomadi che cercavano invano l'intero a cui erano uniti fino all'istante prima. Era un coro di orfani e profughi spaziali, in fuga verso il nulla con un muggito di mandria terrorizzata.

Fu in questo scenario di divorzio universale che un giovane ardito atomo di ossigeno si slanciò dal trapezio della vecchia molecola per volare verso un nuovo trapezio, dove lo attendeva un atomo di idrogeno per una nuova eccitante combinazione. Ma, dopo un triplo salto mortale, l'atomo acrobata mancò per un nonnulla le braccia protese dell'idrogeno-porteur, e precipitò nel vuoto sidereo con un urlo angoscioso.

L'atomo di ossigeno era il nipotino preferito di una gigantesca stella Supernova che, impazzita per il dolore, puntò la sua massa contro una piccola galassia lenticolare, e già si attendeva il lampo e lo schianto di un miliardo di stelline, quando improvvisamente si fece un gran silenzio.

Tutto nei cieli si fermò.

Tutto, a eccezione di un leggero brivido nella periferia di una galassia situata più o meno nella Zolla delle Due Orse. Qui c'era un pianetucolo orbitante insieme a otto compari attorno a una stella di media grandezza. Detto pianetucolo aveva un satellite naturale e migliaia di satelliti succedanei: biglie aculeate, bozzoli stronziformi e barattoli imbandierati lanciati in orbita per chissà quale rito o mania. Questo satellite naturale, pallido e foruncoloso, che nella lingua planetoide è detto "Luna" (Liu-nah), un tempo ispiratore di grandi afflati e imprese spaziali, era rapidamente tornato al suo ruolo di fondale per effusioni. Purtuttavia, per senso del dovere e in ossequio agli equilibri gravitazionali, anche quel giorno arrancava faticosamente sul rettilineo un po' sghembo della sua orbita, verso una particolare posizione che raggiungeva all'incirca una volta al mese, e di cui andava orgoglioso.

In questa posizione il satellite, che era buio e spento, riceveva in pieno i raggi della stella Sole (Shoo-leey) apparendo luminoso e splendente. Rimandava quindi sul pianetucolo (Tee-rrah) la suddetta radiazione spacciandola per roba sua. In tal modo i suoi grigi deserti e i miseri crateri apparivano quanto mai affascinanti.

Questa fase era detta del "faccione" o di luna piena. Al suo seducente verificarsi, dalla biosfera indigena del pianetucolo si levò un coro entusiasta: le rane gracidavano, i grilli vibravano, i mannari ululavano, i paranoici deliravano, i poeti versificavano, le lattughe incrementavano, le anguille emigravano. E crepitarono baci.

Ma l'effetto più importante di quell'attimo di pausa cosmica si verificò in un luogo collinare chiamato Villa Bacilla, vetusto edificio lattiginoso immerso in un boschetto di castagni, dotato di trecento posti letto, quasi tutti numerati e adibiti alla cura di persone che dovevano morire da parte di altre persone che dovevano a loro volta morire ma ci pensavano un po' meno.

Lungo il viale alberato della clinica scendeva un terrestre, l'operaio pneumomartellista Pendolo su una moto Gilera Carnera recante sul manubrio un totem di dodici fari cromati, e sul sellino posteriore sessanta chili di morosa abbarbicata. Accorgendosi di quel silenzio stregato, e della luce romantica che tutto inondava, il terrestre fu preso da subitaneo turbamento e fermò il motomezzo in apposita piazzola. Dopodiché spense i dodicimila watt e si volse verso il suo prezioso carico, l'infermiera Semprini Sofronia, da lui ritirata dopo il turno lavorativo. Colei lo attendeva con la bocca socchiusa in inequivocabile, consapevole approvazione di quella sosta nonché di ogni eventuale sviluppo o conseguenza. Le loro bocche si unirono, e qui avvenne il nuovo prodigio.

Il pneumomartellista Pendolo, a causa delle vibrazioni del suo lavoro, aveva i capelli costantemente ritti sul capo e lievemente ritorti, come mollette, o fusilli. L'unico modo di tenerli pettinati era una cazzuolata muratoriale di brillantina marca *Paluga Homme* la quale, alla terza spalmatura, componeva una banana di consistenza gommosa e di spettacolare lucentezza, un corno di tucano ad alto richiamo sessuale che a ogni bacio si faceva strada nella chioma di Sofronia con rumore simile a un crepitio elettrico.

Anche la bionda e folta capigliatura della donna era del tutto particolare. La giovanotta la teneva infatti compressa tutto il giorno in una retina, per non indorare cuscini e semolini di degenti. Ma a fine lavoro, la biondità sofronesca esplodeva come un fungo atomico, occupando lo spazio di tre capigliature normali. Solo la lacca *Paluga Femme*, sprayata in dosi da irrigazione agricola, poteva contenere l'acconciatura nei limiti di un metro cubo, permettendole di entrare in ascensore e di salire sul motorino senza dover portare il cartello "Convoglio speciale".

L'incontro tra la superbanana e il fungo, con relativi sughi annessi, diede il via a una reazione tricochimica folgorante. I due gel, unendosi ed eccitandosi per lo sfregamento, iniziarono a bollire e vaporizzare e ben presto sopra il bacio degli amanti prese forma un alone lattescente di venti metri di diametro, con distruzione totale della circostante fascia di ozono. In questo naturale tunnel luminoso si infilò il raggio lunare, triplicando di intensità, e abbattendosi sui muri di Villa Bacilla, nei pressi della camera ventisei.

Qui era ricoverato un ragazzo dagli occhi febbrili e dagli zigomi lustri di sudore, che si accorse del trionfo della luna piena pur senza vederla, perché la finestra era visivamente occupata da un castagno secolare. Il fenomeno gli fu segnalato da quello straordinario attimo di silenzio e dall'ombra che germinò sui muri della stanza. La luce lunare infatti proiettò, dapprima in un angolo, poi sulle pareti fino al soffitto, un fedele ritratto in bianco e nero della chioma dell'albero.

Questo spettacolo si ripeteva, ogni lunazione, per cinque notti e il ragazzo, di nome Elianto, aveva ormai imparato a riconoscere nel pulsare e fibrillare dei chiaroscuri di quell'ombra un evento quanto mai raro: e cioè la comparsa di una mappa nootica.

Ansiosamente cercò, nella trama dei territori, nelle venature dei fiumi e nelle spire delle montagne, il punto che cercava. Ormai il silenzio cosmico si stava incrinando, e nella camera tornavano i consueti rumori: frusciare d'acqua nelle tubature, ronzio di condizionatori, lamenti di malati, lontani refrain di autosnodati. Ma questa volta Elianto, sollevando con fatica la testa dal cuscino, le labbra riarse, la schiena dolente, vide con chiarezza il punto cercato, e cioè il punto *dove lui si trovava*, indispensabile per valutare la direzione, le distanze, e intraprendere il viaggio.

In quel momento la tregua cosmica cessò, preannunciata da un leggero tremito del bicchiere sul comodino. A milioni di anni-luce la Supernova aveva raso al suolo la galassia, provocando un cataclisma del tutto trascurabile e insignificante. E mentre le stelle nascevano e collassavano e i trapezi dondolavano e le galassie fuggivano rombando, Elianto contemplava l'unione tra le grandi e le piccole fatiche dell'universo.

Nella sua solitudine possedeva qualcosa che a pochi è concesso: una mappa nootica, la mappa degli otto Mondi Alterei, e per cinque notti essa sarebbe tornata a disegnarsi sui muri della stanza. Per trovare quella mappa, generazioni di astronomi, alchimisti, negromanti, sciamani, cacciatori di tesori, agenzie di viaggio, siderofili e paragnostici avevano invano speso la loro vita. Per comporla, l'universo si era fermato, la luna aveva catturato il tormento del sole rimandandolo placato, e l'albero aveva prestato i suoi rami secolari, e le foglie adolescenti. Il martellista e l'infermiera avevano unito i loro cuori e le loro lacche. E alla magia contribuiva, sia pure in minima parte, un lampione giallastro dell'illuminazione comunale che teneva dignitosamente il suo posto torturato dai pappataci e profanato da tripodi oltraggi canini. Tutto era stato fatto per lui, per lui solo. Così aguzzò lo sguardo e vide le figure che iniziavano a muoversi.

1.

PERSONAGGI E INTERPRETI

Dove sono i nostri personaggi, nel momento in cui inizia la storia e precisamente all'apparire della mappa nootica? Per questo ci servirebbe un'ora X, un sincrono convenzionale, una scaturigine. Si potrebbe scegliere il momento dell'impazzimento della Supernova, o il fatale bacio deozonizzatore, oppure potremmo coltamente usare termini quali "prima face" o "concubitum" o, più semplicemente, potremmo cominciare così: *in una sera d'aprile...*

Ma saremo precisi, e faremo riferimento all'orologio dell'infermiere di Villa Bacilla, Talete Fuschini: una gagliarda cipolla Zenith fine Ottocento, 15 rubis, bilanciere compensato e spirale Breguet. Alle 20.22 dell'ora Talete-Zenith, a pochi chilometri di distanza dalla clinica, nelle desolate vastità della periferia, gli intrepidi ragazzi Boccadimiele, Iri e Rangio erano seduti su una panchina. Davanti a loro stava un Ipermarket grande come una nave spaziale, i cui neon dipingevano a intermittenza il mondo di rosa, giallo e violetto.

Boccadimiele (detta Bouche, oppure Faina), una ragazza con un caschetto di capelli neri, occhi orientali, una fascinosa bocca color papavero e un giubbotto di cuoio croccante, stava tatuando col suo serramanico un muretto privo di personalità. Col coltello sapeva fare tutto, da aprire un'auto a chiudere una discussione. Era bella come un raggio di sole tra i dormitori della periferia, come una goccia di sangue, come il balzo di un gatto.

Accanto a lei, tirando le orecchie alla chitarra per intonarla, era seduto Rangio (detto Toccaculi, oppure lo Svelto), quindicen-

...li vichinghi, camiciotto a scacchi e gambe nude ...appariva una chiazza di jeans. Le sue scarpe da ...osì sofferte che sembravano appartenute a Rod ...olo. Lo decoravano cinquantasei badge inneggianti a ..., candidati socialdemocratici olandesi, balene, lupi, in- ...iituri in genere.

L.. ..rza componente della gang, Iri (detta la Sconvolta), camminava su e giù con la sua amica inseparabile, una piccola giapponese con un occhio solo di nome Okumi 2050. Iri aveva chioma verdazzurra con sfumature sanguigne, giacca cosacca, pantacalza argento d'antan e stivaletti di un materiale verde brillante simile a pastiglia Valda masticata. Okumi era argentea, col naso nero, ed era una telecamera.

– Dichiaro aperta l'operazione Elianto – disse Iri con decisione, puntando Okumi sugli amici.

Rangio approvò quelle parole con un arpeggio di chitarra e Boccadimiele fece ruotare la lama del coltello tra le dita, veloce come non si vede neanche in un bar di Marsiglia.

Perché quando i nostri intrepidi periferici ragazzi entravano in azione, erano cazzi per tutti.

Alle 20.24, sempre ora del meridiano Talete, molti chilometri più a nord, precisamente nella catena dei Monti Desolati, sul sentiero che da passo Gelone va verso Cima Rovina, dove il tornante si biforca davanti alla baita della Polenta Morta, un'ombra avanzava nella fitta nevicata.

"Fitta" era dir poco. Cadevano palle di neve, stracci, cavolfiori di neve. Il vento mulinando li sbatteva in faccia al viandante con un sibilo di scherno. Ogni tanto dal bosco sovrastante si udiva il sinistro boato di una valanga che sradicava i pochi abeti scampati al Natale.

Un grosso orso ritardatario attraversò di corsa la strada e diede una spallata all'ombra, apostrofandola in malo modo. Ma l'imperturbabile costei (o costui), che aveva i capelli raccolti in una lunga treccia, procedeva di buon passo, fischiettando un inno guerresco in cui si distingueva questo refrain:

Fior di Genziana
I baci tuoi son come una tisana
che mi riscalda quando arrivo in cima
Fior di Genziana

Intanto procedeva nella salita, senza dar segno di paura, né di dispnea.

L'ombra era nientemeno che Fuku Occhio di Tigre, appartenente alla leggendaria stirpe dei guerrieri-nuvola, ed era diretto al suo tempio, in cima alla montagna.

Sempre alle 20.24 (ora cipolla-Talete) circa tremila chilometri sotto il livello del mare, e precisamente in quel punto del sottosuolo terrestre tra mantello e nucleo chiamato discontinuità di Gutenberg, c'era una caverna sconfinata e rovente infestata di batistrelli bianchi e salamandre triclopi, sul cui fondo scorreva un fiume solforoso ricco di bolle fetenti e soffioni di fumo nerastro.

Lì, dondolando la graziosa caviglia sull'orrido abisso, la diavolessa Carmilla Drosera Lautrelia Pinguicola, della decima legione del capo-demone Zepar, stava leggendo un catalogo di biancheria intima trovato in tasca a uno degli ultimi dannati. Gli inquietanti occhi gialli da giaguara sfavillavano, le piccole corna vibravano come le orecchie dei gatti, le unghie aguzze sfogliavano delicatamente le pagine, mentre Carmilla cercava un modello che potesse risolvere un suo antico problema di look (Carmilla aveva duecentottantasei anni satanici, equivalenti a venticinque umani). Il problema, come si può ben immaginare, era dove nascondere la coda nelle occasioni mondane.

Più sotto, il diavolo Brot Caolila Aldamara Daiquirius, della trentesima legione di Caacrinolas, faceva la sauna in una pozza di magma e intanto si dedicava alle consuete attività. Cioè mangiava un gran piatto di fusilli alla lava piccante e beveva Vieux Beòn, lo champagne infernale ottenuto strizzando per bene i dannati alcolisti.

Brot Caolila era un gigante obeso, con pancia a scaldabagno, irsuto come un cinghiale. Aveva corna ricurve da bufalo, occhi mitemente porcini e due zanne che protundendo dal labbro inferiore gli sbattevano sugli occhiali neri (era fotofobo). Brot alzò il calice, ruttò e petò, una delle sue endiadi preferite, poi si tuffò nel magma solforoso, lasciando emergere solo le chiappe e la coda verdastra da drago, ritta come un periscopio. Sapeva respirare anche dal culo, e quella era una delle sue posizioni di relax preferite.

Lo spettacolo offerto da Brot fu osservato con disgusto da Ebenezer Sinferru Petronius Snoberus della prima legione di Amon. Era costui un diavolo alto e di nobile aspetto, con corna da antilope e lunghi baffi, neri e spioventi. Portava le ampie ali color antracite avvolte come un tabarro, e la coda terminava in un pomello d'argento. In quel momento stava leggendo un brano della *Demoniomachia* di Baabrududbadar, per l'esattezza la dichiarazione d'amore che il diavolo Agulfo, colpito a morte in battaglia, fa alla draghessa Malvina, e come tutti i diavoli lettori quando sono commossi, emetteva un fumo nero e denso dalle narici.

Proprio nel momento più poetico e disperato della dichiarazione, dal culo affiorante di Brot venne un rosario di peti che destò dal sonno intere legioni di pipistrelli che volarono via protestando.

Ebenezer puntò un unghione contro il collega e stava per dirgli qualcosa di poco lusinghiero, quando si udì un accordo d'arpa, e da un altoparlante ben dissimulato tra le stalattiti, una voce suadente disse:

– La squadra d'intervento sette, formata dagli alati Ebenezer, Carmilla e Brot, è pregata di presentarsi immediatamente dal direttore generale.

Risalendo la crosta terrestre per tremila chilometri, ritroviamo la già menzionata Villa Bacilla. Sono le 20.50 ora taletica. Nell'ambulatorio di fronte alla camera ventisei (quella di Elianto) il primario dottor Satagius sta parlando col dottor Siliconi: abbiamo quindi la possibilità di conoscere due personaggi in un colpo solo.

Il dottor Satagius è alto, dondolante, calvo, con un collo da tartaruga e grandi mani gelide che gli causano qualche problema quando deve palpare i pazienti. Sulla fronte ha una ruga a forma di croce che diventa ancora più profonda, come una stimmate, quando viene colto da qualche dubbio professionale: cioè, sempre. In questo momento sta sbucciando una mela, componendo con la buccia una graziosa spirale che, poi, come al solito lascerà mummificare sul davanzale. Non vorrebbe mai gettar via nulla, il dottor Satagius. È un grande collezionista di medicine antiche e ha un tubetto di aspirine appartenuto al tenore Caruso. Terrebbe anche le tonsille asportate, anzi, il suo sogno sarebbe di riciclarle come fertilizzante, o piantarle in un campo per veder spuntare cori gospel. La vita è così breve e preziosa, pensa, e tutti questi organi che si danno da fare, faticano, filtrano, pompano, assimilano, espellono, in una sfida di cui si conosce già l'esito...

– Lei non mi sta ascoltando! – grida il dottor Siliconi. E infatti i dialoghi tra i due sono ostacolati dal fatto che tutto quello che interessa a Siliconi non interessa a Satagius, e viceversa. Il dottor Siliconi, ad esempio, ha srotolato sul tavolo una mappa che illustra i lavori di ampliamento della clinica: metrature, nuovi reparti, terapie estetiche e fitness, modernizzazioni. Parla veloce, tricotilla i capelli grigi impomatati, tormenta il papillon di seta. Nel suo ambulatorio risplende una statuetta di Nostra Signora del Naso Rifatto, protettrice dei chirurghi plastici. La sua eleganza è celebre in tutti i congressi medico-rivieraschi. E anche i suoi metodi, che si riassumono nella frase: "Un malato senza un rene può vivere benissimo, un malato senza libretto degli assegni no". Questa sua deontologia investe anche il caso della camera ventisei, con grande turbamento del dottor Satagius.

Attorno al loro ambulatorio e alle loro incomprensioni volge al sonno il primo piano di Villa Bacilla. Sigle di telegiornali e boati di gol si affievoliscono dietro le porte chiuse. Un nefritico barcolla verso l'ultima pisciata, dal cesso esce il filo di fumo di un cardiopatico ribelle. Il portantino Boccia spinge davanti a sé un carrello con un degente ingessato, stando bene attento a centrare ogni spigolo e scostando a calci ogni lettiga vuota o piena sul suo cammino. I neon balbettano intermittenti. E al centro del corridoio, dietro il vetro della garitta brilla il regno del capoinfermiere Talete Fuschini.

Lì in pochi metri foderati da poster di "Miss Paramedico del Mese" si accalcano radio, televisione satellitare, stereo, forno a microonde, scacchiera, caffettiera e pile di libri. Su un muro fa bella mostra di sé la copia di un quadro di Monet, un campo di papaveri con cornice in linoleum marmorizzato. In questo accogliente angolino Talete trascorre le sue notti di guardia, ventotto al mese. Soffre di insonnia, così per lui star sveglio non è un problema. Dorme pochi minuti ogni volta, su una decrepita poltroncina di velluto. L'unico indizio che ne rivela il sonno è il respiro che diventa ascendente, sollevandogli i baffi come se avesse un ventilatore nel colletto della camicia. Ma basta chiamarlo e balza in piedi efficiente e colossale, sul catamarano di due zoccoli bianchi. Ha braccia e mani da orango, capaci di fare flebo e iniezioni con la grazia di una geisha. In questo momento sta guardando una partita del campionato uruguaiano, ascolta un disco di Billie Holiday e legge un libro sulla terapia delle traslocazioni oniro-reali.

Sul fornello bolle un semolino al Grand Marnier. Talete è un ottimo cuoco di *cuisine litière*, la cucina per convalescenti di cui pochi conoscono le ricette. Come suggerisce il nome, Talete è anche filosofo e studioso di teorie innovative, specialmente quelle contenute nelle opere di M.C. Noon, quali la Teoria del Bonus Vitale della Deambuloterapia clinica dei Pantaloni del filosofo, delle Tre Lancette, dei Baffi delle Suore, dell'Amore viceversale, della Differenza tra Scemo e Stronzo, nonché dell'esistenza delle mappe nootiche, di Elvis Presley, del mostro di Lochness e della Donna della Vita. Oltre a ciò è un ex rapinatore di banche. Di tutto questo avremo modo di parlare.

Nel corridoio avanza ora, candida e silenziosa come un fantasma, suor Malcinea. Scivola tra i reparti come se avesse i pattini; invece ha degli alti stivaletti punitivi annodati a metà polpaccio. Il volto è nascosto dalla pensilina di un velo inamidato e da un'alta gorgiera, dimodoché nessuno sa che faccia abbia. Solo, talvolta, in fondo alle bianche cortine, si intravedono due occhi rugosi e semichiusi da neonato. Di qui l'ipotesi taletiana che Malcinea cammini in stato di perenne trance, sia cioè sonnambula dalla nascita. Infatti non parla mai, per un antico voto, e secondo il dottor Satagius ha ormai le corde vocali atrofizzate. La suora passa veloce con un carrello contenente purè gelido, prugne fossili e brodini minimali, cigolante come un tank. Talete la guarda passare perplesso, mette su il caffè e pesticchia sul telecomando. Appaiono così sullo schermo altri luoghi e personaggi degni della nostra attenzione.

Ecco la Megalopoli capitale di Tristalia, sede della Nova Repubblica e del governo dei Venti Presidenti. Essi vengono eletti con sondaggio televisivo ogni tre anni, e hanno il diritto-dovere di denunciarsi, sputtanarsi e soprattutto di ammazzarsi legalmente fra loro finché ne resti uno solo, che potrà fare il dittatore per un anno, dopodiché ne verranno rieletti altri venti, e così via fino a nuova formula.

Talete cambia canale e appare un altissimo, sottile edificio in vetrocemento. È il Chiodo, uno dei grattasmog più alti del mondo. Sulla sua cima (o capocchia che dir si voglia) sta il Zentrum. Il Zentrum Win 2010 è il supercomputer, anzi Unità Parabiotica Decisionale che governa ogni attività del paese, dai sondaggi agli appalti, dall'erogazione dell'acqua ai titoli dei giornali, dal controllo delle nascite a quello dei semafori, dagli investimenti all'estero ai calendari di calcio. E soprattutto, ha il compito di mantenere equilibrato il livello della Paura. È stato programmato nei velenosi anni novanta dai logici del Gangster, e ne perpetua le idee dopo la sua morte violenta.

Altro canale, altre facce. Quell'antropomanzo muscolato di cui lo speaker vanta il record è Rollo Napalm, campione di Lotta Malvagia. Al suo fianco c'è un ragazzino occhialuto e macrocefalo, color margarina. È Baby Esatto, figlio del Re del Quiz Essie Esatto, ed è l'under 14 col Quoziente d'Intelligenza più alto del paese. Nessun coetaneo lo ha mai battuto, o almeno così sostengono le biografie. Rollo e Baby saranno tra breve impegnati nella sfida tra governo e contee, che deciderà dell'autonomia di queste ultime.

Ed ecco una panoramica della capitale, delle sue strade ed edifici illuminati. Al ventiseiesimo piano del dormitorio-grattasmog HD, dove la luce è spenta, ci sono i genitori e la sorella di Elianto. Purtroppo hanno sbagliato il sondaggio televisivo odierno, il loro voto è finito nel 32% e non avendo indovinato la risposta di maggioranza staranno senza luce, riscaldamento e televisione fino a domattina.

Il loro pensiero corre allo sfortunato figlio e a Villa Bacilla, che si trova nella Contea Otto del paese. La clinica non è attrezzata come quelle governative, ma la dirige il dottor Satagius di cui si dice un gran bene.

Elianto ha tredici anni e fino a due anni fa era uno dei ragazzi più vivaci della contea. Poi i capogiri, la sonnolenza, i crampi. "Morbo Dolce" o "Morbo Solitario", così lo definiscono i trattati medici. Ma ora non sente nulla. Né la febbre, né i dolori alla schiena, né l'arsura. Guarda muoversi lungo il muro i disegni della mappa nootica. Chi è più vivo e felice di lui? Così si addormentò, cullato dalla musica lontana della radio di Talete e dal rombare delle costellazioni.

2.

VILLA BACILLA

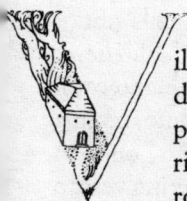

illa Bacilla riprendeva a pulsare. Il portantino Boccia, detto il Tir delle corsie, piombò con una lettiga nel reparto operandi alla caccia di un'ulcera e iniziò una serie di tamponamenti e disarcionamenti che lo portarono all'obiettivo. La degente signora Piazzi, arrancando su due pantofole da yeti, raggiunse la capsula telefonica appesa al muro, ci infilò la testa e iniziò a conversare. Poteva stare in quella posizione cabinocefala anche per otto ore, poiché l'ovolo telefonico le ricordava un casco da parrucchiere. Quattro vecchietti oftalmolesi, per un totale di tre occhi funzionanti, giocavano a briscola mostrandosi le carte a un palmo dal naso. Un labirintato piroettava verso il bagno, due epatici rosicchiavano amaretti abusivi. Intanto, l'infermiera Sofronia prendeva istruzioni da Talete per la seduta mattutina di deambuloterapia. Questa branca della medicina, perfezionata da Talete su studi del celebre scienziato M.C. Noon, consisteva nel provocare benefiche reazioni ormonali ed endorfiniche nei pazienti usando come unica medicina l'ondeggiamento del personale paramedico laico. L'infermiera Sofronia indossava alla bisogna un camice assai aderente, allacciato sul davanti da dodici bottoni. A seconda della gravità della malattia e della sensibilità del paziente, si decideva di slacciare un numero adeguato di bottoni vuoi nella parte superiore, vuoi nella parte inferiore del terapeuta. Ad esempio: per un anemico, la cura era un minuto di promenade sofronesca con due bottoni slacciati sopra e due sotto. La dose di spacco inferiore poteva essere aumentata fino a quattro bottoni per i convalescenti. Quella mattina, per un degente la cui operazione rivestiva carattere di particolare gravità, Talete prescrisse un tre sopra, con piegamento in avanti a rassettare i cuscini, e un cinque sotto. Il paziente entrò nella sala operatoria in condizioni di spirito ottimali. Era allo studio un analogo trattamento per le degenti donne. Esaurito questo compito, Talete si diresse verso il secondo piano, dove erano ricoverati i casi più gravi, tra cui il paziente a lui più caro.

Elianto, nel dormiveglia, ripensava al sogno di quella notte. Era disteso sulla spiaggia, davanti a un mare notturno di olio nero. Piccoli passi di insetti avevano ricamato la sabbia, un cimitero di alghe e gusci orlava il bagnasciuga. Non un alito di vento, né una vela. In lontananza un dancing diffondeva beguine. Suo nonno in piedi, con un vestito il doppio della sua taglia, un bambino vestito da grande, il volto rugoso illuminato dal satellite naturale, gli indicava le stelle con un bastone:

– Boothe, Sirio, Andromeda e la tua febbre, lassù.

Ma Elianto non riusciva a sollevare la testa, era inchiodato alla sabbia da una mano imperiosa e maligna. Non posso guardare, sospirava. Allora il nonno posava sulla sabbia un bicchiere, tenendolo chiuso con una mano. Dentro c'erano delle lucciole, o qualcosa di simile. Danzavano, al suono della musica lontana.

– Eccole qua, allora, le tue stelle – diceva il nonno – Boothe, Sirio, Andromeda. *E quella che brilla di più è la tua pena.* Le ho prese nella colonia dei sordomuti, mentre dormivano, nella camerata dalle finestre scheggiate...

Di colpo Elianto si destò completamente per via di un rumore ben conosciuto, lacerante, fuori nel parco. I denti del pesce-sega attaccavano gli alberi. Guardò le pareti della camera: la mappa non c'era più, ma sembrava che una traccia leggera fosse rimasta, come un'impronta umida. Nessuno saprà!

Talete entrò, con la siringa in mano e il caffellatte nell'altra.

– Portiamo i doni al divin bambinello – annunciò con comica

enfasi. Poi guardò attentamente le pareti e il soffitto. Se n'era accorto. Non potevi nascondere nulla al vecchio Talete!

– Cerchiamo una bella vena grassottella – disse, afferrando l'esile braccio del ragazzo.

Il pesce-sega ricominciò a mordere gli alberi. Talete chiuse la finestra.

Il Pristide SH 3000, volgarmente detto pesce-sega, era un caterpillar scanna-alberi cingolato, dotato sul davanti di una lama di tungsteno a dentatura bilaterale che poteva rodere il tronco di un albero centenario in meno di cinque minuti.

Dietro al vetro della minuscola cabina, tra una Madonna di bachelite azzurra e uno stemma del WWF, si intravedeva un viso con radiocuffia e occhiali neri. La radio suonava lambada a tutto volume solo per le orecchie del pilota, che in termine tecnico si chiamava O.D., Operatore Diradante.

– Non mi piace sentire il rumore di questi alberi – diceva tra sé e sé l'Odì Menezio – ci sono alberi che crepano bestemmiando, altri che mugolano da far pietà, altri che ti odiano e cercano di caderti addosso, ma gli alberi di questo parco fanno un verso che non mi piace. Si direbbe che ridano. E poi c'è il castagno ultracentenario. Sarà alto più di trenta metri, ha un tronco da far paura. Non capisco proprio perché vogliono abbatterlo.

Il Pristide si avvicinò all'albero, che spandeva la sua ombra fino al cancello della clinica, controllando con i rami la distribuzione della luce nel parco.

Visto dal basso, sembrò a Menezio un ciclope che con le mani piantate sui fianchi gli diceva:

– E allora, cosa vuoi farmi con quel temperino?

Dai rami più alti piovve inoltre una raffica di insulti canori, li morté cinguettati e fanculi zirlati.

Con adeguati saltellamenti gli uccelli puntarono i culi per un attacco fecal-perpendicolare, e Menezio fu costretto a fare marcia indietro.

– Ma io cosa c'entro? – protestò l'Odì. Il cinguettìo iroso non cessò. Menezio notò vicino al tronco un cartello che diceva:

27

Questo castagno, di una specie rara, originaria dell'India, fu piantato nel 1598 dal frate erborista Fusco Nonio e dal suo aiutante Benizio, e venne chiamato "castagno dei viandanti", perché chiunque si sedeva sotto la sua chioma veniva rifocillato dai frati del convento. Alcuni anni dopo Fusco Nonio fu processato per eresia e uno dei capi d'accusa furono gli strani segni e mappe che era solito disegnare sui tronchi degli alberi. Egli si difese asserendo che non si trattava di segni cabalistici, ma di riproduzioni delle nervature delle foglie. Condannato dal vescovo Settimio Polimero, morì in carcere dopo aver scritto notevoli studi sulle muffe penitenziarie e sul linguaggio dei ragni da cella, dei quali tradusse anche il poema cosmologico Araknowakanka.

Alla sua morte, dalle radici del castagno sgorgò una fontana d'acqua curativa solforosa; ma essa fu prosciugata dalle autorità ecclesiastiche, poiché era divenuta meta non solo di pellegrini, ma anche di rabdomanti, eretici e alchimisti. Narra la leggenda che ogni duecento anni, in una notte di luna piena, la sorgente riprenda a scaturire, lo spirito di frate Fusco rientri nell'albero rianimandolo, e il Gigante Castagno percorra a grandi balzi le campagne, travolgendo i malvagi e regalando i suoi frutti a chi ne è degno.

Questo albero è protetto dalle leggi della contea e viene conservato e assistito grazie al contributo della Cassa di Risparmio Ottoperotto, che vi ricorda il Conto Pisellino per bambini e i mutui speciali per frutteti e serre.

– Saranno anche leggende – pensò Menezio – ma io questo albero non lo abbatto. Telefono in sede che mandino il Pristide 6000, quello amazzonico. – Ciò detto si fece il segno della croce, alzò la lambada a tutto volume, e diresse il caterpillar contro un gruppo di giovani faggi. Attaccò il primo, facendone uscire un'emorragia di segatura bianca. Poco dopo, restavano solo una decina di miserevoli ceppi.

– Lei non capisce che gran medicinale è il Letex, alias, Leteomniparesina – disse con sguardo sognante il dottor Siliconi, contemplando alla finestra il pasto del pesce-sega. – È anestetico, anodino, analgesico, antispastico, antinfiammatorio, antibiotico, antipiretico, scorre nell'organismo sofferente come un miele consolatore, niente più dolori, niente più angoscia, no more tears, il malato si rilassa, come cullato da una grande benevola mano.

– Ma diventa come un vegetale – protestò Satagius che stava mettendo ordine tra i suoi paleo-medicinali – anzi meno d'un vegetale. Non può neanche stridere e pisciar segatura per protesta, come quegli alberi là fuori.

– E dai! – disse Siliconi. – In tutte le cliniche governative tra breve il Letex sarà il medicinale più usato. Non capisco perché in questa contea dobbiamo essere tanto arretrati. Lei ostacola i lavori di ampliamento, riempie le camere di casi disperati, spreca preziosa morfina, come può pensare che al governo non se ne accorgano?

– Siamo ancora sotto la giurisdizione della contea – gli ricordò Satagius.

– Per qualche giorno! Perché glielo dico io, perderemo la sfida quinquennale e finiremo sotto il loro controllo.

– Chissà come le dispiacerà – disse Satagius, aspirando l'odore di uno stick libera-naso. – Guardi, un Vicks Vaporub del 1943. Non li fanno più così forti.

– Lei è drogato – disse Siliconi ingoiando il terzo Optalidon della mattina – finché lei è direttore, usi pure i suoi metodi. Ma Villa Bacilla si ingrandirà. Nuovi, moderni reparti! Duecento camere in più! Saune, piscine, fitting, piercing, elioterapia, danza afro! E soprattutto un reparto chirurgia plastica da divi di Hollywood, entra Polifemo ed esce Ercole, entrano arpie ed escono stragnocche. Riempiremo la contea di capezzoli ritti come baionette!

– E i malati? Quelli veri, intendo.

– I malati! – sbuffò Siliconi. – Di questi tempi si ammala soltanto chi lo vuole.

– Audace tesi – disse Satagius, sparandosi in narice un flash di Vicks – comunque qua dentro il Letex non lo voglio. È ancora in fase sperimentale e ha già causato diversi decessi.

– Ipersensibilità verso il prodotto – disse Siliconi – e poi dica la verità: lei non vuole usare il Letex, ma soprattutto non lo vuole usare per il ragazzino della ventisei, anche se è un malato terminale.

– Non si può abbandonare un malato così giovane al suo destino – disse Satagius – si deve tentare ancora...

– Sì, forse un trapianto totale di midollo – sogghignò Siliconi – più magari un kit fegato-reni nuovo, e già che ci siamo, un innesto emicerebrale di scimpanzé.

– Lei mi fa paura – disse Satagius.

– Sono realista. Dal Morbo Dolce non si guarisce, i ventisei casi che abbiamo avuto qui dentro ora dormono là, sulla collina.

– Ma ci sono state due guarigioni, in Polonia.

– Come no: nello stesso paese dove una statua di Madonna si è messa a piangere chinotto.

La chioma di un albero si affacciò alla finestra, salutò e stramazzò al suolo.

– Ma tagliano anche quelli delle aiuole?

– A meno che lei non voglia operare con le mele che le cadono in testa, dato che lì ci sarà la sala operatoria. Dia un'occhiata al progetto: qua è previsto il nuovo reparto chirurgico, qui la piscina a separé per l'idropsicanalisi, là l'argilloterapia.

Un altro albero stramazzò, sprizzando merli.

– Il castagno no, però. Ha più di quattrocento anni! – protestò Satagius.

In quel momento entrò Talete con le temperature della mattina. Salutò cordialmente Satagius e latrò a Siliconi.

– Ordini al suo ex gangster di smettere – disse Siliconi.

Talete per tutta risposta gli passò con una zeppa sui piedi.

– Temperatura esterna venti gradi – disse – temperatura interna ventidue, temperatura media dei malati 37,8. Temperatura minima signora Coviello 35,8, ma è viva, ho controllato, temperatura massima signor Aldo 40,3. Un fuoriclasse. Si accende le sigarette infilandosele nel naso.

– Problemi di qualche tipo? – chiese Satagius.

– A parte il dottor Siliconi, nessuno – disse Talete. – Il malato della trentadue ha chiesto che non sia più suor Malcinea a fargli le flebo. Dice che lo terrorizza.

– Per forza – disse Siliconi – bianca come un fantasma, muta e senza faccia. Le manca solo la falce in spalla.

– La faccia non l'ho mai vista – disse Talete – ma certo ha i baffi.

– E perché di grazia? È una delle sue solite teorie, per caso?

– Tutte le suore hanno i baffi – spiegò pazientemente Talete – perché di giorno fanno digiuno e penitenza, ma di notte vanno di nascosto nelle cucine a rosicchiare formaggio. E il loro Dio le punisce facendo loro crescere i baffi, come i topi.

– Per Esculapio adenòtomo, toglietemelo di torno – gemette Siliconi.

– Ed Elianto come sta? – chiese Satagius.

– Sta meglio stamattina. Credo dipenda dalla luna piena. Ho notato che in questa fase lunare è più reattivo e la febbre cala leggermente.

– È sicuro di questo? – disse Satagius, prendendo appunti. – È un particolare importante.

– Sì. Inoltre credo che stanotte si sia alzato dal letto. Cammina lungo le pareti, come cercasse qualcosa. C'era l'impronta di una sua mano sul muro.

– Balle! – gridò Siliconi. – Il Morbo Dolce in fase terminale non permette attività deambulatoria...

– Ma non siamo in fase terminale – protestò Satagius – mi ci gioco la carriera.

– Signori – disse Talete – se permettete, vorrei esporvi una teoria che potrebbe dirimere la questione.

– Sentiamo – dissero i due medici con diversa intonazione.

– Io credo – disse Talete – che la morte di una persona non dipenda mai da una malattia o morbo che dir si voglia. Le malattie sono, diciamo così, dei trucchi con cui il Supremo Manovratore dissimula il vero meccanismo della vita e della morte, e cioè il Bonus Vitale Individuale. Se mi consentite, esimi paracolleghi, vi esporrò la "teoria del Bonus" abbozzata da Cornelis Noon nella sua Terza Fase Manicomiale e da me sviluppata e perfezionata. Codesta teoria sostiene che a ogni essere vivente prima della nascita viene assegnato un Bonus di attività vitali, che lo accompagnerà nel suo cammino terreno.

Per fare un esempio, nel Bonus sono compresi:

trecentomila birre

un milione e diciassettemila starnuti

trenta viaggi all'estero

la possibilità di dire seicentosedicimila volte la parola "insomma"

seicentoventitré pediluvi

un milione di gelati

tre grandi amori

nove biciclette

seicentodue bagni di mare

sessanta litri di lacrime

quarantasei chilometri di spaghetti

trecentosettantamila errori d'ortografia

quarantamila cruciverba

tre uscite di strada a centoventi

tremila ore di poker

dieci milioni e settemila tra sigarette, sigari e tiri di pipa

sedici grosse disillusioni...

E così via per un totale di circa 10^{14} voci.

– E come avete calcolato la cifra? – chiese Siliconi.

– Ho detto "circa". Mettiamo allora che Tizio sia trovato morto per uno scaramaccino, infarto, ictus. Il medico non avrà dubbi: è colpa del cuore trascurato, delle sigarette, dei trigliceridi. Nulla di più falso. Avrebbe potuto continuare a fumare e mangiare: la colpa è dello sforamento del Bonus! Lo scaramaccino è stato solo l'arma del delitto, come avrebbe potuto esserlo un incidente stradale, o lo sbranamento da parte di una tigre, o un vaso di fiori da un ottavo piano. Tizio è morto, ripeto, perché, un attimo prima dell'ictus, ha mangiato il milionesimo gelato, o ha detto "insomma" una volta di troppo, o ha pianto una lacrima in più di quelle che gli erano consentite. Naturalmente, c'è chi nasce particolarmente sfortunato: se un tale ha come Bonus un solo starnuto o un solo litro di latte, non gli servirà a nulla avere trecentomila scopate a disposizione. Il poveretto starnutirà o tetterà e lo troveranno secco nella culla. Un Bonus abbondante, ecco la vera salute!

– Ma come si può sapere qual è il nostro Bonus? – domandò Satagius.

– Non si può, ecco il punto! Qua sta l'astuzia del Manovratore, che lo ha nascosto in chissà quale inaccessibile sottocodice genetico. Perché? Perché se noi sapessimo che la nostra vita è sottoposta alla legge inesorabile di codesto Bonus, avremmo paura di tutto. Fumerebbe lei una sigaretta sapendo non già che fa venire il cancro (infatti lo sa e fuma lo stesso), ma che potrebbe essere l'ultima del Bonus? Altro esempio: lei conosce una meravigliosa creatura di nome Rosalinda, ma anni prima ha già avuto una relazione con una fanciulla omonima. Non le verrebbe da pensare che il suo Bonus di Rosalinde ne comprenda *una sola*, o che il suo Bonus di baci con Rosalinde sia pericolosamente vicino all'esaurimento? Per questo il Manovratore, nella sua divina scaltrezza, simula malattie, incidenti, fatalità e noi tiriamo avanti consumando il nostro Bonus, e magari siamo in bilico sull'ultimo metro di tagliatella, abbiamo sulla punta della lingua la parola che ci ucciderà, ignoriamo che ci restano solo due tramonti sul mare.

E così incosciente e frale
ognun passa il suo tempo mortale.

– Da quel che dice – disse Siliconi – allora non varrebbe la pena di curare le malattie, tanto è il Bonus che decide.

– No! Le malattie devono essere curate per solidarietà, e questo è tanto più nobile in quanto è vano. Bisogna fingere che siano importanti, altrimenti tutti si accorgerebbero che c'è nel nostro destino qualcosa di ben più pericoloso. Inoltre sono portato a ipotizzare (anche se i miei studi al riguardo sono appena all'inizio) che probabilmente alcune malattie sono proprio una difesa contro il Bonus. Mettiamo ad esempio che le stia per scadere il Bonus di passeggiate in riva al mare, tac, un bel colpo della strega e lei eviterà la camminata fatale. Lei ha già il biglietto per l'ultimo concerto per piano concessole, e voilà, una improvvisa sordità la mette al riparo. Le malattie consentono di fermarci sull'orlo del precipizio.

33

– Assurdo – disse Siliconi accendendosi una sigaretta.

– Mica tanto – proseguì Talete – ecco, ora lei ha acceso una sigaretta, magari è la numero 189.765.621 e non accadrà nulla, ma se il suo Bonus nicotinico è di 189.765.622 alla prossima le verrà un colpo, e diranno: per forza, era un fumatore. Ma forse lei potrebbe morire per aver detto una volta di troppo "assurdo", oppure (come rilevo attualmente), perché si sta toccando le palle. Pensi se il suo Bonus di scongiuri si esaurisse ora!...

– Basta – impallidì Siliconi, e fece per uscire.

– Quale sarà il suo Bonus di apertura porte? – chiese soavemente Satagius.

– Vedo che lei ha afferrato il concetto – disse Talete.

Siliconi uscì, consumando una buona quantità del Bonus di improperi.

3.

MANO-DI-LUMACA

Memphis "Snailhand" Slim è sicuramente il chitarrista blues più misterioso della storia della musica. Per anni le sue canzoni furono proibite nelle radio e nelle sale pubbliche americane, per via della fama diabolica che lo circondò in vita.

Snailhand (Mano-di-lumaca) doveva il suo soprannome al fatto di avere due sole dita per mano, indice e medio, ed era un vero mistero come riuscisse a suonare. Per questo si diceva che avesse firmato un patto col diavolo: in realtà aveva solo firmato un contratto-capestro con un lurido impresario, tale "Rospo" Brown, che divenne ricco con le sue cassette-pirata e non gli diede mai un centesimo. Snailhand vagabondava in miseria, con un sacco a pelo e una vecchia moto Corsarino, e suonava senza pubblicità e manifesti. Ma quando appariva, in qualche sperduto bar del Sud, quasi sempre in una notte di pioggia o tempesta, la gente accorreva come per incanto, e quando Snailhand iniziava a suonare i suoi lenti e diabolici accordi, nessuno riusciva più a staccarsi dalla sedia. Tutti erano come ipnotizzati. Uomini duri che avevano affrontato i caimani nelle paludi e i cappucci del Ku Klux Klan, piangevano come bambini, i bambini si scolavano una bottiglia di whisky dietro l'altra, le donne davano di matto. Snailhand Joe era un negro brutto e secco con gli occhi strabici e una barbetta da caprone, ma quando suonava diventava bello come Muhammad Alì e a volte le spettatrici gli saltavano addosso a metà canzone e bisognava staccarle a forza, tanto erano assatanate.

Ma la particolarità della sua musica erano i dodici Accordi del Diavolo. Ogni tanto, nel giro armonico del blues, Snailhand inseriva un accordo così insolito, metallico, tagliente, elettrico, che a tutti si rizzavano i capelli in testa, e finché l'accordo risuonava avevano visioni, alcuni orrende altri meravigliose; alcuni vedevano il futuro, altri ritrovavano momenti perduti del passato, altri decidevano lì per lì di cambiare vita, di diventare sassofonisti o di assassinare tutto il loro condominio. Nessuno riuscì mai a capire quali note miscelasse Snailhand, anche perché appena componeva con le dita il barré satanico, la chitarra si contorceva, sparava scintille e le corde volavano in aria come serpenti. Finito l'accordo, la chitarra tornava normale, ma nessuno poteva dimenticare quel blues.

Forse sapete come finì: una notte, in un posto chiamato Sexton Wood, sei brutti ceffi del Ku Klux Klan piombarono su Slim mentre dormiva nel bosco, lo impiccarono a un albero e bruciarono la chitarra.

Lo strumento uscì dalle ceneri intatto, mancavano solo le corde. La mattina dopo sei rispettabili cittadini di Sexton Wood furono trovati strangolati, ognuno con una corda di chitarra attorno al collo. Il corpo di Snailhand non era più appeso all'albero, e il terreno intorno era fiorito di cavolfiori che migliaia di lumache brucavano tranquille.

Da quella notte, il fantasma di Snailhand appare ogni tanto sulla terra, per insegnare i dodici Accordi del Diavolo a qualche giovane chitarrista. Jimi Hendrix, ad esempio, era un negretto coi capelli lisci, assolutamente negato per la chitarra: a tredici anni aveva imparato solo gli accordi di *Guantanamera*, per di più stonando. Una notte un fulmine spalancò la finestra della sua camera, e Snailhand Slim gli infilò un dito nel naso come uno spinotto: i capelli di Jimi esplosero in tutte le direzioni, e da quella notte il ragazzo suonò come sappiamo.

Ebbene, anche il giovane Rangio aveva avuto questa fortuna, era stato "toccato" da Snailhand in una notte di pioggia mentre tornava da un concerto: conosceva i dodici Accordi del Diavolo, e sapeva come usarli. Era stato un accordo, il fa-diavolo diesis, a indicargli di recarsi davanti al grande Ipermarket Soldville. E sarebbe stato un altro accordo a indicare ai tre ragazzi il cammino.

– *Ragazzi intrepidi*, scena undici – disse Iri facendo scorrere Okumi lungo il canyon dei dormitori periferici fino al parcheggio desolato dell'Ipermarket, dove fermò l'inquadratura su Rangio strimpellante.

– Hai capito bene che cosa devi fare?

– Ehm – disse Rangio – devo chiedere alla chitarra magica come possiamo guarire Elianto...

– Non solo guarire, scemo – disse Iri – dovrà essere anche in grado di camminare e di partecipare ai Giochi dell'Indipendenza. E perché?

– Perché... – balbettò Rangio – perché...

– Boccadimiele – disse Iri – spiega al ragazzo quello che dovrebbe aver già memorizzato, se oltre alla data di nascita di tutti i batteristi groenlandesi sapesse anche in che razza di paese viviamo.

– O mio bel Rangio – disse Boccadimiele, tagliandogli con un colpo secco di serramanico un pelo del naso – ogni cinque anni in diretta televisiva c'è la sfida tra un campione del governo e uno della contea. Se la contea vince, resta autonoma per altri cinque anni, se perde viene governatizzata a morte.

– Ora ricordo – disse Rangio – c'è stata anche una gara tra due chitarristi a chi faceva più note in un'ora.

– Ci sono scontri di tutti i tipi, dai più sanguinari ai più soft. Quest'anno la nostra contea viene sfidata a una gara di cultura generale under 14: tre domande secche. Il campione governativo si chiama Baby Esatto, ed è un fanciullino miliardario farcito di droghe cerebranti e nanotecnologie informatiche. Ha undici anni ma è come se fosse una dozzina di professori ottantenni DOC.

– Un iperprof di ottocento anni con un gran culo quadro che ne sa più di un milione di riviste di enigmistica – precisò Iri. – Non per niente è figlio di Essie Esatto, il vecchio Re del Quiz. Capisci allora perché abbiamo bisogno di Elianto?

– No – disse Rangio, col sottofondo di un timido arpeggio.

Iri abbassò Okumi e alzò gli occhi al cielo.

– *Ragazzi intrepidi*, scena dodici – disse – istruzioni al cretino. Spiegagli tu, Bouche.

– Cerca di seguirmi, Rangio – disse Boccadimiele – chi è la mente eccelsa, il genio periferico, l'Einstein delle pizzerie, il Descartes della banlieue, l'Archimede delle sale da biliardo, il vanto della contea, il mirabile fanciullo che ha letto tutto Poe andando in bicicletta senza mani?

– Elianto – rispose Rangio, illuminandosi.

– Per questo abbiamo bisogno di lui. Se parteciperà alla gara, batterà il sapientino malefico e salverà la contea. Ma poiché Elianto è molto malato, bisognerà tirarlo un po' su. Perciò la tua chitarra ci deve guidare.

– Abbiamo bisogno di un accordo forte – disse Iri. – Un do-di-matto settima.

– Oh, no – disse Rangio – ho suonato il do-di-matto settima una sola volta, e ne conservo ancora i segni. Ho sentito di gruppi rock che dopo quell'accordo si sono trasformati in cori tirolesi. Ad alcuni si inceneriscono le mani, ad altri viene un naso bucherellato come un clarino, e diventano grassi il triplo di Elvis Presley con la voce di Michael Jackson, o hanno per tutta la vita la sensazione di un gong che gli suona nelle orecchie...

– Devi farlo – disse Boccadimiele – per riscattare il nostro destino di sfortunati ragazzi di periferia, per salvare la contea e per cacciarlo in culo ai venti presidenti e ai loro campioni, compresi Eros Pistillo e i Bi Zuvnot.

– Quei venduti, quei corifei, quelle troie amplificate, quelle rock-star da strapazzo – ringhiò Rangio, toccato nel tasto giusto – sono nati nel nostro quartiere ma si sono venduti al governo, adesso suonano l'inno nazionale prima delle partite!

– Bravo – disse Boccadimiele – così mi piaci. Fai l'accordo, bello.

Sfoderando il plettro, Rangio fece capire che era pronto. Si trovavano davanti a una delle vetrine della zona parcheggio. Lì, immerse in una luce da night, stavano centinaia di scarpe di tutti i modelli, disposte su una scalinata dominata dallo striscione *Saldi, saldi, saldi!* Iri fece una bella carrellata sull'insieme. Erano scarpe assai seduttive, che sapevano come invogliare il cliente.

Uno stivaletto nero, puntuto, crudele, con una smorfia ironica nell'allacciatura, dondolò con nonchalance una stringa in direzione di Boccadimiele.

Uno stivale patchwork di quattro pellami diversi, caimano verde, daino rosa, camoscio bluastro e pigmeo ebano, fece lampeggiare un motivo sioux di perline negli occhi di Iri.

Da parte sua, Rangio era stato ipnotizzato da una gigantesca massa gommosa, mista a laccetti, dalla forma vagamente scarpoide, che un cartellino garantiva essere la calzatura preferita del campione di basket Tyrone Chestnut.

– Dopo mi sa che faccio un po' di shopping – disse Boccadimiele con espressione golosa.

– Dopo – disse Iri – adesso musica.

Con un gran sospiro, Rangio posizionò le dita sull'accordo do-di-matto settima. La chitarra iniziò a vibrare come se ci corresse dentro un trenino elettrico. Rangio diede la pennata, l'accordo risuonò forte e stridente, e sulla vetrina si disegnò una crepa diagonale che presto si propagò alle altre vetrine. Un corto circuito sconvolse tutti i neon delle insegne, che si scambiarono i colori l'un l'altro, e tra rumorose esplosioni di lampadine, le scarpe iniziarono ad animarsi.

Uno scarpone anfibio ingoiò con un balzo un mocassino. Uno stivale da cavallerizzo inghiottì una pedula. Una scarpa da tennis destra succhiò come spaghetti le stringhe della sinistra e incurante del legame di sangue, se la pappò. Uno scarpone da sci sbranò il tutto, a sua volta divorato da un moon-boot; tutte le scarpe si muovevano come scarafaggi, ognuna mangiava l'altra in un banchetto furibondo finché sotto gli occhi esterrefatti dei ragazzi ne rimase una sola: una gigantesca scarpa inglese rugosa e istoriata che spalancandosi sul davanti tra suola e tomaia, disse con rimbombo da cattedrale:

"Il saggio in scatola vi aiuterà!"

Dopodiché, non appena le corde della chitarra cessarono di vibrare, tutto tornò normale, meno un leggero graffio sulla vetrina. Le scarpe si vomitarono l'un l'altra e i neon ripresero a crepitare tranquilli.

– E io che avevo la telecamera spenta – si lamentò Iri.

– Il film diventa interessante – disse Boccadimiele – diamoci da fare.

E con una rapida mossa di coltello, fece saltare la serratura dell'Entrata Merci.

4.

SIATE MAGGIORANZA!

Alle otto in punto del mattino, al ventiseiesimo piano del grattasmog HD, tornò la corrente a un'unica presa, e lo schermo televisivo si riaccese.

In pigiama e con le candele fumanti ancora in mano, la famiglia di Elianto attendeva ansiosamente il sondaggio della mattina.

Il babbo, Eliantemo, tormentava irrequieto il telecomando interattivo, la mamma Elisperma sorseggiava un caffè gelido, la figlia Elitropia stava infilando nello zainetto scolastico la merenda e lo spray antistupro.

Ed ecco che, tostato di ultravioletto e imburrato di fard, apparve sullo schermo Fido PassPass. Fido era il giornalista più celebre della televisione, perché parlava sul canale che dava accesso agli altri diciannove, e cioè Canale Esse, il canale dei sondaggi.

– Buongiorno cittadini della Nova Repubblica, e siate maggioranza! A voi un sincero augurio di azzeccare il sondaggio odierno. Oggi la svanzika vale 3,12 markodollari, niente male quindi. Prima di presentarvi la domanda, ecco le notizie della mattina. Non vi daremo deprimenti resoconti su lontani inevitabili massacri e stolide faide etniche, ma informazioni riguardanti i fondamentali problemi del nostro amato paese. Sono notizie scelte direttamente dal Zentrum e vogliono far sì che la vostra Paura sia equilibrata, in modo che possiate passare la giornata nelle migliori condizioni di spirito e vigilanza.

– Prima notizia: quattro barche di profughi botswanici che cercavano di raggiungere un porto del nostro paese sono affondate a poche miglia dalla costa. I morti sono circa seicento, metà annegati, metà divorati dagli sgombri. La notizia è triste, ma almeno ci verrà risparmiato lo spettacolo miserevole di altri seicento profughi affamati e nullafacenti nelle nostre strade.

Sullo schermo apparve la freccia verde che indicava l'abbassamento del livello di Paura dei cittadini, rilevazione effettuata attraverso speciali sensori chimici inseriti sotto la pelle di diecimila volontari, e dentro alle otturazioni dentarie di diecimila ignari.

– E ora la seconda notizia. Paura all'aeroporto di Virate, dove un disoccupato cinquantenne, Salvatore Artuso, ha dirottato un aereo diretto alle Maldive tenendo l'equipaggio e i passeggeri sotto la minaccia di una pala da pizza. Il disoccupato protestava non già per ottenere un lavoro, ma perché era stata respinta la sua domanda di far parte della giuria regionale di miss Teen-ager. La madrina della manifestazione, la show-girl Marcella Tonda, subito accorsa all'aeroporto, ha rassicurato l'Artuso che non solo avrebbe fatto parte della giuria, ma che avrebbe addirittura consegnato le fasce da miss. L'Artuso ha subito liberato gli ostaggi. Ma alcune teste di cuoio, irritate per le dodici ore di allerta, hanno ugualmente fatto irruzione nell'aereo uccidendo il dirottatore e una hostess. Il loro capo, generale Cotica, pur deplorando l'accaduto ha commentato che "non si possono sempre tenere i miei ragazzi sulla corda".

Sullo schermo riapparve la freccia verde.

– E ora la terza notizia – disse Fido – ma prima, scusatemi, c'è una telefonata dalla regia.

Il contenuto della conversazione, che i telespettatori non sentirono, fu il seguente:

– Qua è il professor Abakuk della direzione demodossametrica del Zentrum. La paura è a livello 186, troppo bassa. La gente potrebbe rilassarsi e farsi venire delle strane idee. Bisogna subito riportarla a valori più alti. Legga una delle notizie Tripla Fifa di riserva.

Fido PassPass sfoderò il suo sorriso più smagliante. – Chiediamo scusa ai telespettatori per la breve interruzione – disse – e passiamo all'ultima notizia:

Agatina e Venerina F., due gemelline dodicenni di Pratolugherio (Florentia), hanno ucciso i genitori, una nonna e un cugino a colpi d'ascia, e dopo avere fatto a pezzi i cadaveri li han-

41

no gettati nel vicino fiume, infestato da piranha. Alla base del folle gesto pare ci sia l'antica proibizione dei genitori di tenere i piranha nella vasca da bagno, e soprattutto il recente rifiuto di dare alle bimbe i soldi per il concerto dei Bi Zuvnot tenutosi ieri a Florentia. Non ci sono commenti per l'assurdità e la crudeltà di questo delitto, vogliamo solo sottolineare che andare a vedere i Bi Zuvnot, con lo sconto under 16, non costa poi tanto, e che le prossime date dei concerti sono lunedì a Roma e mercoledì a Milano. E ora uno stacco pubblicitario prima del sondaggio.

Una freccia rossa sullo schermo indicò che la Paura in città era tornata sopra la tranquillizzante quota di duecento.

Dopo un minuto di spot, la ghigna di PassPass tornò sullo schermo e puntò il dito su diciotto milioni settecentoquarantamila telespettatori.

– Ecco il sondaggio di oggi: stasera al Teatro alla Scala verrà presentata la nuova collezione primavera-estate della stilista presidentessa Nastassia. Alla sfilata presenzieranno, per la prima volta dopo l'elezione, tutti e venti i presidenti. La domanda è questa:

Ritenete che la moda sia:

A) La parte più importante della cultura
B) Una parte molto importante della cultura
C) Una parte relativamente importante della cultura
D) Non so

– Cosa rispondiamo? – disse Eliantemo, agitando il telecomando – non capisco nulla di moda!

– Secondo me bisognerebbe rispondere B – disse Elisperma.

– Io voterei A – disse Elitropia – la presidentessa è molto popolare tra le donne, a quest'ora il 58% dei votanti sono donne, e inoltre ci sarà una diretta televisiva di sei ore, e se non è importante questo...

– D'accordo – disse Eliantemo, e premette il tasto A del telecomando. Lo schermo divenne azzurro e apparve la scritta:

"Stiamo sviluppando i risultati del sondaggio. Vi auguriamo di avere indovinato la risposta della maggioranza. Il sondaggio di oggi

vi è offerto dalla Fiat Limbo, la prima auto con antifurto intelligente che convince il ladro a rubare la macchina di un altro".

– Speriamo di averci preso – disse Eliantemo – ho proprio bisogno di una doccia calda.

– È colpa tua se siamo isolati da due giorni – disse Elisperma – sei tu che hai sbagliato il sondaggio sui giudici.

– Dai che ce l'abbiamo fatta! – gridò Elitropia.

Un applauso della famiglia salutò l'apparizione sul video di PassPass biancovestito e con sottofondo di campane, a stormo, il che significava che avevano indovinato.

– Complimenti telespettatore, sei maggioranza! Il risultato del sondaggio ti è stato favorevole. Ecco come si è votato:

Risposta A: 43%
Risposta B: 36%
Risposta C: 15%
Risposta D: 6%

Per ventiquattr'ore avrai corrente a volontà e, soprattutto, avrai accesso a diciannove canali governativi. Auguri, e ancora complimenti per la tua scelta!

– Evviva la presidentessa Nastassia – gridò il padre, mentre tutte le luci si accendevano e lo scaldabagno soffiava.

– Chissà se avrò mai un suo vestito – sospirò la madre.

– Io quel sei per cento di "non so" li ammazzerei – disse la figlia.

Intanto, nei palazzi della zona residenziale, i venti presidenti stavano scegliendo l'abbigliamento per la grande serata.

Ve li presentiamo, in ordine sparso:

La giovane Ametista, eletta coi voti del PTG (Partito Teen-ager Governativi), avrebbe indossato un abito mini-techno-pop con ventisei scritte di sponsor.

Mathausen Filini, del PNC (Partito Nazi-Chic), aveva scelto una bellissima divisa del Reich con berretto da skipper.

Sghigna, del PCB (Partito Comici Birichini), era incerto tra uno smoking con stivali verdi da pesca, o un giubbotto militare consunto con camperos scamosciati.

Bellosso, del PG (Partito dei Giudici), avrebbe avuto la solita toga con sciarpa di cachemire salmone.

Educati, della coalizione GSP (Gruppo Sociologi Progressivi), SSV (Sinistra Salve Regina) e SSSE (Sinistra Scusate Se Esistiamo), avrebbe indossato un sobrio abito blu con sbarazzino papillon rosso.

Bidone, del PEX (Partito degli Ex), aveva scelto un vestito arlecchino double-face e scarpe bifide bidirezionali.

Il cardinale Bordolan, del PSP (Partito del Santo Padre), avrebbe indossato un tre quarti porpora con spiritoso cappello da rodeo.

Canicchi, del PIT (Partito degli Insultatori Televisivi), sarebbe venuto con un elegante doppiopetto carta da zucchero ma con la scorta nuda per provocazione.

Il generale Zeta, del PLSSS (Partito Logge, Sette e Servizi Segreti), sarebbe venuto travestito da sua moglie, e viceversa.

Berto, del PIRL (Partito Intellettuali Ragionevoli Laici), non sapeva ancora cosa mettersi.

Bill "O' surdo" Scannanfami, del CCN (Camorra-Cosa Nostra), aveva scelto un gessato nero con ghette e gilè antiproiettile in lamiglia d'argento.

Il maestro Rubis, del SSMR (Sette Salvatrici Mondiali Riunite), avrebbe indossato un cilicio bianco decorato di lapislazzuli.

Piero Pedalò, del TUTS (Team Ultrà Tifosi e Sportivi), si sarebbe presentato insieme all'amico Rollo Napalm, in smoking azzurro con spranga d'ebano.

Previtali, del RFDS (Ricchi Fatti da Soli), sarebbe venuto vestito da imperatore romano, su una biga catalitica.

Richard Gaspille, del RDF (Ricchi di Famiglia), avrebbe indossato un'armatura del Seicento appartenuta al suo avo Bourdon de la Gaspille, fornita internamente di aria condizionata, filodiffusione e collegamento Internet.

Bertoldi, del RDCSC (Ricchi Democratici con Sensi di Colpa), si sarebbe presentato solo con la parte superiore dello smoking, e jeans stracciati.

Ettorina Ettorini, del DIC (Donne in Carriera), aveva optato per un tailleur nero, con pattini a rotelle.

Zeroli, del CCC (Centro Centrista Calibrato), aveva scelto un sobrio abito grigio con una cravatta a bersaglietti.

Ospitale, del FIN (Fuori i Negri), avrebbe indossato il costume tipico della sua valle, camicia bianca, braghe corte di cuoio e cintura di coglioni di stambecco.

Nastassia Fodera, dell'AS (Alleanza Stilisti), avrebbe fatto una clamorosa entrata con una gonna di velluto nero larga diciotto metri, sospinta all'interno da quattro inservienti su altrettanti go-kart, e avrebbe portato in testa un colbacco di visoni vivi saldati con il bostik.

Nel foyer, prima dell'inizio, il finanziere Previtali avrebbe offerto un simpatico cocktail per festeggiare il millesimo avviso di garanzia.

Avrebbe presentato la sfilata Fido PassPass in smoking nero, insieme alla diva Gelinda Degauche in body rosso.

E tutti insieme, pur nella diversità delle ideologie, avrebbero sfilato nella comune gloria dei riflettori, poiché ciò che la politica divide il partito unico dei vip riunisce, e non già di idee si sarebbe parlato, ma di look e toilette, almeno per quella sera, l'ultima sera di tregua. Perché l'indomani ai presidenti sarebbe stato concesso sparare ed eliminarsi l'un l'altro, e solo il più potente e fortunato avrebbe alla fine governato, poiché questa era l'unica democrazia possibile sotto il cielo di Tristalia ove era avvenuta una grande battaglia di idee al termine della quale non c'erano stati né vincitori, né vinti, né idee.

5.

IL SACRO TEMPIO

uori infuriava la bufera. Ma nella vecchia baita di Cima Rovina il tempo sembrava essersi fermato, tra le buone vecchie cose di una volta.

Il boscaiolo Otto fumava la pipa scolpita a mano e buttava nel camino pigne resinose e rametti d'abete che spandevano un buon calore aromatico. I suoi sputi sfrigolavano gaiamente nel fuoco.

La moglie Ottilia faceva sobbollire la marmellata di mirtilli, versava sidro nel brasato d'orso e controllava il timballo di finferli che avrebbe costituito la frugale colazione dell'indomani.

Il figlio Ottavio intagliava in un ceppo di rovere uno zoccolo, lanciando i trucioli nel fuoco, accompagnato dal sorriso del padre che in quell'arte lo aveva istruito.

– Che notte orribile per un viandante – disse il boscaiolo – non vorrei proprio trovarmi là fuori.

– Eppure poco fa, alla finestra – disse la madre – mi è sembrato di vedere qualcuno sul sentiero. Forse un monaco del Tempio.

– Ma no – disse il figlio – nemmeno loro uscirebbero con questo tempaccio.

– Siamo proprio fortunati ad avere la nostra vecchia calda intima baita – disse Otto.

In quel momento il cucù intagliato a mano fece uscire otto volte la beccaccia segnatempo.

– È proprio tardi – disse la madre – io vado a letto.

– Anch'io – disse il figlio – buonanotte.

Pochi istanti dopo erano al calduccio sotto comodi piumoni di oca montanara.

Otto passò in rassegna i canali della tivù satellitare e sintonizzò una partita di calcio del campionato turco.

La moglie rivide al videoregistratore la puntata di *Bikini Beach* che non aveva potuto vedere la mattina, essendo intenta a raccoglier fascine.

Il figlio, nella sua cameretta, dopo un veloce zapping, trovò una gara tra casalinghe spogliarelliste e prese a masturbarsi vigorosamente con la sinistra, mentre con la destra rifiniva lo zoccolo.

Così scorreva serena la vita nella baita dove il tempo si era fermato.

Da fuori il viandante Fuku vide le luci della casetta. Aspirò il buon odore di pigna e mirtillo, vide balenare il fuoco del camino e le maglie delle squadre turche, e pensò quanto sarebbe stato bello essere là dentro, al caldo. Ma ormai la meta era vicina. Superò l'ultima erta ghiacciata e vide, nel turbinare della neve, la mole imponente del Tempio, con la lanterna rossa che indicava l'entrata. Si appoggiò al ruvido portale come a un materasso di piume, e batté tre volte l'anello bronzeo che sporgeva dalle narici del Drago Annunciatore.

– Chi è? – chiese una voce dall'interno. Era Lin Ruga di Tigre, il vecchio guardiano.

– Sono il guerriero Fuku.

– Chi? – richiese Lin Ruga di Tigre.

La tempesta di neve urlava con voce possente e le gelide raffiche trafiggevano le membra del giovane, che nuovamente gridò:

– Sono Fuku, per le cento reincarnazioni del Buddha, sono Fuku Occhio di Tigre e sto gelando.

– Chi è? – ripeté il guardiano. – Non sento nulla, poiché la tempesta grida con voce possente.

Allora Fuku trattenne il fiato ed esplose nel grido della Tigre del Malabar, un grido con cui si atterriscono gli avversari e si chiamano i taxi. Il portone si spalancò.

– Caro Fuku dalla lunga treccia – disse il guardiano – ho riconosciuto la tua voce. Ma perché non hai bussato?

Fuku lo salutò calorosamente, malgrado la temperatura. Da molti anni mancava dal Tempio e rivedeva con nostalgia l'ampio ingresso con la statua della Tigre Martire, la balaustrata dei draghi e dei cinocefali, i lampioncini da ristorante, il giardino pensile con le palme, i mandarini, le coltivazione di ganja e il gong di tre quintali che tante mattine lo aveva svegliato con la sua voce argentina.

– La Tigre Suprema ti aspetta – disse il guardiano, e lo precedette nel corridoio delle mille candele, tra vasche di carpe multicolori, antiche spade, nunchaku, e trofei di lance appese in panoplie.

Fuku guardò con simpatia un giovane allievo che sfarinava brioche ai pesci. Anche lui lo aveva fatto, tanti anni prima. Tutto quello che aveva imparato, lo aveva imparato lì dentro. Ansie, speranze, ideali. E anche se il mondo fuori si era rivelato diverso e crudele, ancora si ostinava a credere che...

– Fermo – disse Ruga di Tigre – non andare da quella parte. Là non c'è più la sala delle udienze.

– E cosa c'è invece?

– Celle di meditazione – disse il guardiano.

Ma a Fuku sembrò di sentire, in fondo al corridoio, una musica assai ritmata e di intravedere alcune tute da aerobica.

– Sì, c'è stato qualche piccolo cambiamento – ammise Ruga di Tigre – non siamo più così... esclusivi. La domenica, apriamo al pubblico e vendiamo un po' di artigianato, per rimpinguare il bilancio. I tigrotti di peluche, ad esempio, vanno forte.

– Tigrotti di peluche? – esclamò Fuku, scandalizzato.

Voleva chiedere altri particolari, ma ormai erano davanti alla porta laccata in rosso tonchinese e incorniciata dalle spire del Drago dell'Accoglienza. Era la stanza del suo vecchio Maestro, Shin Tigre Leggera.

Lo trovò nella stessa posizione del loto in cui lo aveva lasciato anni prima, le mani giunte e il volto ridente. Unica novità, aveva in testa un casco da motociclista.

– Maestro – disse commosso Fuku – sono accorso al tuo richiamo come l'airone torna al nido nel roseo tramonto.

– Bravo ragazzo, bravo – disse Tigre Leggera sobbalzando – ma per favore, non parlarmi in modo così poetico.

– Perché, Maestro?

– Vedi, Fuku – disse sospirando Shin Tigre Leggera – come tu sai è compito di noi maestri-nuvola elevarci sopra le cose terrene, acquisendo una profonda visione e un'intima leggerezza. È ciò che ho sempre fatto: ma forse ho esagerato. Ricordi certamente che qualche anno fa ero in grado di levitare a mezzo metro dal suolo. Proseguendo nella meditazione sono diventato sempre più leggero e libero dai legami mondani e corporei, mi sono per così dire eterizzato a tal punto che non riesco più a controllare le mie levitazioni.

– Oh, Maestro – disse Fuku commosso – ma questo è il segno del giusto cammino, e il mio cuore ne è lieto e canta come l'allodola invisibile nel cielo della primavera di Tien Tsin, quando i fiori...

A quelle parole il Maestro emise un gemito e partì come un aerostato verso il soffitto, picchiò una gran craniata, rimbalzò sulla parete sinistra e si mise a caprioleggiare come dentro una capsula spaziale.

– Per favore di' subito qualcosa di terreno, di concreto – gridò il Maestro.

– Ma... Maestro Shin...

– Dillo!

– Ehm... il cuoco Wen Chu fa ancora quella squisita minestra di cavoli?

A quelle parole il Maestro Shin planò lentamente.

– Il ricordo che ho di quella minestra – disse Fuku – è vivo in me così come il volto della donna amata nel cuore del viandante che percorre le solitarie vette dell'Hung Shan e...

Il rumore del casco del Maestro contro il soffitto fu per la seconda volta spaventoso.

– ... e giunto a valle si accorge con disappunto che ha appena perso l'ultimo autobus per Pechino...

Tigre Leggera fece un cenno di approvazione e atterrò.

– Capisci adesso perché porto il casco? Basta niente, una poesia, un'immagine alata, un sorriso, e parto come una mongolfiera. Pensa che prima di dormire per terrenizzarmi devo leggere questo! – E gli mostrò un fumetto giapponese dal titolo "Ginnasiali in calore".

Per la verità, Maestro, mi risulta che li leggesse anche prima, voleva dire Fuku, ma rispettosamente tacque in attesa di istruzioni.

– Ora ti dirò perché ti ho chiamato. Vuoi un po' di kotekotè, tè col cotechino? – disse il Maestro porgendogli una tazza dove, a mo' di biscottino, era intinto un pezzo del delicato insaccato. – Lo so, non è il massimo, ma se prendo solo il tè decollo e mi sbrodolo tutto. Il cotechino mi trattiene al suolo.

– Grazie, non ho fame – disse Fuku, contemplando le macchie d'unto nella tazza.

– Sempre lo stesso schifiltoso – rise il Maestro – mi ricordo quando dicevi: "Sempre riso, sempre riso!". Eri proprio un ragazzo originale. Perché lo ripetevi sempre?

– Forse perché mangiavamo riso tutti i giorni – suggerì Fuku, inchinandosi rispettosamente.

– Può essere – disse il Maestro, sorseggiando il kotekotè – ma eri un bravo allievo, il migliore nelle arti marziali e il più coraggioso. Per questo ti ho chiamato. Ho bisogno di un guerriero-nuvola, che sappia viaggiare per tutti gli otto mondi. La tua missione sarà di vitale importanza!

– Quale missione, Maestro?

– Tra pochi giorni ci sarà la sfida quinquennale per l'autonomia della nostra contea, la Contea delle Montagne. Come sai la sfida consiste in un incontro di Lotta Malvagia tra un nostro guerriero e un campione del governo. Abbiamo sempre vinto le sfide precedenti, ma ahimè, stavolta il loro rappresentante, Rollo Napalm, è un combattente terribile, e non ho nessuno alla sua altezza, qua dentro...

– Oh, Maestro, sarò onorato di affrontarlo...

– Ma chi parla di te? Rollo Napalm ti concerebbe come questo cotechino. C'è un solo uomo che potrebbe batterlo. E anche tu sai chi è. Il guerriero più forte che abbia mai vissuto in questo Tempio, il maestro Tigre Triste.

– Ma Tigre Triste è morto da tanti anni!

– Così abbiamo fatto credere – sussurrò Shin – ma non è vero. Tigre Triste, come ricorderai, anni fa per fatalità uccise un gatto allenandosi al tiro con l'arco. Il dolore fu tale che decise di togliersi la vita. Lo fermai che aveva già la spada puntata sull'ombelico. Lo convinsi a lasciare questo mondo, ma da vivo. E cioè a entrare in uno degli altri sette mondi a cui si può accedere con la meditazione.

– Ciò significa...

– Che Tigre Triste è vivo, in uno dei Mondi Alterei, e sarà tuo compito trovarlo.

– Ma io non ho ancora raggiunto un tale livello di meditazione, Maestro!

– Ti darò una guida: una mappa nootica – disse Shin.

Una mappa nootica! Lo sguardo di Fuku si illuminò: con quella mappa è possibile entrare e uscire dai Mondi Alterei senza limiti di spazio, tempo e dogana, si possono visitare Protoplas e i mari di Posidon, i deserti del sesto mondo e i segreti di Mnemonia.

– Oh, Maestro, il mio cuore trabocca di gioia come quello del cormorano che in una sera pescosa...

– Basta così! – urlò Shin, iniziando a levitare.

– Cazzo, sono contento.

– Ora va meglio. Come sai, non è facile trovare una mappa nootica. A volte puoi scoprirne una per caso, disegnata sulla sabbia, o nascosta nelle elitre di un insetto, o nell'ombra di un albero. Ma rarissime sono le mappe nootiche scritte. Noi però, nel Tempio ne possediamo una.

– Non l'ho mai vista.

– Lo credo bene. In primo luogo, è segretissima. In secondo luogo, anche se la trovassi, non potresti leggerla, poiché è pressoché invisibile, il decimo di un'unghia. Per inciderla il Maestro Tigre Testarda impiegò sessant'anni, usando carta di riso ricavata da un solo chicco.

– E come farò, allora?

– Userai questo – disse il Maestro, porgendogli un grosso anello con un cammeo di corallo incastonato – su, mettitelo al dito.

Fuku Occhio di Tigre se lo infilò, guardando il Maestro con aria interrogativa.

– Adesso premilo sul lato in modo che il corallo scorra: vedrai che l'anello è cavo, e contiene qualcosa.

Fuku scostò il cammeo e vide che nell'incavo, decorato con strani ideogrammi, qualcosa di minuscolo si muoveva: sembravano due bruchi colorati. Provò a toccarli.

– Stai attento – disse il Maestro – prima devo spiegarti chi sono. Ricordi i due yogi indiani che vivevano con noi, nell'ala delle galline sacre?

– Sì, erano molto simpatici. E coltivavano quei bonsai straordinari.

A Fuku sembrò di sentire un flebile "*grazie*" provenire da qualche parte.

– Ebbene – disse Tigre Leggera – molteplici sono le volontà del Buddha e imprevedibili i passi della danza di Shiva, fluttuante il mercato valutario e bizzarro il destino di chi sceglie la via della meditazione. Come vedi, io devo vivere col casco, e dormire zavorrato. I due yogi, invece, vissero così profondamente l'essenza della loro arte di bonsaisti che poco alla volta l'anima delle piante entrò in loro, iniziarono a raggrinzirsi e rimpicciolire. Oggi sono ridotti come li vedi. Ti presento Yogi Visamarachanda, alto un centimetro, e Yogi Patachamadanda, un centimetro e tre millimetri.

– Quasi quattro – disse un'esile voce dall'anello. Fuku aguzzò gli occhi e vide che in effetti i bruchi erano due vecchietti bonsai, vestiti di rosso e oro.

– Puoi chiamarli Visa e Pat: Visa ha la barba bianca e Pat grigia. A loro ho affidato la mappa nootica, sono in grado di leggerla perfettamente. Ti condurranno da Tigre Triste, al quale consegnerai questa lettera, che lo convincerà a tornare. Altrimenti per questo sacro Tempio sarà finita. Il governo ha intenzione di trasformarlo in un Grand Hotel di montagna.

– Che orrore! – disse Fuku, infilandosi la lettera in tasca.

– Che ne sarebbe della nostra nobile tradizione, del secolare insegnamento dei sette stili del kung-fu nuvoloso, e soprattutto dei nostri richiestissimi tigrotti di peluche?

– Giusto – disse Visa.

– Bravo – disse Pat.

– E ora vai, Fuku, e non tornare senza Tigre Triste. Siamo nelle tue mani. E tratta con ogni riguardo questi due nobili yogi. Ti riterrò responsabile di qualsiasi cosa accada loro. Hai qualche domanda?

– Sì – disse Fuku – cosa mangiano?

6

IL BALLERINO DI TANGO

Che musica si balla durante i sabba infernali?

Secondo alcuni studiosi, si tratterebbe del "gringle", una specie di flamenco suonato dal digrignare delle zanne e dallo sbattere delle ali.

Per il reverendo Orobas Paymon, è un trillo di violino.

Il reverendo Carrol propende per *I am the Walrus* dei Beatles.

Per gli anabattisti è il "cor-de-cul", un canone di peti eseguito con strumenti ignobili ma con risultati armonici celestiali.

Il signor Athanase Ledoux, celebre caso di morte apparente, racconta di aver passato alcune ore all'Inferno, e di avere assistito a un sabba dove si danzava al suono di *Je ne regrette rien* intonata da un'orchestra di arpe.

Secondo il demonologo Paganelli, si suona in continuazione Jimi Hendrix a settantotto giri.

Per M.C. Noon, la musica infernale e quella paradisiaca sono ambedue contenute nel tango, che da rancore diviene meditazione, e che, nato nei postriboli, si elevò a irraggiungibile purezza.

Era notte fonda, e a Villa Bacilla tutti dormivano, a eccezione di Talete che leggeva un libro sulle musiche soprannaturali. Mentre stava sottolineando a matita il brano succitato, vide avanzare nel corridoio il ballerino di tango.

Non era la prima volta che entrava misteriosamente. Alto e pallido, aveva capelli imbrillantati, occhi scuri e tristi, baffetti lunfardi, e un portamento di grande eleganza animale. Sembrava che da un momento all'altro stesse per spiccare un balzo, o scivolare in qualche passo di danza, o avvitarsi in una piroetta. Tutto, anche il minimo gesto della mano, mostrava una grazia assoluta e la padronanza di una scherma secolare di affondi e parate contro il destino, un ritmo di musiche udite solo da lui.

Il ballerino che, come sempre, indossava un doppiopetto nero, un gilè rosso y una corbata de terciopelo, salutò silenzioso Talete e, sempre guidato da quel ritmo invisibile, tolse dalla tasca un ventaglio e lo aprì lentamente.

Rimase fermo, una mano sul fianco, il corpo leggermente inclinato all'indietro, muovendo il ventaglio su cui era ricamato un motivo di asfodeli. Così, alla Sala Armenonville, le donne aspettano di essere invitate a danzare.

– Salve – disse Talete con la voce un po' incrinata dall'emozione – le serve qualcosa?

Il ballerino rigirò il ventaglio: sull'altro lato era scritto il numero trentotto.

– Meno male – disse Talete – temevo... sì, insomma, di doverle preparare il ventisei.

Il ballerino si inchinò lievemente mettendosi una mano sul cuore, come a dire che comprendeva bene la situazione, poi indicò il fondo del corridoio.

L'infermiere annuì, prese un bicchiere e si incamminò. Aprì la porta della camera trentotto. Là, sommerso sotto quattro strati di coperte, scosso da brividi, c'era il signor Aldo, da un anno ospite della clinica. Era ormai così magro che bisognava frugare fra le lenzuola per trovarlo, e una volta lo avevano individuato un attimo prima che finisse in lavatrice assieme al bucato.

– Ha chiamato, signor Aldo? – chiese Talete.

– No – disse una voce dall'abisso dei cuscini, dove si intravedevano due occhietti venati di ittero – ma in effetti stavo per farlo. Sono inquieto, e cercavo un pretesto per farla venire.

– Le ho portato un'aranciata.

– È proprio quello che volevo – disse il signor Aldo – lei è davvero sorprendente.

– Esperienza – disse Talete, e diresse la cannuccia verso il punto dove avrebbe dovuto più o meno trovarsi la bocca del malato, che in effetti iniziò a succhiare come un poppante.

– Vede, Talete – disse il signor Aldo – stanotte sono preda di strani pensieri da ultima spiaggia, come ad esempio fare il bilancio della propria vita, eccetera. E mi è venuta una gran paura. Lei, per esempio, crede nell'aldilà?

– Se permette – disse Talete sedendosi – vorrei esporle una mia teoria, che ho ricavato dalle letture di M.C. Noon, ma anche dai Tibetani, da Swedenborg e dal Man-Garoo, il libro dei fantasmi Maori.

Secondo me, ci sono tre mondi dopo la vita. Corrispondono all'incirca ai tradizionali Inferno, Purgatorio e Paradiso, ma è più corretto chiamarli l'Ingorgo, il Solito e la Lotteria.

L'Ingorgo (o Inferno se preferisce) è una fila d'auto lunga circa tremila chilometri, che procede assai lentamente al centro della terra, in un budello avvelenato dai gas di scarico. A esso sono condannati i peccatori. Può durare dai due ai duecento anni, e non c'è castigo peggiore per i guidatori e i passeggeri, che viaggiano in gruppi di quattro o più per auto. Le portiere non si possono aprire e gli equipaggi sono sempre assortiti in modo da riunire persone che si trovino reciprocamente odiose o quantomeno noiose.

A volte, per rendere più raffinata la pena, un diavolo rompiballe travestito da passeggero si unisce al gruppo, si toglie le scarpe, fa puzze, vomita, canta a squarciagola, ascolta la radio a tutto volume e parla, parla, ammorbando i dannati coi peggiori argomenti che essi sostennero in vita.

E così arranca la funesta fila
un metro al dì, per giorni cento e mila

Il Solito (cioè il Purgatorio) è uno smisurato grattacielo di migliaia di piani, nelle cui innumerevoli stanze ogni dannato fa sempre *una cosa, una sola e la stessa*. Ad esempio si fa in continuazione la barba per vent'anni, si pettina per ventidue, guarda per quarant'anni la stessa puntata di telenovela, piscia con getto secolare, mangia sempre e soltanto pizza al salame piccante, fa la stessa identica litigata per telefono o lo stesso cruciverba per un secolo. Ignoro i contrappassi applicati, ma le assicuro che non è meglio dell'Ingorgo, con l'unica eccezione di due intervalli per il tè, che però è scadente e sa di pesce.

La Lotteria (cioè il Paradiso) si svolge in un grande prato dove tutti, compresi coloro che hanno scontato la pena dell'Ingorgo e del Solito, partecipano a una lotteria settimanale che deciderà del loro futuro destino. Dopo l'estrazione alcuni vengono rimandati sulla terra, altri su universi lontani, alcuni ridiventano uomini, altri cozze o ranuncoli o hamhuk di Plutone o anguille o comete, altri ancora vincono la possibilità di vivere nel secolo o nel paese preferito. Dipende dal numero che si pesca. Si sussurra che il Manovratore, nella sua astuzia, abbia anche previsto un premio speciale per un ristretto numero di supercarogne. Costoro vincono un biglietto sul quale è scritto: *"Siamo spiacenti, ma hai perso: torna nella casella uno dell'Ingorgo a fare la fila"*. Oppure: *"Imprevisto! Torna nel Solito per cinquant'anni"*. Oppure (e questa è la più perfida): *"Complimenti! Lei ha vinto una Ferrari Testarossa"*.

Il vincitore, festante, sale sulla Ferrari, romba giù per uno svincolo autostradale tra folle di angeli plaudenti e nuvole rosa, e non ha ancora messo la quinta che deve frenare e si trova in un ingorgo di altre Ferrari Testarossa che cercano di immettersi, indovini dove?

– Nell'Ingorgo, presumo – disse ridendo il signor Aldo.

– Proprio così – disse Talete.

– Lei è matto, ma adesso ho meno paura. Certo, ci vuole una bella fantasia per immaginare tutto questo. Cos'è questo suono di bandoneón?

7

LUCIFERO

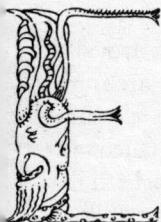

benezer Sinferru, Carmilla Drosera e Brot Caolila volavano nella galleria sotterranea, sopra milioni di auto incolonnate. I fumi dei gas di scarico intasavano di nuvole scure la loro rotta, e dal basso giungevano urla e lamenti di dannati, gemiti di clacson, cozzar di portiere, stridere di cacciaviti sulle carrozzerie. Le moto rosse dei Diavoli Stradali correvano qua e là rassicurando gli automobilisti che era solo questione di pochi minuti.

I tre volavano vicini ma con diverso stile. Ebenezer aveva un battito d'ali lento ed elegante, da fenicottero, Carmilla volava planando con la leggerezza d'un falco, schivando i diavoli che cercavano di abbordarla, Brot batteva freneticamente le ali come un calabrone, emettendo un ronzio da motofalciatrice.

Solo ogni tanto, grazie a un rapido turbopeto, guizzava verso destra o sinistra, nel tentativo di mangiarsi un batistrello al volo. Fu durante uno di questi tentativi che speronò Ebenezer, facendogli perdere quota.

– Bestia! – urlò Ebenezer. – Guarda dove voli! E cerca di dimagrire! Dobbiamo procedere a mezza velocità, per colpa tua.

– Mi fa male la coda – protestò Brot – non riesco a timonare.

– Certo che ti fa male se continui a mangiartela – disse disgustato Ebenezer (le code dei diavoli ricrescono, come quelle dei ramarri).

– Piantatela di litigare – disse Carmilla. – Siamo arrivati.

Atterrarono davanti alla Grotta della Direzione, un'immensa carie in una montagna di basalto, sulle cui pendici crescevano rovi spinacristi e fiori carnivori, e saltavano caproni dagli occhi di fiamma.

All'interno dell'antro, lo spettacolo era ancora più orrido: una moquette di plastica color amarena ricopriva un lungo, burocratico corridoio ai cui lati si aprivano centinaia di uffici tutti uguali. Ai muri erano appesi quadri raffiguranti crocifissi verdastri, marine al tramonto, bimbi moccolosi, mangiatori di cocomero, massaie desnude e altri capolavori del dopolavorismo demoniaco. Distributori di caffè con la scritta "Guasto" ed estintori sbrecciati completavano l'arredamento.

In fondo, dietro a una porta con la scritta "Executive Manager" c'era un ufficio di marmo nero, con una scrivania di vimini nera, e su una poltrona di plastica nera stava Lucifero in persona. Anche se i tre diavoli lo avevano già conosciuto in altre occasioni, trovarsi al suo cospetto era sempre una notevole emozione. Il direttore generale era alto quasi quattro metri, aveva un volto gioviale con nasone aquilino, e sulla testa gli dondolava un imponente palco ramificato di corna, sulla punta delle quali erano infilzati foglietti di appunti, cicche di sigarette, biglietti di auguri, sciarpe, cappelli e persino una palla per albero di Natale.

La celebre coda era irsuta, violacea, e terminava in una serie di optional quali forbici, cavatappi, lime e altri ammennicoli tra cui un gancio da traino.

Era vestito con un doppiopetto fumo di Londra e sopra la camicia mostrava ciò che ogni diavolo temeva, e che costituiva il vero lato orribile del suo aspetto: la *CRAVATTA*!

Lucifero possedeva le più brutte cravatte del mondo inferno e superno, una vera collezione di mostruosità di cui andava orgoglioso. Quel giorno ne aveva una gialla ed enorme, con un disegno di pipe rosse, segugi bianchi e neri, virgole viola fluorescenti e una varicella color triglia sul tutto. Carmilla si sentì quasi svenire, ed Ebenezer dovette sorreggerla.

– Vi piace la mia cravatta? – chiese il direttore. Era la domanda che da secoli rivolgeva a ogni suo dipendente.

– Strepitosa – disse Brot.

– Unica nel genere – disse Ebenezer.

– Non ho parole – disse Carmilla.

– Grazie, grazie, giovanotti, sedetevi – disse cordialmente Lucifero indicando tre orribili poltroncine color banana – vi rivedo con piacere: lei, Carmilla, è sempre più bella. Perché non concorre per Miss Diavola quest'anno? Quanto a lei, Ebenezer, ho letto sul giornale aziendale il suo saggio in cui mi paragona a Prometeo. Non ci ho capito molto, ma l'ho trovato... carino.

Ebenezer fece una smorfia imbarazzata.

– E in quanto a lei, Brot, dovrebbe mettersi un po' a dieta, la vedo un po' appesantito per i suoi centottantasei anni. E perché ha la coda mozza?

– Sono in forma strepitosa – disse Brot ruttando – in quanto alla coda, mi è rimasta impigliata nell'ascensore.

Ebenezer e Carmilla si guardarono con aria significativa. Lucifero accese un Tartarone, il sigaro più fetente venduto nelle tabaccherie ctonie, e si alzò slittando con gli stivaletti sulla cera lucida. Srotolò una gigantografia e la attaccò al muro con quattro colpi della puntatrice che aveva nella coda. La foto ritraeva il Grande Chiodo, immerso in nuvole di smog.

– Questo, signori, è l'edificio che ospita il Zentrum, l'unità decisionale del governo di Tristalia. È lui il nostro problema. Già da tempo ci lamentiamo che i dannati di questa parte della Terra siano molto deludenti. Là infatti si pecca per catechismo: più uno è fetente, più è premiato, più è ribaldo, ignorante, violento, ruffiano, più è facile che abbia un ruolo di riguardo e l'approvazione generale. Bisogna dire (sospiro) che su Tristalia fare la carogna è l'undicesimo comandamento, una facile moda, un conformismo rassicurante, una comoda scorciatoia per ogni carriera.

Manca quel senso di sfida e ribellione che rende nobile il trasgredire! Manca, soprattutto, il libero arbitrio. Alle bambine viene insegnato a sfilare prima che a camminare, ai bambini viene imposto il volante già nella carrozzella. Presto spunterà un gregge di modelluzze e pilotini che non occorrerà addestrare al passo dell'oca: si metteranno in fila da soli. In quanto agli adulti, se chiediamo loro di venderci l'anima, hanno come unico problema il pagamento in nero. I peccati di lussuria si consumano per lo più attraverso conversazioni telefoniche prezzolate, e non gravano sull'anima eterna, ma sulla bolletta bimestrale. Gli anziani, temendo la vecchiaia assai più dell'Inferno, non invocano Mefistofele, ma un chirurgo plastico. Che senso ha il nostro lavoro in un contesto del genere?

– E se provassimo a farli ribellare? – suggerì Brot.

– Ribellare? Magari sapessero ancora farlo. Rivendono malignità mediocri per audace trasgressione e chiamano mitezza l'arrendersi all'arroganza. E sono pronti a tutto per diventare "importanti". *In questo paese ormai ci sono così tante persone importanti che a nessuno importa più nulla di nessuno!* Questo Zentrum controlla ogni atto della loro vita, li aizza di volta in volta a esaltare o disprezzare, a obbedire o a ringhiare. Li riempie di una paura informe e paralizzante. Prevede ogni buono e cattivo sentimento, vende armi e immagini di stragi, popcorn e schizzi di sangue, crea i giustizieri e rimpiange le vittime, si bea di catastrofi e di beneficenza, di eccitazione e di rimorso. No, non sono questi i dannati che vogliamo! Queste pecore viziate, questi cattivelli avidi che dopo ogni peccato presentano la lista del rimborso spese e dopo ogni delitto vendono l'esclusiva delle foto, questa indifferente schiera che rimastica peccatucci a comando, questa carne da sondaggi la lasciamo ai Totapulchra e al Manovratore!

– Giusto! – disse Brot battendo il moncone di coda.

– Ma allora cosa possiamo fare? – chiese Carmilla.

– È semplice – disse Lucifero, cercando di togliere con l'unghia una macchia di pomodoro dalla cravatta, accorgendosi in ritardo che faceva parte del disegno – noi distruggeremo il Zentrum e ridaremo a quegli zombi la libertà di essere buoni o carogne a loro arbitrio. Così il nostro lavoro di tentatori avrà qualche stimolo. Se no, possiamo tornare tutti a fare gli angeli.

– Che orrore! – disse Ebenezer.

– Distruggeremo quel fottuto Zentrum, gli faremo cortocircuitare i coglioni! – disse Brot, digrignando le zanne.

– Sì, ma come? – domandò Carmilla.

– Con un Kofs, naturalmente – disse il direttore strizzando un occhio – sapete cos'è?

– Ne ho sentito parlare – disse Ebenezer. – È una creatura dei Mondi Alterei che divora la storia e i sogni. Un mangiatore di eventi, un grande archivio di tutto quel che accade, dico bene?

– È questo e molto di più – disse Lucifero, soffiando in aria un grande anello di fumo di Tartarone – è anche un registratore di teorie e ipotesi, di "se" e "qualora"; non solo conosce un evento, ma anche i vari eventi che si produrrebbero in seguito a ogni mutare del contesto, l'accaduto e lo sfiorato, l'inevitabile e l'evitato.

Inoltre registra gli istinti, i collegamenti telepatici, i pensieri sonnambuli, le glossolalie, le bugie, registra tutte le conversazioni amorose dai tempi del Triassico, tutte le poesie, i temi scolastici, i billet doux, le lettere commerciali, le multe, i fax, i video amatoriali, i sogni, i deliri, le cosmologie, le avvincenti demonologie e le noiosissime descrizioni delle schiere angeliche, le visioni dei santi, le riflessioni degli astronauti e (dice qualcuno) anche i pensieri del Manovratore!

– Ma allora – disse Brot – è pericoloso!

– No – disse Lucifero – perché il Kofs non fa alcun uso del suo potere. Riceve, registra, incamera e fa le fusa, o qualcosa di simile, in serena pigrizia. Ma se noi mettiamo il Kofs vicino a un altro grande mangiatore di eventi, cosa accadrà?

– Si divorano – disse Brot.

– Si sposano – disse Carmilla.

– Si ignorano – disse Ebenezer.

– Il Kofs sarà fatale al Zentrum! – disse Lucifero, accendendo un fuoco d'artificio negli occhi satanici. – Poiché quando il Zentrum si troverà di fronte a una massa di dati così enormemente, evidentemente, mostruosamente superiore alla sua, cadrà in preda a terrore, nausea, impotenza. Cercherà in un primo tempo di confrontarsi, forse di rubare qualche dato, ma poi verrà ridicolizzato, sommerso, contaminato, ubriacato da milioni di anni di storia, di emozioni e pensieri, dalla prima rocciosa stupida riflessione del pitecantropo all'ultima siliconica stupida intuizione del cibernetico. Il Zentrum verrà travolto, ed esploderà!

Un vibrante applauso accolse queste parole, anche perché il direttore aveva concluso il pistolotto sparando un bellissimo petardo verde dalla coda.

– Andate ora, diavoletti miei – disse Lucifero quasi commosso – fate le valigine e Belzebù sia con voi.

– Ehm, un piccolo particolare – disse Ebenezer. – Dove troveremo il Kofs, e come ci arriveremo?

– Dove? Ah, già, che sbadato, ma naturalmente nei Mondi Alterei e precisamente nel Protoplas, matrice di ogni creatura. E come farete ad arrivarci? Naturalmente con una mappa nootica. Purtroppo ne avevamo una, ma col cazzo che qui si trova mai niente, sarà finita in qualche archivio polveroso, o se la saranno venduta. Ma i Totapulchra hanno ben sei mappe nootiche. Vi travestirete da angeli, andrete alla biblioteca celeste, e ruberete una mappa.

– Ci travestiremo da cosa? – gridò Ebenezer indignato.

– Avete quattro giorni per la missione – disse Lucifero spalancando le ali con uno schiocco – se entro tale data non tornate con un Kofs, vi sbatto nel reparto ossessi, vi infilo in un corpo terrestre e vi beccherete esorcismi in latinorum e suffumigi d'incenso fino a nuovo ordine.

I diavoli schizzarono via. Anche se un po' vecchio e rimbambito, il direttore sapeva ancora farsi valere.

INVENTARIO DELLA VALIGIA CHE EBENEZER SNOBERUS SINFERRU PREPARÒ PER IL VIAGGIO NEI MONDI ALTEREI

Un costume d'angelo completo con parrucca e ali di vera piuma di cigno.

Un dentifricio con spazzolino.

Un arricciacoda.

Una scatola di lucido per corna "Wild Deer".

Dodici preservativi.

Un pigiama.

Un altimetro.

Uno spaventacroccoli.

Una macchina fotografica e dodici rullini.

Un vocabolario diavolo-angelese e angelo-diavolese.

Una motocicletta da cross.

Pinne.

Occhiali e boccaglio.

Un chilo e mezzo di brillantina alla menta.

Una cerbottana con frecce al curaro.

Cime tempestose di Emily Brontë.

Tre paia di mutande con buco caudale.

Toppe di caucciù per le ali.

Due mazzi di carte da poker.

Guanti da saldatore.

Sympatol, Xamamina, supposte di glicerina.

Un kriss malese.

Due bombe a mano.

Un pipistrello di peluche.

Mezzo chilo di camembert.

Pinne (secondo paio).

Un chilo di smeraldi grezzi, diecimila markodollari e due carte di credito false.

Marijuana (dose per consumo personale).

Pinne (terzo paio).

Racchette da neve.

Uno smoking.

Un paracadute.

Un barattolo di Scaramella (Nutella di scarafaggi).

Liquido antisqualo.

Petardi, castagnole, scoppiarelli, maradone, trictrac.

Un estintore.

Filo interdentale.

Un martello pneumatico.

Una sega a motore.

Dodici ombrelli.

Una borsa portakofs.

Tutte le poesie di Majakovskij.

8

SIBILLA

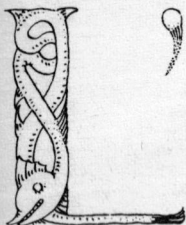

occhio della piccola Okumi inquadrò una serie di cadaveri scuoiati e congelati, appesi al soffitto. Erano manzi bonaerensi d'importazione. I ragazzi intrepidi si trovavano nel freezer dell'Ipermarket.

– Dobbiamo proprio passare di qui? – chiese Rangio. – Sto morendo di freddo.

– C'ho fatto la commessa un anno intero, in questo posto – disse Iri – timida e dolce nell'insolente baccano, fondendomi il cervello a contar fustini e cercando di salvare il culo dai direttori. So che la scatola degli allarmi si trova qui.

– E cosa succede se suona? – chiese Rangio.

– Avremo addosso tutti. Uomini, cani, guardioni, vigilantes, robocops, marines. L'Ipermarket si metterà a ululare come per un bombardamento aereo e sveglierà l'intera contea. Verremo circondati, uccisi, appesi a un gancio e venduti come macinato per polpette.

– Niente di questo accadrà – disse Boccadimiele, ritoccandosi il rossetto – se vi fidate di me.

– Io mi fido, amore – disse Rangio avvicinandosi nel buio.

– Non drizzare adesso, bello – consigliò Boccadimiele – aspetta che abbia fatto un lavoretto all'allarme e poi penserò anche a te.

– Trovata! – disse Iri. – Ecco qua la scatola. È tutta tua, Faina: mettiti di profilo e lasciati riprendere in primo piano.

Boccadimiele si avvicinò alla cassetta di metallo verde con un sorriso spavaldo. Fece cenno agli altri di allontanarsi. Prese dalla tasca una fiala metallica, la aprì con circospezione e ci infilò dentro un sottile cannello. Introdusse il cannello nella serratura della cassetta. Versò tutto il contenuto della fiala e si allontanò in fretta.

– Ehi, cosa succede adesso? – chiese Rangio preoccupato. – Scoppia tutto?

– Stai calmo, Toccaculi – disse Boccadimiele – questo è HCT, acido corrosivo da sintesi di composti di cloro. Lo puoi ottenere mescolando dei semplici solventi da mesticheria. Lo usava anche il KGB, quando doveva scassinare qualche cassaforte. Con questo hanno aperto tutte le cassette di sicurezza di Ceausescu. Adesso è un po' fuori moda, ma per noi va benissimo. Vedi quel fumo che esce dalla scatola? È il segno che l'HCT sta corrodendo i fili e i contatti, dolcemente, lentamente, come la noia consuma noi mortali. Un minuto ancora e quell'allarme sarà una poltiglia pacificata. Per sempre.

– Sei forte, Bouche – disse Rangio – dove hai imparato tutte queste cose?

– Riviste alternative americane e Istituto Tecnico Pacinotti – ghignò Boccadimiele. – Ecco, Rangio, adesso puoi aprire la porta e provare a entrare.

– E se non funziona?

– Se non funziona, ce l'hai nel culo e la porta si chiuderà alle tue spalle. Noi invece faremo in tempo a scappare – disse Boccadimiele.

– Dai bello, fai la tua parte – disse Iri.

– Ma io ho la chitarra – esitò Rangio – e senza quella...

– Cagasotto – disse Iri. – Se qualcuno mi riprende con la telecamera vado dentro io.

– Passami Okumi – disse Boccadimiele. – Se crepi, vuoi il tuo cadavere in primo piano?

– Non portare sfiga, Bouche – disse Iri. – *Ragazzi intrepidi*, scena ventiduesima, si va!

La ragazza aprì la porta, entrò e nessun allarme suonò.

– Visto, fifone? – disse Boccadimiele, spingendo dentro Rangio. Erano nel reparto profumeria. La luce era fioca e azzurrastra. C'era un odore celestiale di bagno pulito, cipria, licopodio e neonati ariani. Boccadimiele si mise in tasca un caricatore di rossetti e si fece due segni di guerra vermigli in fronte. Iri ramazzò tutte le tinture per capelli che riuscì a trovare, comprese quelle per ottuagenari. Rangio si sparò in testa un intero spray di gel e iniziò a colare muco come uno zombi.

– Diamoci da fare adesso – disse Iri – dobbiamo trovare questo "saggio in scatola".

– Calma, Sconvolta – disse Boccadimiele – goditi il pericolo. La scarpa ha detto che "il saggio ci aiuterà", e le scarpe dicono sempre la verità. Qualcuno si farà vivo. Noi dobbiamo solo aspettare.

Si arrotolarono un birone di ganja botswanica e sedettero per terra nel reparto scatolame. Alcuni dei barattoli erano banali, altri assai telegenici. Quelli del cibo per gatti mostravano felini estatici, in stile iperrealista. I pomodori erano dipinti sullo sfondo di prati soleggiati, oppure con occhi e gambe in movenze da cartoon. I tonni avevano berretti e pipe da marinaio. Le marmellate mostravano belle gradazioni di colori, dal giallo al blu scuro, e i mieli sfavillavano come lingotti.

Da una confezione sottovuoto di caffè, una negrona dai denti bianchissimi sembrava sul punto di lasciare la scansia e lanciarsi in un mambo. Accanto, un grosso barattolo di sottaceti mostrava le budella, reni di cetrioli e trippe di peperoni. Dodici pesche sciroppate, accatastate l'una sull'altra, rimpiangevano il sole e l'albero natio, chiuse in quella bara vitrea fino a sicura morte da macedonia. Nella scansia vicina, da migliaia di piselli e fagioli, mezzi affogati nel loro stesso sudore, fradici, stipati, veniva un flebile grido: "Liberateci!". E dal reparto carne in scatola che mostrava mucche nei giorni felici e alpestri, uscì un muggito implorante. E imprecazioni in portoghese segnalarono che anche le sardine si lamentavano per l'infelice promiscua prigionia, mentre dall'interno del barattolo del granchio veniva un rumore stridente, come se il recluso, usando la chela come apriscatole, cercasse di evadere.

Ma il fenomeno più sorprendente si verificò in un barattolo di latta che portava un'etichetta senza disegni né ornamenti:

Anguilla marinata
chilogrammi 1,400

Il barattolone cominciò a gonfiarsi premuto da un gas interno, e infine scoppiò spruzzando un getto d'olio graveolente.

Poi, come un cobra dal cestello, fece capolino la testa dell'Anguilla Sibilla.

Era grigia, con gli occhi azzurri, e le pinne del capo, dilatate, sembravano un grazioso collarino. Guardò i ragazzi con la testa obliqua, nella posa della gallina che sta per becchettare, e disse:

— Per favore, qualcuno potrebbe pulirmi da quest'olio?

Iri fu la prima a riprendersi dalla sorpresa. Prese una confezione di fazzoletti di carta e si mise a frizionare freneticamente l'anguilla, che in effetti era unta da far pietà. Lo snello leptocefalo esprimeva il suo gradimento per l'operazione con sibili soddisfatti.

— Così va meglio — disse Sibilla scrollandosi le ultime gocce. — Cosa posso fare per voi?

— Ci manda una scarpa — disse Rangio.

— Per la verità, ci manda Memphis Snailhand Slim — disse Iri.

— Bene bene — disse l'anguilla — il vecchio Mano-di-lumaca, cantiamo sempre le sue canzoni, quando migriamo.

— Migrate... come gli uccelli?

— Certo, ce ne andiamo nel Mar dei Sargassi, è come andare a Woodstock, partiamo in branchi larghi come isole, ne arriva una su centomila, ma chi arriva partecipa a un'orgia unica al mondo. Si tromba ai Sargassi, giovanotti! Si tromba, si figlia, poi si muore. Tra noi anguille va così.

— Anche tra noi bipedi — disse Boccadimiele — e lei, c'è mai stata ai Sargassi?

— Certo che no — disse l'anguilla, uscendo dal barattolo in tutta la sua considerevole lunghezza — io sono nata in una laguna qua vicino. Non me la passavo male, prima che mi pescassero. Ma sapete, io appartengo a una specie assai rara, le anguille divinatrici, che vivono più a lungo delle colleghe... se stare a mollo nell'olio rancido può dirsi vivere. Ma sono stata fortunata, mi avete liberato e vi ricompenserò. So qual è il problema che vi assilla: c'è un vostro amico malato, molto malato, e volete sapere se c'è qualche elisir, pozione magica, placebo, watanga che possa guarirlo, o quantomeno rimetterlo in piedi per partecipare a una certa sfida...

— Fantastico — disse Iri — ha indovinato tutto.

— È nella mia natura — disse l'anguilla, prendendo una strana posizione a punto interrogativo. — Dunque vediamo, per quanto ne so io c'è una sola pozione in grado di guarire il Morbo Dolce: è un cocktail che si chiama Senno, forse ne avete già sentito parlare. Lo chiameremo il Senno di Elianto, e per farlo ci vogliono:

un quarto di huapanga, frutto rarissimo che si trova solo nel terzo mondo altereo, Posidon;
un quarto di acqua minerale pizzighina, e questo è facile... poi, vediamo, ah sì;
un quarto di protofunghi, o antidoto 104, che troverete nel primo mondo, Protoplas;
un quarto di istinto di sopravvivenza, che si compra in ogni negozio del secondo mondo, Neikos.

Per finire, a tutto questo va mescolato un ricordo meraviglioso del signor Elianto in questione, ricordo che si trova sicuramente nel settimo mondo, Mnemonia. Voilà, mi sembra che non manchi nulla.

– Veramente – disse Boccadimiele – manca la cosa più importante, e cioè la mappa nootica.

– Ah già, che sbadata! – disse l'anguilla, saltando agilmente sul pavimento. – Ma è semplice: staccate l'etichetta del mio barattolo e sul retro troverete disegnata una mappa nootica, un po' unta ma perfetta. E adesso portatemi al gabinetto.

– Non sapevo che le anguille avessero queste esigenze – disse Rangio, prendendola in mano con delicatezza.

– Cosa hai capito, chitarrista? Portami al cesso, buttami nel water e da lì finirò nelle fogne e se tutto va bene tra ventiquattr'ore sono a casa.

– Non è un gran bel viaggio – disse Rangio.

– A volte per arrivare dove si vuole bisogna mandar giù un po' di merda – disse Sibilla.

– Scusi – disse Iri – visto che per l'emozione non ho ancora ripreso nulla, potrei filmare la sua... uscita di scena?

– Certo – disse l'anguilla – come si chiama il film?

– *Ragazzi intrepidi.*

– E cosa c'entra un'anguilla che si butta dentro una turca?

– È una metafora del tempo che fugge – disse Boccadimiele.

– Non fare la spiritosa, Bouche – disse Iri – è pronta, signora Sibilla?

– Vuole che mi pettini? – disse l'anguilla, ironica.

– *Ragazzi intrepidi*, scena venticinquesima, azione!

L'anguilla scivolò dalle mani di Rangio e si tuffò dentro al buco. Poco dopo la sentirono cantare, dentro le tubature, la canzone dell'anguilla migratrice:

> *Ai Sargassi, ai Sargassi*
> *facciamo quattro passi*
> *solo una su un milione*
> *giungerà a destinazione*
> *ma meraviglioso è il mar*
> *val la pena di provar!*

9

LA PARTENZA DI FUKU

La luna splendeva su Cima Rovina. Fuku Occhio di Tigre aveva acceso un bel fuoco e stava arrostendo una luganiga yang. Al suo fianco, dentro una ciotola, Visa e Pat si spartivano il chicco di riso della cena.

– Troppo cotto – disse Visa.

– È quasi crudo – disse Pat.

– Mi dispiace, onorevoli yogi – disse Fuku – ma cuocere un solo chicco alla volta non è facile.

– Hai della senape? – chiese Visa.

– Non dargliela – disse Pat – poi non la digerisce e dentro all'anello balla la rumba.

– Ma questo riso non sa di niente! – protestò Visa.

– È anche troppo saporito – disse l'altro.

– Ma voi due andate sempre così d'accordo?

– Noi mettiamo in scena la dialettica dello Yang e dello Yin – disse Visa – e così ricostruiamo l'armonia universale.

– Veramente – disse Pat – prima viene lo Yin e poi lo Yang.

Un folata gelida annunciò che era in arrivo una nuova bufera di neve, i corvi si diressero ai loro nidi e le marmotte ai loro monolocali.

– È ora di partire – disse Fuku rabbrividendo. – Consultiamo la mappa nootica e andiamo. A proposito, come si usa?

– È semplice – spiegò Visa – basta essere nel punto interno di una bolla frattale transmundia, dove c'è il passaggio tra le due realtà. Si fa il vuoto mentale, e ci si trova automaticamente traslocati. E noi siamo esattamente in uno di questi punti. Facile, no?

– Quante volte lo hai già fatto? – chiese Fuku.

– Mai. Ma le istruzioni parlano chiaro.

– Le istruzioni servono a poco, cervello di cormorano – disse Pat – bisogna che partiamo tutti insieme o, piccoli come siamo, Fuku non ci troverà più.

– Invece di drammatizzare trova una soluzione, faccia da macaco – disse Visa risentito.

– Calmatevi: ho io la soluzione. Vi metto in tasca, così partiremo tutti insieme. Contenti?

I due yogi, un po' ingrugniti, si infilarono nel ruvido abito di Fuku. Il guerriero chiuse gli occhi e si sedette nella neve. Tutto taceva. Il vento iniziò a sibilare e i lupi a ululare. Un fulmine squarciò il cielo. Le marmotte cantavano cori di montagna. Lontano, due orsi lottavano ringhiando per questioni territoriali. Uno spazzaneve rombava furiosamente dalla sovrastante pista di sci.

– Allora, si parte? – dissero gli yogi.

– Mi dispiace – disse Fuku – ma credo di non riuscire a raggiungere il perfetto vuoto mentale: c'è un gran casino su questa montagna.

– Il vuoto mentale è il fine supremo del saggio – sentenziò Pat sporgendo dalla tasca – ed egli deve riuscire a raggiungerlo anche nella più disagevole delle situazioni. A tal proposito vi narrerò un breve apologo.

– Veramente, volevo narrarlo io – disse Visa.

– Ma io l'ho detto per primo. Dunque, in un tempio vicino a Lahore, viveva un maestro arciere di nome Visvamitra, di cui tutti ammiravano l'abilità. Quando imbracciava l'arco, egli otteneva sempre il perfetto vuoto mentale, e la freccia si dirigeva verso il bersaglio senza che da parte del maestro fosse necessario nessuno sforzo di volontà, nessun apprendimento autocorrettivo o obbedienza inconscia a calibrazione interiore in termini batesoniani.

Un giorno il maestro stava facendo lezione davanti agli allievi, e aveva incoccato lo strale e teso l'arco, quando una farfalla si posò proprio sulla punta della freccia.

Il maestro non la allontanò né scoccò il dardo. Semplicemente aspettò, con l'arco immobile e teso.

Circa un'ora dopo, la farfalla volò via. Subito la mano del maestro lasciò la freccia, che centrò il bersaglio.

"Maestro" disse un allievo "è veramente straordinario come lei abbia saputo mantenere il vuoto mentale per tanto tempo, nonostante la presenza di quella farfalla."

"Quale farfalla?" – disse il maestro Visvamitra.

– Quella che so io somiglia, ma è diversa – disse Visa. – Dunque, c'era in un tempio vicino a Calcutta un maestro tiratore d'arco, Vaisampayana, di cui tutti ammiravano la destrezza. Egli sapeva sempre ottenere il perfetto vuoto mentale, nei termini dell'ipotesi fisica del diavoletto di Maxwell, e ogni volta sembrava che fosse il bersaglio stesso a calamitare irresistibilmente la freccia verso di sé.

Un giorno un allievo burlone pensò di fare uno scherzo al maestro. Prese una delle frecce e le incollò sulla punta una farfalla imbalsamata. Quando il maestro estrasse la freccia dalla faretra e l'ebbe incoccata, si trovò la farfalla davanti agli occhi.

Il maestro si fermò, con l'arco teso.

Dopo dodici ore era ancora nella stessa posizione, e qualcuno degli allievi cominciava a dare segni di cedimento, gli stomaci bramivano per la fame, le gambe inchiodate nella posizione del loto erano un unico straziante crampo, e tutti stavano per pisciarsi addosso. Passarono altre dodici ore e numerosi allievi svennero. Finché l'allievo burlone si inchinò davanti al maestro e disse:

"Perdonami, nobile Vaisampayana, ma è stato uno scherzo: la farfalla è imbalsamata."

Il maestro Vaisampayana, senza dire una parola, scoccò la freccia e trapassò l'allievo a un polpaccio.

"Così impari a fare il cretino" – disse.

– È una storia fasulla e ignobile – strillò Pat ergendosi in tutto il suo centimetro e tre – te la sei inventata sul momento, ammettilo.

– Ebbene sì – ammise candido Visa – cosa c'è di male?

– Sei un visnuita estremista che sbeffeggia la nobile tradizione degli apologhi!

– Sei un ultrà shivatico senza alcuna ironia sulla tua isteresi dottrinaria!

– Smettiamola, o Fuku non riuscirà mai a ottenere il vuoto mentale!

– Mi sembra che ci sia riuscito, invece: senti come russa, il tuo noioso apologo lo ha addormentato.

– Il *tuo* noioso apologo vorrai dire.

– Oh, basta – disse Visa – concentriamoci sulla mappa e andiamo. Meno tre, due, uno, via!

Ci fu un grande spruzzo di neve, come se l'uomo invisibile avesse fatto un cristiania. La luna illuminò Cima Rovina, ma Fuku Occhio di Tigre, Visamarachanda e Patachamadanda non c'erano più.

10

SATAGIUS

alete Fuschini si svegliò da un sonno ristoratore di cinque minuti, guardò fuori dalla finestra e si accorse che qualcosa era cambiato nel panorama. Uno dei tre abeti che amava decorare ogni Natale era sparito. Il pescesega se l'era mangiato, e adesso stava attaccando il secondo. Un merlo senzatetto saltellava sul davanzale. Talete, sospirando, gli aprì un barattolo di vermi da esca. Stava ormai nutrendo tutti gli uccelli con nevrosi da disalberamento della zona, e il numero aumentava di giorno in giorno. Il merlo riuscì a mangiare ben poco. Arrivarono tre picchi teppisti e mentre uno lo beccava in testa, gli altri due si spazzolavano la lombricaglia.

– Così è la natura – pensò Talete guardando attentamente il quadro dei papaveri di Monet, come se si aspettasse di trovare anche lì qualche cambiamento, un papavero in meno o un covone aggiunto. Poi accese Teleotto, la tivù libera della contea. "Libera" nel senso che poteva trasmettere i programmi delle televisioni governative inframmezzandoli di pubblicità locale. Quella mattina i telegiornali avevano tutti lo stesso titolo d'apertura: alla sfilata di moda di Nastassia i venti presidenti avevano preso a massacrarsi prima del tempo stabilito. La presidentessa delle Donne in Carriera, Ettorina Ettorini, era stata crivellata di colpi da una topgun-model che sfilava in minigonna mimetica e mitra annesso. Sospettata, naturalmente, la presidentessa Nastassia, che però aveva replicato indignata che quel rozzo omicidio non era né nel suo stile né nel suo look.

Varie e vibranti le reazioni politiche. Berto, degli Intellettuali

Ragionevoli aveva pacatamente rilevato che era stata trasgredita una regola fondamentale della democrazia e del galateo istituzionale: e cioè che non si può ammazzare un presidente nei quindici giorni successivi alle elezioni. Previtali aveva ricordato come l'omicidio politico gravi sulle finanze statali assai meno della raccolta di lunghi dossier diffamanti, o di interminabili lotte con avvisi di garanzia. Mathausen Filini, dei Nazi-Chic, aveva replicato che dieci o dodici ore prima non fa una gran differenza, l'importante è arrivare in fretta alla soluzione finale, per il bene del paese. Il presidente Bidone aveva iniziato un digiuno di protesta perché la sua intervista era più corta delle altre. La presidentessa dei Teen-ager, Ametista, alla presentazione del suo disco *Muscoli* aveva osservato che era giusto cominciare ad ammazzare per primi i più vecchi. Il Comico Birichino Sghigna aveva sparato una battutaccia sul fatto che Ametista aveva diciotto anni ormai da diciannove anni. C'era stato uno scambio di schiaffoni, e uno share del ventitré per cento.

– Allora è morto, finalmente? – disse una voce roca alle spalle di Talete. Era il dottor Siliconi, farcito di aspirine dopo una notte fumosa e alcolica. Portava sottobraccio un fascio di giornali e lo schermo argenteo per l'abbronzatura artificiale.

– Certo che è morta – rispose Talete – dodici pallottole quasi tutte letali, una nell'esofago, una nell'ileopsoas, due...

– Ma di chi sta parlando?

– Della presidentessa Ettorini.

– Non me ne frega niente, intendevo il malato della trentotto, quel vecchietto scheletrico.

– Il signor Aldo? Sì, è morto stanotte.

– E come mai la camera è ancora vuota? Abbiamo venti persone in stand-by.

– Pensavo che prima sarebbe stato opportuno sgomberare le sue cose...

– Metta tutto in un sacco della spazzatura e infili subito nella camera la signora Vittorini. È un'epatica abbiente raccomandata dal Direttore dei telefoni della contea. E per un quarto d'ora non mi disturbi per nessun motivo. Sono nel solarium.

– Ci vada piano con gli ultravioletti – disse Talete.

– Ancora quella storia del Bonus? – disse Siliconi iroso, ma non poté fare a meno di toccarsi le balle. Partì in slalom tra le barelle del corridoio, dribblando Boccia e quasi travolgendo Satagius.

– Vedo che è riuscito a farlo arrabbiare di nuovo – disse ridendo il medico.

– Non è difficile.

– Mi domando – disse Satagius, contemplando dalla finestra un altro abete che barcollava prima dell'atterramento – cosa accadrà in questa clinica, quando Siliconi la dirigerà.

– Non è detto che finisca così.

– Diventerà lui il direttore, caro Talete, senza dubbio. Piace al governo, molto più di me. Ha cominciato la carriera infilando capsule di controllo demodossametrico in tutti i suoi operati. E quest'anno la contea perderà la sfida col governo. Quel Baby Esatto è un piccolo mostro, non esistono suoi coetanei in grado di batterlo.

– Via, dottore. Si faccia una punturina di ottimismo!

– Mica è facile: abbiamo perso un altro paziente, ed Elianto sta peggiorando: ho qui le sue ultime analisi.

– Non bisogna mai mollare, dottore – disse l'infermiere. – Ci vuole un gran fisico per correre dietro ai sogni.

– Signor Talete, posso farle una domanda personale? – sospirò Satagius.

– Prego.

– È vero che lei rapinò una banca, restituì metà del bottino e non disse mai cosa aveva fatto dell'altra metà?

– È vero ma non le darò altri particolari! Piuttosto ho una sorpresa che le solleverà il morale – disse Talete, ed estrasse da un cassetto una boccetta scura e polverosa. – È Broncobel del 1956. Uno sciroppo per la tosse come non se ne fanno più.

Gli occhi del dottor Satagius brillarono.

– Il 1956 è anche un'ottima annata!

Talete gliene versò una buona dose in un calice da champagne. Satagius delibò e fece schioccare la lingua.

– Delizioso... direi, un leggero sapore bromidrato con un retrogusto di cannella ed essenza d'arancio, che a contatto col palato diventa vellutato e antiflussivo con l'asprigno dell'idrossibenzoato che ben si sposa con l'aroma del pino mugo.

– Lei è un vero intenditore!

– Per carità – si schermì Satagius – certo, ho in cantina una bella collezione di mucolitici pregiati, ma da qui a essere un esperto...

– Adesso passa tutto via flebo – disse Talete – non ci sono più quei bei saporacci di una volta.

– Via via, che discorsi, sembriamo ancor più vecchi di quel che siamo – disse Satagius. – Vado a dare un'occhiata alla ventisei. A proposito, chi è quel signore elegante che ho visto stamattina nella camera ardente del signor Aldo?

– Mah, forse un parente – disse Talete, distogliendo lo sguardo.

– Beh, era proprio un tipo distinto, con un'aria... da ballerino di tango, direi. Mi fa piacere che, nel momento estremo, anche un vecchio come il signor Aldo abbia avuto qualcuno accanto.

Stupito del silenzio di Talete, Satagius posò il calice di Broncobel, e si avviò pensoso nel corridoio. Salutò suor Malcinea, che rispose col solito grugnito. Spingeva senza fatica un gigantesco carrello da cui salivano solfuro di minestrone e metano stracchinico. Dalle camere veniva uno svogliato tinnire di cucchiai, colpi di tosse, brusio di televisori. Proprio così, pensò Satagius, si vive, nonostante tutto. Appesi all'ultimo globulo bianco, all'ultima diastole, nutrendosi di briciole, doloranti e piagati, ma si vive. Non c'è miseria né grandezza in questo: solo la verità delle ore che passano, i ritmi del risveglio, delle pillole, del sonno, il desiderio del cielo che sta fuori. *Usque ad litus ultimum.*

Aprì piano piano la porta della camera. Elianto dormiva, con tutte le coperte all'aria, il volto sudato. Satagius lo coprì con delicatezza. Gli posò una mano sulla fronte e la sentì bruciare. E in quel gesto si sentì simile a tanti. A chi aveva già provato quel dolore. Tanti, donne e uomini, con la mano su una fronte che scotta, e tutto il resto non conta più.

Satagius vide che il cassetto del comodino era aperto: dentro c'erano una conchiglia fossile, due soldatini, un foglio con una mappa colorata. A quell'età soltanto esistono i tesori! Il respiro di Elianto era regolare. Forse dormiva, o fingeva di dormire.

– Strano ragazzo – disse a bassa voce Satagius – sembra che solo la luna ti dia un po' di forze, che la luce del sole sia troppo forte per te, che tu abbia bisogno di riceverla filtrata, depurata, placata. La luna, amica dei solitari. Io la conosco bene: anch'io ero come te, stregato dai copioni deliranti dell'instancabile drammaturgo nascosto nel mio ipotalamo. Anch'io ero preda di quelle strane reazioni chimico-neuronali, di quelle dissipazioni di potenziale elettrico che vengono chiamate sogni. Vorrei tanto che attraverso questa mano la tua malattia arrivasse a me, e tu ne fossi liberato. Anche se a volte penso che sarebbe meglio se il tuo viaggio finisse qui, finché credi ai tesori. Prima di accorgerti che la tua parte migliore non interessa nessuno. Ma tu devi vivere. Voglio incontrarti tra qualche anno, e magari allora sarai tu a tenere la mano sulla mia fronte che brucia. Farò tutto quel che posso per salvarti. Quando esco da questa clinica, nel sole, non chiudo porte dietro di me. Attraverso i muri, ascolto. La notte, nelle camerate buie, cammino. Stasera l'ombra dell'albero magico invaderà questa stanza, rinfrescherà la tua fronte, accenderà il tuo sangue. Ti alzerai dal letto e camminerai, ti tufferai in mare, volerai. Te lo prometto, ti starò vicino. Guariremo, Elianto.

Il ragazzo spalancò gli occhi.

– Le ho mai raccontato dei miei tre gatti, dottore?

11

LA BIBLIOTECA ANGELICA

Tre angeli alquanto strani si aggiravano impacciati tra le colonne di marmo azzurro della Biblioteca Totapulchra, centro di documentazione multimediale per Schiere angeliche fondato da san Michele in persona.

Il primo angelo era alto, col volto infarinato e un elegante Borsalino bianco in testa. Dall'ampio camicione pendevano due ali un po' polverose e spennacchiate, con l'aria di aver passato parecchio tempo in un magazzino di trovarobato. Mentre camminava, l'angelo seminava piume di cigno per tutto il pavimento, e le grosse scarpe di coppale cigolavano come se fossero molto strette.

Il secondo angelo era evidentemente della schiera degli Angeli della Salvezza, quelli che appaiono agli alcolisti per ricondurli sulla retta via, e per tale motivo sono vestiti in modo da confondersi con la peggior teppa suburbana.

Era grasso come un putto barocco, portava gli occhiali neri e un orrendo camicione sozzo e rattoppato con la scritta "Cincinnati Angels". Trascinava una valigia di cartone, aveva il capo avvolto in un turbante di garza e odorava di incenso come dieci sagrestani.

Il terzo angelo era un'angelessa (l'ermafroditismo degli angeli è una solenne bugia), sicuramente la più decorosa del trio, ma notevolmente al di sopra del tasso medio di sensualità empirea.

Sotto i riccioli biondi scintillavano occhi gialli fulminanti, appena schermati da lenti segretariali. Faceva ondeggiare il bel vestito bianco a gonna larga, ancheggiando in modo anomalo. Lo certificava il fatto che molti angeli maschi si voltavano a guardarla, cosa che, per regolamento, possono fare non più di tre volte all'anno. Ci fu pure un putto in pannolone che sorpassandola in volo le sussurrò in un orecchio:

– Ti spiumerei tutta!

Era decisamente troppo per l'angelo-direttore Pulcherus Serafius, che si avvicinò sospettoso ai tre chiedendo chi fossero e cosa volessero.

L'angelo più alto lo salutò con sussiego e disse a bassa voce:

– Mi presento, sono Abner Gabriellus Quitollis, cherubino maggiore, e sono qui per un incarico molto delicato. Forse è meglio se ci appartiamo un momento.

– Non ne capisco il motivo – disse secco il direttore.

– Mi presento, sono Castus Cerelia Bellemammeta, cherubino minore – disse l'angelo grasso. – Noi veniamo da sotto, dall'Ingorgo insomma, per quella serie di libri... un po' speciali che la sua biblioteca ordina ogni mese.

– Veramente li aspettavo tra una settimana – disse imbarazzato Serafius.

– Mi presento, sono Cilestra Peonia Bernardetta, serafina di terza schiera – disse l'angelessa – il fatto è che c'è capitata una grossa occasione, un'enciclopedia dei supplizi dei santi con illustrazioni... molto particolareggiate.

– Venite nel mio ufficio – disse il direttore.

Si avviarono, tra frotte di angeli che passeggiavano e conversavano con i libri sottobraccio. Sui muri della biblioteca correvano interminabili scansie di testi sacri ed edificanti, oltre ai pope-sellers del momento, riviste teologiche e mensili di paracadutismo.

Entrarono nell'ufficio del direttore. L'odore d'incenso di Brot toglieva il respiro.

– Ma lei cos'ha fatto alla testa? – chiese il direttore indicando il turbante.

– Uno scontro in volo – disse Brot.

– E si profuma sempre così?

– Vede, quando trattiamo con quei satanassi, ci resta attaccato il loro puzzo. Ce n'è uno poi, un tale Ebenezer, che puzza come una vasca di merda di cavallo.

– Ma che linguaggio! – protestò il direttore.

– Lo scusi – disse Ebenezer Gabriellus, conficcando un unghione nel fianco di Brot, che gemette – è che ha dovuto studiare linguaggi bassi e diabolici per comunicare con quelli là sotto, e gli è rimasto, per così dire, un po' di slang in bocca.

– Capisco – disse il direttore – deve essere terribile trattare con quei tipacci. Ma riguardo a questi libri un po' osé, io credo che un po' di sfogo faccia bene ai ragazzi. Vedete, prima che in biblioteca tenessimo l'*enfer*, il reparto a luci rosse, tutti andavano dai venditori abusivi e prendevano delle gran fregature. Che ne so, libri dove sul frontespizio c'è scritto De Sade, e poi è tutto Don Bosco, oppure riviste col titolo "Le più gran vacche del mondo", che si rivelano pubblicazioni di allevamento bovino. Per questo abbiamo deciso di tenere una piccola quota di libri proibiti. Certo è una gran vergogna, e immagino sia un lavoro assai penoso per voi.

– Penosissimo – disse Carmilla Peonia congiungendo le mani in posa virginale – ma ormai sappiamo scegliere bene: guardi questa enciclopedia.

Brot estrasse un tomo dalla valigia e il direttore ebbe un lampo negli occhi, subito represso.

– Uhm, vedo, vedo – disse – *Torture, patimenti, martìri e supplizi di Sante e Santi, con 1200 illustrazioni a colori, volume primo*. Interessante.

– Le mostro qualcosa – disse Carmilla Peonia, avvicinando la parrucca dorata alla testa canuta di Serafius – guardi qua, c'è santa Leonilda messa in graticola. Naturalmente è nuda, mica potevano mettercela vestita. Guardi come smania...

– Vedo, vedo – disse il direttore, agitandosi come se sulla graticola ci fosse lui. La vicinanza di quell'angelessa gli comunicava uno strano calore.

– Qua c'è santa Sofronia violentata da centoundici saraceni. Sono otto pagine di illustrazioni. Qualcuno potrebbe sospettare un certo qual compiacimento in queste immagini, ma si tratta di ricostruzione storica...

– Come no – balbettò il direttore.

– Bella zambracca, eh, quella Sofronia – disse Brot, strizzando l'occhio.

– E qui c'è san Sebastiano – disse Ebenezer incenerendo il collega con un'occhiata – guardi quante frecce, eppure il volto è estasiato nella beatitudine del sacrificio. E guardi che pezzo di ragazzone, voglio dire, che bel santo muscoloso.

– Va bene, va bene – disse Serafius asciugandosi il sudore.

– Per non parlare del secondo volume – disse Brot – in cui ci sono tutte le tentazioni di sant'Antonio. Cominciamo da qui, con lo strip della diavola mora: si immagini la scena, il caldo del deserto, musica di flauto insinuante, oppure *The man I love* cantato dalla vecchia Billie. Ed ecco qua, a pagina sei arriva la diavola mora con sette veli di mussola rosa e si leva il primo, e il secondo e poi...

– Lo compro, lo compro – disse Serafius, che aveva assunto un colore luciferino – certo è un libro disdicevole, ma notevolissimo dal punto di vista documentario. Ovviamente, non lo darò in mano a tutti. Cosa vi devo?

– Oh, un prezzo di favore – disse Carmilla Peonia – tre volumi, mille markodollari. E in più le chiediamo una cortesia: vorremmo avere accesso al settore mappe e cartografie.

– Ma ci vuole il visto del Cherubino Sovrintendente – esclamò il direttore. – Là dentro ci sono mappe molto segrete.

– Io sono sicura – disse Carmilla puntando i suoi occhi in quelli di Serafius – che lei sarà carino con noi, ci concederà l'accesso e la prossima volta le porteremo un libro molto, molto più disdicevole di questo.

– Credo che lei abbia ragione – balbettò Serafius.

– Su, angelo mio, ci dia quel permesso – sussurrò Carmilla, allungandosi sul tavolo come una gatta.

– E sia – disse il direttore, accendendo in trance il videocitofono. – Ehi, voi del settore mappe, stanno per arrivare lì tre angeli in missione speciale. Li riconoscerete dall'aspetto... informale. Lasciateli entrare e date loro ogni utile indicazione.

Pochi minuti dopo i tre erano nel reparto Mappe e Carte, storditi in mezzo a tanta abbondanza. C'erano mappe di centosedici universi, di migliaia di paradisi, delle sfere angeliche e del limbo. Mappe di Gilania e Gondwana, stradari di Ninive e portolani di Saturno, guide turistiche dell'antico Egitto e carte orografiche del Giurassico, piantine di tutte le parrocchie del cosmo, pergamene consunte e mappe su laser disc, e persino una mappa dell'Inferno assai particolareggiata.

Ebenezer girava tra le bacheche, alla ricerca della mappa nootica. Carmilla guardava estasiata un'antica carta di Atlantide. Brot consultava una mappa pluriversale che occupava un'intera parete.

– Vieni qui, aiutaci – disse Ebenezer – si può sapere cosa stai guardando?

– Sto cercando se in questa mappa è segnato il Manovratore.

– Stupido. Tutti sanno che il Manovratore è in cielo, in terra e in ogni luogo.

– Veramente qua la sua residenza è segnata in un'isola che si chiama Mango Beach, nel mar stellare delle Beatitudini.

– L'ho trovata – gridò Carmilla – è qui!

In una bacheca di spesso cristallo, era esposta una vecchia e ingrommata mappa di pergamena. Un cartello invitava a non avvicinarsi.

– Forza, spacchiamo tutto e freghiamola – disse Brot.

– Bravo scemo, non vedi che è protetta da chissà quanti allarmi? No, procediamo così: mentre Carmilla distrarrà l'angelo-custode di sala, io ricopierò la mappa sul tuo corpo, con la mia precisissima unghia anulare. Un tatuaggio rapidissimo e indolore.

– E dove me la tatui?

– Nel posto più ampio e nascosto che hai. Sul culo.

– Mai e poi mai – protestò Brot. – Non mi piace questo piano. Perché non facciamo il contrario, io distraggo l'angelo e tu tatui Carmilla?

– Tu non sei in grado di distrarre nessuno, sei sexy come una discarica, e poi se Ebenezer mi tatuasse il culo, gli tremerebbe la mano – disse Carmilla con un sorriso beffardo.

– Va bene – disse lamentosamente Brot, calandosi le braghe – ma non è giusto che ci rimetta sempre io.

Ebenezer sfoderò l'unghione retrattile e guardò la mappa, prendendo bene le misure. Poco dopo si udì un'imprecazione di Brot.

– Che succede là? – chiese l'angelo di sala, che quasi senza accorgersene si era ritrovato Carmilla sulle ginocchia e tutti i boccoli scompigliati.

– Sono i miei amici, sono dei veri studiosi e non fanno che litigare sulle loro teorie – disse Carmilla – ma dimmi, piuttosto, cosa ci fa un angelone bello e intelligente come te in un posto così noioso?

– Come sai, la superbia non alberga tra i nostri sentimenti, ma in effetti qua mi sento un po' sottoutilizzato. Mi sono laureato a pieni voti con una tesi sui peccati di gola nella Roma dei Cesari. Parlo inglese, tedesco, latino e babilonese, ho seguito uno stage teatrale sulle apparizioni e ho vinto i campionati universitari di volo, sei secondi e tre sui duecento metri. Mi piacerebbe tanto lavorare con voi, nei reparti operativi.

– Beh, se mi porti a fare un giro per la sala, potrei metterci una buona parola con Belze... con Belzelante Des Ailes, nostro capo, che ne dici biondino?

12.

IL GRANDE CHIODO

iramidi e cattedrali, torri Eiffel e grattasmog giapponesi sembreranno minuscoli souvenir per turisti, quando sorgerà il Grande Chiodo."

Così nel 1998, anno d'inizio della costruzione, l'architetto Mike Megalos aveva presentato la sua opera. Il progetto iniziale prevedeva un edificio alto milleseicento metri, che avrebbe retto sulla cima una capocchia di duecento metri di diametro, capace di ospitare un campo di calcio. Ma a metà dei lavori ci si accorse che bisognava ridimensionare tutto, perché il gigante aveva preso a ondeggiare pericolosamente.

Il Grande Chiodo si era quindi fermato, all'altezza di milleduecento metri.

Si era molto discusso inizialmente sulla forma da dare all'edificio. Alcuni avrebbero preferito una gigantesca croce, o una supermadonnona che piangesse in continuazione zampilli su tutta la città. C'era persino chi, in ossequio alle tradizioni popolari di Tristalia, aveva presentato il progetto di un enorme fascio di spaghetti affiorante da un lago artificiale.

Infine aveva prevalso il progetto di Megalos, per tre ragioni.

La prima era che la forma a chiodo era logisticamente la più adatta: nell'ampia capocchia era stato installato il supercomputer Zentrum con i suoi trecento addetti, oltre a sale di riunione, ristoranti e auditorium. L'alta mole permetteva un'ottima sicurezza, garantita da ascensori blindati, schermi radar, elicotteri corazzati sul tetto, e batterie antiaeree.

La seconda ragione era propagandistica, come aveva stabilito un'apposita commissione di psicologi, pubblicitari, massmediologi e subliminalisti. Il chiodo è indice di stabilità, di forza, di tenuta contro l'anarchia. *Il Grande Chiodo tiene fermo il paese.* Togliendolo (questo era il messaggio) il paese potrebbe andare in pezzi.

La terza ragione era che il Grande Chiodo riassumeva mirabilmente gli ideali di Tristalia: salire, scalare, assurgere, arrivare fino in cima. Lassù, il popolo lo sapeva, si tenevano le feste più esclusive, c'erano ristoranti a cui erano ammessi i soli vip, si svolgevano i Festival della Canzone, e le più grandi sfilate di moda. Chi riusciva a salire in cima al Chiodo ce l'aveva fatta.

Non per niente tutti i premi cinematografici, culturali, sportivi e televisivi richiamavano il Chiodo: il Telechiodo, la Vite d'oro Vip, il Kiodoro dell'anno, il premio librario Chiodarello, e così via. Non per niente il logo della più importante televisione del paese era una Esse, traversata da un chiodo, e sul tetto dell'edificio erano installati i ricevitori più potenti, anche se non c'erano studi televisivi. La ragione, (che però non veniva troppo pubblicizzata), era il grande rollìo e beccheggio avvertibile dentro al Chiodo nelle giornate di vento, motivo per cui gli addetti dovevano imbottirsi di pastiglie contro il mal di mare e, sovente, nei ristoranti scoppiavano scene di vomito collettivo oceaniche. Ma salire in cima al Chiodo valeva bene qualche sacrificio.

Eppure quel giorno, nella sala del controllo demodossametrico, il direttore del Zentrum, Abakuk, e il presidente dei Ricchi Fatti da Soli, Previtali, si chiedevano se non sarebbe stato meglio fare colazione a pianterreno.

I due erano legati con cinture di sicurezza alle poltrone, sul tavolo tutto era inchiodato, ma le oscillazioni causavano vari problemi. Abakuk cercava di mettersi in bocca una forchettata di spaghetti che tendeva a sfuggirgli dimenandosi a destra e a sinistra come un gonnellino hawaiano. Previtali tentava di bere, ma nel suo bicchiere c'era forza sette, e per giunta dal vassoio centrale un uovo alla coque ruppe gli ormeggi e lo centrò in piena faccia.

– Funzionano o no questi maledetti stabilizzatori? – gridò rosso d'ira e di tuorlo.

– Quando il vento è così forte c'è poco da fare – disse Abakuk, mentre gli spaghetti gli schiaffeggiavano la faccia. – Forse è meglio smettere di mangiare e guardare il notiziario.

– Va bene – disse rassegnato Previtali, cercando di non guardare fuori dalle vetrate, dove la città si muoveva come un mare in burrasca. Cazziò duramente gli agenti della scorta che, gialli come limoni, vomitavano fuori dagli appositi spazi. Uno sciame di stecchini decollò graziosamente picchiettando sui vetri. Lo schermo gigante si accese.

– Qui è Fido PassPass che vi parla da Canale Esse, buongiorno cittadini della Nova Repubblica, e siate maggioranza! La svanzika oggi vale 3,10 markodollari, niente male quindi. Prima di presentarvi il sondaggio, eccovi le notizie scelte dal Zentrum per guidarvi nella vostra operosa giornata.

Prima notizia: la sfida all'Ultimo Presidente è iniziata con grande fervore politico e omicida. Un altro presidente è stato eliminato meno di un'ora fa. Si tratta di Piero Pedalò, del TUTS, Team Ultrà Tifosi e Sportivi. Qualcuno ha sostituito una delle sue palle da tennis con una palla contenente nitroglicerina, e quando Pedalò, nella partitella mattutina, ha sparato il suo possente servizio, di lui non è rimasto che il coccodrillo della maglietta. Ferito anche un raccattapalle.

Seconda notizia: tra cinque giorni nella capitale inizieranno i Giochi dell'Indipendenza, che le nostre tivù seguiranno con dieci ore di diretta giornaliera. Ventuno rappresentanti del governo affronteranno altrettanti rappresentanti delle contee in sfide che decideranno il futuro politico del paese.

Ecco i primi incontri: Vassallas (governo) sfiderà Amaducci (Contea Undici) in un duello di Tir all'ultimo ottano sul raccordo anulare. Successivamente le Teste di cuoio governative affronteranno le Squadre della morte di Hector Menendez della terza contea, in una gara di caccia allo zingaro. Nella stessa giornata avremo poi subito in lizza i vostri grandi beniamini, il complesso rock dei Bi Zuvnot, il vampiro Leo, Rollo Napalm e Baby Esatto.

Ultima notizia: è stato giustiziato ieri in forma privata Arrigo "Cimurro" Amadei, il più grande serial-killer di cani da salotto nella storia del nostro paese. Nel suo giardino sono state trovate le ossa di centosessanta barboncini, quarantasette carlini e un numero imprecisato di chihuahua. Ma secondo gli inquirenti, il mostro fidocida ne avrebbe uccisi e mangiati almeno millecinquecento. Alla domanda "perché lo ha fatto?" l'abbietto assassino ha risposto "perché mi è sempre piaciuto, specie da quando i prezzi delle rosticcerie sono aumentati".

Ma, tranquilli! I vostri amati cagnolini non corrono più alcun rischio ora che "Cimurro" Amadei è stato eliminato.

Fido PassPass si bloccò interdetto. La freccia della Paura non aveva subito alcun calo.

– Bene – proseguì – il sondaggio di oggi è molto semplice, la domanda è:

Siete favorevoli alla pena di morte per l'omicidio di un vostro parente stretto, di un parente lontano o del vostro cane?

Le risposte sono:

A) Sì, in tutti e tre i casi
B) Sì, in solo due casi
C) Sì, in un solo caso
D) Non so

– È facile – disse Eliantemo – votiamo A.

– Hai visto la faccia di PassPass? – disse Elisperma. – Secondo me c'è qualche grana col livello della Paura.

– Ma no, ma no – disse Elitropia – è solo un po' teso perché quando comincia la sfida all'Ultimo Presidente i dibattiti televisivi sono uno dei luoghi più indicati per uno scontro a fuoco, e lui fa il moderatore.

Lo scampanio e l'apparizione di Fido PassPass ridente furono festeggiati col consueto entusiasmo.

– Complimenti telespettatore, sei maggioranza! Acqua, gas e elettricità per te! Il risultato del sondaggio è stato il seguente:

Risposta A: 73%
Risposta B: 12%
Risposta C: 5%
Risposta D: 10%

– Ehi – disse Elisperma – ma quanti "non so"!

– E chi se ne frega – disse Eliantemo – l'importante è che oggi abbiamo l'acqua calda.

– Vado a preparare il caffè – disse Elitropia.

In cima al Grande Chiodo il vento era un po' calato, ma Abakuk e Previtali restavano prudentemente legati alle poltrone.

Erano entrambi scontenti per quello che avevano appena visto.

– Non sei stato abbastanza rassicurante, Fido – disse Previtali – eri teso e la gente lo ha avvertito. Ti tremava la giugulare. E il livello di Paura non è calato.

– Ho letto le tre notizie più rassicuranti che avevo – protestò PassPass – non capisco cosa possa essere successo. A che livello siamo adesso?

– La Paura è a duecentosedici – disse Abakuk – ed è in costante aumento.

– Non va, non va – disse Previtali, battendo il pugno sul tavolo – poca paura è deleteria, ma troppa manda tutto in vacca. Diventano nervosi, non comprano più nulla, si ammalano, si assentano dal lavoro e sono pronti ad ascoltare qualsiasi predicatore da strapazzo. E i risultati si vedono dal sondaggio: un decimo di *non so*!

– Sono confusi – disse PassPass – forse è colpa della primavera...

– È colpa tua, Fido! – gridò Previtali. – Sembrava che leggessi un bollettino meteorologico. Quando tu pronunci la parola "governo", devono sentire le trombe, gli squilli patriottici, l'aviazione! *Goooooo*, e ogni "o" deve straripare dentro al loro cervello, *veeeeeeeeerr*, e scendono dal cielo gli aerei pronti a bombardare ogni nemico interno ed esterno, *noooooooo*, è l'urlo di terrore di chi viene colto a disobbedire alle nostre sacre leggi.

– Quando ha finito di ululare – disse Abakuk – vorrei dirle che a mio parere PassPass non ha alcuna colpa. Analizzando i dati dei cittadini-cavia, ho notato che il tasso di paura è più o meno lo stesso da tre giorni. Tasso di adrenalina, potenziale elettrico, pressione, livello di testosterone auto ed eteroaggressivo, C-test del serraggio mascella, contrazione dello sfintere, rigidità nucale, share delle endorfine, fibrillazioni muscolari. Tutto standard. Quel che è mutato è l'interpretazione del Zentrum: cioè il computer assegna un valore di maggior minaccia ai medesimi risultati, come se fossero cambiate le condizioni esterne.

– E cioè?

– Il Zentrum avverte che è aumentato il pericolo, in parole povere *è lui ad avere paura*, e allerta i cittadini-cavia ad avere reazioni più adeguate.

– Ma una macchina come il Zentrum può avere paura?

– "Macchina" e "paura" sono termini preistorici. Il Zentrum, essendo un'unità paraemozionale, avverte che c'è qualcosa nell'aria, una minaccia che non sa interpretare, qualcosa che aleggia su di noi.

– Benissimo, abbiamo anche il computer menagramo – rise il presidente – e cosa vola sopra di noi? Il serpente azteco Quetzalcoatl, uno sciame di diavoli, o uno stormo di aerei da bombardamento?

In quel momento la sala iniziò a tremare e gli agenti della scorta si buttarono a terra, sfoderando le pistole.

– Accidenti, che vento – disse Abakuk.

– Non è il vento – disse Previtali – è il solito noioso attentato contro di me, il terzo in un mese.

Salirono sul tetto, e videro l'elicottero blindato del presidente ridotto in pezzi. Brandelli anatomici di scorta decoravano i dintorni.

– Un missile terra-aria – commentò Abakuk. – Purtroppo qualche volta i nostri radar non riescono a intercettarli.

– Per forza – disse Previtali – cosa possono fare i vostri ridicoli radar contro la millimetrica precisione e la micidiale rapidità dei Torpedo PREV 104?

– Li conosce bene, vero?

– Può dirlo forte – disse Previtali con fierezza. – Li fabbrico io!

Parte seconda

IL VIAGGIO NEI SETTE MONDI

Oh mama non posso dormire
oh mama non posso dormire
ho sentito il treno di mezzanotte
e ci voglio salire

il fuochista è un diavolo
il carbone è diamante
la locomotiva
è un drago volante

per viaggiare, l'anima
mi dovrò dannare
ma sapeste che musica
sanno suonare

oh mama lasciami andare
oh mama non posso dormire
ho sentito il treno di mezzanotte
e devo partire.

(SNAILHAND SLIM, *Midnight train*)

13.

PROTOPLAS

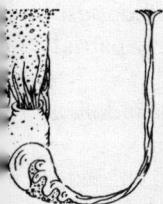

Un fremito nell'ombra sul muro, e il cuore di Elianto si mise a battere più forte. Vide le tre figure roteare in un vortice luminoso, lucciole nella bottiglia, e sentì la chioma del castagno, piegata dal vento, frustare i vetri della finestra. Poi il lampo, lo scroscio della pioggia e scesero su Protoplas, precipitando in un lago bianco e viscoso, ingoiando acqua gelatinosa, battendo braccia e ali per tornare a galla, finché riemersero, respirando affannosamente, e si guardarono attorno.

Un cielo scuro, riverberato da bagliori rossi di fornace, striato da nembi cinerini grondanti una pioggia densa come mercurio. Tutto intorno una palude bianca di midollo ribollente, da cui si innalzavano filamenti e bave che subito si rapprendevano in colate viscose, in coaguli a pinnacolo, in isolotti di pece fumante. Alberi pietrificati stillavano spesse resine e mieli colloidali, pesci anabanti scalavano coralli color mucosa, e dal pantano si innalzavano dolmen di opale, torri di tormalina, fiori di aragonite illuminati da un fuoco interno. Ovunque, da piccoli vulcani simili a formicai, sgorgavano getti di ghiaie roventi, gromme laviche e maccalube fangose. La superficie della densa palude era striata dalle scie di piccoli esseri, trilobiti, limacce, ciglia vibratili, piccoli crostacei, natanti e reptanti a spasmi e singulti tra meduse lente e colossali impantanate in banchi di alghe, mentre da lontano veniva un brontolio cupo di eruzioni e un crepitio elettrico di nuvole basse, minacciose, da cui scaturivano fulmini e aurore boreali.

Era Protoplas, il mondo primario degli elementi, la notte del tempo, ciò da cui tutto è stato generato!

– Ma che schifo – disse Brot, cercando di liberare l'ala dallo yogurt biancastro che la impastoiava.

– È meraviglioso – disse Ebenezer – guardate quel ribollire lì sotto: sono gli amminoacidi catilici che lottano per stabilire quali di loro daranno origine alla vita. E dal cielo cade la panspermia dei pollini venuti da altri pianeti. Salve, primordiale fornace! Salve a voi, materne argille!

– Calmati – disse Carmilla – se ti agiti così, sprofondiamo.

– Ma non capite? – esclamò Ebenezer, abbracciando il paesaggio con un ampio gesto dell'ala. – Anche noi assistemmo a tutto questo, prima che il desiderio di libertà ci confinasse all'opposizione. Noi, i diaboloi, i separati, torniamo alla nostra prima patria!

– Preferisco il mio magma calduccio – disse Brot.

Una vampata di cenere rovente passò su di loro tostandoli, e subito dopo una pioggia zuccherina iniziò a caramellarli.

Dal centro del lago sgorgò una fontana di mercurio il cui getto di gocce argentee annunciò l'apparizione dalle profondità di un gigantesco serpente candido e cieco, che si mise a ondeggiare davanti a loro.

– Una creatura! – esclamò estasiato Ebenezer.

– Una creatura? Sembra uscita dalla nostra officina Pavus Nocturnus – disse Brot – e magari è anche demonofaga.

Il serpente, per tutta risposta, si avvicinò a Carmilla e si lasciò docilmente accarezzare. Aveva la forma di un doppio cavatappi, o di una scala a chiocciola.

In quel momento il cielo si arroventò e una pioggia di lapilli e rocce infuocate iniziò ad abbattersi sulla palude, provocando gorghi immensi uno dei quali lambì la roccia su cui stavano i tre.

– Presto, saltiamo sulla creatura – disse Carmilla.

Nessuno si fece pregare. Neanche il serpente, che si impennò e si mise a nuotare a testa alta, ruotando le spire inferiori come un'elica. Con pochi colpi di coda li condusse in salvo, al riparo di una grotta, sulla soglia della quale brulicava una minugia biancastra di trilobiti, scarafaggi, lombrichi e crostacei.

– E se ne assaggiassi uno? – disse Brot.

– Ma non vedi che sono modelli sperimentali? – disse Carmilla. – Non hanno ancora colore.

Per tutta risposta Brot se ne infilò uno in bocca.

– Non è male, sa di granchio – disse.

Il serpente manifestò la sua riprovazione, con un barrito, e con la testa fece cenno di entrare.

Calpestando un tappeto croccante di zampette, carapaci e antenne ancora senza proprietario, i diavoli giunsero al centro della grotta, che era il cratere spento di un vulcano.

Qua era in mostra un vero e proprio campionario di cristalli, quarzi e rocce minerarie. Su alcune lastre di pietra erano disegnati scheletri di animali e abbozzi di piante, e nel recinto di un cratere meteorico si agitava una fauna di antennuti, zamputi, striscianti, claudicanti, tutti senza una vera forma o colore, in attesa del radioso cammino verso l'evoluzione, l'autonomia, un habitat sicuro e poi chissà, una fucilata, un acquario o una pignatta.

Al centro di tutto questo ribollire di vite future, con la pelle cangiante, il cappello a tricorno e i tre occhi fiammeggianti si ergeva il Primo Alchimista, Ermete Trismegisto. La lunga barba era sporca di limatura metallica e muchi collageni.

– Cosa diavoli mi porti, Diennea? – disse vedendo il serpente e il suo carico. – Questi non sono roba per me. Sono creature fatte e finite, per quanto ampiamente migliorabili. Chi siete e da dove venite?

– Siamo della televisione – buttò lì Brot.

– Diciamogli la verità – disse Carmilla.

– Siamo diavoli e veniamo dalla Terra attraverso una mappa nootica – disse Ebenezer.

– Turisti! – esclamò annoiato Ermete. – Ma non c'è nulla da vedere su Protoplas! Solo uno spaventevole caos di elementi, forze primordiali, minerali grezzi, mucillagini, spore, pollini, pezzi da attaccare e prototipi da montare, aborti, tentativi, abbozzi! Io mi devo fare un culo così e non ho tempo da perdere!

– Abbiamo solo bisogno di un'informazione.

Ermete posò la storta con cui stava cercando di mortificare alchemicamente del rame e intinse un dito in una muffa. Subito per osmosi si coprì di funghi e dal naso cominciò a colargli una densa resina verde.

– Un'informazione, dite, un'informazione! – e la voce salì di tono. – Sono io che ho bisogno di informazioni qui, lasciato solo dal Manovratore a creare questi baracconi di pianeti, compreso il vostro! Guardate qua, con quattro miseri elementi carbonio, idrogeno, azoto e ossigeno dovrei fare il 95% degli esseri viventi, anzi della biosfera come dice *Lui*. Avessi almeno un laboratorio, uno straccio di capannone! Macché, sto qua con le meteoriti che mi grandinano in testa, tra lapilli e piogge mercuriali. E come se non bastasse, adesso arrivano anche i turisti a chiedere informazioni!

– Gentile signor Ermete – disse calmo Ebenezer – forse noi potremmo darle una mano.

– Ah – ghignò il triclope, appoggiandosi a un cristallo, e diventando tutto sfaccettato e lucente – allora è *Lui* che vi manda.

– No – disse Brot cupo – il Manovratore non ha alcuna simpatia per noi.

– C'abbiamo litigato di brutto, tanto tempo fa – disse Carmilla.

– Ora ricordo chi siete – disse Ermete. – Siete quelli dei moti di luglio... i ribelli, insomma.

– Proprio così.

– Beh, vi capisco – disse Ermete a voce bassa – è un gran rompicoglioni. – Alzò la testa verso il cielo, come se attendesse reazioni. Ma riprese soltanto a piovere una specie di frappé al mirtillo.

– Sentite cosa scrive qua, nell'ordine del giorno: *fare la pechblenda*. Che cazzo ne so io cos'è la pechblenda? Potrebbe essere uno di questi animaletti che mi si arrampicano su per la schiena, oppure un minerale o magari un fiore raro. Perché non può essere più chiaro? Ma lui si diverte a complicare le cose, tanto poi c'è l'Ermete che se la sbroglia. Guardate per esempio, una delle sue scatole di montaggio. – Mostrò una scatolina piena di pezzi microscopici, e viti grandi come una capocchia di spillo.

– Ora vi leggo le istruzioni su come si costruisce un diplopode (il nome è già un programma!): *diplopodi o millepiedi: corpo distinto in capo e tronco, quest'ultimo diviso in torace e addome: torace di quattro segmenti, 1 privo di zampe, 2-4 con un paio di zampe*. E già a montare questo uno si rovina la vista. Ma non è finita: *addome di doppi segmenti diplosomiti in numero compreso fra nove e oltre cento, ravvicinati, ciascuno con due paia di zampe*. Capito?: *"da nove a oltre cento"*, come se fosse la stessa cosa! Qua basta perdere una zampina, una sola, e l'assetto va a farsi benedire, non mi tiene più la strada, è un disastro. E credete che siano segnate le zampe destre e le sinistre? Macché, uno deve controllarle una per una.

Ma udite, udite: *orifizio genitale medioventrale nel terzo segmento*: e se sbaglio segmento, cosa succede, resta vergine? E poi: *respirazione mediante trachee,* roba da ridere, infilargliele una a una in bocca!

E poi questa è la *Classe*, ma ci sono da fare anche gli *Ordini*: non basta un modello unico di diplopode, c'è il coupé, la berlina, la spider. *Glomeridesmida, Oniscomorpha, Polydesmida, Chirdesmida, Juliformia e Colobognatha*. Guardi il polydesmida, poveraccio: *tronco di 19-22 segmenti, ghiandole repugnatorie presenti, occhi assenti*. Cieco e con cinquanta zampe, come farà a non inciampare? Ma a cosa servono tutti questi piedi, guardi qua questo protoragno, già con otto è incasinato, si figuri con mille. Questo è sadismo, o no? Perché creare un millepiedi, per farlo finire nelle barzellette? Ma io non posso discutere, sono solo un operaio, e dai che attacco le zampe e dai che monto ghiandole repugnatorie e dai che non devo confondermi tra segmento anale e capo globulare, se no oltretutto gli danno anche della faccia da culo. Come può una mente superiore pensare in modo così perverso?

– Lei parla proprio come il nostro capo – disse Carmilla.

– Qua non c'è pianificazione, non c'è marketing – disse Ermete sconsolato – verrà fuori un gran casino, e daranno tutta la colpa a me.

– Forse sarebbe meglio se invece che dai diplopodi o dalla pechblenda cominciasse dalle cose più semplici – disse Brot.

– Ad esempio?

– Che ne so, dal sale...

– E perché proprio dal sale?

– Perché questi animaletti sono piuttosto insipidi – disse Brot, sputacchiando una lischetta.

– Brot ha ragione – disse Carmilla – infatti si dice "il sale della terra", il sale è la componente essenziale del mare, dal mare nasce ogni forma di vita, eccetera...

– Ma io – disse Ermete, prendendo in mano una medusa e trasformandosi in una montagna di gelatina lamentosa – non so cos'è il sale.

– Ma diamine, cloruro di sodio – disse Ebenezer – ha del cloro da qualche parte?

– Ce l'ho ma è velenoso.

– Mi dia retta, lo metta nel suo shaker, l'alambicco insomma, aggiunga una bella dose di sodio argenteo, e gli dia una bella frullata.

– Dice?

– Dico.

Il Trismegisto eseguì, e dopo un'ernergica shakerata estrasse da una provetta una manciata di sale bianco. Divenne una statua candida, sfavillante di contentezza.

– Ehi – disse assaggiando. – Ma è... ma è?

– Salato – suggerì Carmilla.

– Così oggi ha inventato un cloruro, un condimento e un sapore – si compiacque Ebenezer.

– E anche i sali da bagno, i sali purgativi, il salame, il salario, rimanerci di sale, i conti salati, la battuta salace, i sali e tabacchi, il salotto, il salnitro, il saliscendi, i salesiani, eccetera – sghignazzò Brot.

– Davvero? – disse Ermete.

– Davvero! Una cosa alla volta, e tutto è più facile.

– Avete ragione. Adesso faccio il tirannosauro.

– Prima le conviene fare qualcosa che il tirannosauro possa mangiare: un piccolo erbivoro, un bell'ovone, un polpettosauro.

– Giusto – disse il Trismegisto – siete simpatici e svegli. Sono pronto a darvi quell'informazione.

– Lei ha qua le scatole di montaggio e i piani di costruzione di tutti gli esseri viventi, compresi i biofantastici?

– Penso di sì.

– Allora potrebbe trovarci un Kofs?

– Un Kofs, un Kofs, vediamo. Diennea, portami qua i duecentotré elenchi della lettera kappa.

– Duecentotré? Ma ci vorrà un sacco di tempo! – disse Carmilla.

– Meno di quello che credi, occhi d'oro – disse Ermete.

Si sentì un pesticcìo e poi accalcandosi, spingendosi, inciampando, un gruppo di bizzarri animaletti si schierò ai piedi del Primo Alchimista.

Rassomigliavano a grosse cimici, con un corpo piatto e rettangolare, sorretto da quattro zampe da locusta. L'unico organo di senso sembrava una sottile antenna che vibrava anteriormente.

Erano di grandezze e colori diversi: alcuni avevano disegni marmorizzati, altri erano monotinta, altri sembravano intarsiati di piccole pietre o granuli minerali, altri ancora erano ricoperti di pellicole, muffe, peli e squame. Tutti insieme si misero a festeggiare il Trismegisto, saltando e strusciandosi contro le sue gambe, lanciando urletti dallo stridulo al gutturale, dal roco al melodioso. Il Trismegisto diventò di tutti i colori e disse:

– Su ragazzi, calma. Ho bisogno di voi.

A quelle parole gli animali sembrarono presi da un'autentica frenesia, alcuni si rizzarono sulle zampe posteriori, altri spalancarono quelle che sembravano ali, altri fecero capriole di gioia e svolazzarono goffamente. Solo l'animale più grosso sembrò restare impassibile.

– Buoni, buoni, malibri miei – disse Ermete – e tu Indice, vieni qua.

A quelle parole, il cimicione venne docilmente ad accucciarsi ai piedi del Trismegisto.

– Che Aamon e Belzelante mi portino – disse Ebenezer – ma quelli sarebbero... libri?

– Malibri, animali-libri, gli antenati dei vostri – sorrise Ermete.

– Qua, carino – disse Carmilla a un malibro che scodinzolava l'antenna tra i suoi piedi. Lo prese in mano e vide che non aveva un solo paio d'ali, ma numerose membrane simili a pagine, che l'animaletto ruotò con orgoglio, mostrandone i colori e i segni.

– I libri terrestri sono molto diversi – disse Brot – io non ne leggo molti, ma di sicuro so che non camminano.

– È stata l'evoluzione – sospirò il Trismegisto – nel Protoplas i libri sono, anzi erano, creature viventi. Andavano in giro a registrare tutto ciò che vedevano, e lo riproducevano sulle loro membrane ricettive, proprio come una lastra fotografica. Alcuni di loro iniziarono a scegliersi soggetti e panorami del proprio habitat, a selezionare il materiale, a disporlo e sillabarlo. C'erano malibri di montagna, di foresta, di deserto, di lago, di vulcano, che in seguito si evolsero ulteriormente, e divennero malibri sulle fasi lunari, sul ciclo della felce, sulla vita acquatica, sulle abitudini intime dei sauri, eccetera. Ben presto le loro membrane furono capaci di stilizzare ciò che ricevevano, inventando ideogrammi e geroglifici: furono i malibri a inventare il linguaggio e non l'uomo! Quando l'uomo fece la sua comparsa sulla terra, li usò dapprima come ornamento, perché erano assai vari e colorati, o addirittura come pattine. Poi si accorse del loro contenuto, imparò a decifrarli e trovò che era piacevole, nelle notti cavernicole, stare vicino al fuoco con un buon malibro. Allora ci fu chi cominciò a catturare i malibri per tenerne nella caverna una buona scorta. I malibri divennero un'ottima merce di scambio tra le tribù, perché le tribù della montagna avevano evidentemente malibri diversi da quelle della boscaglia. Ci furono i primi incettatori di malibri, le prime bancarelle, le vendite grotta a grotta, i primi tremila premi letterari, la prima stroncatura, un colpo di clava mortale su un malibro che satireggiava la scarsa igiene della tribù di palude. Ne derivò che, ben presto, non si trovò più un solo malibro in libertà, tutti vennero catturati e rinchiusi nelle malibrioteche cavernicole. Così avvenne il mutamento genetico.

Prigionieri nelle caverne, i malibri, abituati a nutrirsi di paesaggi ed eventi, divennero grigi e tristi. Le zampette si atrofizzarono per la lunga immobilità, l'antenna sensoria, ormai inutile, rientrò nel corpo e diventò il segnapagine. In breve tempo, neanche duemila anni, la razza si ridusse a pochi esemplari raggrinziti, contenenti barzellette sulle tribù del sud e dibattiti tra modernisti igneisti e conservatori antifuochisti.

Un altro migliaio di anni e gli ultimi malibri si estinsero, rimasero solo i loro corpi mummificati. Ma intanto era fiorita la mania dei graffiti. Gli uomini delle caverne, presi dalla frenesia di migliorare l'arredamento, si erano messi a dipingere le grotte con scene di vita paleolitica. I soggetti preferiti erano la caccia al mammut e l'orgia del plenilunio. Ma le cavernicole perbene non volevano che i bambini vedessero, sui muri di casa, formicai di ometti cazzuti e donne tettute. Allora qualche australopiteco ingegnoso pensò di prendere un vecchio malibro secco e disegnare sulle sue membrane con commenti e chiose: ecco nati i diari, i romanzi, i reportage.

Cento anni dopo, ogni pitecantropo adulto aveva scritto almeno un malibro e le bancarelle tracimavano di esemplari. Ma i malibri non erano più esemplari unici, perché di alcuni si spargeva la fama, e venivano richiesti e ben pagati. I paleonarratori dovevano così ricopiare pazientemente il loro malibro, una copia alla volta. Un bestseller dell'epoca, ad esempio, esibiva la fascetta: *Ottanta copie in dieci anni*!

I malibri erano rinati, anche se non erano più creature, ma pro-

dotti umani, cioè normali libri. Vi faccio un esempio: volete conoscere la classifica dei libri più venduti in un giorno preso a caso nel
Pleistocene, cioè in un prossimo futuro per me e in un lontano
passato per voi? Eccole qua:

1) AA.VV., *Caccia al mammut*, con 60 illustrazioni
2) *L'amor mio sta sul vulcano*
3) *Le più belle barzellette sui mangiatori di carne cruda*
4) *Evoluzione: scelta o necessità?*
5) *Un mammut a Beverly Hills* (fantascienza)

– L'ho letto – mentì Brot che continuava a rimpinzarsi di pro-
totipi di gamberoni.
– La smetta di ingozzarsi di paleozancollus hurinkii e consul-
tiamo i nostri malibri. Ehi ragazzi, chi di voi ha il Kofs?
– Io, mi, hui, uiii – berciarono tutti insieme.
Ma il malibro Indice si mosse lentamente, catturò con l'anten-
na un suo piccolo consimile peloso e lo porse al Trismegisto.
– Bene, bene – disse il Primo Alchimista sfogliando le membrane dell'animale. – Ecco qua quello che cercate:
*Kofs o più precisamente Kaosopterus Onirotrofus Fantaxius
Storiofagus. Come tutti gli animali fantastici preesiste alla creazione
della terra e proviene da giacimenti onirostratificati di altre galassie.
Cinque Kofs sono giunti sui Mondi Alterei, ma attualmente nessuno
è rimasto su Protoplas, in quanto nutrendosi di sogni e avvenimenti,
ha bisogno di spostarsi in continuazione, per trovare nuovo cibo. E
poiché su Protoplas la creazione procede noiosa e a rilento in quanto
il Primo Alchimista* (qui Ermete saltò bruscamente una pagina),
dicevamo, *dei cinque Kofs risulta che:*
uno è tornato alla galassia di origine;
due sono dispersi;
uno risiede nel quinto mondo, Bludus;
*il quinto si trova attualmente a Mnemonia, nell'archivio imma-
ginativo di un giovane terrestre.*
– Bene – disse Ermete chiudendo il malibro. – Adesso sapete
ciò che vi serve, perciò rimettiamoci al lavoro.
– In che senso? – disse Carmilla.
– Beh, ora che mi avete aiutato a fare il sale, mica vorrete mol-

larmi. Ci sono un sacco di cose da fare qui, e io sono solo! Oggi potremo fare ad esempio la forza elettromagnetica, la pechblenda, il ranuncolo, il barracuda, i virus, la taiga e le banane. Che ne dite?

I diavoli fecero segno di no con la coda.

– Un po' meno? La pechblenda, qualche ortichetta e l'apparato intestinale degli anellidi?

I diavoli scodarono negativamente.

– L'ortica e basta? – disse Ermete con il pianto nella voce.

– Ci dispiace – disse Carmilla – ma noi abbiamo una missione da compiere. E anche se lei è simpatico, non possiamo dimenticare che sta lavorando per il nostro peggior nemico, quel Manovratore che ci usurpò il concetto di bene, facendolo suo con la prepotenza.

– Ho capito – disse il Trismegisto, cupo – estremisti, voi come lui. Beh, mi arrangerò da solo.

Un arcobaleno di radiazioni ultraviolette ricominciò a rosolare Protoplas, dal lago bianco ribollente decollarono missili di gelatina che forando le nubi provocarono una nuova pioggia di frappé al mirtillo, un vento freddo mulinò ceneri e pollini. Lontano, risuonava il rumore di un martello pneumatico.

I diavoli si innalzarono in rotta di volo a milleseicento metri. Mentre salivano, videro il Trismegisto rimpicciolirsi e guardarli mesto, con una chela in una mano, un quarzo nell'altra e un carciofo montato alla rovescia nella terza.

– Poveraccio, c'è rimasto male – disse Brot, ruttando per l'abbondante ingestione di prototipi – quando vuoi sei infernalmente aziendalista, Carmilla.

– Quando voglio sono una vera commediante – disse Carmilla, schivando agilmente un aerolito.

– Alza la tua gloriosa coda Brot, e fammi vedere la mappa – ordinò Ebenezer – e guai a te se azioni il turbo.

– Mi tocca volare a culo nudo in mezzo alla grandine gelata – si lagnò Brot – per Amon, che vita infernale!

– Non dimenarti, voli come un gallinaccio – disse Ebenezer, consultando la mappa – e smetti di lamentarti. La nostra sorte è di cercare ed errare senza sosta, poiché noi siamo ribelli.

– Amen – disse Brot.

– E anche Ermete Trismegisto è della nostra stirpe, quella dei separati, e la sua sorte è quella di creare dissonanze e differenze che altri cancelleranno. Rotta dieci gradi a est, amici!

Un rutto di Brot e un tuono primordiale accolsero queste solenni parole, mentre i diavoli sparivano in una nuvola di idrogeno che li avrebbe portati verso le luci di Bludus, il quinto mondo altereo.

14.

CAPITAN GUEPIÈRE

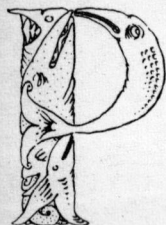

Posidon, il terzo mondo altereo, è formato per l'ottanta-sei per cento da acqua e per il quattordici per cento da terre emerse. La sua massa è circa cinque volte quella della Terra e la sua forma ricorda un'enorme goccia.

Su Posidon ci sono dodici oceani e circa un migliaio di mari. Gli oceani sono:

l'oceano di Bolang, sempre tempestoso e battuto dai venti;

l'oceano di Tetis, così salato che a volte è possibile camminarci sopra;

l'oceano di Crios, gelato e percorso da iceberg alti più di duemila metri;

l'oceano di Aspic, nella cui gelatina dorata nuotano meravigliosi pesci bolliti e sul cui fondo si trovano preziosi giacimenti di paté;

l'oceano di Rubius, incandescente di coralli;

l'oceano dei Delfini, sempre calmo e dal clima mite, ove si trova l'isola di Bentesicima, la più grande di Posidon;

l'oceano di Acheronte, dalle acque nere e ribollenti, sede di dodici vulcani sottomarini;

l'oceano di Mescal, le cui acque esalano vapori allucinogeni, provocando miraggi e visioni ai naviganti;

l'oceano di Buffas, alcolico, attraversato da correnti purpuree di vino e profumatissime grappe;

l'oceano di Grock, ricco di graziosi atolli, cascatelle, onde anomale e scivoli per bambini;

l'oceano di Achab, da cui nessuno è mai tornato;

l'oceano delle Meninas, al cui centro sta un arcipelago di tremila piccole isole fertili, solcato dalle navi pirata e dai galeoni del governatore Alonzo Matarboles de Letes y Siliconillas detto Horca (forca) per la sua concezione sbrigativa della giustizia.

– È proprio qui, nell'oceano delle Meninas, che dovremmo trovarci – disse Iri consultando la mappa nootica – e precisamente su un minuscolo atollo tra il Mar di Iriu e il Mar delle Trille.

– Siamo nel Mar delle Trille – disse Boccadimiele – e ne stiamo cavalcando una.

Sotto di loro erano infatti emersi l'occhio rosso e i lunghi baffi di una triglia gigantesca, che si mise a nuotare velocemente.

– Se si inabissa, siamo fregati – gridò Rangio.

– Sta scappando, c'è qualcosa che ci insegue – gridò spaventata Iri.

Dietro di loro era apparsa l'altissima sagoma di un galeone. Fecero in tempo a vedere la polena, una sirena d'ebano, e la bandiera nera dei pirati che garriva sull'albero maestro. Poi un arpione sibilò sopra le loro teste, e la triglia si inabissò. I tre piombarono in acqua e si dibatterono per riemergere, ma sempre più andavano a fondo. Quando tutto sembrava perduto, Rangio sentì qualcosa che lo trascinava su. Era un rampino che lo depositò su una scialuppa insieme alla fedele chitarra. Mentre ingoiava sorsate d'aria vide Boccadimiele e Iri issate anche loro come tonni. Poi perse i sensi.

Al risveglio, si trovarono in una cabina del galeone vasta e confortevole, con un arredamento più adatto a una reggia che a una nave. C'era un letto a baldacchino con lenzuola cremisi e un tavolino liberty con specchiera sul quale erano allineate boccette di profumo, creme, unguenti, ciprie, spugne naturali, pettini di narvalo, rossetti e rimmel di tutte le tonalità.

Vicino allo specchio c'era la foto di una splendida mulatta in pareo che, con l'arpione in mano, esibiva trionfalmente la sua preda, una triglia lunga diversi metri. In un acquario fluttuava un pesce bianco, con lunghe pinne simili a veli da sposa.

Ma ciò che attirò maggiormente l'attenzione dei tre fu la vasca da bagno al centro della stanza: una conchiglia gigante Tridacna, che poteva ospitare almeno sei persone. Era colma di schiuma profumata alla verbena, e sulla superficie galleggiavano petali di rosa.

La valva superiore mandava riflessi madreperlacei, dello stesso colore dell'acqua.

– Farei volentieri un bagno, sono congelata – disse Iri.

– E se quel trappolone si chiude e ci restiamo dentro? – disse Rangio.

– Io ci vado, in fondo tutti mi dicono che sono una perla – disse Boccadimiele, iniziando a spogliarsi.

Rangio la seguì a tutta velocità, e poi fu Iri a entrare nell'acqua profumata. Avevano appena cominciato a rilassarsi, quando la porta della cabina si aprì ed entrò il legittimo proprietario: il comandante della nave, Pierre Gue de Toulouse, più noto come capitan Guepière.

Il terribile pirata squadrò i ragazzi con aria lupesca, lisciandosi i baffi, unti d'olio di cocco. I tre quasi scomparvero sott'acqua. Capitan Guepière era assai temuto per il suo aspetto da tutti gli ammiragli di buona famiglia. Era un creolo imponente reso ancor più alto dagli stivaloni con tacchi a spillo. Il suo abito da battaglia era una guaina di lamé rosso aderentissimo, con vertiginosa scollatura, lunghi guanti di pelle e un cappellone da pirata ornato da aculei di pesci tropicali. Sotto l'ampia tesa brillavano occhi da baiadera incorniciati di mascara blu, e labbra dipinte in rosso carminio. Muscoli e rotondità coabitavano nel suo corpo con sorprendente naturalezza. Aveva seno da lavandaia e bicipiti da boxeur, manine da fata e piedi da orco. Il suo abbigliamento era completato da un paio di straordinari orecchini: due gabbiette contenenti pappagalli cocoriti che ondeggiavano appese ai lobi.

– Benvenuti sulla *Liberace* – disse il capitano con voce da basso. Si avvicinò alla vasca, intinse un dito nell'acqua e lo succhiò.

– Adoro i sali alla verbena – disse strizzando l'occhio. – Ma guarda che bei fanciulli abbiamo pescato! Un maschietto e una femminuccia, direi. E tu coi capelli a caschetto, cosa sei?

– Quello che vuole lei – disse Boccadimiele, educatamente.

La risata del capitano risvegliò i due pappagalli-pendant che si misero a starnazzare frasi del tipo "in coperta" o "alle danze, alle danze".

– Siete una bellissima sorpresa o fanciulli di chissà quale mondo – sospirò Guepière – per me, che amo le cose belle, è un sollievo vedere ogni tanto qualcosa di diverso da quei bruti là sopra. Ma che bel rossetto hai, carina!

– Si chiama "Egalité n. 5" – disse Boccadimiele – ne ho tanti altri, nel marsupietto.

– Oh, ma è il cielo che vi ha mandati! – disse il capitano. – Su, rivestitevi, vi offro un tè.

Boccadimiele uscì spavaldamente sgocciolando schiuma sui piedi del capitano, Iri uscì coprendosi alquanto, Rangio, più impacciato, si rivestì in fretta chiedendo:

– È sua moglie quella bella signora nella foto?

Capitan Guepière fu preso da un tale accesso di risa che dovette sedersi sul letto, mentre i pappagalli sghignazzavano per non esser da meno.

– Bella signora? Oh, ragazzino, mi fai un gran complimento! Quello sono io, qualche anno fa, quando catturai Moby Mullus, la triglia albina terrore delle Meninas.

Anche i ragazzi risero, e dopo pochi minuti di conversazione tra loro e il pirata era sbocciato l'amore. Il capitano offrì loro dell'ottimo tè con gallette, si provò le tinture per capelli di Iri, i rossetti di Boccadimiele, e suonò una ballata della Filibusta con la chitarra di Rangio.

Alla fine si riassestò il lamé sui fianchi e disse:

– Bene, è ora che vi presenti alla ciurma. Spero vi accolgano civilmente.

– Perché dice "spero"?

– Perché, come saprete, i pirati di questo e altri mondi passano lunghi periodi in mare. Nel nostro caso, non tocchiamo terra da quasi un anno. Questa lontananza, unita alla naturale esuberanza e carnalità di noi corsari, fa sì che la ciurma sia un po' nervosa. Sulla *Liberace* ci sono centocinquanta uomini che, pur avendo una notevole polivalenza e varietà di direzioni sessuali, sono stufi di inzaboriarsi tra loro, e tre pollastrelli nuovi di zecca sono una grande tentazione.

– Sappiamo difenderci – disse la pollastrella Iri.

– Siamo nati in un quartieraccio – disse Rangio.

– Però, se ci fosse qualche corsarino un po' carino – sussurrò Boccadimiele.

– "Carino" non è un aggettivo che sprecherei per descrivere i ragazzi della *Liberace*. Comunque, indossate tre delle mie camicie, per coprire il più possibile le vostre appetitose forme, e venite in coperta.

– Che bello! – disse Boccadimiele indossando un camicione lungo fino ai piedi, ornato di pizzi.

– Quello l'ho comprato, si fa per dire, durante un abbordaggio a una nave spaniarda. Era del governatore Albaletas. Quella è una camicia britanna, l'ho sfilata al capitano Brunch mentre si stava avviando sulla passerella. Era un peccato che gli squali la rovinassero. Quella che sta mettendo Iri, invece me la regalò... me la regalò...

Al capitano si inumidirono gli occhi e non riuscì a terminare la frase.

– Questo ve lo racconterò un'altra volta – disse – fuori, giovanotti, vi presento al mio equipaggio.

– Posso riprendere con la telecamera? – disse Iri.

Il capitano si fece il segno della croce, spalancò la porta e sul ponte di prua li accolse, schierata al gran completo, la ciurma della *Liberace*: vale a dire la più esotica accozzaglia, la più assatanata masnada, la più minacciosa ghenga di tutti gli oceani. Erano rappresentate tutte le razze e i colori. Neri con canottiere traforate e minuscoli slip da bagno ostentatamente ripieni, mulatti con gilè alla biscaglina e collant ghepardati, biondoni in sottovesti spaniarde da cui trasparivano petti villosi tatuati di pornofumetti, isolani con cappelli da cow-boy e tanga di cuoio. E poi ghigne orientali con giacconi da motociclista e tatuaggi yakuza, tartari baffuti in body da aerobica, magrebini con caffettani dagli spacchi abissali, vecchi gabbieri barbuti con kilt, giarrettiere e borsette di strass per il tabacco. E davanti a tutti la Nostroma, un meticcio ossigenato con un kimono a fiori e una parrucca Versailles a cannelloni, da cui faceva capolino un grosso topo. Vedendosi inquadrati da Okumi reagirono tra l'imbarazzato e il lusingato. Alcuni si lisciavano i capelli con lo sputo, altri ridacchiavano un po' ebeti, altri esibivano pose piratesche, mostrando gli uncini, digrignando i denti, roteando scimitarre e facendo sobbalzare le sirene tatuate sui bicipiti. La situazione si protrasse in un silenzio imbarazzante, si udiva solo il ronzio della telecamera di Iri e il gemito del fasciame della nave. Anche i gabbiani si erano fermati in surplace nel cielo. Poi uno dei pirati guardò Boccadimiele e tirò fuori venti centimetri di lingua su cui era tatuata la seguente frase:

"SI ESEGUONO LAVORI A DOMICILIO".

A questo punto capitan Guepière menò un fendente di sciabola sul tavolato ed esclamò:

– Branco di puttanieri incalliti e pendagli da forca senza Dio né patria, so cosa state pensando. Lo leggo sui vostri volti e sulle vostre braghe. Ma sappiate che se a uno di questi ragazzi verrà torto un solo capello, nessuno di voi sfuggirà al castigo del Bunga-Wunga! E ora tornate al lavoro!

A quella terribile minaccia tutti sbiancarono, e ripresero le loro quotidiane attività, vale a dire chi a spulciarsi, chi ad ammainare, chi a fumare la pipa, chi a tatuare qualaltro, chi a scrivere a casa, chi a leggere libri di ingegneria navale, chi a far badinage tra coffa e coffa, chi ad accoltellarsi, insomma le piccole cose che fanno degna e nobile la vita piratesca.

L'unica a non essere convinta era la Nostroma.

– Sei crudele, Pierre – disse – il cielo ci manda tre fiorellini così, e te li vuoi tenere tutti per te. Non è giusto, no, no, no! – Nel dire questo batté la gamba sul ponte e si capì che sia la gamba sia il ponte erano di legno.

– Zitto, isterica – la rampognò Guepière – prepara subito ai ragazzi una buona cenetta.

– Come no – fu l'acida risposta – cosa preferiscono i signorini? Abbiamo sardine in scatola oppure acciughe sott'olio o aringhe "a la boîte" o alici sotto vuoto spinto.

– Non le siamo simpatici – disse Iri.

– Vai con Okumi – disse Boccadimiele – scommetto che funziona.

– Ehm – disse Iri – Signora Nostroma, dato che lei ha una faccia assai telegenica e comunicativa, vorremmo farle una breve intervista.

– Beh – disse la Nostroma sistemandosi la parrucca – se è una cosa breve...

– Brevissima – disse Iri – *Ragazzi intrepidi*, scena quarantasei, Signora Nostroma, come è diventato pirata?

– Ero il dodicesimo figlio di una povera famiglia dell'arcipela-go. Mia madre era una prostituta alcolizzata, mio padre un mari-naio olandese diabetico e depravato che ci violentava tutte le vol-te che cercava di smettere di fumare. Mi ricordo che a sei anni la-voravo già come cameriera in uno spaccio d'oppio di Bentesicima, e un laido mercante di schiavi malese che aveva un occhio solo...

La breve intervista durò quattro ore e mezzo, e fu interrotta dal-la campana di prua che chiamava tutti alla cena. Quella sera sulla *Liberace* era stata preparata una festa in onore dei nuovi arrivati. Le sartie erano addobbate di lampioncini cinesi, e sulla tavolata c'era-no grandi vassoi di sardine cucinate in vari modi, alla creola, alla fi-libustiera, con burro di arachidi, con nutella, all'acqua di mare, al-l'anicione, all'olio di cocco, alla nostroma. L'unica bottiglia di rum era stata diluita in un barile d'acqua e ne erano stati ricavati cento-cinquanta bottiglie e altrettanti bellìconi. La radio di bordo tra-smetteva a tutto volume brani di Jerry Lee Lewis, e qualche pirata già si industriava con l'armonica. Intorno alla nave saltavano a tem-po i delfini. Un enorme calamaro, bianco come un fantasma, emer-se dalle acque e posò delicatamente un tentacolo sulla murata.

– È Blanche, la nostra mascotte – disse il capitano – ogni tanto le diamo da mangiare qualcosa.

– Che cosa? – chiese Rangio.

– Cadaveri, naturalmente. Ma oggi non ne abbiamo. Stiamo tutti bene Blanche, mi dispiace!

Il calamarone, deluso, si inabissò.

– Purtroppo, ragazzi, il buffet di oggi non è molto vario – dis-se capitan Guepière – le triglie giganti diventano sempre più furbe e da mesi non incontriamo una nave da abbordare. Il governatore Horca ha una fifa matta ad attraversare questi mari. Ma anche co-sì, con qualche sardina e un goccio di rum, noi faremo sfoggio del bon ton e della facondia propri dei corsari. Forza, qualcuno pro-ponga qualcosa di eccitante!

– Giochiamo ai mimi! – propose Luis Dentidiferro.

– Cantiamo *Bianche rive lontane* – disse Mohamed l'arpionatore.

– Facciamo fare lo strip alla Nostroma – suggerì il carpentiere Pendolo.

– Basta, l'ho già vista dieci volte – protestò l'armiere Olufson – piuttosto preferisco veder squamare una cernia.

– Scemo – disse la Nostroma, e gli lanciò un coltello in mezzo alla fronte. Olufson non fece una piega. Aveva mezzo cranio in puro palissandro.

– Giochiamo a "la cosa più bella del mondo"! – disse il guardastiva Peter Narvalo, un marinaio dal lunghissimo naso con un piercing di dodici moschettoni.

– Sì, sì evviva! – gridarono tutti in coro, pappagalli compresi.

– È un gioco che facciamo spesso, nelle lunghe giornate di bonaccia – spiegò il capitano agli ospiti – d'accordo, comincia tu, Peter Narvalo.

– La cosa più bella del mondo – disse il guardastiva, saltando in piedi sopra un barilotto – è la nave *Liberace*!

Applausi, fischi, schiamazzi accolsero la sua asserzione.

– Nessuna nave è più veloce di lei, e quando il vento le tocca il culo e le alza la gonnella delle vele, non c'è fottuto panciuto impeciato intarsiato galeone di Horca che possa sfuggirle. Il suo albero maestro, ricavato da un tronco di castagno huang, è alto novanta piedi e duro come il mio uccello! Le vele di forte e rude stoffa norrena ingoiano venti di tempesta come fossero sospiri. E ammirate la possanza dei suoi quaranta cannoni di bronzo precisi come sputi, e che dire della polena scolpita dal maestro d'ascia Atzorius, riproducente le fattezze della nostra padrona, santa Billie Holiday?

– Oh, yeah – cantarono in coro i corsari.

– Per non parlare delle meravigliose murate, e della funzionalità dei cazzascotta, della comodità delle brande, dell'igiene delle tughe, della discrezione dei topi, della generosità dei culi dei mozzi, della tenuta degli scalandroni, della cura delle finiture, della varietà e bontà della cucina, della geometrica precisione delle manovre, della liberatoria aggressività degli abbordaggi e soprattutto della pluriennale competenza del nostro capitano, il flagello dei mari, il corsaro che ha depredato sessanta navi, dieci traghetti e un numero imprecisato di gommoni, e dal quale abbiamo l'alto onore di essere comandati!

Un'autentica ovazione accolse queste parole. Capitan Guepière fece un gesto di finta ritrosia degno di una diva del muto. Poi, visibilmente lusingato disse ai tre ragazzi:

– Capito il gioco? Tocca a te, Iri.

– Io credo – dissi Iri – che la cosa più bella del mondo siano i blues di Snailhand Slim. – E con l'accompagnamento di Rangio ne intonò uno con voce sottile e dolorosa. Le parole dicevano:

> *Fammi vedere la mia tomba*
> *nascosta in un colle d'edera*
> *fammi vedere la mia nave*
> *sul fondo del più oscuro mare*
> *fammi vedere la cella*
> *dove senza speranza canto*
> *ma non farmi vedere il treno*
> *che ti porterà via, baby.*

I pirati iniziarono a piangere con tanta convinzione che il blues fu coperto dai singhiozzi. Le lacrime invasero il ponte e due mozzi dovettero svuotarle in mare a secchiate.

> *Dammi un soldino, Rospo Brown*
> *dammi un soldino*
> *per la benzina del mio motorino*
> *un soldino per comprarmi compagnia*
> *perché sono solo, stasera*
> *lontano da casa*
> *ogni posto è la tua casa.*

– Basta, basta – disse capitan Guepière, singhiozzando, col volto trasformato in un mascherone di rimmel – se continui così ci affondi. La nostra commozione valga come un applauso. Avanti un altro, un po' più allegro possibilmente.

Si alzò il timoniere Pigtail Joe, un omaccio barbuto con bermuda sfilacciati e una maglietta degli Aerosmith.

– Io credo – disse il timoniere – che la cosa più bella del mondo sia Hanna Baja Lehilani, dell'isola omonima.

Una raffica di colpi d'archibugio e un volo di cappelli omaggiò il nome della dama.

– Chi l'ha conosciuta, amici, e su questa nave possiamo dire di averla conosciuta in molti, non potrà mai dimenticarla. I suoi occhi brillano come stelle di sud-est nelle notti d'estate, la sua pelle è bianca come un filetto di sogliola, le sue mani passeggiano sul tuo ombelico come granchiolini, la sua lingua drizzerebbe il ferro di un'ancora e la sua ficona è la baia più confortevole e ospitale che esista nell'arcipelago da capo Triglia a punta Limbattu.

– Hurrah per Hanna Baja! – urlò la ciurma.

– Tanti anni fa, quando ero imbarcato con la ciurma di capitan Mac Noon, incrociammo una nave che procedeva a vele spiegate, senza che nessuno fosse visibile a bordo. Un vascello fantasma? Una nave colerosa? Niente di tutto questo. La nave era addetta al trasporto di schiavi, e tra loro c'era Hanna Baja. Ebbene, dopo tre giorni di navigazione non c'era uomo a bordo che essa non avesse spompinato fino al collasso, né donna che non avesse piluccato fino a consunzione. C'era solo lei al timone, nuda e fiera, e quando abbordammo la nave e liberammo gli schiavi, naturalmente senza incontrare nessuna resistenza, sapete cosa fece Hanna per ricompensarci? Fece il famoso numero cinese detto "la corsa sul ponte dei cento bambù". Ci fece mettere tutti in fila, e poi...

Capitan Guepière tossì ostentatamente, invitandolo a soprassedere.

– Insomma, mi avete capito, porcellini miei! – disse Pigtail. – Per questo io dico che Hanna Baja di Lehilani è la cosa più bella di Posidon!

– Storia audace ma garbatamente raccontata – disse il capitano nel generale giubilo – e ora tocca a te, chitarrista.

– La co-co-cosa più bella del mo-mo-mondo – balbettò Rangio – è... è...

– Coraggio ragazzo, molla l'ancora – gridarono i pirati.

– Non essere timido, pollastro!

– Alza il fiocco e vai!

– La cosa più bella del mondo – disse di un fiato Rangio – sono gli occhi di Boccadimiele.

Un boato di maelstrom accolse la dichiarazione del giovane, che era diventato rosso come uno scampo cotto. I marinai iniziarono a ballare e ad abbracciarsi, e quando Boccadimiele baciò Rangio, la temperatura divenne così alta che il mare intorno cominciò a bollire.

– Calma ragazzi, calma – disse capitan Guepière – chi vuole la parola adesso?

– Io – disse Pappauno, il pappagallo che lavorava come orecchino sinistro del capitano.

– Prego – disse Guepière aprendo la gabbia e tenendolo su un dito – ma se dici come l'altra volta che la cosa più bella del mondo è la libertà, ti torco il collo.

– Ho un improvviso abbassamento di voce – disse Pappauno, rientrando nella gabbia.

– Siamo alla fine del gioco – disse solennemente capitan Guepière – e, se permettete, vorrei concluderlo io.

– *Ragazzi intrepidi,* scena ottanta, *la confessione del capitano.*

– La cosa più bella del mondo io l'ho posseduta, anni fa. Allora ero innamorato della creatura più desiderabile e dolce di questo mondo. Insieme passammo ore indimenticabili su amache, canoe biposto, spiagge al tramonto, autoscontri, locali notturni. La nostra felicità sembrava non aver mai fine. Ma un giorno dovetti fuggire, perché le truppe del governatore Horca erano sulle mie tracce. E la meravigliosa creatura mi consegnò un anello. Disse: se un giorno avrai bisogno di me, apri l'anello, e per magia io ti sarò vicino. Ma guai a te se lo perderai! Con esso io ti consegno il mio cuore: custodiscilo come la cosa più rara e preziosa.

– Ebbene – sospirò il capitano – dopo due anni di combattimenti e di fughe, mi ritrovai su una scialuppa in mezzo al Mar di Bolang, dopo un terribile naufragio. Ero solo, senza cibo né acqua, a centinaia di miglia dalla costa. Dopo pochi giorni sotto il sole rovente avevo la lingua screpolata come un castagnaccio e le mie forze erano allo stremo. Cominciai ad avere allucinazioni: vidi dapprima la bella creatura, che dondolava sull'amaca nel suo giardino di palmitos e papaya. Guardava il mare con occhi tristi, aspettando invano il mio ritorno. Poi vidi emergere davanti a me un gigantesco capodoglio che portava sul dorso un chiosco con l'insegna "hamburger, gelati, frappé, frozen yogurt". Nuotai verso di lui col portafoglio tra i denti, ma, ahimè, come avrete certamente capito, era un miraggio. Finché, il tredicesimo giorno, dalle profondità marine mi apparve Baba Yaga.

– Baba Yaga! – ripeterono a bassa voce i pirati, col volto pieno di terrore.

– Sì, lei, la grande tentatrice anfibia, la strega-sirena. Metà del suo corpo era un'elegante coda di delfino, l'altra metà un busto di donna bellissima, con occhi di zaffiro, lunghi capelli intrecciati di coralli, e due tette da reggere una scialuppa.

Baba Yaga mi parlò, con voce più dolce del vento dopo la bonaccia:

"Ho un'anfora d'acqua per te, e un delizioso spiedino di mazzancolle" disse. "Te li donerò, se mi darai il tuo anello."

"Mai" dissi io.

"Su, bel marinaio" insistette l'ammaliatrice "un attimo solo, lo metterò al dito per far morire d'invidia le altre sirene, poi te lo riporterò."

– Che avreste fatto al mio posto? –

Si accesero discussioni animate e volò qualche pugno.

– Piantatela, era una domanda retorica. Ebbene, io le diedi l'anello, e subito quella lanciò una diabolica risata e sparì nelle profondità. Allora mi accorsi dell'errore commesso! Non so se fu davvero Baba Yaga a rubarmi l'anello, o se nel delirio me lo tolsi e cadde in mare, fatto sta che non lo ritrovai mai più. E quando una nave mi salvò, ebbene, l'uomo che issò a bordo non era più il giovane marinaio Pierre Gue, innamorato di belle speranze, ma il più infelice degli uomini. Poiché mai più io rivedrò quella bella creatura, avendo perso colpevolmente l'anello, e con lui la cosa più bella del mondo!

Il capitano tacque. Nessuno fiatò. Tutti stavano a testa bassa, con espressione da naselli. Iri spense la telecamera. Ormai era notte, e una luna vermiglia illuminava il ponte della nave come il riverbero di un camino. Alcuni corsari si soffiavano vigorosamente il naso per la commozione, altri avevano estratto di tasca le foto dei loro cari, mogli, mariti, bambini, chi li aveva, qualcuno persino la foto di una tartaruga, e chi non aveva neanche quella baciava cartoline di Marsiglia, santini o foto della scolaresca di prima elementare. Il calamarone sentendo aria di suicidi imminenti, fece capolino dall'acqua. A quel punto Boccadimiele reagì e saltando agilmente sul barilotto disse:

– Andiamo, pirati, su con la vita! La cosa più bella del mondo è avere degli amici!

– Hurrah – disse qualcuno flebilmente.

– E proprio per aiutare un amico siamo venuti su Posidon, cercando ciò che potrebbe salvargli la vita. E quel qualcosa è un frutto che si chiama huapanga. E per noi il succo di huapanga è la cosa più desiderabile e bella del mondo.

– Huapanga? – disse la Nostroma. – Ma piccina, forse tu non sai che...

– Nave in vista – gridò improvvisamente la vedetta Ling Lince. – È un galeone di Horca!

– Pirati, tutti ai posti di combattimento – disse capitan Guepière con grande calma – à l'accrochage!

Descrivere il cruento abbordaggio che seguì è compito arduo, tanto era il fumo e l'odore di polveri da sparo, il cozzar delle spade, le bestemmie in dodici lingue, le urla di trionfo, i rantoli d'agonia e il sangue che scorreva a fiumi.

Si videro prodigi di valore: capitan Guepière mulinava la spada contemporaneamente contro cinque ufficiali spaniardi, l'eroico Pigtail perì mentre con l'ampio pancione otturava un cannone nemico, Boccadimiele col suo serramanico tenne testa a un gigantesco sergente, Peter Narvalo infilzò tre avversari a nasate, Rangio si difese a colpi di chitarra, la Nostroma roteava la gamba di legno come una clava gridando "chi mi smaglia le calze lo ammazzo" mentre Iri e Okumi, issate sulle spalle del cuoco Mojito, riprendevano tutto coraggiosamente. In meno di mezz'ora la nave, che si chiamava *Santa Maria Feroz*, fu catturata. Trasportava centinaia di alberi e piante tropicali, che il bieco Horca aveva strappato al loro habitat natio per trapiantarle nei ricchi giardini spaniardi.

La stiva della nave era una foresta odorosa. Tra il fogliame, furono trovate tre dozzine di carmelitane in buone condizioni. A ogni pirata furono consegnati come premio dieci markodollari, una carmelitana e mezzo marinaio spaniardo. Di tutto venne fatto uso adeguato.

Solo capitan Guepière, mentre i suoi uomini si davano al baccanale, si aggirava triste sul ponte, e neanche Boccadimiele che gli offrì un pezzo del bottino, una tazza bordolese piena di rum, riuscì a strappargli un sorriso.

– Grazie, ragazza dagli occhi d'oro – disse Guepière. – Tu mi ricordi la bella creatura. Ma da quando ho perduto l'anello, non c'è preda di guerra o tesoro o carmelitana che possa alleviare il mio dolore.

– Forse – disse Boccadimiele sfiorandogli la bocca con un dito – se lei si rimettesse un po' in allenamento...

Il capitano sembrò assai turbato.

– Dove sono i tuoi amici? – disse con voce tremula.

– Giù nella stiva della *Santa Maria*. L'armiere Olufson li guiderà fino all'albero di huapanga, così loro prenderanno un frutto, e ne spremeranno il prezioso succo.

– Per santa Billie beata e santo Morgan pirata – gridò capitan Guepière – quell'ubriacone di Olufson non sa cosa sta facendo! Non si può spremere la huapanga!

– Ma... un frutto solo, per noi è importante.

– Non è quello il problema – disse capitan Guepière – huapanga, in dialetto lehilani, vuole dire "banana-bomba". È un frutto che si basa su un equilibrio chimico delicatissimo: una volta tolto il succo, nella buccia ha inizio una reazione devastante, e la huapanga diventa esplosiva come mille barili di polvere!

– Forse siamo ancora in tempo a fermarli – disse Boccadimiele lanciandosi sull'altra nave.

Non erano più in tempo. La *Santa Maria Feroz* saltò in aria, con grande spreco di legnami pregiati, e l'esplosione fu visibile a trenta miglia di distanza.

15

NEIKOS

Occhio di Tigre e gli amici nell'anello giunsero su Neikos, il secondo mondo, poco dopo la fine di una battaglia. Una pianura nebbiosa si stendeva piatta e grigia davanti a loro, tra un fiume torbido e filari di pioppi irti come lance. Al centro del paesaggio svettava una quercia contorta dai cui rami pendevano grappoli di impiccati. Ovunque si vedevano cataste di armi e cadaveri, spade e sangue, ferro e fiele. Occhio di Tigre contemplò tristemente un fossato pieno di cavalli con le pance squarciate, e cavalieri mutilati e morenti che ancora agitavano la spada contro un nemico invisibile. Più lontano, un venditore d'organi raccoglieva in una cesta milze e polmoni come fossero funghi. Un altro omaccio con un grembiule sanguinolento teneva mercato dal suo carretto gridando "spade come nuove, denti d'oro, dita con anelli, cosce di cavallo!". Due portantini dall'aria vampiresca portavano sulla barella i resti di un ferito. I bambini giocavano infilandosi gli elmi dei caduti, un prete pregava. Un cavallo rimasto senza cavaliere brucava l'erba, scostando con la testa le braccia dei morti. E dal filare dei pioppi avanzò un carro, tirato da due rozze, su cui stava ritto un uomo vestito di bianco. Man mano che si avvicinava, si potevano distinguere la barba rossiccia, i capelli lunghi e incolti. Nelle mani teneva una cetra.

Suonò alcuni accordi di richiamo e quando si fu radunato un po' di gente, iniziò a declamare:

– Gloria alla terra che vide il valore del grande Siriacus von Oil Triperott, paladino della Giusta Causa, e dei suoi guerrieri dalle lunghe chiome, contro la peste glabra e infida dei traditori siperquateri. Ito il clangore delle spade, ito il grido dei morenti, ito lo scalpitar dei cavalli! Io, Bardo del Mattino, racconterò le eroiche gesta della recente battaglia, che consegnò alla storia queste lande, poiché sacra è l'erba fecondata dal sangue degli eroi, e venerando il piede che calcherà le loro orme.

Ordunque l'alba era appena sbocciata quando cinquanta valorosi guidati dal sommo Triperott in persona si appropinquarono al fiume per abbeverare i loro sitibondi palafreni. Nobile era il loro sguardo, folte le loro chiome, rigogliose le loro barbe e vivido il pelame dei loro destrieri, dal cui ben dimensionato deretano fluiva un molle icore a fecondare la bella pianura di Neikos. E loro duce era Triperott von Oil:

Triperott la cui lancia è lo spiedo delle stelle.

Triperott il cui scudo è come l'imene di Artemide.

Triperott il cui selvaggio odore è cento volte quello dell'orso quando esce dal letargo.

Triperott i cui passi risuonano come la cascata nelle gole montane.

Triperott la cui smisurata barba dà asilo ad aquile, poiane e girifalchi, e stormisce come le querce di Darnovar.

Triperott virile e carnivoro il cui membro misura nove spanne e le cui palle in numero di quattro gareggiano in durezza con quelle dei biliardi Zironi.

Triperott della stirpe di Dodgpardue e Vintquater, la cui aurea armatura fu forgiata da Efesto in persona.

– Donate donate, se ascoltar ancora volete.

A quella richiesta tutti lanciarono monetine, carrube, bottoni, e il Bardo del Mattino riprese:

– Ordunque in quell'istesso momento sopraggiunsero, preceduti da una nauseabonda zaffata di profumi effeminati e postribolari, cinquantadue mercenari guidati dallo spregevole Mistral Mac Butter Siperquater, diretti anch'essi al fiume per ingozzare d'acqua i loro voraci ronzini.

Sordido era il loro sguardo, calvi e asimmetrici i loro crani, rasate le foruncolose guance e ridicolmente agghindate le loro buscalfane, dai cui sproporzionati culi sgorgavano fiotti di feci nerastre ed emazie emorroidali che impestavano la bella pianura di Neikos. Loro duce era Siperquater.

Siperquater, la cui lancia è un girarrosto per gli innocenti.

Siperquater, il cui scudo è come la porta dell'Averno.

Siperquater, il cui dolciastro olezzo fa impallidire le profumerie di Sodoma.

Siperquater, i cui passi in battaglia sono vili e silenziosi come quelli della jena che attacca il cerbiatto ferito.

Siperquater la cui gota efebica è rosa dall'acne, dai porri, dall'eritema scabro e dal carbonchio carachegno.

Siperquater menno glabro e vegetariano la cui ridicola nerchia misura mezzo lombrico e i cui coglioni sgonfi rimbalzano sui ginocchi.

Siperquater della stirpe maledetta di Dodgpardue e Vintquater, la cui rozza armatura argentea fu forgiata dagli artigli di Tisifone e Aleppo.

– Donate donate se ascoltar ancora volete e se bottoni avete, nel culo ve li mettete, avare genti che gabbar mi volete.

Volaron pochi talleri e qualche carlino ed eziandio una pagnotta e molti si allontanarono, ma il bardo proseguì:

– Ebbene, nonostante le forze del nemico fossero soverchianti, ecco che il nobile Triperott snuda il brando e rivolto ai suoi esclama:

"Fido manipolo, non fia mai che le terse acque di codesto rivo vengano contaminate dai denti posticci e dalle lingue sifilitiche dei bipedi e quadrupedi siperquateri. Apprestiamoci pertanto a dare a questi ribaldi la punizione che si meritano per aver invaso il nostro territorio!"

A questa concione una virile sequenza di bestemmie, cachinni e improperi all'indirizzo del nemico colmò le gole del pugnace e ipertricotico plotone.

Ma già l'avversa soldataglia s'era appropinquata al rivo e Siperquater, puntando il dito inanellato verso il nobile duce così meschinamente parlò:

"Triperott della stirpe maledetta di Dodgpardue, come osi pretendere che l'acqua di questo fiume appartenga esclusivamente a te, e alla tua cricca di mai lavati e mai tonsi, la cui scarsa igiene già ammorba e altera ogni forma di equilibrio ecologico su Neikos?"

Nobilmente gli rispose il saggio e avvenente Triperott:

"Siperquater della stirpe di Vintquater, i salmonidi del fiume me lo dissero, piuttosto la morte che il contagio del beveraggio da parte di quei cinedi ciclaminati cui, più che le armature, sarebbero acconce delicate sottovesti di trina."

I guerrieri triperotti sorrisero finemente di quella ben dosata ironia.

Insulsamente così rispose il permaloso Siperquater:

"Codeste non erano precisamente le parole con cui giusto stamane vostra sorella Trepinia mi congedò dopo che l'ebbi corcata su un paglione in ventisei posizioni diverse tra cui quella della capretta, del ciuccialuva, del lepriglio e del confessionale. Anzi essa ebbe a ribadirmi poco lusinghieri paragoni tra la resa in branda dei barbuti ma sbrigativi Triperotti e l'eccezionale possanza, durata, e tenuta di strada dei pistoni siperquateri."

I Siperquateri turpemente ghignarono di tale sguaiato sarcasmo.

"Questa offesa all'onore di mia sorella che tutti sanno casta come un'ermellina di sei giorni e vereconda come un domenicano andrà lavata con molto, molto sangue, e t'appresta a morire, glabro pusillanime, poiché sull'orologio del destino sono le nove meno un quarto, e dopo trecento anni la nostra faida avrà fine con la tua morte, poiché fu la tua stirpe a iniziarla e tu sai bene dove e perché, né io mi curo di rammentarlo."

Il pusillanime replicò:

"La mia presunta offesa è pari a quella che tu ieri arrecasti alla mia gente nell'intervista concessa al Bardo della Sera, in cui ci definisti codardi, fitotrofi e dediti ad accoppiamenti contronatura co' nostri destrieri. Calunnie che andranno lavate con molto, molto sangue e a morire t'appresta, irsuto fellone, poiché sul quadrante del fato sono le otto e tre quarti, e dopo tre secoli la tua morte concluderà la nostra faida, poiché la tua schiatta la originò e tu sai bene perché e dove, né io mi curo di ricordarlo."

A questo punto, sotto gli occhi dei numerosi bardi accorsi, si diede inizio alle ostilità. E subito:

Orone Tripero trapassò da parte a parte Argentone di Maccusu;

Carrasco Biancaluna affettò in tre sezioni esattamente uguali Orone Tripero;

Orobio di Sancallisto trasse l'anima e dodici libbre di budella dal corpo di Carrasco Biancaluna;

Biscuit d'Orange eseguì una lobotomia apicale completa a Orobio di Sancallisto e ne diede le cervella in pasto a' suoi levrieri;

Quattrocchio di Comacchio inspiedò nella sua alabarda Biscuit d'Orange e i suoi nove levrieri e li grigliò sul fuoco intervallati con cipolle e peperoni;

Pendolo l'Unto conficcò nel suolo a colpi di martello Quattrocchio di Comacchio e fece della sua bocca una turca per i suoi urgenti bisogni;

Orobello dei Saragusini amputò braccia e gambe a Pendolo l'Unto e ne calciò il tronco a guisa di palla;

Nicotero Tobagio e Sanguillo Alapacas affettarono sia Orobello dei Saragusini sia il di lui cavallo Alonzo Hanover, facendone due mostruosi centauri;

Alduino il Flavo con un solo colpo di accetta decapitò Nicotero Tobagio e Sanguillo Alapacas, più i loro cavalli, più cinque pioppi, due bardi e un postino di passaggio;

Parsifalio Cuordipapero farcì con sessantasei frecce, di cui sessanta letali, il petto di Alduino il Flavo;

Triperott in persona affrontò Parsifalio Cuordipapero e lo trasse fuori dall'armatura come un paguro dalla conchiglia stritolandolo poscia tra le dita finché non lo ebbe ridotto a un supplì sanguinolento, dopodiché guardossi attorno e vide che non vi erano più guerrieri superstiti se non Siperquater che si aggirava lordo di sangue con tre cadaveri infilzati nello spadone a guisa di lodole.

E già i due si apprestavano allo scontro finale quando suonò la campana dell'intervallo di mezzogiorno ed essi si liberarono dalle armature e trassero dai tascapani piade e cacciatorini e cosciotto di cinghiale e ciccioli l'uno, e grissini e cipolla e frittata di crescione e zucca candita l'altro e donate donate se ascoltare ancora volete.

Ma accanto al carro del Bardo del Mattino erano rimasti solo Fuku e una vecchia addormentata su una sedia.

– Tu, straniero – disse il Bardo a Fuku – vorresti conoscere le gesta degli antenati di Triperott fin dalla quinta generazione e in particolare l'emozionante assedio di Siperquatria, il tutto per la modica cifra di dieci markotalleri?

– Ahimè, non ho il becco di un quattrino – disse Fuku.

– Straniero e anche taccagno – risuonò minacciosamente una voce proveniente dalla pila dei caduti.

Tra i defunti c'erano infatti due guerrieri vivi, intenti, con pinze e scalpelli, a cavare dalle dentature dei morti tutto il metallo vendibile. Trattavasi di due guerrieri oroni di aspetto spaventoso. Le loro barbe e chiome erano intrise di sangue e fanghiglia, sulla testa portavano elmi con corna di uro, le corazze erano fregiate di scritte oltranziste, disegni osceni e tacche di nemici uccisi.

Uno era armato di doppia alabarda, e puzzava come un mammut bagnato. L'altro portava al fianco una spada che tre uomini normali non avrebbero sollevato, con sopra inciso:

Signore sei tu il mio pastore

Questo secondo guerriero puzzava il doppio del primo: erano fratelli e i loro nomi erano Ultrano e Tifone.

– Guarda che bel tipo, con la casacchina di seta e la treccia – disse Ultrano.

– Secondo me si chiama Giulietta – disse Tifone, e rise, mostrando una dentatura assai rada.

– Mandaci tua sorella – disse Visa.

– E tua madre – rincarò Pat.

– Chi ha parlato? Ci vuoi provocare, straniero? – disse Ultrano avvicinandosi a Fuku con alito assai gagliardo.

– Non ci piacciono gli stranieri taccagni – disse Tifone – specialmente quelli che non vogliono ascoltare le gesta di Triperott. Non sarai per caso simpatizzante di quel bastardo di Siperquater?

– Siamo neutrali – disse Visa.

– Pacifisti convinti – disse Pat.

– O sei stregone o sei ventriloquo, straniero – disse Ultrano – ma da qualunque orifizio tu stia parlando, sappi che su Neikos il pacifismo è punito con l'arruolamento fino a sessant'anni.

– Già: qua si fa la guerra diciotto ore su ventiquattro – disse Tifone – ci guadagnamo il pane, altro che pace, e i bardi vanno pagati o nessuno canterà più le nostre gesta, gli sponsor si ritireranno e moriremo di fame.

– Quali sponsor?

– Io combatto per le armature "La Sicura" – disse Ultrano, mostrando con orgoglio l'armadillo inciso sullo scudo.

– Io – disse Tifone, mostrando una scatola di piselli dipinta sull'elmo – combatto per "ProntoRancio", la più grande ditta di catering da battaglia.

– Perciò – conclusero i due – caccia i soldi o conoscerai l'ira degli Oroni.

– Ce ne mangiamo dieci alla volta di Oroni – disse Visa.

– Fatevi avanti, cloache sponsorizzate – disse Pat.

– Morte al ventriloquo! – gridarono i due energumeni, e attaccarono.

Da destra piombò Ultrano roteando l'alabarda, ma Fuku si abbassò e facendo perno sull'alluce del piede destro roteò la gamba sinistra falciando l'avversario che finì per le terre. Da sinistra balzò Tifone alzando i due quintali di spada, ma prima che riuscisse a calarla il pugno di Fuku scattò dritto nel suo mento, rincagnandogli la testa dentro l'elmo.

– Lo sgambetto non vale – piagnucolò Ultrano.

– Mi ha inscatolato! – gridò Tifone.

E già si apprestavano a tornare alla carica, quando su di loro si proiettò, nobile e autoritaria, l'ombra di un cavaliere. Aveva l'elmo decorato da un altissimo pennacchio, un'armatura di oro zecchino e trecentosessanta tacche di nemici uccisi sullo scudo.

I capelli fulvi arrivavano a lambire il dorso del cavallo, come una seconda coda, la barba misurava un metro e quindici centimetri di lunghezza per novantatré di larghezza e con uno solo dei folti sopraccigli si sarebbe potuto fare un bavero di cappotto. Per finire, puzzava come mille calzini da tennis usati.

Era senza fallo Triperott von Oil, paladino della Giusta Causa.

– Fermi! – disse ai suoi uomini. – Non vedete che questo guerriero, senza arma alcuna, vi ha battuti? Rendete omaggio al suo valore.

I due bruti si inchinarono con smancerie e congratulazioni financo eccessive.

– Chi sei tu, guerriero disarmato? – disse Triperott, scendendo da cavallo col fragore di una batteria da cucina. – E cosa fai nel nostro mondo?

– Pat, suggeriscimi qualcosa di cavalleresco da dire – sussurrò Fuku.

– Pat è svenuto quando hai sferrato quel pugno – gemette Visa – non potevi usare la mano senza anello?

– Non ci ho pensato – si scusò Fuku, guardando l'anello ammaccato. Poi rivolto a Triperott, disse: – O nobile e attraente condottiero, mi chiamo Fuku Occhio di Tigre e sono alla ricerca di un guerriero mio amico per riportarlo in patria.

– Seguimi alla tenda, guerriero disarmato – disse Triperott – là abbiamo l'elenco dei soldati vivi, un tomo, e l'elenco di quelli deceduti in battaglia, quaranta tomi. Mi auguro che il tuo amico si trovi nel primo.

Attraversarono il campo ancora ingombro di armi e roghi di cadaveri fino alla tenda di Triperott, una canadese con veranda adorna di vessilli e contornata da un ben coltivato orticello di solanacee. L'arredamento era essenziale e militaresco. Una branda, un tavolaccio, pelli di capra e sulla parete un poster di Chelo Alonso in *Maciste e la regina di Saba*. Da un cassone spuntavano riviste militari e una bambola gonfiabile in tuta mimetica.

– Mi dispiace di poterti offrire solo lardo e gallette – disse il condottiero – ma siamo alla fine della settimana di battaglia.

– E chi sta vincendo? – chiese Fuku.

– Non è facile dirlo – disse Triperott togliendosi i calzari da cui uscì una borita di moscerini – è sempre più difficile stabilire chi vince e chi perde. Secondo i nostri bardi avremmo già sgominato i Siperquateri da dieci anni, ma io li vedo ancora spuntare come funghi. A proposito di funghi, ti dà fastidio il mio odore?

– Ci si abitua – disse Fuku, bianco come un nevaio.

– Vedi, è la tradizione: noi Oroni non possiamo tagliarci barba e capelli, né lavarci. Guai se mio padre mi avesse sorpreso a fare un semplice pediluvio! Darei qualsiasi cosa per poter fare una doccia, ma tradirei la mia etnia, e soprattutto potrei essere confuso col nemico.

– Gli Argentoni?

– Già. Loro, invece, prima di ogni battaglia passano ore e ore al trucco. Spendono più in fard che in alabarde. E crepano profumati. Così vanno le cose su Neikos, da trecento anni.

– E perché vi combattete?

– Detesto questa domanda – disse Triperott, togliendosi la corazza, da cui uscirono un buon numero di pidocchi, ragni e persino una lepre. – Comunque è sempre stato così fin dall'Incancellabile Offesa, dall'Onta primaria. Da tre secoli ce le suoniamo e la nostra economia è basata sulla guerra: fabbriche d'armi, armature, spade, scudi, pece greca, olio bollente e poi cerotti, arti sintetici e occhi di vetro, e i bardi che cantano le nostre gesta, le fanciulle che allietano gli accampamenti, i becchini, i chirurghi, gli stregoni, gli allibratori, gli scommettitori, la vendita di soldatini, armi-giocattolo, sciarpe e gagliardetti, il turismo da altri mondi: insomma, viviamo di questo.

– Ma ci crepate, anche.

– Ormai siamo abituati, e poi non ci sarebbe da mangiare per tutti. Ma naturalmente il motivo principale della guerra è ideale. Il ricordo dell'onore calpestato che generò la faida sanguinosa. Vedi, tre secoli fa i Triperotti e i Siperquateri erano parenti: il duca Triperott e il duca Siperquater avevano sposato le due figlie gemelle di re Vintquater. Il regno sarebbe stato diviso tra loro. Fu allora che Siperquater ci arrecò l'Incancellabile Offesa.

– E quale fu?

– Beh – disse Triperott grattandosi la testa e sfrattandone ditteri – tre secoli sono tanti, così per il vero, non ci ricordiamo più cos'è successo.

– Chiedetelo ai Siperquateri.

– Ho l'impressione che anche loro non ricordino nulla.

– Ma esisterà pure qualche libro di storia.

– Esiste, ma c'è scritto che "Quello fu l'anno dell'Incancellabile Offesa e dell'Onta primaria". Col cazzo che spiegano qualcosa. Mi raccomando, acqua in bocca. Ti confido questo segreto perché presto te ne andrai.

– Come fai a saperlo?

– È un consiglio che ti do: un essere umano di più di sei anni d'età non può fermarsi più di dodici ore su Neikos senza essere arruolato. Capitò così a un guerriero che combatteva disarmato, proprio come te. Il suo nome era Tigre Depressa o qualcosa di simile.

– Tigre Triste – disse Fuku, col cuore in gola.

– Sì, mi pare che si chiamasse così. Capitò qua, lo vidi combattere. Era veramente il guerriero più talentoso che avessi mai visto, sparava calci terrificanti, e i suoi pugni sfondavano armature come cartapesta. Ma alla fine di ogni battaglia piangeva e continuava a ripetere "quel gatto, quel povero gatto!". Forse era pazzo. Comunque, aveva perso la *vis pugnandi*.

– Cosa gli accadde?

– Se ne andò. Gli proposi un contratto vantaggiosissimo, diecimila markotalleri all'anno più cinquecento ogni nemico ucciso. Rifiutò l'offerta: disse che non voleva più combattere, andò da uno stregone nootico e si fece trasferire in un altro mondo.

– Non disse quale?

– Mi sembra che guardasse spesso i dépliant di Medium, il quarto mondo. Certo, là si vive tranquilli. Ma ora scusami, sta suonando la sirena e devo tornare a combattere. C'è la battaglia del pomeriggio. Preferirei farmi una bella dormita, ma su Neikos le cose vanno così. Se vuoi seguire gli scontri, sali sul tetto di quella capanna.

– No, grazie, ripartiremo subito.

– Quand'è così buona fortuna, guerriero disarmato.

Triperott indossò l'armatura, si fece il segno della croce, sputò tre volte sulla spada, fece uno scongiuro swahili, si toccò le palle e uscì, subito accerchiato dai bardi cantastorie.

Fuku, preoccupato, aprì subito l'anello. Visa stava sorreggendo Pat, che aveva una gamba dolorante.

– Bisogna steccarlo – disse Visa.

– Guai a te se mi tocchi! – disse Pat.

– Bisogna immobilizzargli la gamba fino all'anca. Ci vorrebbe uno stecchino, o una scheggia miracolosa di albero huang.

– Non ci pensare neanche. E poi non esiste l'albero huang!

– Esiste, e lo piantò il mio avo Visagurubandana.

– L'unica cosa che il tuo avo Visagurubandana abbia mai piantato è sua moglie, per una ballerina di sedici anni.

Con un sospiro Fuku chiese:

– Calmatevi, signori. Qual è la direzione per Medium?

– Nord-ovest – disse Visa – stai fermo, ti curo la gamba.

– Sud-est – disse Pat – giù le mani!

E mentre Fuku camminava sulla riva del fiume, la battaglia iniziò con gran fervore, Visa e Pat litigavano, Tigre Triste era lontano e il giovane guerriero-nuvola pensò che assai rara è l'armonia nel mondo, e compito del saggio è conservare la calma nei precipitosi eventi, come la trota sta immobile nel torrente che scorre.

16

ROLLO NAPALM

Quella mattina nella capitale governativa la svanzika valeva 3,08 markodollari, niente male quindi, e una nube di ammoniaca causata dall'esplosione dolosa di una fabbrica periferica avvolse strade e case in una nebbia giallastra. L'evento fece salire la paura a 230, e in quelle condizioni di scarsa visibilità ben cinque presidenti vennero assassinati.

Il cardinale Nicotero Bordolan, del Partito del Santo Padre, mentre confessava un sedicente fedele, fu ammazzato con un trapano elettrico che gli bucò la pancia attraverso la grata del confessionale.

Richard Gaspille dei Ricchi di Famiglia, durante una cavalcata nelle sue tenute, fu sbranato da una tigre, presenza abbastanza insolita in un bosco dove da sempre l'animale più feroce era la talpa.

Modesto Zeroli del CCC (Centro Centrista Calibrato) mentre andava in centro a comprare un centrino da tavolo fu centrato da una revolverata nel centro della fronte.

Infine durante il dibattito televisivo dal titolo *Quale rapporto tra politica e cittadini* uno spettatore-kamikaze imbottito di tritolo si lanciò in braccio al conduttore e deflagrò in diretta. Il kamikaze risultò iscritto alla setta di Rubis. Oltre a lui, morirono il giornalista Ligio PassPass, fratello del più famoso Fido, e due presidenti: Ospitale del Fuori i Negri e Berto degli Intellettuali Ragionevoli, oltre a svariati cameramen.

L'audience fu altissima, ma il livello di paura salì oltre il livello di guardia, con abbassamento massivo dello shopping, esaurimento delle scorte di tranquillanti, borsa nera di dobermann, numerosi scontri a fuoco tra condomini e roghi di viados.

Fido PassPass nel suo telegiornale diede solo notizie piacevoli: il ritrovamento di un rapito, la scoperta di una medicina antinvecchiamento (la sesta del mese) e la nascita di tre gorilla gemelli nello zoo della capitale (in realtà era nata soltanto una bertuccia con problemi respiratori).

Il sondaggio proposto fu:

Donereste uno dei vostri organi a un gorilla?
Le risposte erano:
A) No, mai
B) Sì
C) Sì, se lui me ne dà uno in cambio
D) Non so

Con tutto questo, un buon 30% sbagliò la risposta e restò al buio, a riprova del generale disorientamento.

Provvidenzialmente, quella sera c'era l'attesissima prima trasmissione sui Giochi dell'Indipendenza, in cui, tra canzoni e ospiti d'onore, Fido PassPass presentava i campioni del governo. Sedici milioni di persone erano incollate agli schermi per seguire l'intervista con Rollo Napalm, sudato e sbuffante dopo un allenamento in palestra.

– Rollo, come va?

– Va! (*grugnito*)

– Qual è il tuo allenamento-tipo in questi giorni?

– Beh, quello che faccio prima di ogni incontro importante. Alla mattina trecento sollevamenti da centocinquanta chili sdraiato, seduto e in piedi. Poi duecento flessioni. Poi mi alleno contro la macchina stritolatrice. Poi mangio.

– Qual è la tua dieta?

– Frugale: duecento grammi di carne cruda, insalata scondita, e venti pillole di steroidi Buex per accrescere un po' le masse muscolari.

– E poi?

– Poi faccio la pipì e un pisolino, ma mentre dormo sollevo in sogno tutto quello che trovo, montagne, cavalli, orchi, mi stanco un sacco. Poi faccio due ore di footing all'aria aperta.

– Nel parco?

– No, su un tapis roulant davanti alla finestra. Poi sollevo duecento volte di seguito centocinquanta chili con le braccia e trecento con le gambe. Poi rifaccio pipì o anche di più. Poi è l'ora della
merenda: due fette biscottate col miele spalmato sopra, a volte anche sotto, e venti pillole di Buex. Poi mi butto giù dalle scale una
ventina di volte per imparare a cadere, faccio una sauna, la doccia,
duecento flessioni, poi un massaggio, altre duecento flessioni e vado a casa per la cena.

– Tua moglie cucina per te?

– No, quando sono in allenamento non frequento mia moglie,
la chiudo in cantina per non avere tentazioni. Mi preparo io la cena, con un braccio tengo su i fornelli e con l'altro cucino: una pail-
lard di duecento grammi, spinaci lessi e venti pillole di Buex, ma
alla sera faccio uno strappo, le mangio con la panna.

– E dopo cena?

– Dopo cena sollevo un po' il giornale, un pacco da trecento
copie, poi vado al luna park a fare mazza-di-ferro oppure in disco-
teca a spaccare la faccia a qualcuno oppure sto in casa a guardare
la tivù o a leggere un buon libro.

– Qual è l'ultimo libro che hai letto?

– Non ricordo il titolo, ma aveva la copertina verde.

– E adesso un pronostico: lo sfidante della Contea della
Montagna doveva essere un guerriero-nuvola. Ma per il momento,
i montanari non hanno ancora presentato il loro candidato. Si dice che il tuo rivale potrebbe essere "Sequoia" Quacqueri, che ha
un record di sessanta vittorie e tre sconfitte. Pensi che sarà un os-
so duro per te?

Rollo Napalm puntò un dito verso la telecamera in un minaccioso primo piano.

– Ascoltami, intervistatore di merda e anche voi, pubblico di
pecoroni: sono imbattuto in centottantasei incontri, ho fracassato
più ossa io che un week-end autostradale, ho battuto da solo i sei
fratelli Vagone e i gemelli Inox e Antrax, ho costretto su una sedia
a rotelle l'Uomo Volante, ho spaccato tutti i denti a Cay Caimano
e ho dato una tale strizzata a Fusijama Yamato che dei suoi trecen-
tosettanta chili di ciccia, alla fine, non ne sono rimasti abbastanza
da fare una mezza top-model. Io sono il numero uno e non ho pau-

ra di nessuno in tutti gli otto Mondi Alterei e Sequoia Quacqueri è un bluff, tremerà come un rametto di rosmarino quando mi vedrà, e rimpiangerà il giorno in cui ha osato sfidarmi! Perché lo segherò pezzo per pezzo, lo scortecerò, gli strapperò la milza, gli occhi e ogni tipo di carta di credito e, parola di Rollo Napalm, scorrerà sangue quella sera!

– Grande Rollo! Però qualche maligno insinua che, se tornasse Tigre Triste...

Il pugno di Rollo oscurò interamente l'obbiettivo, e si udì lo schianto della telecamera. A Rollo non piaceva sentire quel nome.

Interrotto bruscamente il contatto con la palestra, Fido PassPass si collegò con la casa di Baby Esatto, una lussuosa villa sulle colline della capitale. Là stava il piccolo genio, in minivestaglia di raso, circondato dai pezzi della sua rarissima collezione di orsacchiotti etruschi.

– Dottor Esatto, è pronto alla sfida? Sa che la Contea Otto non ha ancora designato lo sfidante?

– La cosa mi lascia del tutto indifferente.

– È nervoso, prima dello scontro?

– Il "prima" e il "dopo" non influenzano il pensiero logico superiore, non esiste un approccio prometeico o epimeteico agli eventi, ma una "ungescheidene Einhalt" che mi fa considerare questa sfida già superata.

– Quindi è sicuro di vincere?

– Sono imbattuto in tremila sfide di scacchi, cultura generale, giochi enigmistici, giochi logici e di memoria, lettura al contrario, indovina il film, trivial pursuit, risiko, scarabeo, analisi metanumerica, test di Hesserling, ramino, marrafone, majong, sputo, strega figurina e altro su cui sorvolo.

– E cosa risponde all'insinuazione secondo cui lei a cinque anni sarebbe stato battuto a scacchi da un bambino di una contea?

– Non ricordo nulla di simile – disse Esatto, con un insolito tremore nella voce.

– E non la preoccupa che il Zentrum, che dovrà elaborare la domanda della sfida, sia un po' agitato in questi giorni?

– Pur essendo il più grande esperto juniores mondiale di informatica, non approvo l'enfasi d'onnipotenza del cyberismo. Ritengo che un cervello umano superiore quale il mio sia in grado di prevedere qualsiasi mossa di un avversario parabiotico. Forse un computer può batterti sulla durata e sulla quantità, non conoscendo logorio né stanchezza, ma sul piano dell'intensità e della qualità, non ho dubbi sull'esito finale. Saprò rispondere a qualsiasi domanda.

– E ora vorrebbe lasciare i nostri telespettatori con uno dei suoi famosi e pungenti aforismi?

– Certo. Li lascio suggerendo l'aforisma a pagina 58 del mio libro *Baby bites* in vendita in tutte le librerie.

– Ringraziamo il nostro simpatico ospite e concludiamo il collegamento ricordandovi che domenica, subito dopo la cerimonia inaugurale, inizieranno i Giochi dell'Indipendenza. Arrivederci spettatori, e siate maggioranza!

Baby Esatto spense la televisione. Dall'ampia vetrata panoramica si vedevano le montagne lontane. Là, su quelle montagne, era nato il suo segreto, l'unico fastidioso pensiero che turbava la perfetta superiorità della sua mente. Lassù c'era una vecchia seggiovia rugginosa. Lassù, pochi anni prima...

– Sono sempre il migliore – ruggì, strangolando un orsacchiotto, e ingoiò due anfetamine alla fragola.

Il volto infantile era segnato, sulla fronte, da due rughe irose da vecchio.

17.

LA MACCHINA DI NOON

l dottor Satagius salutò la metà inferiore della signora Piazzi telefonante, contemplò il meno-sei di Sofronia (due sopra, quattro sotto) e provò la pressione a due briscolanti che avevano scommesso a chi l'aveva più alta. Quindi aprì la porta del suo ambulatorio, appese la giacca, e si accinse ad aprire il cassetto della scrivania per il sorso mattutino di Old Eparema. Si accorse allora che

1) la scrivania non c'era;
2) attorno a lui c'era un prato;
3) aveva appeso la giacca al ramo di un albero.

– Dottor Siliconi – urlò, uscendo regolarmente dalla porta anche se i muri dell'ambulatorio non c'erano più.

– Qualcosa non va? – disse il dottor Siliconi, apparendo con un bel Panama bianco e le gote bronzee e lampadate.

– Cos'è successo al mio ambulatorio?

– Ma come, dottore, non ha letto il piano di ristrutturazione? Si parla chiaramente di "ampliamento e redistribuzione dei vani ambulatoriali".

– Ma quale ampliamento? Avete tirato giù tutto!

– Bisogna amputare per ricostruire l'integrità. Lei che è chirurgo dovrebbe saperlo – disse Siliconi in tono di rimprovero.

– Ma... la mia scrivania... la mia collezione di purganti rari... la statuina della pomata Thermogène col diavoletto che sputa fuoco... il bisturi fenicio...

– Tutto in una cassa – sorrise Siliconi.

133

– Tutto in una cassa! Il suo progetto è di mettere questa clinica in una cassa! E poi magari in soffitta!

– E lei vorrebbe viverci in soffitta. Lei è un cronico conservatore!

– No, il conservatore è lei, che da tutto vuole ricavare un utile. Lei mummifica il mondo in cifre. Spegne le cose, non le fa vivere.

– Ardita disputa filosofica – disse Siliconi, osservando compiaciuto il Pristide che rosicchiava un faggetto – ma ormai i lavori sono iniziati.

– Ehi – gridò Satagius furibondo, raccattando pastigliette sul prato – cos'è quel segno rosso attorno al castagno?

– Questa clinica non sarà solo la prima a tentare nuovi e arditi esperimenti chirurgici quali il trapianto dei capezzoli e il siliconaggio della lingua. Tenteremo anche il primo trapianto fitomurario della storia.

– Sia più chiaro, maledizione.

– Lo sarò: il castagno, che lì dov'è occupa uno spazio eccessivo intralciando la costruzione del campo da tennis, verrà trapiantato nel salone bar e lettura. Le radici verranno recise, ma sul tronco innesteremo una decina di arterie artificiali che passando attraverso il pavimento arriveranno a quella cisterna, che sarà piena di una deliziosa soluzione zuccherina nutritiva, cui potremo aggiungere, nel periodo estivo di calura, un cardiotonico, nel periodo di gemmazione una buona dose di vitamine e in inverno qualche aspirina.

– Ma è un coma artificiale – protestò Satagius – una miserabile vita fittizia.

– Dottore – disse Siliconi, alzando gli occhi al cielo – non ho mai visto questo castagno fare footing nel parco o passeggiare a braccetto con le betulle. Che vita vuole che ci sia in quel corpaccione informe?

– Quel corpaccione, come lo chiama lei, è così massiccio perché deve sostenere la chioma, il fogliame. In natura ogni organo misura esattamente quanto è necessario alla sua funzione, con l'unica eccezione della sua scatola cranica che è sicuramente sovradimensionata! – esclamò Satagius. – Questo albero ha bisogno di nidi, di merli, di pioggia, di stagioni, questa è la sua vita, non stare in mezzo a chiacchiere ipocondriache con un soffitto come cielo.

– Anch'io avrei tanto bisogno di sciare – disse Siliconi – di bianche piste e amene seggiovie, ma sono qui a lavorare per la nostra clinica. Tutti dobbiamo sacrificarci.

– Impedirò questo ignobile trapianto, e controllerò subito i piani di ristrutturazione. Abbiamo bisogno di posti letto per malati, non di un relax di lusso per abbienti!

– Tra pochi giorni arriverà un pesce-sega grande tre volte questo – disse Siliconi, con aria perfida – vedrà che spettacolo, che denti. Ma se teme per la sensibilità del suo castagno, possiamo fargli dodici litri di pentothal in radice. – E sghignazzò.

– Finché sarò il direttore di questa clinica, lo impedirò.

– Tra pochi giorni – disse Siliconi con un lampo omicida negli occhi – la contea avrà perso la sfida per l'autonomia, e non ritengo che lei dirigerà ancora a lungo questa clinica.

– Mi fa piacere che getti finalmente la maschera, esimio collega: lei è un caso di marasma avido-paranoico in soggetto predisposto all'arboricidio e a servilismo parossistico-posizionale nei confronti dell'autorità.

– Guardi cos'ho trovato per terra, dottore – disse Siliconi – una bustina di camomilla anteguerra. Tenga, ne ha bisogno.

Nel dormiveglia Elianto era salito sul castagno e gli sembrava di scorgere in lontananza una grande città illuminata, e più lontano un galeone sul mare, con le vele così gonfie di vento da sembrare una mongolfiera. Infatti poco dopo il galeone si alzò in volo e nel cielo si udì un blues di Snailhand Slim.

Lontano da casa/per chi non ha una casa/ogni posto è una casa.

Elianto chiuse gli occhi e aprì mentalmente il cassetto del comodino. Il quaderno, due soldatini, una conchiglia. Ci soffiò dentro e ne uscì un lamento, dalle profondità del mare. La porta si aprì ed entrò Talete, con un piatto fumante.

– Hai chiamato, ragazzo?

– Apri le persiane, per favore. Tra poco ci sarà luna piena.

– Verrà la luna e si metterà a dipingere il muro – disse Talete con aria complice.

– Sì. E io vorrei alzarmi, toccare la mappa, vederla da vicino. Ma sono così debole.

– Ti riprenderai – disse Talete sedendosi sul letto che cigolò in segno di protesta. Sistemò il cuscino sotto la testa del ragazzo e gli scompigliò i capelli. – Assaggia questa meravigliosa minestra che ho preparato per te. Sono letterine in brodo. Un delizioso alfabeto di semola per invogliare i bambini più riottosi. Ma per te c'è qualcosa di speciale. Se ne prendi una cucchiaiata, vedrai apparire un verso latino di Orazio.

– Ma dai – disse Elianto. Accostò il cucchiaio alle labbra e rise.

– Mi hai fregato – disse.

– Eppure ti giuro che fino a un momento fa c'era – disse Talete – forse ho mescolato troppo. Su, ridi, ragazzo. Guarirai. E la contea vincerà la sfida. E la Polisportiva Ottonia vincerà il campionato dilettanti. Io avrò un vero Monet. E il nostro paese diventerà meravigliosamente libero e democratico, l'universo smetterà di fuggire da se stesso, le teorie di Noon verranno riabilitate e ci sarà una sua statua con un piccione in testa in tutti i giardini del mondo.

– E il castagno vivrà altri cinquecento anni, il pesce-sega fonderà il motore, e suor Malcinea canterà.

– Così è scritto – disse Talete, congiungendo le mani.

– Talete – disse Elianto – un giorno mi dirai cos'hai fatto con quei soldi?

– Certamente – disse Talete – quando sarai guarito.

– Stanotte ho sognato che ero guarito. Ero rinchiuso sotto un bicchiere, e tre gatti-medici giganteschi mi guardavano, con occhi da lemure, scuotendo la testa. Improvvisamente mi sono accorto che facevo luce da dietro, avevo una coda luminosa, e le ali! Ho rovesciato il bicchiere, sono volato in cima al castagno. Da lì vedevo il mare. Sono arrivati tre picchi, con aria da bulli. Mi hanno detto, ehi tu, che ci fai nella nostra zona, che razza di uccello sei? Non lo so, ho detto io, e mi sono messo a cantare, gorgheggiavo come un usignolo, come uno zufolo, come la regina della notte, e sono arrivati uccelli da tutti gli alberi, anche un gufo serio serio, e io cantavo a gola spiegata e sentivo che il gufo diceva: un grande talento, un concerto sorprendente, ne scriverò benissimo sul mio giornale, e poi si sono uniti a me due merli, che facevano la seconda e la terza voce. Ma all'improvviso si è sentito un rumore stridulo: era il

Pristide, e io mi sono svegliato. Oh, se si potessero trasportare i sogni in terra! Almeno un pezzetto. La parete che ci separa da loro è così sottile: un aprirsi d'occhi, un battito di ciglia, meno di un istante. Prima eri di là, ora sei di qua, come quando da bambino saltavi la linea di gesso nel cortile. Tra noi e i sogni c'è solo un velo, un sottilissimo velo di seta: ma tutto vi resta impigliato.

– Noon fece degli interessantissimi esperimenti al riguardo – disse Talete. – Li chiamò "tentativi di transonirizzazione materializzata", cioè di spostare gli oggetti dal sogno al reale e dal reale al sogno. Prima tentò la seconda strada: per un mese si addormentò con una banana in mano, e per ben dodici volte la sognò. Credeva di aver così scoperto il varco tra i due stati della materia: sarebbe stato sufficiente trovare il modo di percorrerlo nei due sensi. Ma una notte, nel sogno, mangiò la banana e quando si svegliò aveva il frutto in mano. A meno che qualcuno non gliene avesse perfidamente messa lì un'altra durante la notte, ciò inficiava la sua teoria.

Allora fece un altro tentativo: andò a dormire con un laccio emostatico stretto all'avambraccio. Pensò: in tal modo la mia mano non riceverà sangue e come si usa dire "si addormenterà". Quando anche io dormirò, la mano sarà *doppiamente addormentata*, così da costituire un possibile ponte oniro-reale. Ma l'unico risultato che ottenne fu quello di sognare un cane che gli azzannava il braccio e non lo mollava. Cercò di trascinare il cane nella realtà, ma quello lasciò la presa un attimo prima del risveglio. Allora comprò da un becchino la mano di un cadavere, e se la legò al braccio. La mano del morto sicuramente apparteneva sia all'aldilà che all'aldiqua, ed era perciò molto indicata per trasportare qualcosa da un mondo all'altro. Quella notte sognò un morto che lo inseguiva monco e incazzato, con un coltellaccio da cucina. Allora Noon inventò la celebre Camera Ciditronreredica, ovverossia camera di trasloco oniro-reale a rete di calamaro.

Era così costruita: nella camera, ermeticamente chiusa, c'erano un letto e una rete da pesca appesa al soffitto, collegata a un indicatore di sonno profondo. Quando l'indicatore rilevava, attraverso una membrana sensibile al possente russare di Noon, che lo scienziato stava dormendo, dal letto usciva un ago che pungeva Noon svegliandolo di soprassalto, e contemporaneamente, proprio nel decimo di secondo sospeso tra sonno e risveglio, la rete calava, catturando così qualsiasi entità che si trovasse nei paraggi. Noon asserì di avere pescato, con questo metodo, ben sei creature oniriche simili ad amebe verdoidi, o a budini alla menta, che però si squagliarono a contatto con l'atmosfera reale. Su questi esperimenti tenne una conferenza alla Medical Society di Londra, ma dopo mezz'ora tutti i presenti erano addormentati. Noon cessò gli esperimenti, e fu nuovamente ricoverato in manicomio.

Dura la vita degli innovatori!

– Io so come si può fare – disse Elianto eccitato – vedi Talete, quando tu sogni ad esempio la casa della tua infanzia, la sogni fatta di pezzi diversi. C'è un pezzo della casa dei nonni, poi un corridoio che è quello della casa di campagna, poi un salotto che non è proprio come lo ricordavi ma quasi, e dalle finestre si scorge il mare che vedevi dalla casa delle vacanze. Scendi le scale e non arrivi in cantina, ma nella cucina dove c'è tua madre che ha la coda del gatto Roccia. Il camino è quello della tua infanzia, ma molto più grande e da lì il fumo non sale in cielo, ma nella tua camera da letto, rovesciata e sghemba, e poi giù attraverso una scala a chiocciola nella carbonaia, che però è piena di grano e mele.

È tutto un po' diverso, un po' troppo colorato, un po' troppo buio, perché nei sogni e nella realtà la musica è la stessa, ma con note e strumenti diversi, ed è giusto così, perché noi che ascoltiamo siamo oggi diversi. Ma se io imparo a suonare gli strumenti che si odono nei sogni, e ricordo le note, non quelle che ascolto ogni giorno, ma quelle della notte, oltre il velo, ecco che potrò comporre la musica dei sogni. Nel momento in cui le due musiche si assomigliano, si intonano, si uniscono come le voci di un coro, ecco che in quel sovrapporsi di melodie e trascorrere di case e giardini e scale e carbonaie e camini, ecco che la tua casa sognata e il luogo ove abiti diventano la stessa cosa. Sul tavolo c'è la medicina miracolosa. Se tu riuscissi ad allungare la mano e a prenderla, potresti portarla con te, e guarire. Ma è così difficile imparare quella musica, è così forte il frastuono della realtà. Sto dicendo sciocchezze, Talete? È la febbre che mi fa delirare. È la solitudine?

– Io sono sicuro – disse l'infermiere – che stanotte, quando la mappa si disegnerà sul muro, i tuoi amici non ti lasceranno solo.

18.

BLUDUS

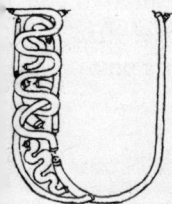

Un'unica, ininterrotta arteria gonfia di neon correva all'interno di Bludus, il mondo del divertimento, cambiando colore e spessore, aggrovigliandosi in scritte e disegni, riempiendo delle sue ramificazioni ogni strada, ogni vicolo, ogni insegna, irrorando la città di luce con i suoi capillari, tanto da far nascere la leggenda che, se Bludus fosse rimasta al buio, sarebbe scomparsa nel nulla, come un miraggio.

Avvicinandosi in volo dall'alto, Bludus aveva la forma di un serpente luminoso avvolto a spirale. Tutto si agitava e formicolava, dalle macchine incolonnate nei Bludus Boulevard ai cento tapis roulant che portavano al centro della città, allo sciame di elicotteri che, come mosche su un cadavere ingioiellato, decollavano e si posavano in continuazione. Aerei e astronavi atterravano e partivano nel vicino spazioporto e il lago di Bludus, con i suoi cinquanta casinò su palafitte, rifletteva le loro luci.

I Dieci Cuori, gigantesche centrali che fornivano neon ed energia elettrica, pompavano il sangue alla metropoli, e fu proprio sul tetto di un Cuore che i diavoli atterrarono, mentre il vento del deserto soffiava tiepido, portando le musiche e i suoni di Bludus.

– Mi ricorda un mio sogno di Ninive – disse Carmilla spalancando le ali, come per impadronirsi di tutta quella luce – allora era tutto a lume di torce, ma lo spettacolo era lo stesso.

– Ecco Gomorra, ecco Sodoma – esclamò Ebenezer – ecco Elihabal dalle mille torri d'oro, da ognuna delle quali un dragone soffia il suo fuoco per alimentare i peccati. Qua si sposano norma e rischio, qua il sole sorge ogni notte.

– Qua ci sono trentamila ristoranti con le specialità di tutti i Mondi Alterei, innumerevoli friggitorie e rosticcerie, Kannibal Burgers e pizze-manta, bordelli e sale videogames, casinò e montagne russe, tangherie e rave-houses, locali dove in una notte si consuma più birra che in un anno teutone, più whisky che in un inverno gaelico, dove in una sola notte si vomita l'equivalente del lago Ontario, dove...

– Basta, Brot Caolila – disse Ebenezer – per te tutte le grandezze dell'universo si misurano in boli e pinte.

– Sono un'anima semplice – disse Brot con aria serafica.

– Andiamo – disse Carmilla – non siamo qui per divertirci.

– Non siamo qui *solo* per divertirci – precisò Ebenezer strizzando l'occhio, e aiutò il decollo di Carmilla con una spinta posteriore.

– Ehi – protestò Carmilla – datti una calmata!

– Bludus a noi – gridò Brot, il cui volo da calabrone, velocizzato dal turbopeto, divenne insolitamente rapido.

Discesero su uno dei tapis roulant che portavano verso il centro. Brot indossò un paio di occhiali neri supplementari, poiché la luce era accecante. Scritte pubblicitarie, insegne in lingue misteriose, disegni di draghi, carte da gioco, cascate di luce, lampi liquidi, ballerine danzanti, grandi monitor con video musicali, tutto cambiava forma e colore davanti ai loro occhi: i famosi pittori neonisti di Bludus avevano qui realizzato i loro capolavori luminescenti. Sotto i piedi dei diavoli, il tapis roulant trasparente si accendeva di porno-indirizzi mentre coccodrilli giganteschi dipinti con scritte sponsorizzate nuotavano in un fluido sotterraneo. Dagli elicotteri scendeva una pioggia di volantini, i laser si intrecciavano in geometrie complesse, l'insieme delle musiche, dei karaoke e degli annunci provocava uno stordimento ipnotico.

A Bludus si potevano incontrare turisti gaudenti di ogni mondo altereo e alieno. Davanti ai diavoli camminava una Planaria di Photophobius, un vermone bianco con una vistosa camicia a scacchi, e al suo fianco la moglie con tre macchine fotografiche e ventisei vermetti eccitatissimi per l'imminente visita a Disneyblud.

Più avanti un Raptor Pregadeus, una specie di mantide religiosa alta tre metri, scattava flash sottobraccio alla consorte, alta il doppio di lui, ed eccitata dagli annunci dei megaschermi.

Una folta comitiva di Giapiz, proveniente dalla stessa Yohama della galassia 24, seguiva il Capogiapiz. Erano a forma d'uovo, di colorito giallastro, e con le zampette prendevano in continuazione appunti sui notes. In quel momento, rombando sui piedoni a rotelle, si avvicinò un gruppo di teppisti Hunkfunk, teste da pterodattilo su corpacci rivestiti di cuoio e aculei, già sbronzi duri e seriamente malintenzionati. Uno travolse e schiacciò un Giapiz, il cui corpo ovulare si ruppe facendo uscire un tuorlo rosso, che subito il capo Giapiz raccolse, mentre altri quattro gonfiavano un guscio di riserva. In breve tempo il Giapiz, rimesso nel nuovo involucro, ricominciò alacremente a prendere appunti.

Intanto gli Hunkfunk infastidivano alcune Selenoidi magre e azzurre, con bocche larghe da ostrica, finché uno vide Carmilla e si gonfiò come un pesce-palla, segno di arrapamento hunkfunk.

– Ehi, ragazzi – disse un Hunkfunk – guardate che gran berta alata. Cosa dite, ce la facciamo qua al volo o aspettiamo di vedere in che bordello lavora?

– Non importuni la signorina Lautrelia – disse Brot con sussiego.

– E tu che cazzo vuoi? – disse l'Hunkfunk, sgonfiandosi per la rabbia e allungando le mani rostrate. – Chi t'ha chiesto qualcosa, merda occhialuta?

Per tutta risposta Brot spalancò la bocca, mostrando una dotazione di denti pari a dodici squali terrestri, e tranciò di netto un braccio dell'Hunkfunk, che scappò strillando come un cinghiale.

– Brot, ascoltami bene – disse severo Ebenezer – non voglio risse su Bludus. È pieno di tipacci, perciò manteniamo la calma.

– Volevo difendere l'onore di Carmilla – bofonchiò Brot con la bocca piena di ciccia, bottoni automatici e zip.

– Non volevi difendermi, ipocrita – disse Carmilla – volevi solo assaggiare un Hunkfunk.

La loro discussione terminò davanti a un posto di blocco. Qui alcuni Robocop con scritte pubblicitarie perquisivano alla ricerca di armi nucleari, le uniche non permesse su Bludus.

Il Robocop 653 puntò il gruppo dei diavoli, salutò militarmente e con voce da attore chiese:

– Avete armi atomiche, deuterio, missili terra-aria, mini-sottomarini nucleari, armi laser all'icobalto 44?

– Niente del genere – disse Ebenezer.

– Avete droghe leggere, pesanti, tozze, avete del Letex L 4 o delle Triendorfine in pastiglie o stramonio venusiano o ipercocaina aerosol?

– No.

– E non ne volete? – disse il Robocop, aprendosi il torace e mostrando un'intera farmacia.

– Avete birra Teufeltoten a 450 gradi, etichetta rossa? – chiese Brot.

– Il collega 503 ce l'ha – disse il Robocop a bassa voce – ma attenti, è roba forte.

– La conosciamo – disse Brot. Comprarono una decina di bottiglie e subito Brot se ne scolò due a garganella, sparando un rutto infuocato che fu scambiato dai Giapiz per un'esibizione e ricompensato con applausi.

– Credo che mi divertirò stanotte – disse Brot, pulendosi la bazza.

Appena giunti nel centro di Bludus, restarono un attimo interdetti per via del frastuono, della marea di folla e del cocktail di rumori e musiche cui si mescolavano gli idiomi, gli slang, i lunfardi, i pidgin, i patois, le lingue cibernetiche, i blues di Snailhand Slim e il ronzio del neon che scorreva nei tubi. Lontano risuonava un martello pneumatico.

– Dove puntiamo? – disse Carmilla. – Non sarà facile trovare un Kofs in questo caos.

– Le cose più difficili si trovano nei posti dove è più difficile arrivare – sentenziò Brot.

– Brot Caolila Aldamara, per una volta hai ragione. Cerchiamo il più brutto ceffo del posto e chiediamo a lui.

– L'ho già trovato, peggio di così non ce n'è: un vero rottame – disse Brot, accorgendosi troppo tardi che stava indicando una vetrina che lo rispecchiava.

Carmilla aveva intanto adocchiato, sul marciapiede, un umanoide magro come un fachiro, attaccato a un narghilè d'oppio.

– Scusi, signore – disse la diavolessa – saprebbe indicarci il peggior posto di Bludus?

– Non c'è dubbio, occhi d'oro – disse il fachiro – il quartiere peggiore di Bludus è il quartiere levantino, la via peggiore è Gwaiseshiway e il locale peggiore è il Kisaseneshi.

I diavoli avevano visto parecchi posti fetenti nella loro vita, ad esempio il girone dei politici nel paleoinferno, o il ballo annuale delle arpie ubriache, ma il Kisaseneshi superava i loro peggiori ricordi. Tremila metri quadri di capannone con un anello esterno di separé per il gioco d'azzardo e al centro un bancone ovale, lungo come una nave, con tutti i liquori dei centosei mondi e pedane ove si esibivano ambosessi poco vestiti. E ovunque, i peggiori ceffi immaginabili, bercianti e ubriachi. Ogni dieci metri, una rissa. Volavano denti come riso ai matrimoni.

I tre diavoli si sedettero al banco, davanti a un barista che aveva una normalissima faccia terrestre dotata però di una lunga proboscide con cui agitava in continuazione lo shaker mentre con le mani serviva i clienti.

– Ehi, bei diavoletti, cosa bevete?

– Come fai a sapere chi siamo? – chiese stupito Brot.

– Faccio il barista da quarant'anni e ho visto passare un bel po' di creature. Volete un cocktail? Un Anagrafe, un Menedaunal?

– Roba vecchia, già bevuta.

– Allora una spremuta di iperpeperoncino corretta con veleno di cobra, gin, angostura e succo di huapanga?

– Ottimo. Come si chiama questo cocktail?

– Masetti e figli.

– È il nome del barman che l'ha inventato?

– No, è il nome delle Pompe Funebri qua all'angolo.

– Spiritoso – disse Brot, e fece un rutto alla birra Teufeltoten che bruciò completamente i capelli a un tizio seduto al suo fianco.

Seguì una breve ma intensa scazzottata.

– Brot, è già la seconda rissa che provochi – disse Ebenezer – alla terza mi incazzo.

– Mi ha insultato – disse Brot – mi ha chiamato "bello mio".

– Barista, ci dia una mano – disse Carmilla, buttando giù un sorso di "Masetti e figli" – lei che conosce tutti qua dentro, sa dove potremmo trovare un Kofs?

– Ne parliamo dopo – rispose il barista – adesso c'è una delle grandi attrazioni del locale, lo strip di Lady Satan.

Si fece buio in sala, e si udirono fischi, ruggiti e risatine. Quando un riflettore si accese, sulla pedana c'era una massa di ciccia biancastra, con un costume rosso da diavolessa. Al suono di

Fever, iniziò a liberarsi dei vestiti. A ogni indumento che cadeva, rotolava a terra qualcosa che sembrava un'altra creatura più piccola, una scamorzoide tutta occhi e tette, che i maschi presenti si disputavano, talvolta restando con un brandello in mano. La musica crebbe di intensità mentre da Lady Satan continuavano a piovere reggiseni, reggicalze, e creaturine gommose, finché la strippona si tolse l'ultimo velo e restò solo uno scheletro con la testa sorridente: le ossa franarono e la testa volò in braccio a un Hunkfunk che iniziò a baciarla appassionatamente.

Scrosciò un grande applauso. Brot lanciava fiammate entusiaste. Ebenezer non sembrava convinto. Carmilla invece era furibonda: prima che qualcuno potesse fermarla, saltò sulla pedana e gridò:

– Mi meraviglio di voi, maniaci da suburra. Credete davvero che questo sia il sex-appeal delle diavolesse? Questa robaccia biancastra che semina pezzi di lardo è tutto quello che vi passa il convento? Siete messi male, mandria di segaioli.

– Carmilla, sei ubriaca – disse Ebenezer – lascia perdere.

– Neanche per sogno – urlò Carmilla, col viso stravolto dalla rabbia – non possono usare il nostro nome per contrabbandare certe buffonate!

– Giusto – disse Brot – quella non è Lady Satan, è Lady Scamorza!

– Ah, sì? – gridò un gigantesco Jojo dalle orecchie di lepre. – E allora facci vedere cosa sanno fare le diavolesse, bella occhigialli!

– Sì, nuda, nuda, nuda! – gridarono in millecinquecento.

– Signori – disse Ebenezer, salendo a sua volta sulla pedana – vi avviso che la carica erotica delle diavolesse è assai pericolosa per le creature superne, e perciò non ritengo opportuno...

– Vattene, uccellaccio! – strillò una voce dal pubblico.

– Fuori dalle balle, Ebenezer – disse Carmilla spingendolo giù. – Ehi, disc-jockey, ce l'hai una musica un po' piccante?

– Che ne dici di *Pink Elephants* dal film *Dumbo*? – disse quello.

– Vai, ragazzo!

Carmilla spalancò le ali, le richiuse strettamente fino a inguainarsi e, alle prime note della musica, iniziò a schiuderle. Non si muoveva, non ancheggiava, guardava fisso il pubblico e apriva assai lentamente il bozzolo, ma la reazione fu impressionante.

Tutti iniziarono a sudare e ad arrossarsi come in un forno, e pendevano in avanti verso la pedana, attratti da una forza irresistibile. Nessuno fiatava, si udivano solo, uno alla volta e poi a raffica, gli schianti dei bottoni e le decrepitazioni delle cinture lampo.

Un'unica formidabile erezione coinvolse i maschi presenti mentre le creature di sesso femminile e neutro si davano a ogni tipo di sfregamento e attrito.

Lo Jojo iniziò a mugolare mentre il suo membro, simile a un collo di giraffa, si innalzava al cielo, e quattro piccoli Jojimbur ci si arrampicavano sopra per vedere meglio. I cazzi dei Giapiz esplosero tutti insieme fuori dalle uova come funghetti, un Eptazugo di Zekar si trovò davanti al viso il ventaglio dei suoi sette cazzi eretti e si mise a gridare "giù quelle teste, non vedo niente" mentre un Megaphallus di Mammuthcod veniva atterrato dalla sua nerchia che era decollata di scatto, colpendolo al mento. Un Legobò montava a tutta velocità nuovi segmenti di pene per raggiungere una lunghezza pari alla sua eccitazione. Un Trapus con l'uccello a succhiello iniziò a traforare il bancone spargendo schizzi di segatura, un gigante nero di Doomwrite scattò in piedi mostrando senza vergogna un cazzetto rotondo di non più di sei centimetri roteante come una biglia, e un Megabitto di Melb col cazzo a sassofono esplose in un assolo orgasmico.

Quando Carmilla aprì interamente le ali, pur restando completamente vestita nella sua guaina rossa, e salutò graziosamente i presenti dimenando un pezzettino di coda, si udì un muggito di mandria esausta e dal soffitto cominciò a colare una pioggia di duecentoquaranta sperma spaziali decollati durante l'esibizione. Più di cento ambosessi furono portati via collassati, e metà dei poliziotti intervenuti per sedare la situazione venne violentata.

Carmilla, nascosta sotto le ali di Ebenezer, se l'era già svignata da un pezzo.

– Brava – disse Ebenezer con uno sguardo che Carmilla non gli aveva mai visto.

– Calma, eh – disse Carmilla – era solo una dimostrazione per difendere la nostra categoria...

In quel momento li raggiunse Brot con le braghe spalancate, gli occhiali mezzi rotti e una specie di koala aggrappato alle corna.

– Cosa ti sei portato dietro? – chiese Ebenezer.

– Mi presento – disse il koala – sono un ursoide di Brizban, e volevo fare i complimenti alla signorina che mi ha fatto veramente impazzire. Ho casualmente udito quello che stavate dicendo al barista riguardo al Kofs. Non so cosa sia questo Kofs, ma posso darvi un'indicazione utile. Nella sala da giochi di Asso di Spade c'è un tavolo di Boo-Boo il cui motto è: "Ci giochiamo ogni posta al mondo".

Così poco dopo Ebenezer era seduto al tavolo verde, di fronte ad Asso di Spade, un mutante antropoide con una decina di mani e una faccia da giocatore professionista in pura ghisa.

– Allora siamo d'accordo – disse Ebenezer – io mi gioco duecento smeraldi infernali – e scodellò le gemme sfavillanti, tra il mormorio ammirato dei presenti. – Se perdo, sono tutti tuoi. Se vinco, mi darai un Kofs. Anzi, perché non lo metti anche tu sul tavolo?

– Perché il Kofs pesa undici tonnellate – rispose impassibile Asso di Spade.

– Mi fiderò sulla parola – disse Ebenezer.

Il gioco chiamato Boo-Boo è il più difficile e amato dai professionisti dell'azzardo di Bludus. Si svolge su una scacchiera di quindici caselle per quindici. Le pedine sono insetti simili agli scarafaggi, di quattro tipi diversi, e cioè: il Bug cornuto, che mangia il Beog alato (e solo il Beog) il quale a sua volta mangia solo il Baugum corazzato che mangia solo il Boogaz centozampe che mangia solo il Bug. Ogni giocatore ha dieci Bug, dieci Beog, dieci Baugum e dieci Boogaz, di colore rosso o nero. Gli insetti-pedina si possono muovere, sei alla volta, di una o due caselle, in avanti, lateralmente, in diagonale o con la mossa del cavallo. Quando su una casella si incontrano due insetti-pedina, uno mangia l'altro, non solo metaforicamente. Il gioco consiste nel far balzare sulle caselle il proprio insetto-mangiatore nel momento in cui c'è l'insetto-preda dell'altro giocatore, ed evitare il contrario.

Tutto questo avviene senza pause, rapidissimamente, diteggiando su tasti che provocano sulla scacchiera delle piccole scariche elettriche che costringono gli insetti a saltare da casella a casella. Una partita dura in media tre minuti, ma le mosse sono centinaia: vince chi divora tutti gli insetti avversari.

Ebenezer non conosceva il Boo-Boo, ma la sua mente diabolica aveva un talento inimitabile per i giochi. Asso di Spade era il più forte giocatore di Bludus, ma qualcosa gli diceva che l'essere dal volto scuro e antico che aveva di fronte era un avversario da non sottovalutare.

Un gong diede il via.

Solo ai più esperti era possibile seguire le fasi della partita. Gli insetti saltavano qua e là come impazziti, dodici alla volta, si udiva il frullare delle elitre, il frusciare delle zampe e il crocchiare delle mandibole di un Baugum che divorava un Boogaz e subito dopo il pasto veniva raggiunto sulla casella da un Beog che lo sbranava a sua volta, mentre su una casella vicina un Boogaz e un Beog convivevano, aspettando il momento di attaccare o fuggire. Ben presto il movimento iniziò a diradarsi, e fu chiaramente visibile che gli insetti superstiti rossi di Ebenezer erano più numerosi di quelli neri di Asso di Spade, ché sudava e pestava sulla pulsantiera come un ossesso. Ma il suo avversario era scatenato, muoveva le pedine con abilità e velocità infernale, finché con l'ultimo balzo di un Baugum rosso che piombò sull'ultimo Boogaz nero e lo sgranocchiò come un crostino, la partita si concluse.

Un applauso salutò il trionfo di Ebenezer, che sollevò la coda in segno di vittoria, e porse sportivamente la mano all'avversario.

– E ora il Kofs, grazie – disse.

– Niente da fare – disse Asso di Spade, senza guardarlo negli occhi – avete barato.

– Ripetilo – disse Ebenezer, mutando il colore degli occhi in un rosso acceso.

– Il tuo amico con gli occhiali neri si è mangiato due dei miei Boogaz. Avete visto tutti, vero ragazzi? – disse Asso di Spade, rivolgendosi ai suoi guardaspalle.

Gli scagnozzi annuirono.

– Brot – disse Ebenezer – è vero quello che dice il signore?

– No, capo, lo giuro – rispose Brot – che non potessi bere più magma per tutta la vita.

– Confermo – disse Carmilla – Brot era vicino a me, la partita è stata regolare.

– Avete barato – ripeté Asso di Spade sprezzante, alzandosi dal tavolo – comunque non c'è più nessun Kofs su Bludus, l'ultimo è scomparso anni fa, solo uno stupido turista come te poteva cascarci...

Ebenezer arricciò la coda alla maialesca: era il segno che si stava arrabbiando sul serio.

Brot intuì cosa stava per accadere.

– Capo, ti prego – disse – niente risse.

– Lascia perdere, Ebbie, andiamocene – disse Carmilla prendendolo per la coda, ma era troppo tardi. Ebenezer spalancò le ali e sfoderò dieci unghioni lunghi come machete. La coda si inarcò e dalla punta uscì un rostro da scorpione, le corna divennero incandescenti e da ognuna delle giunture delle ali sbucò un aculeo velenoso. Era la cosiddetta fase di "armamento di primo grado" che i diavoli adulti assumono quando sono al culmine dell'ira.

– Ehi, un momento, discutiamone – disse Asso di Spade, arretrando, ma Ebenezer si era già lanciato contro di lui. Quattro scagnozzi si fecero avanti per difenderlo. Dopo quindici secondi il pezzo più grande che restava del gruppo era una mano di Asso di Spade, penzolante dall'artiglio di Ebenezer.

Il diavolo la strinse con un certo qual sarcasmo e disse:

– Felice di aver fatto la sua conoscenza.

Si udirono in lontananza le sirene della polizia.

– Per Baal e Shiva il rosso – disse Ebenezer – prima le risse di Brot, poi lo show di Carmilla, poi questo incidente. Non c'è mai un momento di calma.

– Senti chi parla di calma – sospirò Brot.

– Andiamocene, qua si mette male. Non si possono commettere più di due omicidi al giorno a Bludus, e noi siamo già fuori quota – disse Carmilla, preoccupata.

– Forse nessuno se n'è ancora accorto... – disse Ebenezer.

– Ehi, diavolone – gracchiò un giovane Giapiz, venendogli incontro col notes in mano – sai che la partita a Boo-Boo e la rissa sono stati trasmessi in diretta sul Megaschermo centrale per la serie "Most exciting", l'avvenimento più eccitante della serata? Sei forte, sei pulp, li hai proprio massacrati, posso avere un autografo?

– Voliamo via – disse Carmilla – stanno arrivando gli elicotteri della polizia.

Stava già per battere le ali, quando si accorse che, dall'angolo della strada, il fachiro la stava chiamando. Si avvicinò a lui con una moneta in mano.

– Non voglio elemosina, occhi d'oro. Una volta ero un grande esploratore e ho viaggiato in tutti i Mondi Alterei, prima che una contaminazione mi riducesse così. Ho sentito cosa cercate. Una volta ho visto un Kofs nel sesto mondo, nel deserto freddo di Yamserius. Fu qualche anno fa, ma credo sia ancora lì perché lui mangia la storia, e in quel mondo la storia è arrivata al capolinea.

– Grazie amico – disse Carmilla, unendo le mani nel saluto degli esploratori.

– Buona fortuna – disse il fachiro.

I diavoli si alzarono in volo, schivando gli elicotteri. Qualche pilota tentò di inseguirli, ma un diavolo vola sei volte più veloce di un elicottero, e consuma molto meno.

19

MNEMONIA

I ragazzi intrepidi, in seguito all'esplosione che li aveva scagliati lontano da Posidon, si ritrovarono in una fitta foresta. L'intrico di liane, rovi, vincastri e rami spinosi era tale da rendere difficile l'orientamento. Districandosi dal viluppo vegetale, Iri credette di scorgere un cielo notturno stellato. Ma Rangio, poco distante da lei, giurava di vedere il sole.

Iri ridiscese lentamente i rami dell'albero su cui era finita, e incrociò Boccadimiele che camminava sullo stesso ramo a testa in giù, come fosse soggetta a una gravità capovolta. Rangio, da un ramo altissimo, le chiamò: venite, la terra è qui! Iri vide una pigna staccarsi da un ramo e schizzare verso l'alto.

– Ora capisco dove siamo – disse consultando la mappa – l'esplosione ci ha sparato nell'ultimo dei Mondi Alterei, Mnemonia. Su Mnemonia le dimensioni percettive sono diversificate, poiché i ricordi di ognuno sono così vivi da avere lo stesso potere d'impressione sensoriale del presente. Questo è il bosco di Mnemonia, ma noi non lo vediamo nello stesso modo, poiché in esso sono contenuti tutti i boschi del nostro passato. Cosa sono per voi, ad esempio questi alberi?

– Betulle argentee – disse Boccadimiele.

– A me sembrano querce – disse Rangio.

– E io vedo alberi tropicali, manghi e pappagalli – disse Iri.

– È come se ci fossimo fatti tre droghe diverse – concluse Rangio.

– Più o meno. Comunque, procediamo tenendoci per mano.

Con avvitamenti, salti e arrampicate uscirono finalmente dalla foresta, in un prato sterminato di fiori bianchi, in leggero declivio. In fondo al prato c'erano per Iri un castello, per Boccadimiele un albero cavo e per Rangio un capannone-discoteca. Aprendo ognuno la sua porta, entrarono nel centro direzionale di Mnemonia. Lì non c'era alto o basso, dritto o sghembo, sferico o cubico. Iri percorse uno scalone in cima al quale c'era un giardino pensile di orchidee e una grande fontana. Scalandone il getto si raggiungeva un salone di parrucchiere, dove decine di maialine coi bigodini telefonavano e grufolavano tra loro sotto i caschi arricciasetole. Tutte insieme le dissero che il centro direzionale era in fondo, alla fine del toboga.

Intanto Boccadimiele, calatasi nel tronco dell'albero, percorse un meandro di edere e muschi odorosi, al termine del quale si trovò a testa in giù, camminando a gattoni lungo un soffitto di bellissimi lampadari che tintinnavano al suo passaggio. Quindi con un salto mortale piombò sul suo vecchio banco di scuola, che come una slitta la portò nel cortile della casa di campagna ove era nata. Da lì salì nel granaio, e attraverso un lucernario si trovò a fianco di Iri in un salone con una porta d'argento. Una finestra si spalancò e scendendo lungo il cornicione come un ragno, apparve Rangio.

– Beh, sembra che le nostre percezioni si siano riallineate – disse Iri – forse siamo arrivati al centro di questo mondo.

Aprirono la porta argentea e lo spettacolo fu uguale per tutti e tre. Non c'era pavimento, né soffitto né muri. Solo un vuoto azzurro percorso da bagliori colorati, graffiato da brevi lampi e scariche elettriche, sovreccitato da punti, virgole, linee di luce che pulsavano e si scaricavano a terra con ronzii e scoppi, un crepitio da contraerea di fosfeni e scintille, un sibilare di stelle filanti e fulmini azzurrognoli, un ondeggiare di fuochi fatui dall'aspetto innocuo, uno dei quali toccò Iri su una spalla, dandole una leggera scossa.

– Avete bisogno? – disse il fuoco con voce gracchiante di vecchia radio.

– Chi è lei? – disse Iri, la cui chioma azzurra, elettrificata, si era drizzata come il pelo di un gatto. Il fuoco fatuo intanto aveva cambiato aspetto, sembrava una scintilla incandescente tra i poli di un arco voltaico e vibrava a ogni parola emessa.

– Sono l'unità neuronale N563422114. Qua non ci sono le forme plastiche a cui siete abituati. Se ciò vi mette in difficoltà, componete mentalmente la forma dell'hostess olografica da cui volete essere guidati.

– "Componete" significa... immaginate, no?

– Esattamente – disse il neurone – ma cercate di immaginare tutti e tre la stessa cosa o il risultato sarà piuttosto confuso.

– Mettiamoci d'accordo – disse Iri. Boccadimiele propose di pensare a Elianto, e tutti furono entusiasti.

– Siamo pronti – dissero.

– È pronto anche il campo olografico – disse la scintilla, tracciando nell'aria un cerchio perfetto. Al centro del cerchio, pochi istanti dopo apparve Elianto, in pigiama. Era identico all'originale, con l'unico difetto di avere solo due dita per mano.

– Per un attimo mi è venuto da pensare a Snailhand Slim – si scusò Rangio.

– Sono l'hostess sinaptica S563423212, ma potete chiamarmi come volete, anche col nome del vostro amico – disse l'ologramma.

– Ehi, Elianto, sei in forma splendida – disse Boccadimiele cercando di abbracciarlo, ma anche se l'ologramma dava una perfetta illusione materiale, le mani della ragazza lo attraversarono.

– Sono fatto dei vostri ricordi, ma non sono proprio l'Elianto che conoscete. Comunque, sappiate che mi sento abbastanza bene. È un piacere alzarsi dal letto dopo tanto tempo, che ci fate qua, ragazzi?

– Stiamo cercando il tuo senno – disse Iri.

– Temo di non capire – disse Elianto, ondeggiando come un'immagine nell'acqua.

– Tu... o lui, laggiù sulla Terra, siete malati e noi stiamo cercando un elisir magico, che possa guarirvi... e siamo qui per trovare un ingrediente: un ricordo meraviglioso.

– Allora credo che sia opportuno recarsi all'archivio generale, dove teniamo la scheda di questo vostro amico, cioè la mia scheda – disse l'ologramma.

Scivolando a mezz'aria in un tunnel di luce, l'Eliantogramma li condusse in una sala sotterranea, così ampia che non se ne vedeva la fine. Là, immerso in una luce lunare, stava un campo di grano, miglia e miglia di distesa dorata appena mossa da un filo di vento.

– Sono le schede personali di voi terrestri – disse l'ologramma. – Gli abbiamo dato la forma di spighe perché sembra che vi faccia un piacevole effetto. Dunque, vedo dai vostri dati mentali che la spiga di questo Elianto è nel settore Terra TR 05 con sigla ELTN 654F23.

Si udì, lontanissimo, il rumore di un martello pneumatico, poi ci fu l'esplosione di una piccola bolla di luce, e dopo un attimo la spiga era nelle mani dell'ologramma.

– Uhm – disse Elianto – c'è un grosso problema. Vedo dalla disposizione dei chicchi che questa spiga ha un guasto genetico. L'elisir non vi servirà a nulla se non riparate questo danno, e questo è possibile farlo solo su Protoplas. In quanto al ricordo meraviglioso, ci vogliono almeno due giorni per averlo. Bisogna prenderlo, scegliere le inquadrature migliori, tagliare il superfluo, mettere le luci giuste, montarlo, fare la colonna sonora e riversare il tutto su nastro. Tornate dopodomani.

– Ma noi abbiamo molta fretta.

– Vorrei fare di più per me stesso – sospirò Elianto – ma Mnemonia è un mondo così complicato. Vi sono raccolti i ricordi di miliardi di persone. E non solo. Vedete quel campo d'orzo là sulla destra? Là ci sono tutti i ricordi dei gatti.

– Anche dei tuoi?

– Sì, certamente. Ne avevo tre, dico bene? – rise Elianto.

– Proprio così – disse Rangio – e quelle balle di paglia là in fondo?

– Quando il soggetto si estingue, prendiamo la spiga secca, e facciamo dei covoni che poi vengono macerati e usati per fertilizzare le nuove spighe. Là, in quei silos, invece, ci sono i ricordi senza proprietario, voi neanche immaginate quanti smemorati ci sono sulla terra, per non parlare dei ricordi rimossi, migliaia di cantine piene, e dei falsi ricordi, ovvero quelle che noi chiamiamo le bugie sedimentate. È un lavoro immenso, i turni sono massacranti, e spesso il personale neuronico non basta. Qualche volta siamo anche costretti a fare sciopero. Se ogni tanto non vi viene in mente un nome, o non ricordate un numero di telefono o scordate i versi di una poesia, non sempre è colpa della vostra memoria, può anche

darsi che il vostro settore mnemonico sia in momentaneo sciopero. Quando riattacchiamo a lavorare, il ricordo torna all'improvviso. Non vi è mai capitato?

– Potrei vedere la mia spiga? – chiese Boccadimiele.

– Non è concesso. Possiamo mostrare le spighe solo per motivi di emergenza, come è nel vostro caso. Se vuole però le faccio vedere dov'è.

– Oh, sì, per favore.

– Vedete dove sto puntando il dito? Ecco, ventisei chilometri
in quella direzione, c'è la sua spiga.

– Fantastico – disse la ragazza.

– Ora mi dispiace, ma devo accompagnarvi fuori. Le spighe sono molto delicate e la vostra presenza potrebbe turbarle.

Uscirono dal tunnel luminoso, al termine del quale c'era uno
spazio dove galleggiavano decine di parallelepipedi luminosi, gli
ascensori.

Tutto era deserto, Mnemonia sembrava disabitata. Ma proprio in quel momento un parallelepipedo si aprì davanti a loro.
Dentro c'erano tre bambini con strane facce da pellerossa, forse
addirittura con un paio di cornetti in testa. Al loro fianco due cinesi, uno con una lunga treccia e uno con una spada di legno. Su
di loro incombeva un gigantesco ologramma-hostess, una creatura così bizzarra che non fecero nemmeno in tempo a capire cosa
fosse. L'ascensore si richiuse portando via lo straordinario contenuto.

– Ehi, perché non si sono fermati?

– Quell'ascensore sta salendo, e voi dovete scendere.

L'ologramma li accompagnò fuori dalla porta d'argento. Uno
sconfinato campo di papaveri brillava al sole. Dentro l'erba si le-
vava il canto di migliaia di uccelli invisibili. Decine di pittori dipingevano in riva al fiume che costeggiava il campo.

– Sono ritoccatori – disse Elianto prevenendo la domanda
– come sapete, i ricordi sono sempre un po' più belli della realtà.
Beh, è merito loro. E ora purtroppo devo salutarvi: la bolla transmundia per Protoplas è in quella direzione, alla prima curva del
fiume.

– Sei stato molto gentile – disse Iri mettendosi un papavero tra
i capelli.

– Stai bene con quel pigiama, sembri un galeotto – disse Rangio.

– A presto, Elianto – disse Boccadimiele un po' triste – vedrai che ce la faremo.

L'ologramma sembrò brillare e diventare più intenso.

– Vi ringrazio, amici – sussurrò, e svanì, con gran dispiacere di un pittore barbuto che aveva iniziato a ritrarlo.

20

MEDIUM

Medium è il più giovane dei Mondi Alterei ed è formato da cinquanta regioni, tutte uguali, ognuna con un capoluogo che ha esattamente un milione di abitanti. Le città hanno tutte lo stesso sviluppo urbanistico, via per via, edificio per edificio, e c'è anche una precisa normativa sugli arredamenti interni e sulla flora dei terrazzi. In ogni capoluogo c'è una piazza principale, che ha al centro un monumento di stagno con i cinquanta uomini più illustri della storia mediumica. Quella in cui erano giunti Fuku e gli yogi si chiamava piazza Oddone.

Oddone Pendelton era stato un censore, il più grande censore della storia di Medium. Nella sua qualità di Presidente della Commissione di Controllo Artistico, aveva smussato, limato, tagliato, sfrondato, martellato, bonificato centinaia di libri, film, opere teatrali e anche manifesti pubblicitari, statue, insegne di negozi, capi di abbigliamento. Aveva vigilato in modo che nessuna emozione, se non quelle consentite nella media, turbasse gli animi dei cittadini.

Nel museo che portava il suo nome, le scolaresche venivano accompagnate ad ammirare i ricordi e i cimeli del suo lavoro. Le vecchie forbici, il pennarello nero, la scolorina, la moviola con cui tagliava le pellicole, i cerotti e i nastri adesivi con cui copriva corpi vivi o fotografati. E i bambini sfilavano a bocca aperta davanti a quella gigantesca opera: migliaia di libri con le righe cancellate o corrette, intere pagine strappate e appallottolate, disposte in bacheca come piccoli fiori. Sacchetti di cenere di ciò che una volta erano stati ponderosi volumi. Serpenti insidiosi di pellicola contenenti chissà quali fotogrammi. Brandelli di foto e manifesti, accuratamente separati dal pubblico da un'apposita grata, di modo che fosse impossibile toccarli o vederli da vicino. E poi, nel reparto scultura, una catasta di moncherini, tronconi, arti, pezzi staccati a forza. Dita troppo falliche, labbra troppo carnose, insenature troppo vaginali, rotondità troppo deretanoidi. Un monumento di frattaglie in cui si riassumeva l'arte e la fobia del grande Censore. Fuku, Visa e Pat erano seduti su una panchina, proprio davanti alla statua dedicata a Oddone. Egli vi era ritratto col volto accigliato e severo, ma illuminato dalla serenità del giusto, mentre leggeva un libro tenendo alto tra le dita, come una spada, il pennarello vendicatore. Al suo fianco, su un tavolo, c'erano un martello, una forbice e un cerotto: triade rassicurante del buoncostume nazionale.

Ignaro delle glorie che stava contemplando, Fuku sgranocchiava patatine, mentre Pat e Visa contendevano le briciole ai piccioni della piazza. I piccioni erano tutti uguali, grigi e grassottelli, e avevano un collarino numerato. Ma questo non li rendeva più simpatici a Pat che, avendo una gamba steccata con uno stuzzicadenti, non riusciva a raggiungere il cibo prima dei pennuti.

Era una bella giornata di sole. Su Medium il clima prevedeva infatti cento giornate annuali di sole, cento di cielo parzialmente nuvoloso, cento di pioggia, quindici di neve, quindici di grandine e quindici di nebbia. Essendo quello un venerdì di sole, tutti facevano shopping. Centinaia di persone stavano compostamente in coda davanti ai negozi, aspettando il loro turno. Erano vestite con una certa eleganza, leggevano giornali moderati, i volti erano tranquilli, i bimbi facevano piccole bolle di sapone biodegradabile, i neonati tacevano nelle culle, i cani scodinzolavano senza abbaiare, e se dovevano fare i loro bisogni attiravano l'attenzione del padrone che consegnava loro un apposito pannolone in tinta col pelo.

– Tutti in fila come soldatini al rancio – disse Pat. – Ma cosa comprano?

– Scusi, signore – disse Fuku a uno della coda – cosa vende questo negozio?

– Oh, lo ignoro – disse il signore gaiamente – sono qui per fare shopping, ma non so ancora cosa comprerò. Dipenderà dalle esigenze del mercato interno, dalle eccedenze e dalle scorte.

Comunque sono sicuro che si tratterà di un prodotto di qualità medio-alta.

– Io spero di comprare un golf beige di cachemire – disse una signora – anche se ne ho già dieci. Ma anche una mazza da golf andrebbe bene, o una pentola a pressione. O una bicicletta per mio figlio Poldo.

– Ne ho già una – disse il piccolo Poldo – ma è rossa, e il nostro garage invece è beige. Sarebbe bello avere un garage beige con la bicicletta beige, anche perché la macchina di papà è beige, e così anche quella della mamma e il salotto. E anche il nostro cane è beige, e così il nonno sulla sedia a rotelle.

– Ma che razza di posto è questo? – domandò Visa.

– Un posto ordinato – disse Pat, sottraendo un chicco di miglio a un piccione, che gli diede una beccata in testa.

Fuku intervenne somministrando una leggera pedata al pennuto, che volò via.

Il gesto fu notato nella fila degli shoppers, e qualcuno avvertì l'agente di guardia, che si avvicinò con aria cortese e disse: – Signore, con grande dispiacere devo informarla che lei è in contravvenzione per atto eccessivo in luogo pubblico.

– Quale atto? – chiese Fuku.

– Lei, poco fa, ha bruscamente privato del pranzo un pennuto regolarmente iscritto nell'albo comunale, e il suo gesto ha causato un notevole turbamento emotivo nei minori presenti, oltre a ingenerare un pericoloso squilibrio aviodemoscopico. Infatti in questa piazza devono risiedere, per regolamento, centodieci piccioni, e ora ne manca uno. Inoltre da qualche parte ora c'è un piccione eccedente, e questo causerà gravi problemi alle autorità locali.

– Mi dispiace, non volevo...

– Dispiace anche a noi: non multiamo per punire, ma per educare. Sono cento mediodollari tutti in biglietti da dieci, senza spiegazzature o scritte per favore.

In quel momento un barbone attraversò la piazza, scostando con i piedi i piccioni, sputando e bestemmiando gli idoli locali.

– E quello lì allora? – indicò Visa.

– Quello fa parte della campagna di educazione civica, è un agente travestito da barbone che disgusta i cittadini con il suo comportamento asociale. Tra poco avrà un finto collasso e stramazzerà al suolo, mostrando a tutti come una vita disordinata porti a morte orrenda e prematura.

Il barbone infatti crollò a terra in preda a una crisi epilettica.

– Ma è sicuro che sia un agente? – disse Visa.

– Sicuro. Se fosse un barbone vero, verrebbe subito eliminato. Ma vedo insorgere un nuovo problema: noto che lei è umano.

– Così dicono – disse Visa.

– Se permette, sono umano anch'io – disse Pat.

– Vedo, vedo. Il caso è serio. Inizialmente vi avevo scambiato per scarafaggi, e su Medium è permesso tenere in casa due scarafaggi a testa, e anche portarli a spasso, se non sono mordaci. Ma essendo voi umani adulti riscontro una violazione ai limiti di altezza. Gli umani sopra i sedici anni devono misurare, come potete leggere sulla tabella, "o più di un metro, o meno di due metri".

– E degli altri cosa fate?

– Li cremiamo, naturalmente – disse l'agente – oppure li allunghiamo, o accorciamo, quando si può.

– Ho capito – sospirò Visa – potrebbe tirarmi, per favore?

– Tirarla?

– Esattamente.

L'agente sembrò perplesso. Chiamò un collega, si consultarono, poi presero Visa per le braccia e per le gambe e iniziarono a tirarlo. Visa si allungò come un elastico, fino a un metro e mezzo: era un esercizio che tutti gli yogi professionisti sapevano eseguire.

– Vorrebbe misurarmi ora? – disse Visa con un filo di voce.

Un terzo agente fu convocato, ed eseguita la misurazione, confermò:

– Un metro e ventisei centimetri, il signore è regolare. Potremmo controllare anche il suo amico, per favore?

Pat fu allungato fino a un metro e quaranta. Seguì un ulteriore consulto a tre, poi il primo agente disse:

– Credo che per quanto riguarda le misure sia tutto a posto. Ma dovete comunque pagare la multa per il piccione.

In quel momento un bambino uscì dalla fila per guardare lo spettacolo dei due vermi con faccia umana che stavano lentamente riprendendo la normale grandezza. La madre lo richiamò, ma era troppo tardi. Gli agenti lo avevano bloccato.

– Ehi tu, cittadino, non sai che è proibito uscire dalla fila dello shopping?

– Volevo vedere i signori di gomma – disse il piccolo.

– E invece ti farai sei mesi nel centro di riabilitazione, così impari. E lei, madre del reo, non guardi da questa parte, non è permesso.

– Questi stranieri sono una continua fonte di pericolose bizzarrie – disse un agente – meglio arrestarli finché siamo in tempo.

Ma silenzioso e invisibile, com'è nell'arte dei guerrieri-nuvola, Fuku era già scomparso.

Camminarono a lungo, fino alla periferia della città, dove le ferree regole di Medium sembravano allentarsi un po'. C'era persino qualcuno che attraversava lontano dalle strisce, qualche manifesto era affisso fuori dagli spazi appositi e due auto avevano il parabrezza sporco. Era finita la giornata di shopping, e quella sera i cittadini col numero di carta d'identità pari potevano uscire per andare al cinema o a manifestazioni sportive. In quel momento tutti stavano mangiando nei ristoranti il menu fisso del venerdì, filetto mediamente cotto e broccoli, mentre gli agenti passavano tra i tavoli, controllando che nessuno superasse la quota settimanale di trigliceridi.

Un signore, sorpreso a mangiare un mascarpone avendo già consumato il suo bonus lipidico, fu accompagnato fuori e costretto a vomitare. Ovunque c'erano cartelli con le scritte:

La persona civile non sputa
La persona civile non parla con la bocca piena
La persona civile ama il suo sindaco

Ma un cartello, soprattutto, attrasse la loro attenzione:

"Palasport ore 21, grande torneo di lotta pari."
Walter l'ordinato contro Gentleman Sam
Joe Pi Greco contro Apotema Stanley
E il campione dei Mondi Alterei, Tigre Moderata, contro il campione regionale, Burt il commercialista.

– Qualcosa mi dice che quel Tigre Moderata potrebbe essere il nostro uomo – disse Fuku.

– Andiamo a dare un'occhiata – suggerì Visa.

– Io non rischierei – disse Pat – secondo me la polizia ci sta cercando, e siamo troppo riconoscibili.

– Ci penso io – disse Fuku. Con mossa lesta, rubò il cappello a un passante, nascondendoci dentro la lunga treccia. Poi con una cicca di sigaretta si disegnò due rughe sul viso, stortò un po' le membra, si ingobbì ed ecco completata la sesta trasformazione-nuvola: il "vecchietto innocuo".

– E adesso – disse – Nonno Fuku comprerà i popcorn e vi nasconderà nel sacchetto.

– Adoro i popcorn – disse Visa.

– Non li posso soffrire – si lamentò Pat.

Zoppicando leggermente, Fuku si avvicinò alla cassa del Palasport e con voce senile chiese un biglietto e dei popcorn.

– Quanti popcorn? – disse severamente la cassiera. – Deve dirmi il numero esatto.

– Ehm... facciamo trecentosette?

– Su Medium non possiamo venderli in numero dispari, gliene posso dare trecentosei.

Era appena terminato un incontro quando il trio raggiunse la poltroncina numerata. Tutti erano seduti silenziosi e tranquilli mangiando popcorn e bevendo una birra media. Alcuni avevano delle magliette con la scritta "Burt, sei abbastanza forte" che sembrava il massimo del tifo concesso.

Si udì un suono di campana e lo speaker al centro del quadrato esclamò:

– Ed ecco l'incontro centrale della serata: alla mia destra sta salendo sul ring, e vi prego di accoglierlo con un moderato applauso, il campione regionale Burt il commercialista, imbattuto in centosei incontri. Vuoi dire qualcosa agli spettatori, Burt?

Burt, un colosso barbuto con una tuta ginnica Belle-Epoque rispose nel microfono:

– Beh, spero che sia un incontro piacevole e corretto e se riuscirò a fare qualche bella mossa sarò contento, ovviamente se ne farà qualcuna il mio avversario lo riconoscerò sportivamente, perché la cosa più importante è che il pubblico si diverta.

– Burt, sei il più forte – gridò un bambino dai capelli ricciuti, e il padre gli mollò un discreto ceffone.

– E ora alla mia sinistra ecco arrivare un guerriero che viene da lontano! Accogliamolo con un applauso di pari intensità. Imbattuto in novantatré incontri, il campione terrestre Tigre Moderata!

Il lottatore salì sul ring e a Fuku mancò il fiato: portava l'inconfondibile maschera di vero pelo di Tigre del Malabar, quella che Tigre Triste usava nei suoi combattimenti.

– L'abbiamo trovato – disse Fuku agli yogi, scuotendo la scatola dei popcorn.

– Tigre Moderata – chiese lo speaker – vuoi dire qualcosa al pubblico?

– Beh, ho studiato coscienziosamente le mosse di Burt e ho pronte le adeguate contromosse, ma sono certo che anche lui ha studiato a fondo le mie mosse e ha pronte delle contromosse acconce, per cui ritengo che sarà un match assai equilibrato.

– Il tuo amico mi sembra un po' rincoglionito – disse Visa, ingoiando un intero popcorn.

– Il tempo passa anche per i guerrieri – disse Pat.

Fuku li zittì e l'incontro ebbe inizio. I lottatori erano dotati di buona tecnica, ma erano un po' lenti e meccanici. Tigre Moderata, che sembrava parecchio appesantito, fece volare in aria l'avversario con una presa di gomito, ma Burt si rialzò e con un'identica presa lo schiacciò al suolo. Tigre da terra tirò un calcio al petto, che Burt gli restituì. E così continuarono a eseguire una mossa a testa. Visa e Pat, sporgendosi dal bordo del sacchetto dei popcorn, guardavano un po' interdetti.

– Che ne dici, Fuku?

– Sono bravi ma non hanno molta grinta, direi.

– Va bene che gli incontri sono truccati, ma qualcuno dovrà pur vincere – disse Visa.

– Mah – sospirò Fuku, un po' annoiato, e si rivolse al suo vicino, un ometto che ciucciava una lattina di birra in assoluta beatitudine.

– Secondo lei chi vincerà? – chiese.

– Ah ah – rise l'ometto – questa è buona!

– Cosa ho detto di buffo? – chiese Fuku stupito.

– La prego, nonnetto, non insista. Lei sa che è proibito ridere durante gli incontri. Sembrerebbe un dileggio ai leali concorrenti.

– Ma io sono straniero – disse Fuku – e non ho mai visto questo tipo di lotta.

– Allora mi spiego il suo sconcerto – disse l'ometto. – Non ha letto il cartello che annunciava "Torneo di lotta pari"? Cosa significa "pari" per lei?

– Beh, direi pari peso nelle varie categorie: pesi leggeri, medi, massimi e così via.

– No – disse l'ometto – "pari" vuol dire che tutti gli incontri finiscono pari. Se qualcuno vincesse, si scatenerebbero rivalità, invidie, istinti aggressivi, nascerebbero tifoserie e fazioni. E questo su Medium non è permesso: ciò che è importante, è la pura bellezza del combattimento.

– Tutto ciò è davvero zen – disse Pat.

– Tutto ciò è davvero noioso – disse Visa.

L'incontro durò quasi un'ora e gli sbadigli di Fuku stavano aumentando di ampiezza quando lo speaker, finalmente, sollevò le braccia dei lottatori e gridò:

– L'incontro è pari!

A questo punto l'applauso fu unanime e spontaneo.

– Bravi entrambi! – gridò il bambino riccio, stavolta con l'approvazione paterna.

Mentre si stava preparando l'ultimo appassionante incontro, Fuku, rimessi i due yogi nell'anello, puntò verso gli spogliatoi, e con tecnica di invisibilità-nuvola, sgusciò tra le gambe dell'agente di guardia e si infilò nella doccia.

Nascosto dietro la tendina, sentì i due colossi che rientravano.

– Che cazzo di incontro, mi hai anche storto un pollice, deficiente di uno straniero – ringhiò Burt.

– Non mi rompere i coglioni, ho dovuto fare miracoli per non surclassarti, sei lardoso da far schifo, mi sgusciavi dalle mani come una saponetta – replicò Tigre.

– La prossima volta ti massacro, stronzo zebrato, e ti infilo le mutande in testa al posto di quella maschera del cazzo – esclamò Burt, andandosene.

– Se un giorno faremo un incontro vero ti darò una schiacciata sul tappeto che ti dovranno scollare con un solvente, te e quel costumino da frocio! – gli urlò dietro Tigre.

– Adesso sì che lo riconosco – pensò Fuku.

Sentì Tigre che si avvicinava, vide i piedi nudi apparire sotto la tendina della doccia, poi la tendina si aprì e...

– Sorpresa! – gridò Fuku.

Sorpresa davvero: l'uomo che gli stava davanti non era Tigre Triste.

– Se ne vada o chiamo la polizia – disse il lottatore coprendosi pudicamente – non possiamo firmare autografi, né ricevere ammiratori.

– Conosci questo? – disse Fuku, mostrando il tatuaggio della tigre rossa sull'avambraccio destro.

– E questo? – disse Visa mostrando il tatuaggio della dea Kali sulla spalla sinistra.

– E questo? – disse Pat esibendo il tatuaggio del Drago Nevoso in sede addominale.

– Sì, conosco quel tatuaggio, guerriero-nuvola – disse l'uomo infilandosi i mutandoni di lana – ma per favore, non farmi del male.

– Non temere – disse Fuku – voglio solo sapere come mai porti quella maschera.

– Eravate suoi amici?

– Perché dici "eravate"? È forse morto?

– No no. Ma per favore, lasciatemi rivestire, vi spiegherò tutto.

Pochi minuti dopo, in un bar, davanti a un Martini con olive, il lottatore, che si chiamava Shun Lien, raccontò la sua storia.

– Ero un pilota di cargo transmondo. Per un errore di rotta, sono finito su Medium e il mio carico è stato sequestrato. Erano sei container di riviste porno specializzate: Maxitette, Eskimo Beauties, Gatto-gay, Miss Milk, Sado-sumo-maso, eccetera. È una merce che qua non è ben vista. Mi sono trovato senza una svanzika e senza lavoro, finché non ho incontrato una faccia amica, un terrestre come me.

– Tigre Triste – dissero i tre.

– Proprio lui: faceva il lottatore mascherato, era uno dei più apprezzati, ma una sera si sbronzò e mi raccontò la sua storia. Sapete, quella del gatto ammazzato con la freccia...

– La conosciamo bene.

– Mi disse che per dimenticare era venuto qui, dove non esistono aggressività e violenza, o almeno così si crede, ma ben presto si era accorto che Medium è crudele, spietato e soprattutto noioso. Inoltre la lotta pari gli era divenuta insopportabile, e così decidemmo di aiutarci a vicenda. Io gli avrei indicato il passaggio segreto per uscire clandestinamente da Medium. Lui in cambio mi avrebbe addestrato alla lotta e avrei combattuto con il suo costume. Avevamo la stessa taglia e nessuno lo aveva mai visto in faccia. Infatti nessuno finora se n'è accorto: ma ora voi...

– Non preoccuparti – disse Visa, impegnato in un corpo-a-corpo con l'oliva – non ti tradiremo.

– Vogliamo solo sapere – disse Pat, tuffandosi nel Martini – dov'è finito Tigre Triste.

– Il passaggio che gli ho indicato porta a Posidon. È una bolla transmundia nella regione Sei. Ma state attenti: come tutti i passaggi clandestini, è molto pericolosa. Non so se il vostro amico è riuscito ad attraversarla indenne, e lo stesso varrà anche per voi.

– Noi usciremo in un altro modo – disse Visa – abbiamo una mappa nootica.

– Non vuoi venire con noi? – disse Pat.

– No, grazie – disse Tigre Moderata, tristemente – ormai ho contratto il mal di Medium. La noia è un male sottile. Ti riduce come loro, tutti uguali, sazi, indifferenti, quasi peggio che sulla Terra. Finirò la mia carriera qui: imbattuto e senza mai vincere. Che fine ingloriosa per un guerriero!

– Un guerriero sta fermo anche duecento anni, ma verrà il giorno che si alzerà e volerà, proprio come il castagno huang – disse Visa.

– E dai! – disse Pat.

21.

I DUBBI DI ESATTO

È stato fantastico, ti giuro, Rollo – disse Rombo Napalm, fratello e allenatore del campione – tutto in diretta su Canale Uno: c'era Educati, quel fighetto della Sinistra col filtro che diceva "Ammazzarsi sì, ma stabiliamo delle regole, le regole sono la base della democrazia" e Mathausen Filini ha detto "Sono d'accordo con lei" e ha tirato fuori una berta nazi d'antiquariato, una Luger Pikappa e ha scaricato tutti i colpi bam-bam-bam, lo studio urlava di terrore e di gusto, Fido PassPass gridava "La smetta, Filini, o le tolgo la parola" e intanto Bidone c'era rimasto secco, con la sua giacca triple-face tutta imbisteccata di sangue, e Canicchi fatto di coca come una nuotatrice cinese fomentava sbraitando "È giusto, fallo fuori quel porco, quell'assassino, altroché regole" e dalle quinte è sbucato Scannanfami e ha lanciato una bomba a mano che ha polverizzato la telecamera uno, ma il cameraman ferito ha preso la steady-cam e si è messo a inseguire la Nastassia che col suo vestitino attillato e le scarpe col tacco cercava scampo sotto il divano, ma niente da fare, bam-bam due colpi e addio, è crollata a terra ma era così siliconata che ha continuato a rimbalzare come un materassino da spiaggia e intanto Mathausen e Scannanfami avevano finito le munizioni e allora si sono lanciati uno contro l'altro e giù cazzotti nella ghigna ed è intervenuto Bertoldi, quel riccone sinistroide, ma mica per dividerli, aveva un filo d'acciaio nascosto nella cravatta e ha strangolato Scannanfami a un metro dalla telecamera, una scena troppo bella, s'è vista la lingua che si gonfiava e gli occhi che strabuzzavano, neanche l'avessero provata prima, e da dietro è sgusciato Canicchi che con una coltellata ha steso Bertoldi, e Mathausen

166

l'ha finito con lo scarpone chiodato. È un peccato che Educati se la sia cavata, ma quattro eliminazioni in diretta era un pezzo che non si vedevano.

– Sono dei dilettanti diseducativi! – ansò Rollo, sdraiato sulla panca, sollevando la trentesima quintalata quotidiana. – La vera lotta è un'altra cosa.

– Hai ragione, Rollo – disse Rombo – la prossima volta ti assicuro che sarai presidente anche tu.

– Sono forse meno intelligente di loro? – urlò Rollo scattando in piedi. Aveva una maglietta con la scritta "Faccio male" e pagnotte di muscoli disseminate ovunque.

– Sei una belva, Rollo! – gridò il fratello stringendo i pugni.

– Spaccherò il culo ai guerrieri della contea e poi mi candiderò presidente e tirerò su migliaia di voti, quintali, tonnellate di voti!

– Sì, Rollo, vai così! – gridò Rombo. Stavano facendo il PMT, *Paranoid Megalo Training*, un sistema di allenamento per ottenere il massimo di aggressività e concentrazione psicofisica.

– E dopo spaccherò il culo agli altri presidenti e poi passeremo agli altri paesi e raderemo al suolo quei fighetti di franzosi e le checche spaniarde e la teppaglia albionica e i crucchi e i gringos di merda e i musi gialli e neri e sarò padrone del mondo!

– Sì, Rollo, sì, se ci credi puoi farlo – gridò Rombo – e dopo?

– E dopo... dopo imparerò ad allacciarmi le scarpe da solo – disse Rollo, con sguardo folle ed estatico.

Ai piedi aveva delle scarpette con chiusura in velcro, poiché l'ultima volta che aveva provato ad allacciarsi le stringhe da solo aveva rischiato l'auto-incaprettamento.

– Una cosa alla volta, fratellino – lo calmò Rombo – adesso fai un po' di allenamento leggero: venti minuti di leg-press, e stritola dieci noci con le narici.

– Sono forte – disse Rollo tirando un cazzotto a un distributore di bibite che vomitò una nube di gas caramellato.

– Sei forte e il tuo record lo dice: nessuno ha mai battuto Rollo Napalm!

Nello stesso istante, nel suo lussuoso attico collinare in stile rococò-post-Disney, il piccolo geniale Baby Esatto stava ascoltando il suo compact preferito *Sono studiosa* di Ametista, che aveva sul retro una versione techno-pop dell'inno della Gestapo.

Nonostante avesse solo undici anni, a Baby Esatto erano già stati attribuiti diversi flirt con attrici, cantanti liriche e Nobel di matematica, ma il suo vero amore era la showgirl Ametista, che però da quando era diventata presidentessa non gli telefonava più.

– Una troietta come tante – pensò Esatto, si accese un cigarillo e proseguì la sua ricerca al computer. Quella storia della paura del Zentrum non lo convinceva. Un'unità decisionale parabiotica non lancia segnali così precisi se non c'è qualcosa di grosso nell'aria. Ma cosa? La svanzika non va né bene né male. I presidenti si ammazzano al ritmo stabilito, i sondaggi sono nella norma, la chiacchiera è florida, la percentuale di omicidi, stupri e stragi rientra nel budget previsionale. E allora dove sta il pericolo? Forse nella sfida con le contee? No, non è possibile che un evento così insignificante possa preoccupare il Zentrum. Le contee non sono economicamente importanti, sono tenute in vita solo per lasciare un'illusione di libertà al paese, e per confinarci qualche rompiballe. Ormai sono soltanto ventuno, e dopo la sfida ne resteranno sette o otto. Così almeno ha previsto il Zentrum Win. O no?

Baby Esatto decise di controllare la sfida della contea più importante, la Contea della Montagna. La fama dei guerrieri-nuvola era ancora troppo viva per lasciarli autonomi, e stavolta Rollo Napalm li avrebbe sistemati.

Digitò la sua chiave di accesso *Babysthebest* e ottenne l'entrata agli archivi segreti del Zentrum. Chiese la scheda personale di Rollo.

– *Rollo Napalm, ventidue anni, 1,97 per 132 chili, campione governativo di Lotta Malvagia. Quoziente di intelligenza 043. Cittadino modello con forte attrazione maggioritaria. Lieve propensione a menare le mani in locali pubblici e nel traffico. Ha ucciso tre avversari in combattimento e tre persone in risse. Ha un rilevatore di paura inserito nel tricipite destro. Non ha paura di nulla, a eccezione delle endovene e delle cavallette. Il suo curriculum sportivo:*

Campione mondiale di tutte le categorie dal 1996 fino a oggi.

Centottantasei incontri vinti, uno perso contro lottatore non identificato nel 1990.

Esatto chiese la conferma del dato tre volte. E ogni volta riapparve quella misteriosa sconfitta.

– Si trattò di un incontro tra bambini? – digitò Esatto.

– *No, si trattò di un regolare incontro di Lotta Malvagia.*

– E come è possibile, dato che nel 1990 Rollo Napalm aveva solo undici anni?

– *La contraddizione è effettiva, ma non è risolvibile con i dati attualmente in mio possesso* – rispose il Zentrum – *comunque la svanzika oggi vale 3,01 markodollari, niente male quindi.*

Baby Esatto sospirò: la situazione era più grave del previsto. Come poteva il Zentrum fornire pronostici credibili sugli incontri se dava risposte sibilline come quella? Preoccupato, digitò:
– Quali sono le mie chances di vittoria nella sfida contro il campione della Contea Otto?

– *Novantanove virgola novantanove per cento* – rispose il computer.

Era una risposta compatibile: lo 0,01 di dubbio era legato a fattori imprevedibili quali la morte o l'esplosione del sistema solare. Però...
– Dammi l'elenco di tutti i ragazzi della Contea Otto sotto i quattordici anni con quoziente di intelligenza sopra 1000, in grado di partecipare alla sfida.
Il computer fornì dodici nomi. Il Q.I. più alto era 1043.
Ridicolo. Baby Esatto aveva 1546.
Avrebbe potuto chiudere il collegamento, ma non si sentiva ancora tranquillo. Il suo segreto continuava a tormentarlo. Ci ponzò su a occhi chiusi, mentre il cigarillo si consumava lentamente. Poi ebbe un'improvvisa intuizione e digitò:
– Dimmi se nella Contea Otto c'è qualche under 14 particolarmente abile nel gioco degli scacchi.
Il computer rispose:

– *Elianto E., anni tredici. Quattro anni fa giunse terzo nei campionati della contea, dopo aver battuto parecchi adulti.*

– Hai una sua foto?

L'immagine apparve e Baby impallidì. Ecco, sullo schermo, il suo segreto. Quel ragazzino col volto da lupo era tornato nella sua vita. Non poteva sbagliarsi.

– Perché questo Elianto non è nella lista dei Q.I. più alti?

– La sua analisi di intelligenza produttiva non è stata fatta in quanto da due anni si trova ricoverato nella clinica Villa Bacilla per una forma inguaribile di Morbo Dolce.

Baby spense il computer, e ricordò.

Contea delle Montagne, cinque anni prima. Il sole incendia la neve. Il bel Baby, con tutina sfavillante e scietti da slalom, sale sulla seggiovia biposto e si trova a fianco un bambino magro, con un berretto da gnomo.

– Giochiamo finché arriviamo in cima? – propone il bambino.

– Ti avverto che i giochi propri della nostra età non mi interessano – sbuffa Baby.

– Sai giocare a scacchi immaginari?

– Cosa sono?

– Si immagina un gioco di scacchi, si inventano i pezzi, le mosse e le regole e poi si gioca mentalmente.

– Qui in seggiovia?

– Hai paura di perdere?

– Paura io? Giochiamo!

Baby ricordava ancora ogni pezzo inventato e ogni mossa giocata. Le pedine dritte e le pedine ubriache. Le tre Torri-gatto. I due Arganti maggiori. Il Cavalcanguro e il Cavalgambero. Il Re, la Regina, l'Amante del Re, il Drudo della Regina.

Aveva perso, in trentadue mosse, giusto il tempo di arrivare in cima alla seggiovia. Nessuno l'avrebbe mai saputo. Ma aveva perso, con un cialtroncello sconosciuto! E quel cialtroncello apparteneva proprio alla Contea Otto. E anche se stava morendo, un dubbio rimaneva.

C'era una sola cosa da fare: telefonare a papà.

Baby compose il numero segreto e sul monitor apparve il volto di Essie Esatto, il Re del Quiz. Era sdraiato su un materasso ad acqua, abbracciato a due splendide bambole di lattice, e beveva gin con cardiotonico. La parrucca arancione mandava bagliori spettacolari. Aveva novantatré anni e non era più lucidissimo: bisognava saper comunicare con lui nel modo giusto.

– Chi sono io? – chiese Esatto.

– È il riparatore di bambole? Venga su, c'è Adelina che ha un buco nella spalla, è tutta floscia.

– La risposta è sbagliata. Riprovi ancora, signor Esatto.

– Lei è... aspetti, il mio tredicesimo figlio, Baby Esatto.

– Risposta esatta. Come stai?

– Io sto... benino?

– Risposta esatta. E qual è il mio sentimento nel vederti?

– Noia e leggero schifo?

– La risposta è sbagliata. Riprova.

– Tu sei molto felice di vedere il tuo papà!

– Risposta esatta! E ora rispondi: chi vincerà la sfida tra il tuo tredicesimo figlio e il candidato della Contea Otto?

– Il mio adorato Baby.

– Risposta esatta. E perché?

– Perché la sfida è truccata, e il Zentrum sceglierà le domande tra le tue materie preferite...

– Risposta incompleta.

– Perché mio figlio, *talis pater*, ha il quoziente d'intelligenza 1543.

– Risposta incompleta.

– ...e quindi, non essendoci nessun under 14 che si avvicini lontanamente al suo Q.I., è impossibile che venga battuto.

– Risposta esatta. E se ci fosse dall'altra parte un tredicenne di cui non si sa il Q.I. ma che mi ha già battuto una volta, cosa succederebbe?

– Forse potrebbe ripararmi la bambola gonfiabile. O spiegarmi perché le mie porzioni di dolce diventano sempre più piccole. Lo sponsor è fallito?

– Sei a dieta, papà – sbuffò Baby. – Ti preciso la domanda: se ci fosse questo tredicenne, ma fosse impossibilitato a muoversi per una grave malattia, sarebbe teoricamente possibile che io perdessi?

– Sì.

– La risposta è sbagliata.

– No, chiedo il controllo del notaio, la risposta è esatta.

Baby Esatto ebbe un brivido. Suo padre era un po' suonato, ma difficilmente sbagliava due domande di fila.

– E allora – disse Baby con voce esitante – cosa dovrei fare?

– Ammazzalo – disse Essie Esatto – e poi mandami un gommista per vulcanizzare Adelina.

– Un'altra domanda...

– Sono stanco. Sigla! – disse Babbo Esatto, e chiuse il collegamento.

In quel momento, a Villa Bacilla, Elianto si svegliò sudato e con forti dolori alla schiena.

Talete gli teneva una mano tra le sue. La febbre era molto alta.

– Talete – disse il ragazzo – c'è un'ombra nera, gigantesca, sospesa in aria, ma non è quella della mappa... non è un albero, è qualcosa di malvagio, che mi sta cercando.

– Calmati – disse Talete – ora ti faccio un'iniezione.

L'ago entrò lentamente nella vena, portando un po' di sollievo.

Il ragazzo guardò la luce alla finestra e si accorse che la sera era velata.

– Non verrà la luna, stanotte?

– Verrà – disse Talete – c'è solo un po' di foschia.

– Non verrà. E forse è meglio così – disse Elianto con voce stanca. – Ho fatto uno strano sogno. Ero leggero, come se fossi fatto d'aria, volavo su una sedia, c'era qualcuno vicino a me, e alla fine atterravo in un campo di papaveri. Con me c'erano i ragazzi del bar, Iri, Boccadimiele e Rangio. Parlavano, ma non capivo cosa dicevano. Era come se... non fossi proprio io, anche se mi chiamavano Elianto, è difficile da spiegare. Ad esempio avevo solo due dita per mano. Poi, attraverso il campo di papaveri, arrivavano saltando i miei tre gatti, sembravano delfini tra le onde. Roccia, il gatto vecchio, mi diceva: non ti preoccupare, non è colpa tua, non è colpa tua, guarirai. E poi c'ero ancora io che camminavo sulla riva del mare. E tenevo in mano i miei vecchi soldatini, quei due che ho nel cassetto. Mi dicevano: perché vuoi arrenderti? Eppure tanti anni fa, quando giocavamo insieme e tu facevi l'indiano con la treccia, non avevamo paura di nulla, ricordi? Ma i soldatini bruciavano come fossero arroventati, e mi caddero dalle mani. Non ce la faccio più, dicevo, non riesco più a lottare. Vorrei solo dormire. Poi sentii qualcosa, come il rumore di una grande onda...

Da qualche parte, un telefono squillò, e fu come una fucilata per i nervi scossi del ragazzo.

– Ora calmati – disse Talete – ti racconterò di una delle più straordinarie invenzioni di M.C. Noon: la macchina rubrotticometrica per calcolare il numero dei papaveri presenti in un campo.

– Grazie – disse Elianto. Ma i suoi occhi erano spenti.

Nel suo ambulatorio il dottor Siliconi sollevò infastidito la cornetta. Stava guardando i funerali dei presidenti alla televisione, con le bare così piene di scritte pubblicitarie da sembrare auto di formula uno.

– Chi è? – disse sgarbatamente.

– Sono il presidente Mathausen Filini. Parlo col dottor Siliconi?

– Per servirla – disse Siliconi scattando in piedi.

– Mi risulta che lei è uno dei nostri uomini maggiormente fidati nella Contea Otto.

– Ehm, sì... ma è sicuro che questa telefonata non sia controllata?

– Se non la controlliamo noi, chi vuole che la controlli? Dottore, lei ha tra i suoi pazienti un ragazzo di nome Elianto?

– Sì. È un malato in fase terminale.

– In fase terminale, ma vivo...

– Clinicamente sì, ma non durerà più di due mesi, forse meno.

– Due mesi – disse Filini – che ridicola tortura, che inutile agonia! A tal proposito, tra breve arriveranno nella sua clinica due persone di mia fiducia. Si chiamano Baby Esatto e tenente La Topa. Lei dovrà fare tutto, dico *tutto* quello che le ordineranno, o andrà a dirigere un lebbrosario nel Gomboswana.

– Obbedirò, presidente – disse Siliconi – come medico e come patriota.

– Così mi piace. Senta dottore, già che ci sono, cosa significa un dolore acuto all'ascella tutte le volte che mi piego?

– O è un reumatismo, o deve sistemare meglio la pistola nella fondina.

– Perdio, ha ragione – disse Filini – non ci avevo pensato. Verrò a farmi visitare da lei, un giorno.

– Sarebbe un grande onore – disse Siliconi, inchinandosi.

– Ho freddo – pensò Elianto. La mappa si disegnava, fioca, ma il ragazzo girò la testa sul cuscino, senza più guardarla.

Parte terza

CHI SALVERÀ ELIANTO?

Peter Poter volò via per il camino
Peter Poter volò via per il camino
era leggero, aveva mangiato pochino
sarebbe bastato un pollo, un panino
sarebbe bastato un briciolino
e Peter Poter sarebbe ancora qui.

Peter Poter volò via per il camino
Peter Poter volò via per il camino
prese fuoco come un cerino
sarebbe bastato un secchio d'acqua
sarebbe bastato un bicchierino
e Peter Poter sarebbe ancora qui.

Peter Poter volò via per il camino
Peter Poter volò via per il camino
era proprio solo, poverino
sarebbe bastata una festa, un regalino
sarebbe bastato un amico vicino
e Peter Poter sarebbe ancora qui.

(Filastrocca dei bambini della Contea Otto)

22.

LO ZOO FANTASMA

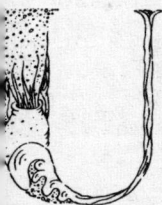

Un vento freddo che soffiava a forza sette rese difficile l'atterraggio dei diavoli nel deserto di Yamserius. Ebenezer e Carmilla, a pochi metri da terra, ridussero la superficie alare e atterrarono con una capriola. Brot invece cercò di scendere ad ali spiegate e una folata lo ribaltò. Si conficcò nel suolo a culo in aria, con la codona verde ritta a guisa di asparagio. Fu estratto dalla sabbia come un cannolicchio e i diavoli cercarono riparo dietro una duna.

Il paesaggio era desolato. Un cielo piceo incombeva su un mare di sabbia rossiccia, da cui spuntavano sparse rovine. Quando il vento calò di intensità riuscirono a scorgere davanti a loro un insieme di costruzioni. C'era un arco con la scritta "Entrata" e brandelli di muri sbrecciati. Tra le macerie si intravedevano piccoli stagni d'acqua putrida, e dalla sabbia emergevano sedie, tavolini e l'insegna di un'acqua minerale francese. Alcuni ragni di ferro, che una volta erano stati l'ossatura di ombrelloni, vibravano per il vento vicino a un bancone da bar rugginoso. Lontano risuonava un martello pneumatico.

Dietro queste testimonianze di gloria defunta si scorgevano dei recinti, e una voliera scrostata che sembrava contenere ancora degli uccelli, bianchi e immobili.

Il vento cessò quasi del tutto, ma il freddo restò pungente. Dalla bocca dei diavoli uscivano nuvolette di vapore.

– Che silenzio pauroso – disse Carmilla.

Brot lanciò un lungo peto lamentoso e setacciò la sabbia che gli era rimasta appiccicata in testa, alla ricerca di qualche lombrico.

– Questa sabbia è senza vita – protestò – non c'è nulla da masticare, qui dentro.

– Ti sembra il momento di pensare al cibo? – disse Ebenezer.

– I signori desiderano mangiare? – disse una sagoma vicinissima a loro. Non l'avevano vista, perché il suo colore rossiccio si confondeva con quello della sabbia. Era un orangutan, con un grembiulino da cameriere. Reggeva elegantemente un vassoio con una caraffa di Pernod.

– Ci porti subito il menu – disse Brot entusiasta, sedendosi su uno sgabello che per il peso si inabissò nella sabbia.

Leggermente perplessi, Ebenezer e Carmilla si sedettero a loro volta.

Il menu diceva:

Delice de Minet alla Manet
Kitkat alla magrebina
Bocconcini barboncini alla Pompadour
Paté de poisson Won Ton Ton
Salade de Viande Retour de Lassie
Polpettine piccanti alla chihuahua
Plaisir du chef
Bevande: Pernod freddo
Pernod caldo

– Potrebbe spiegarci questi strani piatti, signor...

– Rangoutan, per servirla. Sono tutti cibi in scatola per animali, la sola cosa disponibile, purtroppo. Ma io mi premuro di cucinarli con la maggior grazia possibile.

– Cos'è il "plaisir du chef"? – chiese Brot, per nulla turbato dalla notizia.

– È la mia specialità, signore. Trattasi di un abbondante polpettone di bocconcini per gatti, ingentilito da una salsa agrodolce a base di sugo di locuste e Pernod. Piatto vigoroso, ma ricco di sfumature. Perché, se mi permette, è nella cucina che si realizza la fusione del materialismo copioso e di quello delicato.

– Lo prendo – disse Brot.

– Per noi, due Pernod – disse Carmilla – ma lei, signor Rangoutan, ha un vocabolario assai forbito per un primate.

– Grazie signorina – rispose lo scimmione – deve sapere che questo zoo, prima della Catastrofe, era il più grande del mondo. Io vivevo in quella gabbia laggiù, e il luogo era frequentato da artisti, poeti e intellettuali, poiché ospitava un grande parco alberato con laghetti romantici e barchette paraninfe. Proprio davanti alla mia gabbia, c'era un grande castagno e, sotto la sua ombra, due panchine. Sulla panchina di destra sedevano abitualmente i poeti, su quella di sinistra i filosofi. Contemplando le mie quotidiane attività, essi discutevano a lungo sulla diversa natura dell'uomo e della scimmia. Per vent'anni ho ascoltato le loro disquisizioni, non sempre varie e pregnanti. In tal modo il mio patrimonio linguistico si rimpinguò e mi feci del reale e del metafisico una certa qual grata teorica.

– E ora?

– Ora che tutto è morto, mi presi l'onere di mantenere in vita questo posto e attendo che qualche raro viaggiatore in panne o qualche straniero capiti qui. Ma non vorrei immelanconirvi ulteriormente, signori. Vado a preparare il "plaisir du chef".

– Un vero gentiluomo si riconosce nella disgrazia – commentò Ebenezer, seguendolo con lo sguardo.

– Ma cos'è questa "Catastrofe" di cui parla? – chiese Brot.

– Non si sa. Per alcuni, Yamserius finì avvelenata dai vapori industriali. Per altri, furono i buchi nell'ozono. Per altri ancora, fu una lunghissima guerra combattuta con armi biologiche e chimiche. Fatto sta che su Yamserius cominciò a piovere polvere radioattiva, e per due anni tutto fu avvolto da una nube rossastra che impediva a chiunque di atterrare. Quando la nube si dissolse, il paesaggio era questo.

– Ci sono città? – chiese Carmilla.

– Qualche bunker sotterraneo dov'è sopravvissuta una minoranza di abbienti. Il resto è un deserto gelido attraversato da auto blindate, banditi cannibali e nuvole di locuste.

– Che posto desolato. Questo freddo toglie le forze a noi diavoli – disse Carmilla stringendosi nelle ali.

– Vuoi le mie per coprirti? – disse Ebenezer, che aveva le ali smontabili.

Carmilla, sorridendo, fece segno di no. Rangoutan tornò con il Pernod e il polpettone, che non aveva affatto un odore malvagio.

– Ehi! – disse Ebenezer assaggiandolo con la punta dell'artiglio. – Ma è squisito!

– Lei è veramente un cuoco sopraffino – disse Brot a bocca piena. – Il cibo per gatti mi è sempre piaciuto, ma questo è veramente super.

– Mi fate un grande onore, signori – disse Rangoutan – in effetti ho ben poche soddisfazioni nel mio lavoro, poiché quest'anno ho avuto solo diciotto clienti totalmente rozzi e illepidi.

Brot gli rispose con un rutto da tirannosauro.

– Pardon – disse.

– Si figuri – disse lo scimmione – in diversi paesi, il rumore da lei dianzi emesso è segno di gradimento del pranzo e omaggio al cuoco.

– Posso omaggiarla ancor di più, se vuole – disse Brot.

– La prego di no, mi monterei la testa – disse Rangoutan, indietreggiando lievemente.

Il vento riprese a soffiare, facendo sbattere i cancelli delle gabbie.

– Signor Rangoutan – disse Ebenezer – potrebbe per cortesia darci un'informazione?

– Con piacere.

– In questo zoo c'è uno di quegli animali rari e affascinanti che rispondono al nome di Kofs?

– La sua gabbia – disse Rangoutan – è poco lontana dalla mia. Se lo desiderate posso accompagnarvi.

S'incamminarono tra le dune, lungo uno stretto sentiero scavato con la pala. Passando davanti alla voliera, videro che non conteneva uccelli bianchi, ma scheletri di uccelli, pietrificati sui rami.

– La nube uccise alcuni lentamente, altri in un istante – disse Rangoutan, saltando agilmente a quattro mani da una duna all'altra. – Ma prima qui era un paradiso. Davanti alla voliera, il poeta Lavagnolle stava ore e ore, e proprio lì compose la sua poesia *Il pavone*. Là, davanti al fossato dei coccodrilli, Vladimir Vladimirov scrisse la famosa commemorazione di Puskyaskyn. Qui Pelerin tampinava le balie. Dentro a quell'edificio diroccato che una volta era il rettilario, fu fondato il movimento spiralista, e Jerome Mondillac si uccise per amore, facendosi passare sopra una tartaruga gigante. Altri tempi, altra poesia, altre speranze – sospirò

Rangoutan, e dopo aver raggiunto la cima di una duna, indicò una gabbia e disse:

– Ecco il Kofs.

Dietro le sbarre c'era un gigantesco cumulo d'ossa. Erano ancora riconoscibili la cassa toracica, il nastro di vertebre della coda, e il cranio di forma allungata.

– È morto sei anni fa – disse Rangoutan – il Kofs si nutre di eventi, sogni, differenze. E questo pianeta è spento per sempre. Per anni lo nutrii leggendogli ricette di cucina e poesie, ma ormai le conosceva tutte, allora gliene scrissi di nuove, ma era poco per il suo insaziabile appetito. Diventò magro e debole e una mattina lo trovai morto, già mezzo spolpato dalle locuste.

– Addio al nostro Kofs – disse Brot.

– E ora che si fa? – disse Carmilla sconsolata.

L'orango stava per dirle qualcosa, ma improvvisamente si drizzò in tutta la sua altezza, fiutando l'aria.

– Cosa succede? – chiese Ebenezer.

– Siamo in pericolo. Sentite questo rumore di motori? Sono gli Angeli Sadici. Gli ex abbienti di Yamserius, sopravvissuti nei bunker, che ora scorrazzano nei Deserti Freddi, cercando cibo, soprattutto carne umana, e commettendo crimini di ogni genere. Meglio nascondersi: ho un rifugio segreto nella vasca delle lontre.

– Io la seguo – disse Brot.

– Io no – disse Carmilla con fierezza – un diavolo non scappa davanti a un pericolo, per di più angelico.

– Ma il freddo ci ha indebolito – disse Ebenezer.

– Allora rintanati anche tu – disse la diavolessa, con un lampo sprezzante negli occhi dorati, e si avviò verso l'entrata.

– Aspettami, vengo con te – disse Ebenezer.

L'orango lo guardò arrancare nella sabbia, fino a raggiungere la diavolessa.

– Credo che il suo amico sia bello cotto – disse.

– In che senso, scusi? – chiese Brot.

– Secondo una millenaria ricetta che le spiegherò. Venga meco.

Gli Angeli Sadici arrivarono su quattro Royce-Rover, vecchie Rolls riadattate con gigantesche gomme da sabbia, vetri blindati e periscopi. Erano una ventina, inguainati in tute di cuoio piene di zip e gomme, e avevano capelli biondi e boccoluti. Sulle schiene spiccavano ali vivacemente colorate, vele da windsurf con cui eran soliti spostarsi nelle giornate di vento favorevole. Erano una dozzina di adulti, più sette o otto putti grassocci armati di arco e frecce, Cupidini dall'aria feroce.

L'Arkangelo, il loro capo, era un uomo paffuto con un basco di paillettes, quattro bandoliere di cartucce e un bazooka a tracolla. Rovesciò a pedate sedie e tavoli e si mise a urlare:

– Ehi, quadrumane! Scimmione di merda, lo sappiamo che sei nascosto da qualche parte, portaci da bere!

– Il bar è chiuso – disse Ebenezer, facendosi avanti con calma olimpica.

– Ma guarda guarda – disse l'Arkangelo, aprendosi la tuta sul petto glabro e ustionato – ci sono degli stranieri. Dei mutanti, direi.

– Ehi, Michael – disse un angelo alto e pallido con la tuta borchiata di zaffiri – guarda la ragazza però, che tocco di fica.

– L'ho vista prima io – disse minaccioso Michael – stranieri, che ne dite di sedervi con noi? Magari potremmo... mangiare insieme!

I Cupidini risero, mettendo in mostra piccoli canini aguzzi.

– Abbiamo già mangiato – disse Carmilla. Sentì un rumore alle sue spalle e si voltò, ma era troppo tardi: due angeli sadici le puntavano i fucili alla schiena.

– Stai calma, Carmilla – disse sottovoce Ebenezer – con questo freddo, non so se siamo abbastanza forti per batterli.

Carmilla imprecò in satanese. Gli Angeli Sadici, sempre tenendola sotto tiro, la fecero sedere davanti a Michael. L'Arkangelo sorrise soddisfatto.

– Allora, occhi da gatto, come ti chiami?

– Peonia, signore. E il mio amico si chiama Narciso – disse secca Carmilla.

Michael sghignazzò. Un Cupido gli portò una manciata di locuste secche, che l'Arkangelo iniziò a sgranocchiare di gusto.

– Ebbene Peonia, o come diavolo ti chiami, ora ti spiegherò perché non devi far la spiritosa con me. C'era un tempo in cui avevamo paura dei teppisti stranieri. Stavamo chiusi nei bunker, con cani, allarmi, fotoelettriche. Ma dopo la Catastrofe, la situazione è cambiata. Tutti i miserabili come voi finalmente sono stati spazzati via, e noi siamo rimasti vivi, perché solo noi avevamo i soldi per i bunker antiatomici, le scorte di cibo, le medicine, le armi, le auto blindate. E ora *siamo noi i teppisti*. Non è così, Eros?

Uno dei putti annuì, saltando sulle spalle dell'Arkangelo.

– Sì, siamo sopravvissuti, ma che vita è questa? Siamo dei ragazzi viziati, scontenti del mondo grigio e tetro che ci circonda – disse Michael con un gesto teatrale di disgusto – siamo una generazione perduta: pensa, una volta io ero un potente proprietario di banche e ora passo il tempo a scorrazzare per i deserti uccidendo qualche larva di sopravvissuto, alla ricerca di un po' di cibo...

– Ce li mangiamo, capo? – lo interruppe un angelo con un casco decorato di gigli.

– Oh, no! – disse Michael allungando una mano verso il viso di Carmilla. – Come si può mangiare un fiore? Peonia, faremo un uso migliore di te.

– Non ci provare – disse la diavolessa.

– Non dire così, Peonia – esclamò Michael, inginocchiandosi ironicamente – ti prego, vieni con me: ti porterò nel mio castello fatato. È un bunker sotterraneo di ventisei stanze, con splendide piante di plastica e prati di tartan verde. C'è la piscina di acqua calda, e una confortevole palestra, abbiamo cibi in scatola per cento anni e champagne, casse di champagne.

Pranzeremo sul terrazzo, se il vento radioattivo ce lo permetterà, e tu ti comporterai come ogni brava massaia di bunker, pulirai il prato sintetico, spazzerai cacche di cane, lustrerai la mobilia e poi la sera indosserai il vestito più leggiadro, ne ho sei armadi pieni, più due di pellicce, e faremo un festino, inviteremo qualche amico per ricordare insieme i vecchi tempi prima della Catastrofe. Ho tutti i dibattiti televisivi registrati, e i filmati in diretta sulla nube, e i pareri degli scienziati, e rideremo rivedendo le splendide inutili cose che abbiamo detto, e guarderemo i film di fantascienza che avevano previsto tutto, e per finire ci gusteremo un bel video porno, ne ho settemila, e poi mi farai quelle belle cosine che sai, e se non le sai te le insegnerò io, e se non imparerai bene ti farò entrare in una camera insonorizzata con i ceppi e le catene al muro, e capirai perché ci chiamano Angeli Sadici!

– Crepa – disse Carmilla, furente.

– Adesso basta – disse Ebenezer – mi appello alla Legge Intermondiale di ospitalità. Non potete trattarci così.

Una risata fragorosa accolse le sue parole. I Cupidini si rotolarono sulla sabbia come orsetti, dalle auto i clacson strombazzarono in segno di sberleffo.

– Questa è buona, ragazzi – disse l'Arkangelo ai suoi – un miserabile ceffo mutante che chiede di applicare la legge. La legge eravamo, siamo e saremo *Noi*! E adesso legate la ragazza e portatemi il mio set da chirurgo.

– Sei sempre così galante? – disse Carmilla guardandolo con sfida.

– Sempre, con quelle come te – disse l'Arkangelo. Fissò un attimo gli occhi in quelli di Carmilla e, come succedeva a tutti, ebbe un attimo di stordimento. La diavolessa ne approfittò, spalancò le ali e con un solo battito balzò dieci metri lontano.

– Ehi, stanno scappando! – gridarono i Cupidini.

– Certo – disse Ebenezer, balzando via a sua volta – ed è inutile che spariate. Le pallottole non hanno alcun effetto su noi diavoli, a meno che non siano intinte nel sangue di un parroco di campagna (era una balla, ma funzionava sempre).

– Fermi! – gridò Michael, mentre i Cupidini tendevano gli archi. – Forse le pallottole non avranno effetto, ma queste frecce sì. Sono intinte nel toxosan, il composto batteriologico più letale mai prodotto in un laboratorio bellico. Ha sterminato più di un milione di soldati su Yamserius. In pochi secondi vi gonfierete come rospi e morirete soffocati dalla vostra stessa lingua. Fermi, ho detto!

Per tutta risposta, Carmilla prese lo slancio per volare via.

– Alla ragazza, tirate alla ragazza – ordinò Michael.

Una raffica di frecce partì dagli archi dei Cupidini, ma Ebenezer spalancò le enormi ali e fece scudo a Carmilla. Due frecce lo colpirono in pieno petto.

– Ebenezer! – gridò la diavolessa, mentre il diavolo rotolava giù dalla duna.

– Addosso! – gridò Michael, ma su di lui piombò una quintalata di carne, corna e aculei che lo inchiodò al suolo.

Era Brot, che in fase di armamento somigliava a uno stegosauro da cross. Intanto dal bancone del bar l'orango armato di mitra sparava come un indemoniato. Carmilla, approfittando della sorpresa, sistemò a unghiate tre angeli e due angelesse. Brot si batteva come un intero esercito: con la coda falciava gli avversari, con le corna da bufalo li caricava, e dal culo tatuato partivano peti termonucleari più nocivi di qualsiasi arma chimica. Inoltre, dal sangue sgorgato dalle ferite di Ebenezer, sorsero una decina di ebenezerini che si misero a mordere gli angeli ai polpacci e ai coglioni, e ingaggiarono una rissa furibonda coi putti, sopraffacendoli in breve tempo.

Gli Angeli Sadici si ritirarono verso le Royce-Rover lasciando sul terreno morti e feriti, e anche l'Arkangelo Michael stava per mettersi in salvo terrorizzato, quando la mano di Carmilla lo afferrò alla gola.

– Mi dispiace caro – disse la diavolessa – ma la nostra storia d'amore finisce qui.

Con una sola artigliata, lo trapassò da parte a parte, e lo lasciò cadere a terra. Le Rolls si allontanarono con grandi balzi tra le dune. Una nube scura stava oscurando l'orizzonte.

– Le locuste! – disse Rangoutan. – Tra pochi minuti saranno qui!

Carmilla non lo ascoltò. Cercava tra i corpi quello di Ebenezer, e infine lo vide. Il veleno aveva compiuto il suo effetto devastante. Il povero diavolo si era gonfiato a dismisura, il volto era un mascherone enfiato percorso da un mostruoso rictus gargoulico, un odore pestilenziale veniva dalle membra deformate.

– Oh, Ebenezer! – esclamò Carmilla tra lacrime di fumo nero. – Mi hai salvato la vita. E io non ho mai capito... Oh, perché non mi hai mai detto quanto ti ero cara, perché?

– Veramente... – disse il diavolo con un filo di voce.

– Oh, non parlare – disse Carmilla, e gli chiuse la bocca con un bacio appassionato. Il bacio era ancora in corso quando si sentì toccare la spalla.

– Carmilla – disse l'inconfondibile voce di Ebenezer dietro di lei – ti informo che stai baciando Brot.

Carmilla si voltò e vide il moribondo in ottima forma, che si teneva un'ala sulla ferita.

– Ma io credevo che questo ammasso ripugnante fosse l'effetto del veleno... – disse Carmilla.

– Non sono mai stato così felice di essere insultato – disse Brot, alzandosi in piedi e ripulendosi, mentre intorno a lui gli ebenezerini si squagliavano come gelati.

La diavolessa schiumò di rabbia:

– Ebenezer Sinferru Snoberus, desidero che tu abbia ben presente che quanto ho appena detto e fatto nasceva dall'errata convinzione che tu stessi per morire, e che fosse quindi doveroso e necessario rendere piacevoli i tuoi ultimi istanti. Tutto ciò naturalmente non coinvolge né impegna la mia sfera sentimentale di diavolessa single.

– Carmilla Drosera Lautrelia, anch'io ti ho salvato dalla freccia non già per spinte emotive ma per un preciso calcolo, e cioè che la mia forte fibra avrebbe sopportato meglio della tua il veleno, e in tal modo non avremmo compromesso la missione, che mi sta assai più a cuore della tua pur meritoria persona.

– Non sono deliziosi? – disse Brot. – Qua la mano Rangoutan, sei un duro!

– Sì, ci siamo battuti con la necessaria concentrazione – disse l'orango guardando i cadaveri sparsi – ora avrò un bel po' di ciccia da cucinare, anche se non so per chi.

– E se ci fermassimo a mangiare qui stasera?

– No, dovete andarvene, stanno per arrivare miliardi di locuste. Ma prima ho qualcosa da dirvi. Voi cercate un Kofs? Ebbene, anni fa un cosmozoologo venne su Yamserius per studiare il nostro Kofs in cattività. Lo sentii dire che a Medium, in una specie di zoo, aveva esaminato un esemplare analogo.

– Rangoutan, sei un vero amico. Vuoi seguirci in un altro mondo? – disse Ebenezer.

– No – disse l'orango – ormai la mia vita è qui. Ho la mia televisione, le videocassette, una riserva di Pernod anteguerra, gioco agli scacchi col computer e studio le teorie di M.C. Noon. Sono troppo vecchio per cambiare mondo!

– Quand'è così, buona fortuna, Rangoutan.

I tre diavoli si alzarono in volo. Attraversarono la nube di locuste, che li frustò come una grandinata. Dovettero lottare per salire di quota, e Brot ne ingoiò cinque quintali. Finalmente uscirono dalla nube, e il cielo stellato li inghiottì.

23

LA DOTTORESSA SATARUGA

he grande location, che scenario per un film – disse Iri, mentre con Okumi riprendeva il lago lattiginoso di Protoplas, le fontane di muco mercuriale, i geyser di resine opalescenti, i riflessi dei quarzi e del crisoprasio.

– Ci si potrebbe girare un video dei Primordial Scream – commentò Rangio.

– A me sembra il fiume che abbiamo dietro casa, quando ci scaricano le concerie – disse Boccadimiele.

Una bolla lattea si enfiò davanti a loro, fino a diventare grande come un isolotto, poi esplose in brandelli di mucillagine. Proprio dove la bolla si era dissolta, affiorò una tartarugona senza corazza, nuda e occhialuta.

– Siete quelli che venite da Mnemonia? – disse con voce cortese.

– Sì. E lei chi è?

– Sono la dottoressa Sataruga Nudaruga, del reparto ingegneria genetica, assistente del Primo Alchimista. Volete per gentilezza seguirmi salendomi in groppa?

– Certamente, dottoressa – disse Boccadimiele, saltando per prima.

– Pesiamo troppo? – chiese Rangio.

– Come mai non ha ancora la corazza? – chiese Iri.

– Siamo ancora in fase sperimentale – disse la tartaruga iniziando a nuotare – e i carapaci vengono ancora molli, deve esserci un errore nella temperatura del forno. Ma è già molto che siano riusciti a montarmi. C'è una gran confusione su Protoplas, e forse troverete il Primo Alchimista un po' nervoso. Vi prego di non sottolineare eventuali errori e imperfezioni.

– Che bello, il paesaggio sta diventando tutto bianco – disse Iri – cos'è, neve?

– No, sale – disse la tartaruga – il sale è una delle poche cose che al Trismegisto è venuta al primo colpo. Il guaio è che non smette più di produrne. Non sappiamo più dove metterlo, ne abbiamo per una ventina di oceani e lui continua.

– E chi è questo Trismegisto? – chiese Boccadimiele.

Conobbero il Primo Alchimista di Protoplas poco dopo, nella sua grotta-laboratorio. Era decisamente furibondo. Ognuno dei suoi tre occhi guardava in una direzione diversa, e le braccia si aggrovigliavano cercando di montare qualcosa che sembrava una grossa sedia. Era tutto giallo a bolle nere, e schiumava.

– Direttore – disse la tartaruga – ci sono quei ragazzi da Mnemonia. Se potesse darmi le chiavi dell'archivio genetico...

– Ma che archivio e archivio! Mi aiuti, invece. Come al solito sono nella merda. Devo montare il prototipo del camelopardo e non ci riesco.

– Dottor Ermete – disse sconsolata la Nudaruga – perché vuol fare sempre le cose più difficili? Ieri ha fatto quei bei lombrichi semplici semplici.

– Belli, dice lei? Non ho neanche capito qual era il davanti e quale il dietro. Io voglio fare qualcosa di speciale, di visibile, di grande, che corra, strilli, svolazzi e faccia un po' di pubblicità al nostro lavoro!

Riprese a bestemmiare, poiché gli erano di nuovo franati i pezzi delle sbarre maculate.

– Che zuccone – sospirò la Nudaruga a bassa voce.

– Beh, cerchi di capirlo – disse Boccadimiele – vuole fare bella figura col capo.

– Potremmo aiutarlo – disse Rangio – se solo sapessimo cos'è un camelopardo.

– Ehi – disse Iri – credo di avere capito. Signor Ermete, posso farle una domanda tecnica?

Il Primo Alchimista la guardò con sospetto, bloccandosi col martello in mano e tre chiodi in bocca.

– Cosa vuoi saperne tu di queste cose, bambina?

– Quello che lei chiama camelopardo, si può per caso definire anche... giraffa?

– In effetti sì – disse il Trismegisto, consultando il manuale – "giraffa" è una delle sue possibili denominazioni. Ma non credo proprio che vedrà la luce. Il progetto è tutto sbagliato: ci sono cinque gambe, ecco qua, una più lunga delle altre, ragion per cui il tutto non sta in piedi. Poi c'è questa testina minuscola senza collo. Dove la metto, visto che oltretutto la schiena è curva, e mi scivola giù?

– Posso aiutarla? Prenda la quinta gamba, quella più lunga.

– Questa che non ha neanche il piede?

– Esatto, adesso la metta come collo, lì sul davanti.

– Una gamba al posto del collo? – disse il Trismegisto, spazientito. – Suvvia, non mi faccia perdere tempo.

– La accontenti – disse Boccadimiele – è solo una bambina.

– Buah – pianse Iri – il signore non mi vuole montare la giraffa.

– Va bene, va bene – disse Ermete – piantala di piagnucolare. Ecco che ti monto il collo qua, e in cima ci metto la testa. E poi sotto le quattro zampe, così. E secondo te tutto questo come si reggerà?

Non solo la giraffa-camelopardo restò in piedi, ma si mise subito a camminare e correre.

– Questa poi! – disse il Trismegisto grattandosi la testa. – Ci abbiamo azzeccato.

– Hurrah – gridarono una ventina di lamellibranchi e aracnidi radunati ai piedi del Trismegisto.

– Vai giraffa, vai camelopardo o come cazzo ti chiami, vai a farti vedere in giro – gridò Ermete, contento come un bambino.

– Ehm – tossì la dottoressa Sataruga – le rinnovo la richiesta delle chiavi dell'archivio.

– Non c'è fretta – disse l'Alchimista. – Magari, questi deliziosi ragazzi mi possono aiutare ancora. Sedete, sedete. Volete... un po' d'acqua salata? Un po' d'alghe nostoc? Un prototipo di ciclostomato?

– No, grazie – dissero i ragazzi, contemplando il brulicame di creaturine ai loro piedi.

– Poveracci – commentò Boccadimiele – non ce n'è uno che abbia tutti i pezzi. Guarda come camminano storti.

– Quello è un gambero, vero? – chiese Rangio.

– Sì – disse il Trismegisto – ma è ancora da perfezionare. Ha un difetto: cammina all'indietro. Dunque cari ragazzi, il problema che vi sottopongo è assai semplice. Io ho creato il sale, con l'aiuto di alcuni amici stranieri. Poi l'ho diluito nell'acqua ed ecco qua, in questa vasca, un bel prototipo di mare. Adesso dovrei creare la vita marina, da cui nascerà la vita terrestre.

– E la giraffa?

– Zitti – disse Ermete – quella era una procedura irregolare. Tornando al problema: tutto quello che metto nel mare, va a fondo. Capite gli inconvenienti?

– Certo: i pesci non possono nuotare – disse Rangio.

– Non si possono inviare messaggi in bottiglia – disse Iri.

– È inibita ogni forma di turismo – disse Boccadimiele.

– Esatto: e sapete perché ciò accade? Perché nelle istruzioni è scritto che, dopo il sale e l'acqua, va inventato e applicato il Principio d'Archimede. Io credo di esserci andato vicino, ma qualcosa non funziona. Volete che vi legga i miei tentativi?

– Prego – dissero i ragazzi.

– Allora:

1) un corpo immerso nell'acqua riceve una spinta verso l'alto pari alla quantità d'energia necessaria per far bollire l'acqua a cento gradi.

– Non va.

– Lo sospettavo. Sentite queste varianti:

2) un corpo immerso nell'acqua riceve una spinta verso l'alto pari a pigreco per tre e quattordici;

3) un corpo immerso nell'acqua riceve una spinta verso l'alto pari al rapporto tra la massa del corpo e il meridiano di Greenwich;

4) un corpo immerso nell'acqua ci lascia lo zampino.

– Sbagliati tutti e tre.

– Ne ho ancora:

5) un corpo immerso nell'acqua riceve una spinta verso l'alto pari al quadrato dei cateti costruiti sull'ipotenusa;

6) un corpo immerso nell'acqua riceve una spinta verso l'alto pari a $ax = x (4+\sqrt{12}) \ mxy4$, dove a è il corpo e mxy, non lo so;

7) un corpo immerso nell'acqua riceve una spinta verso l'alto

pari alle raccomandazioni che può vantare tra i pezzi grossi che conosce sul fondale;

8) un corpo immerso nell'acqua riceve una spinta verso l'alto inversamente proporzionale all'andamento del mercato azionario;

9) un corpo immerso nell'acqua riceve una spinta verso l'alto pari al volume di lievito contenuto nella pasta;

10) un corpo immerso nell'acqua annega;

11) uomo in mare!;

12) un Cpo^2.

– Acqua, acqua – dissero i ragazzi, mentre Ermete crollava a sedere depresso.

– Provi così – disse Boccadimiele – "un corpo immerso in un fluido riceve da questo una spinta verso l'alto pari al peso del volume di fluido spostato".

– È sicura?

– Faccio l'istituto tecnico.

Il Trismegisto mise subito mano al telefono:

– Pronto, Centro Leggi Postulati e Principi? Vorrei che rendeste subito operativo questo principio che vi detterò via fax. Certo, intanto lo applichiamo, poi lo scopriranno tra qualche secolo!

Mentre Ermete dettava, Rangio disse a Boccadimiele:

– Adesso Archimede si prenderà tutto il merito: avrebbe potuto chiamarsi "principio di Boccadimiele" e saresti passata alla storia.

– Ci passerò ugualmente – disse la ragazza, spavalda.

Poco dopo, mentre Ermete si divertiva un mondo a far nuotare nella vasca granchi e ochette di plastica, la dottoressa Sataruga accompagnò i ragazzi verso le bianche strutture dell'archivio genetico.

– Dottoressa – chiese Rangio – come mai lei nuotava ancor prima che inventassimo il principio di Archimede?

– Qua su Protoplas c'è un tal casino che esistono nove legislature fisiche autonome – disse la Nudaruga – su, entrate. E non toccate niente.

L'archivio sotterraneo genetico sembrava il caveau di una banca, con milioni di cassette di sicurezza fatte ad alveare, ognuna con migliaia di cellette. Tre tapis roulant di diversa velocità scorrevano nei due sensi. Diverse nudarughe passarono ai loro lati tenendo fialette e vetrini tra le zampe.

– È un lavoro delicato – disse la dottoressa – e di grande responsabilità. Abbiamo sempre paura di sbagliare. Il nome del vostro amico è Elianto?

– Allora sa già tutto?

– Siamo sempre collegati con Mnemonia. Eccoci nel reparto con la lettera E, datemi altri dati.

– Elianto, nato tredici anni fa nella Contea Otto di Tristalia, pianeta Terra.

La dottoressa disopercolò una celletta dell'alveare con codice ELT 88 M 12 A 922 V e ne estrasse una minuscola spirale.

– Ahi ahi, qua nel Dna c'è un difetto grave – disse, esaminandola al microscopio.

– Lo sappiamo. Potrebbe ripararlo, per favore?

– Ma non è permesso! – disse la dottoressa, scandalizzata.

– La prego – implorò Boccadimiele – lei sa bene cosa vuol dire essere disarmati davanti al male, senza difese, senza una corazza, mentre da un momento all'altro un artiglio fatale può straziarti le carni.

– In effetti... – disse la dottoressa, imbarazzata.

– Io eternerò questo momento nella telecamera – disse Iri – e tutto il mondo conoscerà il suo gesto. Credo che per il Nobel ci siano buone possibilità.

– Beh, non esageriamo – disse la dottoressa.

A quel punto Rangio diede l'affondo finale, suonando un accordo in re-rimorso di Snailhand Slim. Questo accordo riempiva ogni cuore di una straziata compassione per i mali del mondo, provocando un attacco di rimorso così bruciante che nessuno poteva esimersi dal commettere buone azioni. E infatti la Nudaruga iniziò a lacrimare come una fontana e disse:

– Oh, sì, povero ragazzo, come posso essere così ligia a un disumano regolamento? Ecco, ora con le pinzette do una riparatina a questo diennea.

– E per favore – disse Boccadimiele con gli occhi umidi – povera cara rugosa signora, ci dia anche una confezione di protofunghi anticorpi 104, da mettere nell'elisir che guarirà il nostro amico che giace nel suo letto di dolore, e spera in noi.

– Oh, oh sì – disse la Nudaruga soffiandosi il naso nella camicia di Rangio – ecco qua, questa è una boccetta di 104, oh povero, povero ragazzo!

Le corde della chitarra cessarono di vibrare e l'effetto del re-ri-morso ebbe termine.

– Grazie, dottoressa – dissero i ragazzi, andandosene di buon passo.

– Mi sa che mi avete fregato – disse la Nudaruga, asciugandosi le lacrime.

– È stato a fin di bene – disse Iri – e poi chi dice che tutto quel che decide il Manovratore è ben fatto?

– Forse avete ragione – disse pensosa la Sataruga. Aspettò che i ragazzi se ne fossero andati, e poi estrasse di tasca un telefonino con aria furtiva.

– Pronto? Qui è la dottoressa Sataruga del reparto genetico, parlo col settore Cinematica e Deambulazione? Beh, che ne direste se aumentassimo un po' la velocità del prototipo TR 4, tartarughe terrestri? Diciamo, da otto a centodieci chilometri all'ora. Impossibile? Problemi di sospensioni? Siete proprio sicuri?

24

I PESCI FILOSOFI

Acqua da bere ce n'è finché vuoi
mango e banane non mancano mai
sugli alberi cresce la mozzarella
i pesci da soli saltano in padella
niente problemi, niente padroni
su, vieni a vivere a Mummulloni.

Qui ogni notte c'è luna piena
e non c'è mai un cellulare che suona
rumore di macchine non sentirai
e la mattina finché vuoi dormirai
perché nessuno ti rompe i coglioni
su, vieni a vivere a Mummulloni.

Le donne son tutte dolci e cordiali
gli uomini tutti affettuosi e virili
i vecchi nuotano e al sole stanno
i bimbi piangono una volta all'anno
e non ci sono televisioni
su, vieni a vivere a Mummulloni.

Questa delicata canzone, inframmezzata da accordi di ukulele e cantata da una soave voce indigena, accolse Fuku e gli yogi al loro arrivo su Posidon. Una spiaggia bianca come zucchero, con una foresta di palme ordinate e fiori tropicali, da cui versicolori lorichetti discretamente scatarravano i loro richiami, e un mare smeraldino, così limpido che si potevano vedere le aragoste passeggiare sui fondali. Quella era Mummulloni, isola paradisiaca nell'arcipelago delle Trille, ove capitan Guepière aveva il suo quartier generale quando si riposava dalle sue scorrerie.

– Non s'è scelto un brutto posto, il nostro amico Tigre Triste – disse Pat, nuotando a rana con la gamba quasi guarita.

– L'uomo saggio è felice anche in mezzo al fango – disse Visa – lo ha detto yogi Bandachandra.

– Mi ricordo, c'ero anch'io al suo seminario a Honolulu – disse Pat, facendo il morto.

– Bene – disse Fuku strizzandosi la treccia, poiché s'era concesso anche lui un tuffo ristoratore – andiamo?

– Ancora un momento – disse Visa – potresti cambiarci l'acqua del secchiello, è diventata un po' calda.

In effetti non era nel mare che i due yogi stavano nuotando.

– E già che ci sei – aggiunse Pat – portaci un'altra arachide.

– Ne hai già mangiate tre – disse Visa.

– Fatti miei – disse Pat.

– No, anche miei, poi fai indigestione e la notte sogni di essere rincorso da un castagno huang e scalci come un cavallo.

– Io non credo agli alberi huang, avanzo di karateka!

– E io ti dico che esistono, kungfuista da avanspettacolo!

– Basta, basta – disse Fuku, versandoli nella sabbia insieme all'acqua. I due yogi protestarono vivacemente, ma un granchio che avanzava verso di loro li convinse a rifugiarsi precipitosamente dentro l'anello. In quel momento una barca a remi spuntò dietro il promontorio della baia, e si diresse a riva. Ritto a prua stava capitan Guepière col suo completino da pesca, un pareo color pervinca, cappello con esche e sandali similoro Ben Hur. Ai remi c'erano Peter Narvalo, Seppia Mac Brath, Olaf "Greta" Olufson e il gabbiere Ling Lince.

– Ancora stranieri! – disse il capitano mentre la barca veniva tirata in secco. – Posidon sta proprio diventando un posto turistico.

– Preferivo i ragazzini, anche se ci hanno quasi fatto saltare in aria la nave – disse Mac Brath – di cinesi ne abbiamo già a bizzeffe.

In quel momento il gabbiere Ling vide il tatuaggio di Fuku e sussurrò qualcosa all'orecchio del capitano. Guepière ascoltò con interesse e andò incontro a Fuku porgendogli la mano inanellata.

– Il mio gabbiere dice che fai parte di una stirpe di guerrieri coraggiosi e ribelli. Sii il benvenuto sulla mia isola.

Fuku ringraziò con l'abituale inchino.

– Vieni nel mio accampamento – disse il capitano – per un piccolo incidente la mia *Liberace* è alla fonda qua vicino, la stiamo riparando. Ma la vita sulla terraferma non è poi così male.

– Se non fosse per quei maledetti pesci... – disse a denti stretti Narvalo.

All'accampamento, Fuku fu accolto con simpatia. I pirati erano molto più calmi, essendoci sull'isola un buon numero di indigene e indigeni coricabili. Ma sembravano alquanto magri e denutriti, e qualcuno aveva sulla bocca cicatrici da scorbuto. Per sicurezza, Fuku decise di non rivelare la presenza degli yogi.

Capitan Guepière fece accomodare Fuku nell'amaca e si sdraiò a sua volta su un comodo letto di foglie. In quel momento passò la Nostroma, nera come un tizzo e bisunta dopo la seduta pomeridiana di abbronzatura.

– Che si mangia stasera? – chiese il capitano.

– La solita merda – rispose elegantemente la Nostroma, ancheggiando via.

– Bisogna capirli – si scusò il capitano – siamo qua da due mesi e il vitto è sempre lo stesso: banane verdi e sardine in scatola. Non riusciamo più a digerire e caghiamo palle di cannone.

– Ma poco fa ho udito una canzone che parlava di manghi, mozzarelle, pesci in padella...

– È una canzone nostalgica, su ciò che non c'è più – sospirò capitan Guepière, indossando il suo accappatoio bordeaux con iniziali in oro e ippocampi rampanti – in realtà su quest'isola la pappatoria scarseggia. Ci siamo mangiati tutti i manghi e le scimmie e gli alberi pane e gli alberi grissino e non troviamo più neanche un ravanello o una cipolla.

– Ma il mare è pieno di cibo.

– Ci hai visto tornare dalla battuta quotidiana di pesca, come sempre, a mani vuote. Purtroppo in questo mare c'è una sola qualità di pesce: il pesce filosofo. Può pesare fino a venti chili, le sue carni sono squisite e ricche di vitamine, dal suo fegato si estrae un olio antirughe, le pinne bollite curano l'emicrania...

Il capitano sembrò quasi rapito dalla sua descrizione, e il suo stomaco mandò tonitruanti segnali di fame.

– I pesci filosofi – proseguì – vivono in branchi di una decina di esemplari, e passano il loro tempo a discutere di problemi assai elevati, quali il senso della vita, oppure se l'universo sia salato o dolce, o se sopra la volta del mare, che essi chiamano "pellicola superna" esistono altri mondi intelligenti. Ma soprattutto si interrogano sul bene e sul male, e sono divisi in due scuole filosofiche: gli esopelagici e gli essotalassici.

Per gli esopelagici il male è innato nell'oceano, è sempre esistito e viene da sotto, dal profondo, dove c'è il *principium venenis*, che spinge verso l'alto gli squali, le orche, le alghe tossiche e i pensieri malvagi in genere. Per gli essotalassici invece, il male non è immanente: una volta esisteva l'Oceano delle delizie ove tutto era perfetto, poi è intervenuta la malvagità ittica a rovinarlo. Esiste una corrente religiosa degli essotalassici, lo zeiformismo, secondo cui i primi pesci, Avano e Ova, furono cacciati dall'Oceano Edenico per aver voluto assaggiare l'ostrica proibita, tentati da Satana sotto forma di grongo. Ma l'essotalassismo non dà la colpa della dannazione soltanto ai pesci, ma anche a una seconda fonte di male, quella che viene dalla pellicola superna, dal mondo dei Mille Rumori, dove vivono demoni malvagi e sporcaccioni. Da sotto vengono lo squalo e l'orca, da sopra l'amo, il petrolio, la plastica e l'olio solare al cocco. Ma eccoci arrivati al punto che ci riguarda. Questi pesci hanno molto tempo libero per filosofare, poiché questo mare è ricco di plancton, granchiolini, vongole e altre delizie. Perciò, facilmente satolli, disdegnano le nostre esche, non trovandole adatte né al loro gusto né alla loro formazione culturale. All'inizio provammo con bigattini e lombrichi, ma non prendemmo nulla. Anzi più di una volta trovammo attaccati all'amo biglietti come questo:

"Se pensate di insidiarci con queste disgustose creature di basso livello intellettivo, probabilmente anche il vostro raziocinio è assai mediocre".

Abbiamo provato di tutto: paté di fegato, sfrappole, hascisc, vin santo, farfalle, grilli, nespole, popcorn, cosce di pollo, bignè, granturco, boeri, soja, aspic, lasagne, ci siamo tolti il cibo di bocca; tutto invano. Non abbiamo mai pescato un solo pesce filosofo. Li vediamo sfrecciare vicino alla barca, grassi e appetitosi, sbaviamo di fame e torniamo alle banane verdi e alle scatolette. I miei uomini non ne possono più.

– Se ho ben capito, il vostro problema è trovare un'esca adatta.

– Proprio così. Qualcosa che li ingolosisca.

– E se io risolverò il vostro problema, voi risolverete il mio?

– Amico Fuku – disse capitan Guepière – lo giuro sul mio onore e sul mio guardaroba: se mi farai pescare un pesce filosofo, io e la mia nave saremo a tua completa disposizione. Ti porteremo ovunque tu voglia, sfidando qualsiasi pericolo.

– Va bene. Mi può lasciare solo un momento?

Capitan Guepière, pur sorpreso dalla richiesta, si allontanò. Fuku tolse di tasca l'anello e fece uscire gli yogi. Erano ancora bagnati e di cattivo umore.

– Ci vuoi spiegare perché ci hai tenuti nascosti? – disse Pat.

– Non potevo sapere se questi pirati erano pericolosi. Io mi preoccupo di voi. E voi, vi preoccupate di me e della mia difficile missione?

– Naturalmente – disse Pat.

– Attento, sento aria di trabocchetto – disse Visa.

– Fratelli – disse Fuku in tono solenne. – Viene un momento nella vita in cui un amico deve dimostrare a un altro amico se gli è veramente amico.

– Ahi ahi, ci siamo – dissero gli yogi.

– Per l'indipendenza della Contea Otto, per il maestro Tigre Leggera, per la grande tradizione dei guerrieri-nuvola e per l'affetto che ci lega, fareste un altro bagno?

Pochi minuti dopo Visa e Pat, legati con cura a due ami, vennero calati con apposite lenze piombate nelle acque di Mummulloni.

– Che idea del cazzo – disse Visa, mentre scendeva verso il fondo.

– Ormai abbiamo accettato – disse Pat.

Sulla terraferma, le canne erano saldamente impugnate da capitan Guepière e da Peter Narvalo. Tutto intorno i pirati osservavano con spasmodica attenzione.

– È sicuro che non affogheranno? – disse la Nostroma.

– Sono yogi – disse Fuku – possono trattenere il respiro anche per otto minuti. Piuttosto, siete certi che i pesci filosofi non abbiano denti?

– Sicuro. Li ingoieranno pari pari – disse Olufson – o almeno credo.

Man mano che scendevano negli abissi, Visa e Pat erano sempre più pentiti della loro coraggiosa decisione. Quand'ecco che, vicino a una roccia spugnosa, videro i pesci filosofi. Avevano grosse teste azzurre, labbra carnose e un disegno nero attorno agli occhi che li faceva sembrare occhialuti. Parvero assai incuriositi da quelle strane creaturine, e nuotarono con cautela verso di loro.

– E questo cos'è? – disse un grosso pesce, guardando Visa.

– Ehm – disse Visa – ma allora secondo lei il residuo astratto, categoria somma predicabile, mostra la sua effettiva natura, origine e significanza di risultato dell'astrazione riduttiva arbitraria e dell'assurda frantumazione parcellare del reale...

– È mio – gridò il pesce, entusiasta della profondità dell'asserzione di Visa, e lo ingoiò in un boccone.

– Oppure – disse a sua volta Pat – parliamo dell'equivoco erroneo consistente nell'identificare l'essere con le cose spazialmente finite (cosalismo) o con ciò che permanendo sta sotto il mutarsi degli esistenti (sostanzialismo), cioè l'arbitraria privatio...

Una decina di pesci battagliò a colpi di coda per arrivare a Pat, che fu ingoiato dal più grosso del branco.

Il segnale dell'abboccamento, cioè la scomparsa dei galleggianti sott'acqua, fu salutato dai pirati con un grido, che si trasformò in un boato entusiasta quando le lenze salparono due pesci-filosofi guizzanti. In pochi secondi, prima che i poveretti avessero il tempo di riflettere se ciò che accadeva era in sintonia con le loro teorie, venne loro aperta la pancia, e furono estratti illesi, anche se un po' frastornati, Visa e Pat.

– Hurrah – gridarono i marinai – ancora, ancora!

– Non se ne parla neanche – dissero gli yogi.

A sera Visa e Pat erano stati calati in acqua ottanta volte, ogni volta con successo. Adesso giacevano stremati su una foglia di banano, vicino a un confortevole fuoco. L'odore di pesce arrosto riempiva l'arcipelago, e comitive di gatti erano accorse nuotando per diverse miglia. I pirati si spazzolarono i pesci fino all'ultima lisca dopodiché, sazi e sbronzi, caddero in un sonno profondo e rumoroso.

Capitan Guepière, barcollando per l'esubero di rum, si avvicinò a Fuku e disse:

– Per un capitano la felicità della ciurma è il bene supremo. Non dimenticherò mai il vostro dono. E ora ditemi, come posso ricambiare?

– Il mio compito – disse Fuku – è di rintracciare un guerriero che si chiama Tigre Triste, e ha un tatuaggio simile al mio sull'avambraccio destro. Ho bisogno della tua nave, per trovarlo in questi mari sconfinati.

– Sarà fatto: ma intanto cerchiamo di sapere dov'è. Mac Loran, vieni qua.

Dalla catasta dei dormienti si alzò un marinaio vecchissimo. Aveva un occhio di vetro, una gamba di legno e una toppa di camoscio sul fianco destro, dove gli mancava una fetta di ciccia mangiata da uno squalo.

– Questo è Mac Loran – disse il capitano – è un po' rabberciato, ma non c'è nulla che non sappia di ciò che è successo, succede o succederà negli undici oceani. Parla uno slang equoreo-portuale piuttosto accentuato, ma non fateci caso. Ehi, pendaglio da forca, braciola per squali, conosci un fottuto cinese col tatuaggio di una tigre rossa che dovrebbe aver mollato l'ancora in queste acque non molto tempo fa?

– Che mi entri ed esca dal culo uno scorfano al giorno se non lo conosco – rispose Mac Loran. – Si chiamava Tigre Triste ed era il più fottuto signorile figlio di puttana che abbia mai incontrato. Toccò terra sei tornadi fa nell'isola Lehilani e vide Matilde Piarrubiu Lehilani, si guardarono negli occhi e altrove e dopo dieci minuti erano già in branda a forza nove, fecero bunga-bunga e huwa-huwa per un anno intero, felici come delfini. Ma una brutta notte fece rotta sull'isola un gran tifone bastardo e il dio Proteo vomitò tutta la schiuma che aveva in pancia e volarono noci di cocco come pallottole e alla mattina non c'erano più né la capanna né Matilde Lehilani. Qualcuno l'aveva vista sparire nei flutti in groppa a un delfino, secondo altri non si trattava di un delfino ma dello yacht del padrone dell'industria baniera. Fatto sta che Tigre Triste mollò gli ormeggi, salutò gli amici e disse che andava nel quinto mondo a cercar fortuna. Per tutte le bottarghe, era un gran gentiluomo quel Tigre, peccato sia finita così, ma l'amore è come il maestrale, prima o poi smette di tirare, l'amore è come l'acqua della sentina, se non la cambi prima o poi puzza, l'amore è come un timone, o lo tieni stretto o ti sbatte nei coglioni.

Ciò detto, Mac Loran si tolse dai denti una lisca, ruttò e ricadde addormentato.

– Siamo venuti qua ancora una volta per nulla – sospirò Fuku.

– Beh, è stata una vacanza piacevole – disse Visa, sbocconcellando una banana.

– Ma capitano – disse Pat – che fa, piange?

– Bien sûr – disse Guepière, tra i singhiozzi – tutte le vicende sentimentali mi commuovono. Vedete, anch'io ho avuto un amore sfortunato con una bella creatura. Se avete qualche minuto di tempo, ve lo racconterò.

Alle sei del mattino il sole trovò capitan Guepière quasi alla fine della storia. Visa e Pat dormivano russando come grilli, Fuku, eroicamente, teneva gli occhi aperti, ma la testa gli ciondolava in tutte le direzioni.

– E così – concluse capitan Guepière – persi nel mare l'anello col cammeo corallino, e con esso svanì la possibilità di ritrovare la bella creatura. Ora vivo trafitto da quel ricordo.

– Un cammeo di corallo? – disse Fuku, sobbalzando. – Mi è venuto un sospetto. Ehi, Visa, Pat, sveglia.

– Cosa c'è? – dissero sbadigliando gli yogi.

– Da dove viene il vostro anello?

– Io so la storia – disse Pat – un guerriero-nuvola lo trovò nella pancia di un pesce comprato al mercato di Singapore, e lo regalò al maestro Tigre Leggera.

– Si può sapere cosa state complottando? – chiese il capitano.

– È questo l'anello? – disse Fuku, mostrandolo.

Capitan Guepière impallidì, poi divenne rosso poi bianco poi svenne. Si riprese, singhiozzò, pianse, collassò. Rinvenne, ebbe co-

201

nati di vomito, risvenne. I pirati seguivano la scena con una certa apprensione. Olufson accettava scommesse: quattro a uno se muore, alla pari se resta scemo, sette a dieci se si riprende.

Capitan Guepière tornò in sé e disse:

– L'anello è proprio questo.

La ciurma emise un sospiro di sollievo pari a una libecciata poiché erano diversi anni che si sorbivano la storia della bella creatura. Olufson pagò le scommesse e l'anello tornò al dito del capitano.

Egli fece scorrere il cammeo, e sul fondo apparve questa scritta in ideogrammi lehilanesi:

Se ti senti solo chiamami. Parlerò con te. 144 563 233. Firmato: la bella creatura.

– La mia vita per un telefono! – urlò capitan Guepière – andiamo al posto pubblico, presto, tutti alle scialuppe!

Fuku, Visa e Pat non restarono a vedere la fine della storia.

Forse il capitano avrebbe ritrovato la bella creatura, o forse sarebbe andato incontro a una grande delusione. L'amore, come il mare, è bello e rischioso. Lasciarono l'isola di Mummulloni in un limpido mattino, su una barchetta a vela, mentre l'ukulele suonava la sua nostalgica ballata. Al posto dell'anello, Fuku aveva ora una piccola tabacchiera, e dentro Visa e Pat starnutivano fragorosamente. Fuku reggeva la barra pensoso: avrebbero mai trovato Tigre Triste?

25

UNA VISITA PER ROLLO

– Fido PassPass è di nuovo tra voi, buongiorno telespettatori, e siate maggioranza! Oggi la svanzika vale 3,00 markodollari, niente male quindi. Vi chiedo scusa del braccio al collo e della difficoltà a pronunciare la lettera "esse" dovuta al fatto che mi mancano momentaneamente due denti. Purtroppo l'ultimo dibattito che ho moderato non è stato affatto moderato! Ma tutto è sotto controllo, la Paura è appena un po' al di sopra del livello e con tre belle notizie le daremo una regolata.

Prima notizia: smentendo le presunte voci di "avarie" e misteriosi virus messe in giro dai soliti disfattisti, il Zentrum sta scegliendo le canzoni per il sessantesimo Festival Nazionale, manifestazione che si svolgerà ancora una volta nell'Auditorium del Grande Chiodo. Per evitare gli inconvenienti dell'anno scorso, quando per un ondeggiamento metà dell'orchestra fu mixata e ferita gravemente, quest'anno saranno prese adeguate contromisure. Oltre a uno speciale portaorchestra in gomma, verrà collaudato un nuovo sistema di protezione per i concorrenti i quali oltre che in playback canteranno in be-back. Nessuno infatti salirà rischiosamente in cima al Chiodo, ma tutti resteranno a pianterreno, nella speciale sala Vip. Sul palcoscenico a milletrecento metri si alterneranno dei robot riproducenti sembianze, tic e vezzi dei cantanti. Un grande schermo mostrerà le reazioni di ogni artista all'esibizione del suo robot: avremo quindi uno spettacolo nello spettacolo. Solo lo storico presentatore Goofy Brown, nonostante i suoi ottant'anni, e le numerose fratture, vorrà essere sul palcoscenico in carne e ossa.

Seconda notizia: si fa sempre più incerta e appassionante la Sfida all'Ultimo Presidente. Ieri altri quattro concorrenti sono stati eliminati. Bellosso, del Partito dei Giudici, è stato crivellato di colpi nel suo ristorante preferito, da un nano sbucato fuori dal carrello dei bolliti. Atroce e inattesa eliminazione anche per il presidente Canicchi. Il più popolare degli Insultatori Televisivi era ospite di un programma che prevedeva, tra l'altro, un balletto della presidentessa Ametista su musica dei Bi Zuvnot. Sotto gli occhi allibiti dei presenti, i boys di Ametista lo hanno catturato e flamencato a morte sotto i tacchi durante il loro numero. Decine di corone con la scritta "vaffanculo" continuano ad affluire alla camera ardente.

In quanto al leader dei Comici Birichini, Sghigna, è stato trovato morto nella sua suite all'Hilton con ventisei siringhe di crack nel braccio sinistro. La tesi del suicidio non gode, per ora, di molto credito.

Ma l'eliminazione più clamorosa è certamente quella del maestro Rubis. Ieri notte egli aveva riunito in un capannone trecento allievi della sua potente Setta per il suicidio collettivo mensile. Appena il gas nervino ha iniziato a riempire il locale, il maestro è salito sulla sua Rolls-Royce color zabaione per svignarsela, ma qualcuno aveva imbottito l'auto di tritolo.

Dopo la deflagrazione, i seimiladuecento pezzi del maestro sono stati venduti come reliquie con grande successo. Il pezzo più pregiato, un piede quasi intero, è stato aggiudicato per mezzo milione di svanzike. "È morto come era vissuto" ha commentato tra le lacrime il portavoce della setta, Rubiulus. "Ogni cosa che faceva, eran soldi."

I presidenti superstiti ora sono cinque: la lotta si fa veramente dura!

Terza notizia: grande attesa per le prime sfide dei Giochi dell'Indipendenza. I campioni governativi sono in pieno allenamento. I Bi Zuvnot hanno tenuto un concerto al Palanastassia, con trentamila spettatori. Quando il cantante, come fa in ogni esibizione, ha lanciato il sospensorio al pubblico, ci sono stati diversi feriti. Da parte sua Rollo Napalm, durante il training mattutino, ha mandato all'ospedale due sparring-partner. E proprio a Rollo

Napalm è dedicato il sondaggio di oggi, che è riservato alle donne e ai soli gay regolarmente iscritti nell'albo governativo. La domanda è:

Andreste a letto con Rollo Napalm?

Ed ecco le risposte:

A) Sì, volentieri
B) Sì, se mi mostrasse il certificato di sana costituzione sessuale
C) Sì, ma solo per scambiarci dei bacini
D) Non so

– Che palle di sondaggio – sbuffò Eliantemo – chi se ne frega di quel manzo gonfiato?

– Cosa ti prende? – disse stupita Elisperma. – Non ti ho mai sentito parlare così di un campione governativo.

– Forse è geloso – suggerì Elitropia.

– Allora cosa scegliamo? – disse il padre, tormentando il telecomando. – Io direi A.

– Sarebbe meglio B, ci dicono sempre di stare attenti in certi casi – obiettò la madre.

– Io sono d'accordo con papà – disse la figlia – vogliono una risposta che dimostri che non abbiamo paura. Votiamo A.

Lo schermo diventò azzurro. Poi apparve il volto cereo del professor Abakuk, direttore demodossametrico, con il sottofondo di un requiem.

– Caro telespettatore, la tua vocazione minoritaria ti gioca ancora dei brutti tiri. Il sondaggio ha dato il seguente esito:

Risposta A: 38%
Risposta B: 40%
Risposta C: 12%
Risposta D: 10%

Siamo quindi spiacenti di informarti che per ventiquattr'ore ti verrà sospesa l'erogazione di gas, luce e acqua e ti sarà isolato il telefono. È inoltre proibito uscire di casa più di uno alla volta, e lasciare il territorio governativo. Un'altra volta stai più attento, e sii maggioranza!

La televisione si spense e la casa piombò nel buio.

– Non ce la faccio più – gemette Eliantemo, accendendo una candela.

– Ma che gli succede? – disse la moglie alla figlia. – Non l'ho mai visto così!

Rollo Napalm era sotto la doccia, e l'acqua calda rimbalzava sui possenti bicipiti, i marmorei deltoidi, i ferrei addominali e il ridente pistolino. Cantava un recente successo di Ametista:

Muscoli
muscoli
non parlarmi di problemi
ridicoli
fammi vedere i muscoli
niente discorsi inutili
muscoli
voglio muscoli.

Certo, pensava insaponandosi, l'esito del sondaggio era sorprendente. Circolava davvero una gran fifa nel paese: come si poteva dubitare della sua sana costituzione erotica? Mica andava con le donnacce e coi froci, lui. Anche se, tanti anni fa... ma era così giovane e inesperto allora! Gli tornarono alla mente una spiaggia di zucchero, il suono di un ukulele, un pareo pervinca che improvvisamente lo avvolgeva. E quel profumo forte, esotico...

Lottò contro quel ricordo che lo riempiva di vergogna, ciò nonostante la sua mano correva verso il pistolino, cercandolo tra i controfiletti dei quadricipiti. E un brivido gli corse lungo l'autostrada a tre corsie della schiena, ripensando a quella notte in cui...

– Ho l'onore di parlare col signor Rollo Napalm?

Qualcuno aveva aperto la tendina della doccia. Un uomo baffuto con un frac verde e un cilindro decorato di paillettes. Un direttore circense di terz'ordine.

– Come si permette di disturbarmi durante il relax? – gridò Rollo. – E chi l'ha fatta entrare?

– Vengo attraverso una bolla transmundia, precisamente da Bludus, il quinto pianeta. Mi chiamo Vladimir Bisnezynsky, e organizzo incontri di Lotta Malvagia. Modestamente, dicono di me che sono più furbo, avido e disonesto di Rospo Brown. Le piacerebbe guadagnare diecimila markodollari, tutti depositati su un conto bludiano?

26.

GLI ASSASSINI

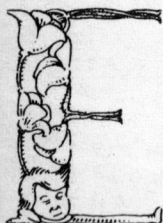

Elianto dormiva e sognava il campo di papaveri. Tra le mani teneva un quaderno su cui aveva scritto fino a tarda notte, quando il dolore alla schiena gli aveva impedito di continuare. Talete era entrato nella camera col caffellatte, ma era subito uscito in punta di piedi. Nel corridoio schivò per un pelo il portantino Boccia che passava agli ottanta con due infartuati. Salutò gli arti inferiori della Piazzi telefonante. Incontrò suor Malcinea, che si era inamidata l'abito, e per l'ampiezza della gonna sembrava una tazza capovolta. Odorava di semolino e di medicamenti allo zolfo. Poi l'infermiere udì, dall'ambulatorio di Siliconi, Satagius che lo chiamava.

Entrò. Oltre a Satagius, che sembrava di buonumore, c'erano Siliconi, con un sorriso particolarmente finto, e altre due persone. Una l'aveva spesso vista in televisione, era Baby Esatto, un fighettino undicenne vestito in blu parlamentare, con un cigarillo in bocca. Al suo fianco c'era un uomo con gli occhiali neri e il cappottone di cuoio degli agenti governativi.

– Questo è il nostro collaboratore paramedico Talete – disse Satagius. – Elemento assai valido. Talete, le presento il celebre genio precoce Baby Esatto e il tenente La Topa, dei servizi segreti governativi.

– Piacere – disse Talete stritolando le mani a entrambi.

– Lo chiamiamo il nostro orango – disse Siliconi – è un po' rozzo, ma efficiente. Si tolga pure il cappotto, tenente, qua siamo tra amici.

Il tenente si spogliò della palandrana. Sotto aveva una tuta mimetica, un serto di bombe e un lanciafiamme.

– Sono tempi pericolosi, e io faccio parte della scorta del presidente Previtali – spiegò fieramente.

– I signori – disse Satagius all'infermiere – ci portano una buona notizia. Sono venuti a ispezionare se nella clinica c'è un reparto adatto a ospitare i casi più gravi di "stress da scorta". In tal caso, i lavori di ristrutturazione verrebbero sospesi.

– È una parziale rinuncia ai miei progetti, ma di fronte all'eroico ruolo delle scorte presidenziali, mi inchino – disse Siliconi.

Talete grugnì: c'era qualcosa che non lo convinceva, in quella storia.

– Cos'è lo stress da scorta? – chiese.

– Oh, una malattia sempre più diffusa. Si comincia col chiedere i documenti alla moglie, a perquisire i figli, a sparare contro il frigorifero prima di aprirlo. E poi viene il peggio – disse La Topa.

– Avremmo una certa fretta di iniziare l'ispezione – tagliò corto Baby Esatto – prima però vorrei brindare. Ho un regalo per lei, dottor Satagius. Mi hanno detto che è un grande intenditore del genere.

Baby Esatto estrasse una boccetta nera, con un'etichetta scritta a mano in bel corsivo.

A Satagius e a Talete quasi mancò il fiato.

– Ma è uno sciroppo galenico Piperon de Pyrénées! – esclamarono a una sola voce. Il Piperon de Pyrénées era considerato lo sciroppo galenico d'annata più raro e pregiato del mondo. Preparato dal celebre farmacista francese Charles Piperon con aromi di melograno e abete pirenaico, era stato ritirato dal commercio in quanto la sua bontà provocava assuefazione nei malati che lo bevevano. Si dice che ad esempio Nietzsche, Rilke, il maresciallo Pétain e altri ne fossero dipendenti. Nel mondo non ne esistevano più di una decina di bottiglie.

– Vogliamo brindare? – disse Baby Esatto.

– Oh, sì – disse Satagius, distribuendo il cucchiaio d'argento delle grandi occasioni – il Piperon va gustato nel cucchiaio, il bicchiere ne disperderebbe l'aroma.

– A lei l'onore del primo sorso, dottor Satagius – disse il tenente La Topa, versando lo sciroppo denso e verdastro nel cucchiaio.

– È molto scuro – disse Satagius.

– È l'effetto dell'invecchiamento – disse Baby Esatto – ha più di un secolo.

Satagius aspirò a piene nari l'aroma dell'abete pirenaico, e buttò giù tutto in un sorso. Restò a occhi chiusi, degustando.

– E ora a lei, Talete – disse il tenente, presentandogli il cucchiaio davanti alla bocca – su, prenda la medicina.

Baby Esatto rise. Satagius riaprì gli occhi all'improvviso e disse:

– È Piperon de Pyrénées, ma non è puro... direi che è tagliato con qualcosa di amarognolo...

Talete si rese conto della trappola, ma era troppo tardi: il tenente gli aveva già infilato il cucchiaio in bocca e, stringendogli il naso, lo forzò a inghiottire. Fece in tempo a vedere Satagius che crollava di colpo, poi tutto gli girò intorno e svenne.

– Molto bene – disse freddamente Baby Esatto – andiamo nella camera ventisei. Prenda la siringa, dottor Siliconi.

Entrarono silenziosi. Un raggio di sole illuminava i capelli di Elianto. Siliconi prese il braccio del ragazzo e cercò di togliergli delicatamente il quaderno dalla mano. Tremava come una foglia.

– Dottore, cerchi di calmarsi – disse il tenente – è solo un'iniezione.

– Beh – disse Siliconi, cercando col dito una vena adatta – dieci unità di Letex non sono un'iniezione qualsiasi. E poi questo ragazzo ha tutte le vene gonfie e bucate.

– Tipico di questi borgatari – disse il tenente.

– Stia zitto o non riesco a concentrarmi – disse Siliconi.

– È meglio che ci riesca, se un giorno vorrà dirigere questa clinica.

Siliconi sospirò e trovò la vena giusta. In quel momento, per una folata di vento improvvisa, la chioma del castagno schiaffeggiò furibonda la finestra.

– Cos'è questo rumore? – disse Siliconi, lasciando quasi cadere la siringa.

– È il vento tra i rami dell'albero – disse Baby Esatto.

– Ma non c'è vento, oggi...

– Vuole che la faccia io questa iniezione? – disse seccato il tenente.

– No – disse Siliconi. Infilò l'ago nella vena. Elianto gemette, senza risvegliarsi. Il liquido entrò lentamente, lentamente.

Talete si rialzò da terra, barcollando. Aspirò aria salmastra.

La strada era bagnata di pioggia, una luna desolata illuminava il mare. Dai vicoli del porto veniva musica di fisarmonica, e il canto rauco di un ubriaco. Vide, in alto sulla collina, l'insegna del locale "El Limbo". Le gambe non lo reggevano, ansimava. La sirena di una nave in partenza suonò lugubremente.

Da una porta una vecchia lo osservò con indifferenza, mentre arrancava con passi sghembi da ubriaco. Il locale era in cima a un vicolo ripidissimo, di selciato scivoloso. Più camminava e più la salita gli sembrava interminabile. Si voltò e vide le luci del porto lontane, come se avesse fatto un lunghissimo percorso. Fantasmi di gabbiani stridevano in qualche punto del cielo. Devo farcela, ripeteva ad alta voce per incoraggiarsi. Cadde un paio di volte, ma alla fine riuscì ad arrivare davanti all'entrata. L'insegna rossa, alonata di moscerini, lo accecò. Bussò, e da uno spioncino apparvero due piccoli occhi itterici che l'infermiere conosceva bene.

– Vorrei parlare col ballerino – disse – è molto urgente.

– Oh, non si può! Sta danzando, è molto impegnato, stasera c'è Gardel, la sala è piena.

– Devo vederlo assolutamente.

– Ma signor Talete, lei sa bene che se entra, non potrà più uscire. Ricorda i nostri colloqui notturni? Sa cosa consigliava Noon in questi casi?

– Mi apra, per favore, signor Aldo. Non tornerò indietro.

La porta si spalancò di colpo. Talete, entrando, non sentì più l'odore del mare, ma un odore caldo di vino, di sudore, di cuoio di scarpe. Si avviò con sicurezza, con le gambe tornate salde verso la sala da ballo, che era rossa, illuminata da lampadari Huecabanas. Su un piccolo palco un'orchestra di sei elementi suonava un tango. Il fisarmonicista aveva un volto serio da gitano, e cantava a occhi chiusi. Le coppie danzavano silenziose, intrecciando le loro movenze, i passi, le inerzie e gli stop come se ognuna proseguisse la danza dell'altra, in sequenze ordinate, in una studiata coreografia. I piedi frusciavano sul pavimento, i vestiti brillavano, quasi stillassero pioggia. A Talete sembrò di sentire il battito dei cuori dei ballerini e il rumore delle collane delle danzatrici, un ritmo di perle sgranate.

Tu sei la mia prigione e la mia aria

cantava il gitano.

A un tavolo, nel centro della sala, sedeva il ballerino, come sempre elegantissimo in abito nero, gilè di raso rosso y una corbata de terciopelo. Teneva il mento poggiato sul dorso della mano, mentre con l'altra mano dondolava a tempo un bicchiere. Sembrava valutare la precisione e la grazia criminale di ogni passo. Al suo fianco, una bella mulatta dai capelli corvini batteva anche lei il ritmo sul tavolo con le unghie rosse e appuntite.

Sul tavolo c'erano un ventaglio, un grosso quaderno e un mazzo di carte da gioco. Il ballerino vide Talete e non sembrò sorpreso. Con il consueto gesto elegante, lo invitò a sedere.

Talete si accomodò goffamente e si guardò intorno.

– È come lo immaginava? – chiese il ballerino.

– Sì – disse Talete – pensavo solo che la musica fosse... un po' più triste.

– Il tango non è né allegro né triste – disse il ballerino – è tango e basta. Vuole bere qualcosa?

– No, sono venuto a chiederle aiuto...

– Questa è davvero una richiesta singolare – disse il ballerino. La mulatta, dietro il ventaglio, emise una risata animalesca.

– Stanno facendo qualcosa di orribile a Elianto – disse Talete – lei deve fermarli a ogni costo. Io credo... che non sia giusto, ecco.

La donna aprì il grosso quaderno, lo sfogliò, fece scorrere l'unghia laccata su una pagina, fino al nome cercato. Guardò il ballerino e gli mostrò la pagina con aria interrogativa.

– Lei ha ragione – disse il ballerino con uno sguardo addolorato. – Elianto deve danzare sulla terra ancora a lungo. Ma sembra che ci sia gente, laggiù, che vuole aggiungere dolore al tanto che è già scritto. Il dolore merita infinito rispetto, tempo preciso e musica che lo accompagni. La ringrazio di avermi avvertito. Nulla di quello che lei teme accadrà.

– Me lo assicura?

– Credo di essere conosciuto come uno che non torna sui suoi passi – sorrise il ballerino. – E ora se permette vado a ballare. Sta per cantare Gardel, e questo è uno dei miei tanghi preferiti. Lei sa danzare?

– Mica tanto.

– Avrà tempo per imparare – disse il ballerino. Invitò una giovane coi capelli biondi, e scivolò verso il centro della pista. Tutti gli fecero largo.

27

IL MOSTRO DI NEBBIA

Quando gli intrepidi ragazzi arrivarono su Neikos, la situazione era assai bellicosa. Nell'accampamento Siperquatero ci si apprestava alla battaglia con spietata determinazione.

Dalle tende uscivano soldati in pigiama, sbadigliando e stirandosi, e subito si dirigevano al ben armato buffet, rigurgitante di baguettes di diverso calibro, brioches calde, kipfel, marmellate, uova strapazzate e caraffe di aranciata e caffè. Alcuni guerrieri argentoni si facevano la barba, altri lo shampoo, altri ancora erano seduti al trucco, ove esperte maquillatrici levigavano i loro volti marziali, sterminavano punti neri e rastrellavano peli superflui. Gli attendenti lustravano le armature degli ufficiali, e sistemavano gommapiume là ove il metallo pungeva o premeva. Gli ufficiali leggevano con grandi risate il resoconto dell'ultima battaglia, mostrandosi l'un l'altro titoli e foto. Alcuni ostentavano cinti erniari, altri indossavano solo la parte superiore dell'armatura su lanosi mutandoni. C'era poi chi ancora placidamente dormiva, come testimoniavano i piedi sporgenti dalle tende. I palafrenieri spazzolavano le code dei cavalli, che sgranocchiavano carrube e rutabaghe scoreggiando in souplesse. Diversi bardi affollavano il buffet, attendendo che iniziasse l'ora degli scontri, masticando tabacco e lupini, e parlottavano. Il patriottismo era composto, e si limitava a qualche vessillo e a qualche bambino avvoltolato in una sciarpa argentea. Unica eccezione, uno striscione con la scritta "Triperotti culi rotti" esibito da alcuni villani gozzuti, probabilmente calati dalle montagne limitrofe.

Gli intrepidi ragazzi si inoltrarono nell'accampamento, osservati con curiosità. Rangio puntò bramosamente il buffet.

– Chissà se possiamo prendere qualcosa – disse – muoio di fame.

– Chissà – disse Boccadimiele, facendo scomparire con destrezza in tasca un paio di brioches.

– Ehi, voi, chi vi ha dato il permesso? – chiese un soldato con un vassoio di petit-beurres. Poi, vedendo la telecamera di Iri:

– Siete giornalisti?

– Certamente – rispose Iri – siamo di una televisione terrestre, Telelianto.

– Ehi, ragazzi, ci sono anche le tivù estere oggi – gridò il soldato ai commilitoni – stiamo diventando famosi.

Un soldatino che si era infilato solo i gambali dell'armatura ed esibiva una maglietta con la scritta "Bad to the bone" adocchiò Boccadimiele e si avvicinò dondolando, con un thermos di caffè in mano.

– Ehi, carina – disse – prendi questo: è caffè vero, non quella brodaglia delle caraffe.

– Grazie – disse Boccadimiele con un sorriso smagliante.

– Senti, bella – sussurrò il soldatino – dopo la battaglia si va io e te a fare un bagno nel fiume? A mezzogiorno dovrei essere libero. Sempre che non ci resti secco, naturalmente.

– Sei in prima linea?

– No, sono arciere di seconda schiera. Oggi potrei anche non combattere, tanto sono previsti soltanto corpo-a-corpo, ma ci sono i bardi e il capo vuol far vedere la squadra al completo.

– Chi è il capo?

– Accidenti, sta arrivando – disse il soldatino tornando al suo posto – ci vediamo dopo, bella.

Accolto da applausi e dai flash dei bardi, entrò nell'accampamento il difensore della Giusta Causa, Mistral Mac Butter Siperquater. Era bello come un divo del cinema, con la chioma bionda raccolta a coda di cavallo, mascella aerodinamica, occhi cerulei e teschietti d'argento ai lobi. Si tolse di colpo il mantello per esibire un'armatura argentata incisa con gigli di Fiandra e la "E" fiammeggiante dello sponsor, la fabbrica d'armi Excalibur.

Subito i bardi lo attorniarono, avidi di notizie sanguinose.

– Quanti morti, condottiero, nella battaglia di ieri? – chiese il Bardo del Sud.

– Beh, credo una decina dei nostri e una trentina dei loro.

– E che ne dice della morte del suo capitano, Argentillo d'Agricania?

– Dico che è stata una scorrettezza degna della secolare anti-sportività dei Triperotti. Era chiaramente suonato il gong della pausa di mezzogiorno e Argentillo, che stava per affondare la spada nell'ugola di Calibano d'Otronto, con la lealtà e il fair-play propri di noi Siperquateri, rinfoderò il brando. Alle sue spalle si avventò proditoriamente Ciliborio d'Otronto, che con una mazzata decervellò il mio capitano. Tutti hanno constatato l'irregolarità del colpo.

– Ma i Triperotti sostengono che l'azione di Ciliborio era iniziata prima, in quanto, vedendo il cugino Calibano in pericolo mortale, egli aveva già sollevato la pesantissima mazza chiodata e quando s'è udito il suono del gong non poteva più frenare il colpo, che quindi deve ritenersi valido.

Chi aveva parlato era il Bardo della Notte, uno dei più vecchi e autorevoli, che scriveva resoconti bellici da più di ottant'anni, e per questo era inviso ai bardi più giovani. Infatti uno di loro, il Bardo Risiko, disse:

– Sono note le simpatie triperottiche del Bardo della Notte, e quindi non mi stupisce la sua versione. Ma io ho assistito alla scena da due passi, e vi assicuro che l'irregolarità c'era.

– Adesso anche i bambocci dicono la loro – esclamò il Bardo della Notte. – Ricordo benissimo che un caso analogo avvenne sessant'anni fa, e precisamente...

Il Bardo Risiko gli sghignazzò in faccia. Offeso a morte, il Bardo della Notte sguainò la spada e i due si misero a duellare furiosamente nel prato attiguo.

– Vorrei rivolgere una domanda al Capitano Catinaccio di Montserrat – disse il Bardo Thodol. – Il suo squadrone vince quasi sempre, ma usa una tattica assai poco spettacolare: sta nascosto dietro una falange di scudi e poi attacca i soldati isolati. Come mai lei non usa il corpo-a-corpo o altre tattiche più spregiudicate?

– In battaglia l'importante è vincere – rispose Catinaccio, un omone guercio e calvo – mi fanno ridere quelli che attaccano a tutto spiano e poi tornano col settanta per cento di perdite. Io me ne frego dello spettacolo, punto al risultato, e i risultati mi danno ragione. Comunque la sua domanda è insultante, mi segua nel prato e le aprirò il cranio a sciabolate.

E così anche questi due iniziarono a battersi con impegno.

– Potrei fare una domanda a un soldato semplice? – disse Iri alzando la mano.

– Siamo sempre a disposizione della stampa straniera – sorrise Siperquater – Fidillo d'Alpaca, vieni qua.

Si fece avanti il soldatino che aveva offerto il caffè a Boccadimiele.

– È un giovane arciere di grande talento – spiegò Siperquater – l'abbiamo comprato da una squadra di Mercenari per mille markotalleri, ma ne è valsa la pena. Deve solo mettere su un po' di grinta, ma ha le mani buone.

– Soldato – chiese Iri riprendendolo con la telecamera – cosa provi in battaglia? Hai paura? Ti eccita? Provi pietà per il nemico?

– Io vado in campo per dare il meglio – rispose il soldatino – nessuna battaglia è vinta in partenza perché i Triperotti sono molto sleali, maleodoranti e feroci, non bisogna mai perdere la concentrazione, ma io ho molta fiducia nel Mister nostro condottiero, se lui mi dice di tirare da cento passi, io tiro, se mi dice di aspettare, io aspetto, in un esercito l'importante è il collettivo, non le individualità.

– Non essere modesto, di' alla signorina che hai già fatto ventidue centri – lo esortò Siperquater.

– Sì, ma il merito è anche dei compagni con lo scudo che mi coprono bene e degli alabardieri che fanno un gran lavoro a centrocampo e soprattutto del Mister che sceglie sempre la tattica giusta, voglio dire, far centro è bello perché a ogni arciere piace centrare il nemico, ma se io faccio centro e la mia squadra perde allora è inutile, è preferibile magari se faccio meno centri ma la mia squadra vince, perché quello che conta è il lavoro di gruppo, il Mister è come un padre per noi e lo sponsor ci dà fiducia e noi speriamo di dare sempre il meglio per il nostro pubblico.

– Grazie, è stato molto interessante – sospirò Iri.

– Orsù, Fidillo – disse Siperquater – fai vedere alla signorina come tiri. Avanti, voglio un volontario per il gioco della mela.

Si fece avanti un gagliardo giovane ricciuto, odoroso di dopobarba.

– Soldato Lecchino di Uri a sua disposizione, signore.

– Mettiti la mela in testa e vai a cento passi – ordinò Siperquater.

– Sissignore – disse Lecchino, e si incamminò intrepido.

– Riprenda tutto, signorina, e ci faccia pubblicità sulla Terra – disse Siperquater – e non dimentichi di dire che l'arco e la freccia sono costruiti dalla ditta Excalibur. Incocca il dardo, Fidillo.

Fidillo incoccò, ma la sua mano sembrava alquanto malferma: si era accorto che Boccadimiele lo stava guardando con interesse, e s'era emozionato.

– E ora scocca, Fidillo.

Fidillo scoccò e tranciò di netto un orecchio a Lecchino di Uri.

– Rifacciamo – disse Siperquater un po' irritato – avanti un altro volontario.

Al quarto tentativo (e al terzo ferito) Fidillo centrò la mela e Siperquater diede il via a un caldo applauso. Poi scrutò l'orizzonte e vide che stava scendendo la nebbia, il che non sembrò dispiacergli.

– Bardi – disse – se c'è la nebbia potrete voi vedere la battaglia e riferirne adeguatamente?

– No, condottiero – risposero i Bardi.

– Allora dite ai fetidi Triperotti che oggi non si combatte – disse Siperquater – vado in città, chi vuol venire meco?

E si avviò verso il cavallo, schivando i duellanti che continuavano a menarsi botte da orbi.

– Verremmo volentieri con lei – disse Iri – ma non sappiamo andare a cavallo...

Siperquater rise e mostrò il suo destriero, un bestione nero di inusuale stazza, scalpitante e fumigante.

– Il mio Matamoro è grande abbastanza per portarci tutti. Può montare una sella matrimoniale, è ottimamente molleggiato, fa i cinquanta al trotto e i novanta al galoppo. In groppa!

Gli intrepidi ragazzi montarono e Matamoro partì a tutta velocità per la pianura, mentre la nebbia sembrava inseguirlo. Gli zoccoli sollevavano zolle d'erba e cavavano scintille dalle pietre, mentre Siperquater guidava con assoluta perizia e padronanza, non solo grazie alle redini, ma anche in virtù di un'adeguata strumentazione comprendente un galoppometro, la spia della biada e una tromba bitonale che spostava dalla rotta villani, volpi e cavalieri.

– Esistono cavalli così sulla Terra? – gridò trionfante Siperquater.

– Credo di no – disse Rangio, che aveva un po' di nausea.

– E voi cosa fate su Neikos? Siete bardi, aedi, citaredi, opinionisti, cantastorie, o che altro? Attenti al salto.

Matamoro valicò di un sol balzo un pagliaio e i ragazzi strillarono eccitati.

– Siamo qui perché ci serve un po' di istinto di sopravvivenza – disse Iri – una fiala per un nostro amico.

– Siete fortunati – disse Siperquater – sto proprio andando al Warmarket a comprarmi un'armatura estiva. Ma che strana, la nebbia in questa stagione...

I ragazzi notarono che il Supermarket bellico assomigliava assai all'Ipermarket da cui era iniziata la loro avventura. Ci si poteva trovare di tutto, dal pugnale alla catapulta, dagli scudi alle tende da campo, dalle divise ai cavalli di Troia. C'era un grande reparto di arti artificiali, uno di esplosivi, uno con cannoni di ogni calibro e gittata, e uno di strumenti di tortura, con dimostrazioni sul posto.

Un colonnello triperotto passò vicino a loro con venti metri di filo spinato tra le braccia.

– Ehi, ma quello non è un vostro nemico? – chiese Rangio.

– Qui è zona franca. L'Excalibur non fa distinzioni tra i clienti – disse Siperquater – ehi, Orone di Campuascio, che fai con tutto quel filo spinato, vuoi recintare il letto di tua moglie contro le incursioni notturne?

– Vaffanculo, Siperquater Mac Butter – rise il colonnello Orone – tu piuttosto pensa a dimagrire, l'ultima volta che abbiamo combattuto ti usciva la panza dall'armatura.

Si udì un boato. Un cliente distratto aveva lasciato cadere un'offerta speciale di esplosivo plastico. Un inserviente si mise a raccogliere i pezzi bestemmiando. Dalle casse si sentiva il clangore delle carte di credito bronzee sotto le prese di controllo.

– Eccoci nel reparto liquori, pozioni ed elisir – disse Siperquater – c'è tutto quello che occorre prima e dopo la battaglia. Grappe tonificanti, centerbe adrenalinici, ecco qua la valeriana per la notte

della vigilia, il succo di carote per gli arcieri, e questo è sangue d
drago al peperoncino, dieci gocce trasformano il soldato più codar
do in una belva scatenata, poi ci sono la polvere di unicorno, la co
caina unna, le supposte di ortica per cavalli e quelle sono le pillol
anfetaminiche Hercules, ma attenti, sono una fregatura, i primi die
ci minuti combattete come leoni, poi andate in down e vi addor
mentate sul campo. Questo invece è un ottimo prodotto, io lo pren
do sempre, si chiama Grintax, ti tiene su ma resti lucido, basta nor
berci sopra dell'alcol. Ed ecco lì l'istinto di sopravvivenza, prendet
la confezione famiglia, è più conveniente.

– Finalmente ci siamo! – disse Iri, guardando il liquido brilla
re nella boccetta.

– Ora manca solo il ricordo meraviglioso ed Elianto sarà salvo -
disse Rangio fregandosi le mani.

– Ehi, c'è qualcosa che non va – disse Boccadimiele – l'istinto
di sopravvivenza sta svanendo! – In effetti il liquido della fiala sta
va evaporando lentamente, in una nube azzurrina.

– Non ho mai visto niente di simile – disse Siperquater, per
plesso – ma cosa sta accadendo fuori?

Nel parcheggio del Warmarket si udivano grida di terrore. I
clienti improvvisamente si accalcarono correndo verso l'uscita
mentre i commessi abbandonavano le casse e il panico si diffon
deva.

– Guardate! – disse Iri.

Una densa nube grigia, che non aveva l'aspetto di un banco di
nebbia, ma piuttosto di una chiazza di petrolio, avanzava esten
dendo i suoi tentacoli, e inghiottiva case e strade, con un rumore
di tuono.

– Il Letex, la nube che cancella – spiegò Siperquater – forse è
esplosa qualche fabbrica di armi chimiche.

– No – disse un vecchio soldato orone – il Letex è un fiele che
viene da altri mondi, e dove passa non resta né un filo d'erba né un
respiro umano.

Siperquater, con la mazza chiodata, spaccò una vetrina del
Warmarket, e fece uscire i ragazzi. La nube era ormai a un centi
naio di metri e la folla, in preda al panico, fuggiva urlando in tutte
le direzioni. Ma la nube già stava facendo le prime vittime.

– Rangio, la chitarra – gridò Boccadimiele – prova a far qualcosa!

Rangio sparò un fa-fuoco diesis e dalle corde saettò un fulmine crepitante diritto al cuore della nuvola, che ebbe un sussulto, come fosse stata ferita, ma subito raddoppiò i suoi tentacoli e invase il parcheggio del Warmarket ingoiando i cavalli e diventando più densa e nera, a eccezione di due piccole punte infuocate simili a occhi cattivi.

– Vieni avanti, figlia di puttana – ringhiò Boccadimiele, avanzando col coltello in mano – proprio adesso che ce l'avevamo fatta, vorresti fregarci? Fatti sotto, luridona, non ho paura di te, sono nata in mezzo alla nebbia, io...

– Torna indietro, pazza – disse Iri e le si lanciò addosso, trascinandola via.

La nube incombeva ormai su di loro, e iniziava a cancellare un'ala del Warmarket, quando dal nulla apparve un'auto nera, una vecchia Ford da film di gangster. La nube sembrò arrestarsi di colpo. La portiera dell'auto si aprì e uscì un uomo pallido ed elegante, in abito nero, gilè di raso rosso y una corbata de terciopelo. Senza mostrare paura alcuna, camminò incontro alla nube agitando lentamente il ventaglio, e la fece indietreggiare, come se da quel gesto elegante nascesse un vento furibondo. Poiché la nube sembrava ribellarsi e muoveva i suoi tentacoli per accerchiare l'uomo, quello chiuse il ventaglio e lanciò un grido terribile, da gelare il sangue.

Era come un urlo che uscisse dalle gole di tutti i morti disperati in battaglia, di tutti gli impiccati sul patibolo, di tutti i feriti in agonia, di tutte le madri dei caduti. In tanti anni di sanguinose battaglie, Siperquater non aveva mai udito nulla di simile, e cadde in ginocchio atterrito.

L'uomo dal ventaglio puntò il dito contro la nube, che era arretrata. Poi batté i tacchi tre volte, come all'inizio di un ballo. La nube si dissolse in pochi istanti, e il paesaggio di Neikos riemerse intatto, come nulla fosse accaduto.

L'uomo rientrò nella macchina, alla cui guida stava un altro signore con la divisa bianca da autista, o forse da infermiere. Ai ragazzi sembrò che facesse un cenno di saluto proprio nella loro direzione, prima di scomparire.

28.

L'ANIMALE PIÙ BRUTTO DEL MONDO

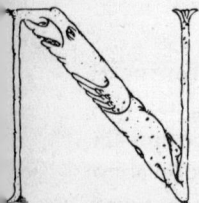

N el *De mutationis daemonum* dell'esorcista Fuscus Nonius, poi ripreso dal trattato *Two-hundred-sixty faces of Devil* del reverendo Orobas Paymon, misterioso predicatore inglese dell'Ottocento, sono descritti i duecentosessanta travestimenti con i quali il diavolo può mostrarsi all'uomo. Di questi duecentosessanta, ben duecentotrenta sono quelli che egli assume, diciamo così, per motivi di lavoro: gatto nero, caprone, lupo, donna fatale, uomo in frac, salamandra, eccetera.

Gli altri trenta sono quelli cosiddetti "privati" che coinvolgono la sfera personale del diavolo, e non il suo ruolo pubblico di tentatore. Di questi, uno dei più interessanti è sicuramente quello del "diavolo innamorato". Ecco come lo descrive il reverendo Paymon:

"Può accadere, in taluna occasione, che il diavolo cada preda del sentimento d'amore. Non già della normale lussuria o desiderio carnale, che sono da sempre congeniali alla sua natura, ma di un vero, romantico, disperato tormento amoroso. In questo caso la sua trasformazione trae origine dal fatto che il dolce empito, con le sue linfe e umori e canti di uccellini e suoni d'arpicordio e immagini languorose, entra nel corpo del diavolo, scontrandosi con la sua struttura essenzialmente maligna. Ne nasce una violenta allergia, causata dalla risposta immunitaria dell'organismo diabolico alle sostanze zuccherine e poetiche che lo invadono. Tanto più forte è la reazione, quanto più intenso è il sentimento provato. Abbiamo quindi una vasta sintomatologia del *casus*: anzitutto la comparsa di bolle bianche su tutta la pelle, che conferiscono al diavolo l'aspetto di una grossa mortadella. Poi un violento raffreddore, con prurito al naso, starnuti frequenti e copiosa lacrimazione oculare. Indi gonfiore degli arti, specialmente della coda, lieve rammollimento delle corna e degli artigli. Inoltre il caratteristico odore di zolfo viene sostituito da un forte profumo di zagara, e, nei casi più gravi, di ciambella calda. Nella fase acuta si segnalano delirio, glossolalia, allucinazioni, nistagmo rotatorio, perdita del senso dell'orientamento e difficoltà nel volo. Questa trasformazione avviene solo nei diavoli maschi.

Nelle diavolesse si ha, come unico segno, il mutamento del colore degli occhi da giallo (o rosso) in celeste (o arancione)".

Questa breve premessa servirà a capire perché, al momento del loro atterraggio su Medium, Brot e Carmilla fossero impegnati a recuperare Ebenezer che si era schiantato contro le antenne televisive di un tetto.

– Non le ho viste – disse il diavolo, emettendo una raffica di starnuti. – Mi lacrimano gli occhi.

– Oh, povero Ebenezerino – disse Carmilla. I suoi occhi erano più che mai splendidamente, solarmente gialli.

– Per quel che ti interessa... – brontolò Ebenezer, che cercando di scendere dal tetto, inciampò e cadde a testa in giù in un cassonetto della spazzatura.

– Il caso è grave – sospirò Brot.

Ebenezer si tolse un guscio d'uovo dalla testa, e si grattò furiosamente le bolle che cercava di tener nascoste sotto le ali. Ma il vero problema era: come avrebbero fatto a passare inosservati su Medium? Si guardò intorno e vide un cartellone su cui era scritto:

"Stasera in piazza grande spettacolo di animazione per bambini mediamente poveri, nel programma della XXII Giornata di Beneficenza Ben-evidente"

Ebbe un'idea diabolica: prese due cartoni da imballaggio, ci scrisse sopra col pennarello caudale "Stasera in piazza grande show" ed eccolo trasformato in un perfetto diavolo-sandwich.

– Se ci fermano – disse agli altri – siamo una troupe di clown giocolieri.

– E perché dovrebbero? – disse Brot.

– Guardati intorno – disse Carmilla.

Brot vide il traffico ordinato, le aiuole squadrate, le disciplinate file per lo shopping, i cani tutti della stessa taglia, i vecchietti tre per panchina che leggevano lo stesso giornale, le bambine che giocavano con la stessa bambola, i bambini con in mano lo stesso album di figurine di Supermedium Kid, che si scambiavano i doppi sotto il controllo di un agente che impediva speculazioni.

– Non è aria per noi – disse Brot.

– Sì, decisamente non siamo i cittadini-modello di Medium – ammise Carmilla.

Facendo moderati lazzi e capriole, e invitando tutti allo spettacolo, riuscirono ad attraversare la città. Era, si è detto, la Giornata di Beneficenza Ben-evidente. Mille mendicanti mediamente poveri, di cui la metà volontari e la metà reclutati con retate sotto i ponti, erano stati disposti agli angoli delle strade. Ogni cittadino di Medium doveva obbligatoriamente donare una svanzika. Ogni mendicante era abbinato a una hostess la quale, oltre a bilanciare con la sua bellezza la bruttezza dell'assistito, spiegava ai passanti la nobiltà dell'elemosina, l'utilità della beneficenza e le insidie della ricchezza che, al contrario della miseria, squilibra la personalità. La notte, nel palazzo municipale ci sarebbe stata una grande festa a inviti e sarebbe stato premiato il mendicante che aveva ricevuto più oboli, cioè il più simpatico e degno di compassione. Tutti i mendicanti avrebbero poi versato il totale delle elemosine a un'associazione umanitaria che li avrebbe a sua volta versati a una casa discografica che avrebbe organizzato un mega-concerto televisivo con tenori e rock-star, il cui ricavato sarebbe andato a un notissimo stilista che con quei soldi avrebbe organizzato un grande ballo per reperire fondi a favore dei mendicanti. Decine di sponsor e canali televisivi avrebbero diffuso la pubblicità del buon cuore di Medium in tutti gli universi.

Era quindi tutto un volare di monetine, di "grazie" e di "si figuri, buon uomo", e si respirava un'aria fortemente virtuosa quando i diavoli giunsero allo zoo. Qui, dopo aver versato un'offerta Pro Vedove di Domatori Mangiati dai Leoni, chiesero dov'era la gabbia del Kofs.

– Ma signori – rispose il guardiano – il Kofs è nel Monstrarium. E il Monstrarium non è uno zoo, è una prigione. Ci teniamo tutti gli animali eccessivi, quelli che potrebbero turbare l'equilibrio dei cittadini. Solo gli scienziati del governo possono vederli, per fare i loro esperimenti. Ma lo zoo è bellissimo, c'è ad esempio un bel branco di daini. Abbiamo anche una coppia di struzzi. Se mi promettete che non gli date da mangiare, vi posso mostrare anche il barboncino tibetano.

– Noi vogliamo vedere il Kofs – disse Ebenezer, starnutendo..

– Non siamo di Medium, siamo stranieri – disse Carmilla – via, sia gentile. – Puntò i suoi occhi ipnotici in quelli del guardiano, ma quello non fece una piega.

– Potete fare una domanda su carta di media grandezza con bollo di duemila svanzike – disse – ed entro un anno la direzione del Monstrarium forse vi concederà di vedere la gabbia vuota del Kofs, quando lui è dentro la tana.

– E se le duemila svanzike le dessimo a lei? – buttò lì Brot.

– Potrei farvi vedere il vitellino a due teste, o il babbuino segaiolo, o il pesce filosofo. Ma il Kofs no.

– Tremila svanzike?

– Per tale cifra potrei farvi vedere il pollo arrosto volante o la tenia "isçsùìaàs,; à&l", quella che sembra un nastro da macchina da scrivere.

– No, vogliamo vedere il Kofs.

– Mi dispiace, ma mostrare un Kofs è corruzione di terzo grado. E io posso permettermi solo corruzioni di primo e secondo grado.

– Perché è mediamente corrotto?

– Perché sono mediamente onesto – disse il guardiano, e si eclissò.

– Che peccato – si lamentò Brot – tutti quei bei mostri, là dentro, e non possiamo vederli.

– Dobbiamo entrare a qualsiasi costo. Etcì! – disse Ebenezer. – Proviamo (A) con la forza o (B) con l'astuzia?

– "B" – disse Carmilla.

Lo spettacolo in piazza iniziò alle 18 in punto, col trio Baraccas, acrobati, giocolieri, clown e pedagoghi. Perché i componenti del trio si fossero vestiti da diavoli, e perché tre giovanotti giacessero legati come salami in una cantina poco distante, era un mistero che sarebbe stato chiarito più tardi.

Quando i tre salirono sul palco, un "oooh" di meraviglia si levò dai seicento spettatori disposti in file di trenta, quindici adulti e quindici bambini. Il costume da satanassi suscitò un'emozione inusitata, e qualche mamma guardò interrogativamente gli agenti, ma in breve tempo la bravura del trio incantò tutti.

Ebenezer fece l'imitazione del giocoliere raffreddato a cui per gli starnuti cadevano le clave, ma alla fine riuscì a tenerne in aria dieci contemporaneamente, mentre Carmilla le attraversava con un salto mortale. Brot fece dei fantastici giochi di prestigio, facendo sparire il gelato dalle mani dei bambini e facendolo riapparire nella sua bocca, sputò fuoco e mangiò una panchina pezzo per pezzo. Nessuno capì il trucco!

Gli agenti dovettero frenare gli applausi del tutto sopra la media di decibel concessa, finché Ebenezer chiese silenzio e inchinandosi disse:

– Signore e signori, ha ora inizio la seconda fase dello spettacolo. Oggi, generosi cittadini, è la Giornata della beneficenza. In questa occasione il nostro pensiero va agli umili, ai diseredati, a coloro che non possono avere un'esistenza normale con un'auto di media cilindrata, un'adeguata quantità di vani abitabili e di apporto proteico. Ebbene abbiamo qui a perenne monito la creatura più sfortunata, più mostruosamente diseredata, più crudelmente beffata dal destino di tutti gli universi alterei e alieni. Signore e signori, ecco a voi l'animale più brutto del mondo: il Brot!

Un urlo di raccapriccio si levò dalla folla quando Brot, barcollando su quattro zampe e gonfio come un rospo, apparve sul palcoscenico. Era un batracismo primario, trasformazione che ogni diavolo sa fare fin da bambino.

Ebenezer gli carezzò la testona e gli buttò in bocca un sacco della spazzatura, che Brot tranguiò nel generale ribrezzo. Nessuno del pubblico fiatava, e gli stessi agenti erano paralizzati dalla sorpresa.

– Ecco qua la povera creatura! Quando aveva tre anni, egli perse la mamma e il babbo in un incidente aereo. Suonò il telefono, mamma volò dalla cucina, babbo volò dal salotto e bam! Si scontrarono nel corridoio a tre metri di altezza. Il loro cervello schizzò sul bavaglino del piccolo Brot. Non sempre essere alati è una fortuna!

Povero Brot, povero Brot
perché natura ti creò?

Cantò Carmilla, con un vezzoso ancheggiamento.

Gli spettatori erano tutti a bocca aperta, le mosche ci entravano e uscivano a piacimento.

– A sei anni, ladies and gentlemen, il piccolo Brot fu rinchiuso in un mostrorfanotrofio dove lo picchiavano tutte le mattine, tutti i pomeriggi e tutte le sere, e mettevano la sveglia per picchiarlo a turno tutte le notti, finché lui si ribellò e mangiò tutte le suore e fuggì ma la polizia lo catturò e lo portò in questura dove tutti i poliziotti lo violentarono e poi in carcere e tutti i detenuti lo violentarono e poi gli fecero il processo e tutti i giurati lo violentarono e poi lo assolsero e tutti quelli che andarono a congratularsi con lui lo violentarono.

Povero Brot, povero Brot
perché natura ti umiliò?

– Ma, mesdames e messieurs, l'infelice storia del nostro brutto Brot non si ferma qui! A quindici anni egli conosce una stupenda fanciulla, una gnoccona con due tette lievitate e una fica di zucchero filato, e questa fanciulla malgrado il repellente aspetto del Brot se ne innamora e si sposano in chiesa con quattro testimoni idrocefali e un prete abortista, e felici come tordi passano la prima notte di nozze in treno, ma la mattina la bella fanciulla fugge col bigliettaio del treno e lascia Brot solo con tre brottini sfornati in tempo record, e di questi due muoiono subito di lebbra e il terzo, raggiunto un anno di età, durante una visita al luna-park, rapina il padre di tutti i danari e scappa anche lui con la bigliettaia della giostra!

Povero Brot, povero Brot
perché nessuno mai ti amò?

– Ed eccolo ora qui davanti a voi in tutta la sua cosmica sfiga, obeso bersaglio di malattie e contagi: soffre di una rarissima forma di orecchioni senili, ha il gomito della lavandaia, il fegato roso dall'alcol, i polmoni devastati dallo smog e il cuore gonfio di pena, ha sedici emorroidi che paion lampadari, i reni così pieni di calcoli che suonano come maracas, ha un alito che non vi dico, due ascessi per molare e duecento tipi di allergie di cui la più fatale è l'allergia alla parola "certamente", salute, avete sentito che starnuto, e non è finita, è diabetico cronico, ha nel sangue una processione di zabaione, è epilettico, licoressico, muscivoro, emopoietico, gli mancano nove diottrie da un occhio e (udite, udite!) sei diottrie dall'occhio di vetro, ha il penis piscatorius, o pene a uncino, per cui sovente si piscia nelle narici e può scopare solo carpe, e per finire non crede in nulla, non sa l'inglese e non sa ballare!

Povero Brot, povero Brot
perché natura con te scherzò?

– E che ragione ha di vivere, direte giustamente voi, questo schifo genetico, quest'insulto al creato, questo aborto al quadrato, questa malacopia d'essere, questo scarto di lavorazione che io ora sottopongo alla vostra pietà e al vostro disgusto? Nella vita c'è una sola cosa che egli sa fare con singolare talento: scoreggiare! Non è inventare il positrone, ma è qualcosa.

– E quando dico scoreggiare non alludo a una miserabile flatulenza no, non a quelle miserabili loffe che voi affogate e nascondete nei cuscini di un sofà, o spargete proditoriamente negli ascensori, non i petuzzi rancidi che mascherate con colpi di tosse, né le stracciatelle crepitanti e ipocrite che vi concedete nel bagno ben chiuso ogni mattina, e neanche le subdole roventi solforose emissioni che vi colgono a tradimento per strada e con cui talvolta dipingete le mutande, e neppure un bambinesco putillo o uno scorzotto da vecchia signora, no! Ciò che il culo di Brot intona quando il ventilabro dei visceri soffia nell'oboe sfinterale, è il Logos, la Madre di Tutte le Arie, quella che Shiva tagliò in quattro con la spada sacra creando la Rosa dei venti, quella in cui Efesto ritorse i suoi fulmini, quella che tutto originò, il Big Bang, Die Donner, il Motus Primus, l'Hapax Legomenon!

– Ma vedo dall'espressione dei vostri volti – disse Ebenezer, dopo una ben studiata pausa – che questo non lo riscatta ai vostri occhi. Ebbene, avete ragione! Ma poiché anche un Brot ha una sua dignità, egli pagherà oggi il suo errore di esistere con un numero unico e definitivo. Egli si sacrificherà! Egli umilmente cancellerà lo sgorbio del suo passaggio terreno dal quaderno in bella calligrafia di questo mondo, poiché sa bene che non può continuare a esibire la sua miseria in presenza della vostra radiosa normalità, non può ulteriormente stringervi nella lacerante tenaglia di schifo e rimorso, ribrezzo e senso di colpa.

– Egli vi libererà di tutto questo nel numero dell'Heantimoroumenos! *Il Brot si mangerà da solo!* Avanti Brot, e ricordate, egli fa questo per voi!

Un urlo di raccapriccio salì dalla folla mentre Brot si infilava la coda in bocca e iniziava a ingoiarla pezzo per pezzo. Divorata la coda, fece entrare nelle fauci le gambe, scalciando e puntellandosi, poi con le mani si spinse in fondo alla gola il culo, riducendosi a una massa orrenda in cui non si distinguevano più gli organi, ma solo gli occhi dilatati nello sforzo della deglutizione. Uno alla volta si cavò i bulbi oculari e li inghiottì come pillole. Coi molari, si sgranocchiò il resto dei denti e si pappò la mandibola come una costoletta. Si era divorato fino alle ascelle, e le manine gli rimboccavano nella gola gli ultimi rotoli di ciccia, quando gli agenti finalmente intervennero.

...

Il telefono suonò. Dalla manica inamidata uscì una mano dalle unghie appuntite, che sollevò la cornetta.

– Ciao, sorellina – disse Carmilla dall'altra parte del filo.

– Ciao, Carmilla. Ti sento male, da dove chiami?

– Dal quarto mondo, Medium. Siamo in missione speciale, e aspettiamo che faccia buio per svignarcela. Abbiamo combinato un bel po' di casino qui. Ebenezer ha fatto di tutto perché fossimo arrestati e chiusi nella prigione locale, il Monstrarium.

– E perché?

– Perché cercavamo un animale che si chiama Kofs. Qua in carcere lo abbiamo trovato, ma era conciato da far pena. Lo hanno usato per un sacco di esperimenti, lo hanno forato come un colapasta, l'hanno lobotomizzato, elettrificato, vivisezionato, gli hanno fatto fumare un milione di sigarette al mentolo. Agli abitanti di Medium non piacciono i tipi come lui. Ormai è inservibile per i nostri scopi, ma in un momento di lucidità ha detto che c'è un suo simile su Mnemonia, nei ricordi di un terrestre. Tu sei la nostra ultima speranza: trova quel terrestre. Abbiamo bisogno del suo permesso, per ritirare il Kofs.

– Non posso andare a frugare nei ricordi di due miliardi di persone...

– Puoi. Il Kofs ci ha dato anche il suo indirizzo: è un ragazzo che vive in una clinica della Contea Otto, in Tristalia.

– Questa poi è bella!

– Capisci perché ti ho telefonato? Ci aiuterai?

– Farei qualsiasi cosa per te, sorellina occhi-gialli.

– Non li ho più gialli. Ma questo te lo racconterò un'altra volta.

29

IL RITORNO DI TIGRE TRISTE

State entrando in Agon, il settore sportivo di Bludus. Qui potrete vedere i campioni più grandi dei Mondi Alterei e alieni. Ecco il programma di stasera:

Stadio Uno: incontro di calcio per ologrammi tra le nazionali della Terra e di Bludus. In campo tra gli altri, per la Terra: Jashin, Pelé, Piola, Di Stefano, Schiaffino. Per Bludus: Blodkov, Blissey, Blodinho, Blauer, De Boldi. Arbitra Marilyn Monroe.

Stadio Due: incontro di basket tra i Grattacieli di New Blud e le Giraffe di Fort Bled. Nelle Giraffe potrete ammirare "Castagno" Walker, il giocatore genetico alto 3,65 ottenuto con una triplicazione vertebrale.

Arena Revival: spettacolo circense "Roma antica" con veri gladiatori, reziari, oriundi opliti e i leoni di madame Clizia. Spaghettata finale per tutti.

Arena Centrale: grande corrida in quattro parti.

Miguel el Carnicero (124 tori matati) contro il toro Ramon (58 cavalli, 12 banderilleros e 2 matador uccisi).

Hector "Nano" Sanchez contro il montone Concheferru.

Il postino Ferravilla contro il dobermann Teufel von Ausenbach.

La signora Cantelli (57 chili) cercherà di lavare il suo gatto Amedeo (24 chili).

Velodromo: gara di cicloscherma a eliminazione diretta. Sedici ciclisti armati di sciabola tra cui il campione mondiale Bledoux.

Bocciodromo: finale torneo a coppie:

Marino e Davanzati (Pol. Azzurra) contro X43 e X46, robot bocciatori del Dopolavoro Progettisti.

Stadio Tre: campionato cittadino juniores di ciccato e palmo.

Stadio Quattro: semifinali campionati mondiali di parcheggio scorretto. I Cacciaviti di Block contro i Tamponatori di Bleyland e i Sollevatori di Bluskirsk contro le Anguille di Blauberton.

Stadio Cinque: arrivo del Trans-World-Golf-Tour. Dopo due anni su un percorso di 5000 chilometri e 42.000 buche, i giocatori superstiti affrontano le ultime diciotto buche. In testa alla pari con 398.454 colpi, "Talpa" Mac Blaskey e Jack "Blackhole" Palmerani.

PALASPORT DUE :

Sala Uno: campionato intermundio pesi medi (media calcolata rispetto al peso del mondo di appartenenza).

Grover Bleeder (Bludus, 75 kg) contro Krank Krut (Kreon, 11 kg e 400).

Sala Due: combattimenti di galli.

Feroz (allevamento Francos) contro Pablito (S.S. Beccami).

Combattimenti di galline.

Fernanda (Coop) contro Estrellita (Puddas Unitas).

Sala Piccola:

Anticorpi F 43 contro influenza cinese Wang Chiang.

Istamine del dottor Baldoni contro Pollini del dottor Bleerang.

Campionato cittadino di judo per ragni.

(Per i primi due incontri, posti numerati con microscopio e barriera sterilizzata.)

MEGAPALASPORT UNO:

Grande torneo di Lotta Malvagia a eliminazione diretta. Otto supercampioni Otto!

Psicopompo Volkoff, col colpo proibito del traghettatore.

Bob Godzilla Merink, duecento chili di violenza gratuita.

Tigre Furente Shin Lee, i colpi segreti dai monasteri più inaccessibili.

Maremoto Yamato e la stretta mortale delle chiappe Sumo.

Trevor "Boccia" Tir, quando arriva, non suona il clacson.

"Piada" Peroni, il lottatore che spiana ogni avversario allo spessore di mezzo centimetro.

Narciso Gutierrez, l'idolo delle donne, attraente, spietato, senza scrupoli.

Puzzle Paddington: e dopo, provate a rimettere insieme i pezzi dei suoi avversari.

Segue (grande esclusiva):

"UN INCONTRO INTERMONDIALE A SORPRESA!"

Fuku e gli yogi, dopo un'ora di fila, riuscirono finalmente ad acquistare un biglietto intero e due ridotti per il Megapalasport.

Cinquantamila spettatori entusiasti stavano già applaudendo l'ingresso dei lottatori, che un fascio di luce accompagnava dagli spogliatoi fino al ring sul quale, con gusto sopraffino, erano state disposte otto corone mortuarie.

Erano già entrati Psicopompo Volkoff, un Caronte con mantello nero e falce, Maremoto Yamato, una montagna di ciccia tremolante in tanga e Puzzle Paddington, tatuato anche nelle mucose.

Fuku e gli yogi attendevano con ansia il momento in cui sarebbe sbucato dal sottopassaggio Tigre Furente; la loro ricerca era forse giunta alla fine?

– Sento che è la volta buona – disse Visa – le mie doti divinatorie non sbagliano mai.

– Come quella volta alla roulette di Singapore? – chiese Pat.

– Ero giovane – disse Visa.

Al suono di un'allegra fisarmonica, fece il suo ingresso "Piada" Peroni, un basettone in abito bianco, tra due maggiorate in minigonna. Lanciò baci agli spettatori abbozzando passi di mazurka, mentre le ragazze distribuivano pesce fritto a volontà. Dopo di lui entrò Trevor Tir, annunciato da rombo di motori e sirene di ambulanza. Esibiva un elmo vichingo con due fari antinebbia sulle corna e come cintura un parafango annodato. Dopo aver travolto un fan di Yamamoto, balzò anche lui sul ring.

Poi si udì l'urlo belluino di Godzilla, che fece la sua apparizione in maxicappotto di pelo e moon-boot di visone.

Dietro di lui, alto biondo e unto come una porchetta, fece passerella Narciso Gutierrez, Mister Bludus, che salutò le sue fans facendo acrobazie sui pattini e toccandosi ripetutamente lo scroto. Per ultimo, annunciato da un colpo di gong, apparve Tigre Furente, con un lungo manto screziato, e uno scettro su cui era infilata una testa imbalsamata di tigre. Il volto era coperto da una piccola maschera, ma i tratti erano chiaramente quelli di un orientale.

– È lui – disse Visa – lo sento.

– Non è lui – disse Pat – Tigre Triste non si presterebbe mai a una simile buffonata.

– Ti dico che è lui, guarda il tatuaggio.

– È una brutta copia del tatuaggio dei guerrieri-nuvola – disse Pat irritato – ti sembra che Tigre si esibirebbe con una testa di animale morto, dopo quello che gli è successo col gatto?

In quel momento l'uomo delle noccioline, che passava con la cassetta a tracolla, coprì con la schiena la visuale.

– Si sposti, per favore – disse Visa – c'è un nostro amico che sta per combattere.

– Ti dico che non è lui – disse Pat – che ne dici, Fuku?

L'uomo delle noccioline continuava a impedire la vista con la sua notevole mole. Allora Fuku disse ad alta voce:

– Sì, credo proprio che quello sia Tigre Triste. Guardate come è caduto in basso il più forte dei guerrieri-nuvola! Adesso fa il buffone indossando pelli di animali morti, per poche svanzike.

– Quel guerriero non è Tigre Triste – disse l'uomo delle noccioline, voltandosi di scatto.

– Lo so bene – disse Fuku con un sorriso – anche se sono passati quasi dieci anni, ti ho riconosciuto subito, Tigre!

Negli spogliatoi, Tigre Triste raccontò a Fuku e agli yogi la storia delle sue peregrinazioni, fino all'ultimo approdo su Bludus. Qua aveva pensato di combattere mascherato con un nome falso, ma gli incontri erano farsacce truccate e la nobile arte della lotta ridotta a un volgarissimo show. Perciò, dopo aver visto il ridicolo costume che volevano fargli indossare, aveva rifiutato. Ma doveva pur mangiare, e così aveva accettato quell'umile lavoro.

– Prendo mezza svanzika ogni pacchetto di noccioline più il dieci per cento sulle liquerizie e l'otto per cento sui semi di zucca – spiegò. – Non è un granché: ma così ha voluto il destino, dal giorno in cui commisi il nefando delitto che macchiò il mio onore di guerriero.

– Tigre – disse Fuku – devi tornare a combattere. Solo tu puoi salvare il nostro monastero.

– Non posso – disse Tigre Triste scuotendo la testa – quel giorno io feci un sacro giuramento, e cioè che non avrei mai più partecipato a un vero incontro di Lotta Malvagia.

– Prima di prendere la decisione – disse Fuku – leggi questa lettera. Me l'ha data il maestro Tigre Leggera, e viene dalla Contea Otto.

La lettera, scritta con calligrafia incerta, diceva:

Caro guerriero Tigre Triste:

tu non mi conosci, ma le nostre storie sono, in qualche modo, legate. Sono un ragazzo di tredici anni. Circa nove anni fa, ero ospite dei nonni in montagna, proprio nella contea dove c'è il tuo monastero. Facevo lunghe passeggiate sui sentieri di Cima Rovina con i miei tre gatti. Essi si chiamavano Borlotto, un gatto grasso e mangione, Vermillina, una micia snella con gli occhi gialli e il vecchio Roccia, un gattone baffuto che si era perdutamente innamorato di Vermillina. Ma Vermillina respingeva la sua corte, preferendogli i gatti più giovani. Il vecchio Roccia perse l'allegria e l'appetito, e si intristì fino a tentare il suicidio. Si buttò in un lago gelido di montagna, dove fu salvato da un San Bernardo di passaggio.

Ma il suo cuore era spezzato e a nulla valsero le mie carezze, i migliori bocconcini e alcune sedute di micioterapia.

Ogni giorno ci recavamo nel prato vicino al convento, dove ti allenavi con l'arco, e nascosti dietro una siepe, spiavamo la tua infallibile bravura. Ebbene, fu proprio lì che Roccia studiò e mise in atto il suo insano proposito. Approfittando di un momento di mia disattenzione, balzò proprio sul centro del bersaglio, aggrappandosi con le unghie. La tua freccia, già scoccata, lo colpì. Sappi perciò che quel dardo fatale non l'ha ucciso per un tuo errore di mira, ma perché lui lo ha voluto. Tu non hai alcuna colpa: la colpa è dell'amore e della sua misteriosa crudeltà. Ti scrivo questa lettera perché il mio compagno di camera, nella clinica ove sono ricoverato, proviene proprio dalla Contea della Montagna. Lui mi ha raccontato la tua triste storia, e ora che stanno per dimetterlo, gli affido questa lettera, da con-

segnare al Maestro del monastero. Spero che egli riesca a fartela ave-
re, in qualunque mondo tu sia, affinché tu possa ritrovare la pace e la
serenità.

Il tuo amico Elianto

Appena terminata la lettura, Tigre Triste scoppiò in un pianto liberatorio. Anche Fuku aveva gli occhi lucidi, e se qualcuno aves- se posseduto una lente d'ingrandimento, avrebbe forse visto qual- che lacrima anche sul volto degli yogi.

– Grazie, amici, grazie – ripeté Tigre Triste tra i singhiozzi – mi avete tolto un macigno dal cuore.

– E adesso, torniamo a casa – disse Visa, saltandogli sulla spalla.

– Chi vuole andare a casa? – disse un vocione tonante. La por- ta si era spalancata, e nello spogliatoio era entrato l'impresario Vladimir Bisneszynsky, accompagnato da quattro brutti ceffi.

– Naturalmente – disse Tigre Triste – prima le fornirò il saldo di tutte le noccioline vendute e le renderò conto di eventuali li- querizie mancanti.

– Butta via la cassetta e mettiti il costume – disse l'impresario – stasera combatti, Tigre Triste.

– Ma allora lei sa chi sono!

– L'ho sempre saputo – ghignò Bisneszynsky – non faccio l'im- presario in otto mondi per niente. Aspettavo solo che arrivasse l'occasione per un incontro degno di te. E stasera è la volta buona.

– E chi sarebbe il mio avversario?

– Ascolta un po' l'altoparlante – disse Bisneszynsky.

– E ora signore e signori – risuonò la voce dello speaker – ecco la grande sorpresa che vi avevamo promesso! Un incontro di Lotta Malvagia che solo noi di Bludus potevamo organizzare. In esclusi- va per voi i due guerrieri più forti della Terra. Applaudite senza ri- sparmio, perché sta per entrare il primo, l'uomo-megaton, il lotta- tore che ha lesionato in modo più o meno grave l'ottanta per cen- to dei suoi avversari, forte e spietato come un bombardamento ae- reo, centottantasei incontri disputati, centottantasei vittorie, un metro e novantotto per centotrenta chili ecco a voi il Killer di Tristalia, Rollo Napalm!

Un boato accolse l'annuncio. Gli spettatori intenditori e profani avevano capito la sanguinaria eccezionalità dell'evento. Si udirono le note dell'inno di Tristalia che accompagnava Rollo nella passerella verso il ring.

– Hai due minuti per prepararti – disse Bisneszynsky – e andare a combattere. E questo sarà un vero incontro, non una recita.

– E se non voglio? – disse Tigre Triste.

Bisneszynsky, con mossa rapida da cacciatore di mosche, si impadronì di Visa e Pat, e li mise nella mano di un gigante della scorta.

– Vedi il mio amico René Palanque? – disse l'impresario, accendendosi un sigaro. – Quando si arrabbia, gli viene da stringere forte i pugni, un vecchio vizio da boxeur. E a lui non piace che qualcuno mi contraddica: potrebbe arrabbiarsi e impastare insieme i tuoi due amichetti.

– Su Tigre, combatti – lo esortò Fuku – è proprio per questo che ti abbiamo cercato! Avresti dovuto combattere contro Rollo tra breve, ai Giochi dell'Indipendenza. La sorte ci concede che tu lo tolga di mezzo subito!

– Non posso – disse Tigre Triste – anche se ora conosco la verità sul gatto, il giuramento di un guerriero-nuvola non può essere cancellato.

– Nobile è l'uomo che mantiene la parola, ma ancora più nobile è chi antepone la vita di un amico al suo onore – disse Visa.

– Parola estorta, parola morta – disse a sua volta Pat.

– Tigre, fallo per il nostro Monastero! – implorò Fuku.

– Manca un minuto – disse Bisneszynsky soffiando il fumo negli occhi del lottatore.

– Non posso, non posso – disse Tigre Triste, che per la grande tensione e il laceramento interiore stava tremando in tutto il corpo e ingoiava manciate di arachidi senza sbucciarle.

– Di' qualcosa, rimbambito – gridò Pat a Visa. – Questo ci sta stritolando.

– Ehm... parola di guerriero non vale affatto / se c'è di mezzo la morte di un gatto.

– Ti sembra una grande frase zen, questa?

– E allora provaci tu, babbeo!

– Zitti tutti – gridò Fuku – ho avuto un'illuminazione: che differenza di fuso orario c'è tra Bludus e la Terra?

– Cosa c'entra il fuso orario? – chiese Tigre Triste.

– C'entra! – disse Bisneszynsky. – Come sulla terra l'ora varia da un paese all'altro, così accade tra i mondi, e dato che tra Bludus e il vostro pianeta ci sono ottanta fantaparsec di distanza, dunque, dammi la calcolatrice, la differenza di fuso è esattamente di ottantasettemiladuecentonovanta ore in meno per noi, cioè circa dieci anni.

– Quindi vestiti e combatti – disse Fuku, porgendo il costume a Tigre.

– Non capisco...

– Ma è semplice: oggi su Bludus, rispetto al calendario terrestre, siamo a metà del 1991. Cioè qualche mese prima che tu facessi il giuramento!

– Vuoi dire che oggi io non ho ancora dato la mia parola d'onore?

– Proprio così, zuccone – urlarono Visa e Pat.

Il lottatore gonfiò il petto e inspirò tutta l'aria della stanza, soffocando i presenti e spegnendo i sigari.

– Rollo Napalm, arrivo – urlò con voce terribile.

Si udirono le note dell'inno dei guerrieri-nuvola, e mentre lo speaker iniziava a decantare le doti del leggendario Tigre Triste, René Palanque aprì il pugno e ne uscirono, malconci ma vivi, Visa e Pat.

– Morire, passi – disse Visa – ma impastato con te, che schifo.

– Altrettanto – disse Pat.

– Andiamo a vedere l'incontro – disse Fuku – e che Shiva il rosso ci assista.

– Per anni è stato lontano dal ring – stava dicendo lo speaker – ma ora ha deciso di tornare a combattere. La forza dell'elefante e la rapidità della mangusta, la potenza del kung-fu e la leggerezza del sushi, duecentotrenta incontri vinti, nessuno perso, ecco a voi la Nuvola Fatale, il Furore che viene dalla Montagna, Wang Tong Tigre Triste!

Il boato salì fino a far tremare le strutture del palazzo, e il pubblico iniziò a battere i piedi e schiacciare lattine.

I lottatori si guatavano uno di fronte all'altro.

– Avrò il piacere di ammazzarti prima che il previsto, eunuco pacifista – ringhiò Rollo avvicinandosi naso contro naso. Si era dipinto il volto di segni verdi mimetici e portava al collo una collanina di mignoli umani.

– Temo che gli eventi avranno diverso esito, o mio lacertoso e sgrammaticato avversario – disse Tigre Triste, inchinandosi.

Non aspettarono neanche il via dell'arbitro, e si scontrarono come due iceberg. Rollo ficcò le dita nel naso di Tigre e cercò di alesarglielo, mentre Tigre aveva preso un orecchio di Rollo e lo torceva a fusillo. Rollo si liberò dalla stretta e gli sferrò un improvviso calcio al basso ventre. Tigre barcollò. Rollo rapidissimo lo atterrò e lo inchiodò col petto al tappeto. Tigre non combatteva da troppo tempo, e i suoi riflessi erano appannati.

Rollo gli mise un piede sulla spina dorsale e iniziò a tirarlo con una mano per i capelli e con l'altra per i piedi, incurvandolo a semicerchio. Era il colpo cosiddetto "del tortellino". Le vertebre di Tigre iniziarono a scricchiolare come arachidi, i muscoli del collo erano tesi allo spasimo, gli occhi schizzavano fuori dalle orbite.

– Per la sacra Trimurti – disse Visa – lo sta annodando!

– Resisti, Tigre – gridò Pat.

Ma già Rollo stava passando la testa di Tigre dentro l'arco dei piedi tigreschi per stringere il nodo fatale, quando dalla platea Fuku gridò:

– Forza Rollo, fai fuori quel vigliacco assassino di gatti!

A quelle parole Tigre Triste contrasse i muscoli addominali e scattò come una molla, schizzando via dalla presa e rimbalzando più volte tra le corde fino a fermarsi, sconvolto e adirato, al centro del ring.

– Chi osa chiamarmi così? – ringhiò.

– È vero – disse Rollo – tutti sanno che sul ring ti caghi sotto, ma quando c'è da ammazzare un micetto inerme...

Non terminò la frase. L'urlo della Tigre fece cadere dalla sedia metà degli spettatori. Tigre Triste afferrò il braccio destro e la gamba sinistra di Rollo, si udì un rapidissimo, tremendo scrocchio d'ossa e in meno di un secondo Rollo era annodato.

Era il colpo proibito numero due dalla tradizione dei guerrieri-nuvola, la "cravatta della geisha".

– Aiuto – riuscì a dire fievolmente Rollo, e poi si spaccò in tre pezzi. Da una parte testa e braccio destro, dall'altra il tronco, un braccio e una gamba e dall'altra ancora la gamba sinistra.

– Se la sente di proseguire? – chiese l'arbitro a Rollo.

Non ottenendo risposta, alzò il braccio di Tigre e gridò: – Vince l'incontro per abbandono Wang Tong Tigre Triste!

– Mi dispiace un po' per quel Rollo – disse il fresco vincitore. Si trovavano ormai lontano dalle luci di Bludus, in un punto del deserto dove la mappa segnalava un passaggio transmundio.

– Lui non ha mai avuto pietà di nessuno – disse Visa – comunque abbiamo fatto in modo che i parenti ricevano il corpo sulla Terra.

– Abbiamo messo anche le istruzioni di montaggio – disse Pat.

– E così – disse Fuku – ora non è più necessario che tu ti batta. Eliminato Rollo Napalm, il governo non ha un guerriero più forte dei nostri. Puoi tornare al tempio e riprendere la tua attività didattica. Verrai reintegrato con tutti gli onori. Il tuo armadietto non è stato toccato, il tuo pesce rosso si è sciolto ma è ancora nell'acquario.

– Non posso tornare – disse Tigre Triste.

– Sai che oltre a esser un grande guerriero, sei anche un gran rompicoglioni? – disse Visa.

– Per una volta sono d'accordo con te – disse Pat.

– Scusatemi amici– disse sorridendo Tigre Triste – volevo solo dire che non posso tornare subito. Prima devo recuperare la mia katana, la spada da maestro, poiché quando giurai di non combattere più la spedii a Mnemonia, nel reparto ricordi e cimeli.

– È vero – disse Visa – il proverbio dice: guerriero senza katana è come donna senza sottana.

– È come donna *brutta* senza sottana – disse Pat – vecchio rincoglionito, non ti ricordi più neanche i detti zen.

30.

MALCINEA

l Pristide, il gigantesco scannatronchi, era posteggiato a una cinquantina di metri dal castagno, e dai rami dell'albero decine di inquilini pennuti gli riversavano addosso i consueti improperi canori. "Bastardo cingolato", "Sadico nasuto" e "Rompiuova di merda" erano gli epiteti più moderati che uscivano dai becchi furibondi. Ma intanto i disboscatori, al comando dell'ingegner Michael, avevano già tracciato un segno rosso intorno al tronco, là dove la sega avrebbe sbranato, e una ventina di croci bianche indicavano i punti dove sarebbero state inserite le radici artificiali.

– È un gran bell'albero – disse Menezio – sei metri di circonferenza. Chissà quanta minestra sotterranea c'è voluta per farlo crescere così. Peccato abbatterlo.

– Il suo destino è segnato – disse l'ingegnere alzando le spalle – proprio lì dove c'è la riga rossa.

Menezio, istintivamente, abbassò lo sguardo per vedere se aveva anche lui qualche riga addosso.

Dalla finestra della sala riunioni, Satagius osservava i preparativi dei disboscatori. Tremava di rabbia, tanto da non riuscire neanche a versarsi poche gocce di cardiotonico. Davanti a lui, in poltrona, stava serafico Siliconi.

– Non avrei mai pensato che lei potesse giungere a tanto – lo apostrofò Satagius. – Per assecondare i loschi piani del governo mi ha drogato, ha ammazzato Talete e stava per uccidere anche Elianto.

– Non ha nessuna prova – disse Siliconi, versandosi una tazza di tè con studiata nonchalance.

– Avrei dovuto capire subito che in quel Piperon de Pyrénées c'era una fortissima dose di sonnifero, così forte che quel povero infermiere c'è rimasto secco. E poi siete andati a somministrare il Letex a quel ragazzo, e se suor Malcinea non fosse entrata per caso nella camera e non avesse dato l'allarme, sarebbe morto anche lui! Ma io vi denuncerò e ci sarà un'indagine, questo glielo garantisco!

– Il collasso di Elianto è dovuto al suo stato di prostrazione, e Talete, notorio alcolista, è morto per una crisi epatica. Oppure – sogghignò beffardo Siliconi – aveva esaurito il suo Bonus di sciroppi. In quanto all'indagine lei non dovrà denunciare solo me, ma anche un agente dei servizi segreti e una giovane e prestigiosa personalità del regime. Vuole sapere come andrà a finire? – terminò il dottore sorseggiando il suo tè. – Saremo assolti.

– Forse – disse Satagius – il vostro piano era ben congegnato. Ma Elianto è ancora vivo, lei non è ancora direttore di Villa Bacilla, e io farò di tutto per impedirlo. Intanto vado a legarmi al castagno, e questa è la prima brutta notizia per lei.

– Legato all'albero – rise Siliconi – oh, che splendido san Sebastiano! E la seconda brutta notizia qual è?

– Nel tè che ha appena bevuto c'erano duecento gocce di purgante. Le ho messe io. Eviti le occasioni mondane, stanotte.

Nella camera magica Elianto sollevò la testa e cercò di prendere il bicchiere sul comodino, ma un capogiro glielo impedì. Molte cose orribili erano accadute. Forse la mappa non sarebbe tornata mai più. Forse quella notte avrebbe visto solo un muro bianco, avrebbe udito i respiri e i lamenti dei malati, e nulla più di questo necessario, quotidiano dolore senza sogni. Lucciole che si spengono sotto un bicchiere. *Usque ad litus ultimum.*

In quel momento si accorse che una mano robusta gli sistemava i cuscini sotto la testa, e gli porgeva da bere.

– Talete! – esclamò stupito.

Era proprio l'infermiere, in doppiopetto blu e cravattone rosso con crome e biscrome.

– Sono venuto a darti un'ultima controllata – disse.

– Ma tu sei... voglio dire, dove sei adesso?

– In un gran bel posto. Sto prendendo lezioni di tango (non so se hai notato la mia eleganza) e non me la cavo male. Ho scoperto che tra la manovra antivertigine di Semont e il casqué non c'è una gran differenza. E poi hanno estratto il mio biglietto alla Lotteria, e ho vinto un "Faccialei".

– È un bel premio?

– Uno dei migliori: posso decidere dove passerò il prossimo turno sulla Terra. Non sarò più Talete, naturalmente, ma neanche un cirripede o un dittatore o un lichene o un sega-alberi. Ho scelto di fare l'infermiere.

– Ancora?

– Per la verità – disse Talete aggiustandosi il nodo della cravatta con un sorriso astuto – ho chiesto un turno retrodatato: farò l'infermiere nel manicomio di Londra nell'anno 1876. E indovina chi è ricoverato lì, nel reparto paranoici visionari?

– Cornelis Noon!

– Proprio così, il mio vecchio amico Noon. Avremo un sacco di argomenti su cui discutere.

– Talete, non so come ringraziarti. Se tu non fossi andato ad avvertire il ballerino, se non ti fossi sacrificato... Avresti potuto chiedergli di salvare te.

– Oh, no – disse Talete – il mio albero doveva cadere, non il tuo.

– E adesso come farò senza il mio filosofo preferito?

– Elianto, ti ho già parlato delle tesi energetiche del mio futuro amico Noon? Egli sostiene che esistono sulla Terra cinque forze fondamentali: quella di gravità, l'elettromagnetica, la nucleare forte e la nucleare loffia (lui la chiamava così). Ma queste quattro forze, pur importanti, non possono cambiare lo stato fisico fondamentale dell'uomo, e cioè la vicinanza al dolore (che Noon chiamava propalgia). Sono forze che possono cancellare pianeti, traslocare universi, originare scoperte ed essere la base di ogni invenzione benefica o distruttiva. Ma non hanno ideali, mete, scopi, forse neppure quello della loro conservazione. Assomigliano al Manovratore: perfette e indifferenti, come sovrani annoiati.

Ma c'è un'altra forza, dice Noon dalla sua camicia di forza, che unendosi alle altre quattro, ne sconvolge la neutralità. È la Quinta Forza, ovvero la forza tergemina triattiva triattrattiva, nelle sue tre forme:

A) L'attrazione universale, che fa sì che una persona senta affetto per un'altra, e per lei sola, e cerchi di indurre le forze del cosmo a preservare e aiutare l'oggetto amato, battendosi nel contempo contro le forze ostili che lo minacciano. Questo succede anche se l'altra persona lo ignora, non lo ricambia o neanche lo conosce. Esempi: l'amore non corrisposto, la fedeltà alla memoria, il fan della diva, la vecchia e il gattaccio randagio. Perciò è detta forza universale: perché va in un'unica direzione.

B) L'attrazione viceversale, in cui due persone provano affetto reciproco e cercano quindi di domare e sedurre le forze cosmiche in modo che diano gioia all'altro. È una forza assai comune, posseduta non solo dagli innamorati o da consanguinei, ma anche dalle persone più improbabili. Pensa a quei bruti sanguinari che ammazzerebbero tutta l'umanità meno una sola creatura, per la quale darebbero la vita: mamma, figlio, amante, criceto, colonnello, cagnolino, giocatore di calcio. E per quella, quella sola, il bruto in questione tra un omicidio e un massacro diventerà l'uomo più buono del mondo. E anche se non verrà ricambiato, il bruto amerà, trascinato dalla sopracitata forza A, e avremo dittatori che amano cardellini, misantropi che amano lolite, gangster che amano nonne, lupi-mannari che amano figlioletti-mannari e serial-killer che amano la mamma.

C) Attrazione pluriversale. In questo campo di forza molti sono attratti da molti, tutti aiutano tutti. Pensa a una tribù di indigeni felici, a un formicaio, ai bambini di un vicolo, a una famiglia di ottantasei persone di cui settanta si amano l'un l'altro e gli altri sedici seguono le leggi A e B, pensa a un bar di amici o a una setta segreta che poi magari andrà ad ammazzare la setta segreta rivale. Pensa a una società come mai esisterà nel nostro paese.

Queste tre forme della Quinta Forza, disordinate ma caparbie, si intersecano, si sommano, a volte si ostacolano e lottano una contro l'altra. Non ci sono leggi, né formule matematiche in grado di descrivere tutto ciò, questa energia non può essere regolata, né pagata tramite bollette, ma ne nascono disastri ed estasi, e le vite cambiano, e si riempiono di grandiose esplosioni e dispersioni amorose, si precipita e si vola. Noi che conosciamo questa forza ribelle e incontrollabile siamo gli alati! Questa è l'unica forza davvero trasformatrice. Perché tutto ciò che crediamo di insegnare alla materia, essa lo sa già. Il giorno che riusciremo a dipingere un quadro con un paesaggio nevoso, e a primavera la neve del quadro si scioglierà facendo apparire un nuovo paesaggio, quel giorno avremo insegnato una legge al mondo. Ma questo si può fare solo nei sogni (anche se io e Noon abbiamo messo a punto una tecnica ad acquerello che ci dà buone speranze per il futuro). La Quinta Forza domina le altre e non solo nei sogni: è la forza gioiosa e unica che ci tiene insieme, io e te ragazzo mio, è lei il chiodo dell'universo: la vera, fisica, strutturante, indispensabile forza. E ora basta con le teorie, ragazzo. Torno su, a studiare dei nuovi passi.

– Talete, prima di andartene, puoi rispondere a quella domanda...

– Dove ho messo i soldi della rapina? Beh, hai presente quel quadretto di Monet nella mia guardiola? È autentico, assolutamente autentico. Puoi prenderlo, è tuo. È stata la gioia della mia vita. E ora addio, ragazzo.

– Non lasciarmi solo, Talete – disse Elianto – resta ancora un po'.

– Non resterai solo per molto. Tra poco riceverai una visita molto, molto sorprendente! – rise l'infermiere, e sparì lanciandosi attraverso la finestra chiusa.

Elianto attese a lungo, ascoltando le voci di fuori, le auto lontane e il cinguettio degli uccelli che via via si affievoliva. Poi udì nel corridoio l'inconfondibile rumore del carrello di Malcinea. La suora entrò. Con grande sorpresa di Elianto, si sedette sul letto. Il ragazzo rimase muto e imbarazzato di fronte a quella presenza misteriosa. Dentro la grotta del velo, vedeva l'ombra di un volto, come in fondo a un lago.

– Volevo ringraziarla, suor Malcinea – riuscì a dire alla fine – se lei non fosse entrata qui per caso, non sarei vivo.

– Non sono entrata per caso – disse la suora. Aveva una voce bassa e roca, ma gradevole, da vecchia diva del muto.

– Ma lei parla!

– E non solo. So anche volare – disse Malcinea, e con un gesto improvviso, si tolse il velo e la gorgiera.

Elianto restò senza fiato. La creatura che aveva di fronte era bellissima e inquietante: una giovane dal cranio rasato e dagli zigomi pronunciati, denti piccoli e appuntiti, e due enormi occhi indaco, il cui cristallino pulsava come quello dei felini, mentre scrutava lo stupore del ragazzo. Sulla sommità del capo c'erano, piccoli ma perfettamente visibili, due cornetti da cerbiatto.

– Voilà – disse la diavolessa – il mio nome è Malcinea Drosera Lautrelia Matharia della decima legione di Katzumbas. Sono un agente tartareo infiltrato sulla Terra, e poiché sono discretamente telepatica e posso sapere in anticipo le tue domande, ho 198 anni, la mia apertura alare è di tre metri, mangio semolino e frullato di planaria e non sono fidanzata.

– Assomigli a una gatta che avevo – disse Elianto – sei molto bella.

– Ho una sorella maggiore, Carmilla, ancora più bella di me. Non so se augurarti di conoscerla, fa perdere la testa a tutti. È dietro sua richiesta che sono qui. Lei è in missione per conto del Capo, il Gran Malvagio, che è poi malvagio come la media dei terrestri, non spaventarti. Carmilla e i suoi amici cercano qualcosa che potrà aiutare anche te, perché se sai leggere la mappa nootica, sai anche che tutto danza al suono della stessa musica. Noi sappiamo che una volta tu hai sognato un Kofs.

– Sì, è un animale che mangia i sogni, gli eventi, le differenze, i diari, i biglietti d'amore, le conversazioni telefoniche, i temi scolastici, le ipotesi, le metafore, i baralipton...

– Sappiamo benissimo cos'è. L'importante è che tu ci dica dove e quando l'hai immaginato, perché mia sorella possa ritrovarlo nell'archivio di Mnemonia.

– Ricordo la data e il luogo preciso! – disse Elianto. – Lo sognai la notte di san Lorenzo di tre anni fa, l'anno prima di entrare in clinica. Ero in riva al mare e mentre guardavo le stelle che cadevano, pensai: chissà chi è in grado di contarle tutte, e anche tutti i desideri che la gente esprime vedendole cadere. E immaginai una creatura come il Kofs.

– Perfetto – disse Malcinea. – Adesso devi darci il permesso di utilizzarlo.

– E come faccio?

– Basta che lo ricordi, e subito tutto verrà registrato automaticamente su Mnemonia.

– Ma voi... siete dei diavoli!

– Preferisci noi oppure Siliconi e i sondaggi del Zentrum?

– Sei una vera tentatrice. Comunque mi ricordo di aver accordato il permesso un istante fa.

– Sei un gran bravo ragazzo, Elianto – disse Malcinea – peccato che non potrai venirci a trovare, laggiù in sede. Per quanto, se ti rovini un po' crescendo...

Un rumore di passi si avvicinò alla porta della camera. Malcinea si rimise il velo, rapida come un gatto. Il dottor Siliconi entrò con le mani sui fianchi, in atteggiamento minaccioso.

– Non sono permesse visite a quest'ora!

– Quali visite? – disse Elianto, mentre Malcinea scivolava via lestissima.

– Passando davanti alla tua porta, ho sentito la voce di una donna!

– Ah, sì – disse Elianto – era Greta Garbo. Viene tutte le sere.

Parte quarta

LA BATTAGLIA FINALE

Grazie al progresso dei computer, nel Duemila finalmente le prigioni diventeranno invisibili.

(Buffalo Bill Gates)

Cosa importa al popolo libero degli ordini di chi non appartiene al popolo libero?

(Akela, *Il libro della Giungla*)

31

MAL DI ZENTRUM

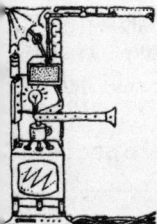

ra mattina presto e la luce dell'alba arroventava il Chiodo. Il salone governativo delle riunioni, affrescato con tutti i personaggi illustri delle banconote mondiali, ferveva di un'insolita eccitazione.

Le oscillazioni dell'edificio erano particolarmente accentuate, e facevano gemere le strutture di vetrocemento. Attorno al tavolo, tutti tenevano allacciate le cinture di sicurezza. Le bottiglie di acqua minerale volavano come birilli e non si poteva posare una sigaretta su un portacenere senza vederla rotolare lontano. Perciò ognuno dava un tiro alla sigaretta che aveva a portata di mano e aspettava con pazienza il prossimo arrivo in una catena di solidarietà tra tabagisti.

Erano presenti tre dei cinque presidenti superstiti, e cioè Mathausen Filini con una scorta di teste di cuoio, il generale Zeta circondato da agenti mascherati da Zorri e il mite Educati, difeso da una classe di studenti di sociologia che allontanavano i malintenzionati con minacce di seminario. Mancavano la showgirl Ametista e l'industriale Previtali, e le supposizioni si intrecciavano. C'erano invece una ventina di direttori di banche (il settanta per cento dei capitali del paese) e i massimi conduttori televisivi (il settanta per cento della libertà d'informazione). Per ultimo entrò il professor Abakuk, insieme a una commissione di ciberiatri americani e giapponesi che aveva appena esaminato il Zentrum.

– Signori – disse Abakuk – abbiamo qui cinque dei maggiori esperti mondiali di computer.

Il pavimento si inclinò per l'ennesima oscillazione e tre dei cinque maggiori esperti lasciarono la sala rotolando.

– Legateli alle sedie – ordinò secco Abakuk – non abbiamo tempo da perdere. Signori, ascolteremo ora la relazione dei professori Wada, Yomiuri, Zervlan, Dott e Ferguson. Purtroppo le notizie non sono buone. L'unità decisionale Zentrum Win attraversa una grave crisi di marasma cyberbolico, e le sue operazioni appaiono gravemente confuse. Cedo la parola agli esperti.

– Io credo – disse il professor Wada – che ci troviamo di fronte a un'aggressione vitale da parte di entità-hacker di mondi alieni.

– Secondo me – disse Ferguson – questo è un normale effetto del chip Ball Grid Array che ha leggermente spostato i transistor della cache secondaria verso il primo pipeline superscalare, così che il Branch Prediction Unity integrato ha previsto due salti nello stesso punto della memoria viva e di conseguenza il Memory Management Unit è stato attivato per trovare posto a tutte e due le function call, col risultato che abbiamo ora una totale assenza di capacità di multithreading in tempo reale.

– Per me – disse il professor Zervlan, bianco come un cadavere – il supercomputer ha la nausea. Nessun organismo umano o cibernetico può lavorare in simili condizioni di beccheggio.

– La mia tesi – asserì Yomiuri – è che, per renderlo più biosimile, il Zentrum sia stato dotato di varianti emozionali eccessive, e perciò abbia paura di qualcosa che minaccia la sua esistenza, proprio come un essere umano.

– Io non ho dubbi – sentenziò il professor Dott. – Si tratta della "Sindrome di Cape Canaveral", la stessa che colpì una decina di anni fa i computer della nostra base spaziale. L'unità Zentrum è diventata isterica perché ogni giorno più di mille tecnici la usano per giocare a Tetris, Mortal Kombat, Backgammon, Arkanoid, Supermario, Videotennis, e Invasione dei Pipistrelli Spaziali, il tutto condito con musiche idiote a pieno volume. Il Zentrum si è rimbambito a furia di videogiochi!

– Insomma – sbottò Mathausen Filini – secondo voi cosa dobbiamo fare alla fin fine?

– La mia proposta – disse Yomiuri – è di sospendere temporaneamente le funzioni del Zentrum.

– Staccare? – disse Mathausen, balzando in piedi incurante delle oscillazioni. – Ma siete pazzi? È il Zentrum che guida il paese e prende tutte le decisioni importanti, noi presidenti dobbiamo solo fare un po' di spettacolo per far votare ogni tanto la gente. Senza Zentrum, a chi faremo pianificare le nascite? Chi organizzerà i sondaggi? Chi deciderà i modelli delle nuove auto, i temi scolastici, i calendari di calcio, e soprattutto chi sceglierà le canzoni dei festival?

– L'esercito è pronto, come sempre, a prendersi tutte le sue responsabilità – disse il generale Zeta – ma è sempre stato il Zentrum a stabilire la data, il luogo e l'entità degli attentati, mentre noi...

– La invito a non divulgare notizie coperte dal segreto militare – lo interruppe bruscamente Abakuk – comunque signori, per convincervi della gravità della situazione, vi mostrerò gli ultimi tabulati del Zentrum.

– Chiedo la parola – disse garbatamente Educati. – Mi pare che a questo punto si apra un conflitto istituzionale assai pericoloso tra l'autonomia dei presidenti e il potere del Zentrum. Credo sia opportuno non scontrarci muro contro muro, ma tenere sempre presenti le superiori esigenze dei cittadini. Perciò ho anch'io dei tabulati da mostrare.

Così dicendo, tirò fuori un lungo cilindro di carta, lo srotolò, ne estrasse fulmineamente un fucile e centrò in fronte il generale Zeta.

– Fregato, fregato! – si mise a gridare, ballando intorno al tavolo.

– Presidente Educati, mi meraviglio di lei! – esclamò Abakuk. – Approfittare di un momento così delicato per i suoi meschini interessi personali.

– È sempre il momento giusto per battersi a favore della democrazia – disse Educati, che si risedette tra le congratulazioni dei suoi studenti.

Zeta fu portato via in tutta fretta.

– Se l'incidente è chiuso – disse Abakuk – vorrei mostrarvi il telegiornale elaborato dal Zentrum, quello che Fido PassPass avrebbe dovuto leggere stamattina. Lo abbiamo registrato perché possiate constatare l'impossibilità di mandarlo in onda.

Si spensero le luci e sul monitor apparve sorridente il principe dei giornalisti.

– Cari telespettatori, benvenuti su Canale Esse e siate maggioranza! Stamattina la svanzika vale 2,96 markodollari, una vera miseria, quindi. Ora vi leggerò le solite tre notizie, anche se dubito che servano a capire qualcosa in questo casino.

Prima notizia: la presidentessa Ametista e il presidente Previtali, visto che le cose si mettevano male, se la sono svignata. Hanno caricato i loro modesti averi su un paio di jumbo e si sono trasferiti in un'imprecisata isola tropicale. Ametista oltre a svariati chili di gioielli, s'è portata via il suo squadrone di ballerini, una dozzina di maquillatrici e dodici camion di cioccolata Nocciolella, perché ai tropici non si trova. Previtali, oltre alla tomba di famiglia, trecento tonnellate di alabastro, ha infilato sull'aereo l'intera pluriscudettata squadra di calcio, ventisei giocatori con moglie, figli, amanti, manager, massaggiatori e auto sportive.

Seconda notizia: la Paura ha toccato quota 265, la più alta del dopoguerra. Corre voce che buona parte dei cittadini non risponda più ai sondaggi, e alcuni addirittura si siano estirpati i molari per paura che contenessero microspie di controllo. Combattimenti intercondominiali e rionali sono in corso in varie zone del paese. Sull'autostrada Nord infuria uno scontro a fuoco tra colonne di camionisti e squadracce di pensionati su Moschiti corazzati. I vecchi teppisti hanno attaccato la colonna per derubarla del carico, e si stanno impossessando di galline, profilati, maiali, cardiotonici, latticini, surgelati, ghiaia e quant'altro riescono ad arraffare. Anche molti bazar degli autogrill sono stati depredati e incendiati. In quello di Roncolungo più di duemila nani di gesso, alani di porcellana e statuine segnatempo azzurre e rosa sono state rapinate da un pullman di suore armate. "Sembravano possedute dal diavolo" ha riferito un testimone.

Terza notizia: i Giochi dell'Indipendenza inizieranno domani sotto il peso di gravi incognite. Eros Pistillo, cantante dei Bi Zuvnot, il complesso governativo più amato dalle Teen-ager, ha un brufolo di 0,872 millimetri di diametro proprio in mezzo alla fronte. Malgrado le assidue cure dei medici, non è certo che possa esibirsi in tutto il suo splendore. Quanto a Baby Esatto, si insinua che sia molto nervoso e agitato, dato che non si conosce ancora il nome del suo sfidante. Da ieri è chiuso in casa, dove un ipnodisco lo rimpinza di nozioni subliminali. Nessuna notizia, invece, del lottatore Rollo Napalm. Ieri pomeriggio non si è presentato in palestra e anche il suo allenatore ne ha perso le tracce. A tarda sera era addirittura circolata la notizia della sua morte in un incontro clandestino di lotta.

Ed ecco il sondaggio di oggi:
Esiste una creatura che si chiama Kofs?

A) Sì, in Australia
B) Non esiste
C) Esisteva ma si è estinta
D) Non so

Un silenzio tombale sottolineò la fine della registrazione. Anche il vento, in segno di solidarietà, smise di soffiare sul Chiodo. Tutti facevano finta di prendere appunti e riempivano di cazzucci e ghirigori i notes. Abakuk riprese la parola:

– Avete chiaro cosa succederebbe se mandassimo in onda questo telegiornale? Ciò significa che ogni funzione del Zentrum è deteriorata, sconvolta, lesionata!

– Non possiamo andare avanti senza di lui – disse Mathausen. – Riscriveremo il telegiornale a mano, come ai vecchi tempi, e terremo il bestione sotto controllo.

– Il Zentrum non è un "bestione" controllabile – disse Yomiuri – se non lo stacchiamo può combinare un sacco di guai.

– Io credo che esista una soluzione moderata – disse Educati. – So che il Zentrum ha dodici livelli decisionali. Lo si potrebbe commissariare, fare in modo cioè che mantenga il controllo sull'ordinaria amministrazione, ma togliendogli la possibilità di intervenire su questioni vitali quali guerre atomiche, cambi di orario di trasmissioni televisive, mutamenti nell'hit-parade, eccetera.

– Si potrebbero staccare sette livelli e sorvegliare gli altri – suggerì Ferguson.

– Io ritengo opportuno staccarlo del tutto – disse Yomiuri.

– Io sono per tenerlo in vita ma appena fa lo stronzo dargli fuoco – disse Mathausen.

– Mettiamo ai voti – disse Abakuk.

Il Zentrum fu mantenuto in funzione, ma i tecnici iniziarono a deprogrammare metà dei suoi livelli. Un'ora dopo andò in onda il telegiornale riscritto.

– Qui è il vostro Fido PassPass da Canale Esse, buongiorno telespettatori, e siate maggioranza! Oggi la svanzika vale 2,96 markodollari, niente male quindi. Prima del sondaggio, che sarà facile facile (guai a voi se non votate!) ecco tre belle rassicuranti notizie.

Prima notizia: la presidentessa Ametista e il presidente Previtali hanno clamorosamente annunciato il loro matrimonio, che avverrà tra pochi giorni su un'isola del Pacifico.

I due si amavano già da qualche anno, ma il loro legame era tenuto nascosto per la differenza di età, poiché, come tutti sapete, Ametista ha tra i sedici e i ventisei anni e Previtali dai sessanta agli ottanta. Il noto finanziere assisteva a tutti i concerti della showgirl dietro le quinte, travestito da pompiere. Ora però non possono più nascondere la loro love story, poiché Ametista è in dolce attesa. La foto della prima ecografia del pargolo è stata vinta all'asta dal settimanale "Vip Express" per duecento milioni di svanzike. Intervistati per telefono, i futuri sposi hanno confidato che rinunceranno alla Sfida dei Presidenti per amore del nascituro: si chiamerà Marko Creso Ramsete se maschio, Dolly Nefertiti Schiffer se femmina. Ma i loro ammiratori non dovranno soffrire a lungo: Ametista sarà di nuovo in tour nel nostro paese a Natale, e Previtali dirigerà dall'estero le sue ardite operazioni economiche.

La seconda notizia è di ieri, giorno in cui la paura è scesa, e sono accaduti episodi bizzarri e divertenti. Nel salone delle feste dell'Hotel Majestic di Villa Montana, era prevista una sfilata di pellicce dello stilista Gerfeld, con incasso devoluto alle marmotte orfane. Ma il pullman che trasportava le top-model non è riuscito a raggiungere l'albergo per via di una fitta nevicata. Si offerte allora di sfilare le Beate Sorelle della Santa Slavina, suore di clausura note per la loro bontà e disponibilità. Le suore, dismessi per un giorno gli abituali sottanoni, hanno sfilato con grazia e persino un pizzico di malizia. Unica variante al programma, Bach al posto del rock. L'elegante platea ha applaudito con calore le insolite indossatrici, e due di loro, suor Beatrice e suor Liviana, hanno firmato un contratto miliardario con il sarto Valeriano.

Ed ecco la terza notizia: i campioni governativi mordono il freno per la gara di domani. I Bi Zuvnot sono in ottima forma e il brufolo di Eros Pistillo è stato incenerito con un laser. Baby Esatto è stato visto a cena con una graziosa scacchista russa. Avvicinato dai giornalisti, è apparso sereno e rilassato. Corre voce che la Contea Otto, consapevole di non aver alcuna possibilità, non presenterà alcun sfidante. In quanto a Rollo Napalm, si è concesso una breve vacanza e non si è recato in palestra per l'allenamento, in quanto, secondo la versione ufficiale, era sotto le mani del massaggiatore. Ma fonti maliziose riferiscono che le mani in questione sarebbero quelle della bella attrice Sharon Spassky, a cui Rollo è legato da affettuosa amicizia. Intervistato, Rombo Napalm, fratello e allenatore del campione, ha detto "No problem. Prima di salire sul ring Rollo scende sempre da qualche letto".

Ed ecco le domande del sondaggio di oggi.

Chi vincerà più gare tra le ventuno dei Giochi dell'Indipendenza?

A) Il governo
B) Le contee
C) Pari
D) Non so
E ora, forza con i telecomandi!

Al ventesimo piano del grattasmog HD una mano guantata di bianco premette più volte il campanello con la scritta "Famiglia Eliantemo" ma non si udì nessun suono. Allora la mano bussò con forza. Aprì la porta una donna spettinata, scopa in mano, sigaretta in bocca e due pedule simili a gatti spiaccicati. C'era odore di fumo di candela, e il televisore era spento.

– Buongiorno signora, sono Abel Ferretti, del servizio demodossametrico governativo. Posso entrare?

– Prego – disse la signora riprendendo a scopare con un occhio semichiuso per il fumo.

– Ci risulta – disse Abel sedendosi – che da due giorni la sua famiglia non risponde ai sondaggi di Canale Esse. Ebbene noi teniamo molto al parere dei cittadini, e inoltre, come lei sa, oltre all'interruzione della corrente ci sono sanzioni ben più gravi nei confronti di chi non collabora...

– Lo so, lo so – disse la donna – una volta mi avete portato via il cane per un anno.

– Partecipare è facile, basta azionare un semplice tasto di telecomando, la vostra opinione è così preziosa per noi! Come facciamo a sapere cosa vogliono i cittadini se i cittadini non ci fanno sapere cosa vogliono?

– Lei parla proprio come quello dell'altra volta. Alzi i piedi – disse la donna, ramazzando sotto la sedia.

– Insomma, signora – disse Abel con tono grave – sono qui per invitarla subito a votare. Con procedura urgente, posso farle riaccendere la televisione, in modo che lei risponda al sondaggio serale di recupero.

– Ma io ho già votato! – disse la donna.

– Signora, non prendiamoci in giro. Se avesse votato, avrebbe la corrente: il sondaggio di oggi era estremamente semplice.

– Ho votato a casa mia, a pianterreno – disse la donna. – Sono Selene, la portinaia dello stabile, e sono qui a fare le pulizie.

– E la famiglia Eliantemo dov'è?

– Sono partiti in macchina stamattina, non so per dove. Mi hanno detto di tener dietro alla casa finché non tornano.

"Ma non possono uscire dalla città se non hanno votato il sondaggio" stava per dire Abel, quando vide per terra, nella spazzatura, due molari insanguinati.

Ancora un caso di ribellione isterica. Era già il settimo, quella mattina. Stava veramente succedendo qualcosa di inquietante. E la famiglia Eliantemo se la stava filando in macchina, verso chissà quale contea...

32.

BABY DEVIL

tre diavoli piombarono nel centro operativo di Mnemonia in un giorno di grande lavoro e fu come stare dentro uno spettacolo di fuochi artificiali. Scariche elettriche, filamenti incandescenti che solcavano l'aria, globi rossi che esplodevano in granatine di scintille, fontane di fosfeni, saette sghembe che strisciavano sul pavimento e ovunque un fibrillare di luci intermittenti che mutavano colore e intensità. Brot si mise a inseguirle, beccandosi delle gran scosse, perché la luce verde alonata che cercava di catturare era in realtà un direttore generale, e la scintillina gialla e zigzagante una segretaria.

– Smettila, Brot – disse Ebenezer, mezzo accecato da tutto quel fulgore.

– Vojo lucina gialla – piagnucolò Brot.

– Sei diventato scemo? – lo apostrofò Ebenezer.

– Uh uh – disse Carmilla con una voce sottile – come sei buffo Ebenezer.

Il diavolo si voltò per rispondere e restò senza fiato. Davanti a lui c'era una demonietta di non più di cinquant'anni (sei anni umani) tutta occhi e orecchie, rosea e con una codina porcellesca. Da parte sua Brot era un bimbone grassoccio coperto di peluria rossa, con alette lunghe una spanna e corna da capretta.

Inutile dire che anche Ebenezer si era trasformato in un adolescente spilungone, con ali troppo grandi che toccavano terra, due piedi esagerati e una bella dotazione di brufoli.

– Cosa ci è successo? – disse Ebenezer con voce tremante.

– Vojo lucina gialla che scappa – pianse ancora Brot – vojo lucina gialla!

– Sta' buono, Brot – ordinò Ebenezer – diamoci un contegno.

– Anch'io vojo lucina gialla – disse Carmilla e si mise anche lei a piangere e pestare i piedi.

– Cosa sta succedendo qui? – domandò un fuoco fatuo azzurro intervenendo con tono autoritario.

– Non lo so, non ci capisco niente – disse Ebenezer – siamo rinfantiliti.

– Succede – disse il Fuofa. – Siete saliti su Mnemonia troppo in fretta, senza fare decompressione, e questo ha fatto sì che la forte percentuale di ricordo contenuta nella nostra atmosfera vi spingesse indietro nel tempo. Noi la chiamiamo embambolia. Naturalmente il rinfantilimento è proporzionale alla vostra età reale, e alla vostra natura diabolica. Quanti anni avete?

– Io ho quattrocentocinquantadue anni, Carmilla duecentottantasei e Brot centonovanta.

– Dunque se il coefficiente retroinfanziale di Mnemonia è di circa quattro e il rapporto antropodiabologico è di uno a dieci lei ha ora centoquattordici anni diabolici, cioè circa undici anni umani, Carmilla sette anni umani e Brot circa quattro.

– Quattro e mezzo – disse Brot risentito.

– Sei rosso e pelato come una porchetta cotta – rise Carmilla, mostrando la lingua.

– Mi ha chiamato "porchetta cotta" – sbottò a piangere Brot, attaccandosi con gli artigli a Ebenezer – non deve chiamarmi così, quella brutta pipistrellona!

– Pipistrellona a me non lo dici! – gridò Carmilla, e iniziarono ad accapigliarsi tirandosi per le ali.

– Anche se l'embambolia è reversibile, credo sia opportuno fare in fretta quello per cui siete venuti – disse il Fuofa.

– Dobbiamo ritirare un ricordo dall'archivio di un terrestre. Abbiamo tutti i permessi – disse Ebenezer.

– Scegliete subito una hostess – disse il Fuofa – sapete come si fa?

– Lo sappiamo – disse Ebenezer – Brot, Carmillina, su bambini, venite qua, adesso facciamo un gioco. Cerchiamo di immaginare tutti insieme la cosa più bella del mondo, quella dei nostri sogni.

– Perché? – chiese Brot.

– Perché sì e basta – disse Ebenezer, mollandogli un sonoro scappellotto. – E niente porcherie!

Dopo pochi secondi nel vuoto prese forma l'hostess olografica: un cono gelato alto due metri con un vestito bianco e oro alla Elvis Presley e le ali da angelo.

– Strano miscuglio davvero – disse il Fuofa.

– Sul gelato non ci sono dubbi – disse Ebenezer – il vestito alla Elvis Presley era il mio sogno di diavoletto, in quanto alle ali...

– Voglio le ali bianche e piumose come quelle stronze della Totapulchra – brontolò Carmilla – non voglio queste brutte alette nere da pipistrello.

– Eccomi al vostro servizio – disse la hostess – che nome volete darmi?

– Che ne dici di Elvis Angelo Tuttifrutti? – suggerì Ebenezer.

– Mi sembra una buona sintesi – disse l'ologramma. – Ora seguitemi, vi porterò nell'archivio mnemonico della persona richiesta. Potete darmi i suoi dati?

Ebenezer le porse un bigliettino scritto. E.A. Tuttifrutti digitò su una tastiera invisibile e davanti a loro apparve una serie di cerchi luminosi pulsanti, che si unirono in un'unica luce bianca. Tuttifrutti li invitò con un gesto ad attraversare la soglia luminosa.

Dietro c'era un mare calmo, inargentato dal sole di mezzogiorno. Sulla spiaggia bianca, incorniciata da dune con agavi e tamerici, c'erano un vecchio su una sedia a sdraio, tre gatti che si rincorrevano, e una fila di pescatori che portavano in spalla una rete, come un gigantesco serpente. Vicino a riva, alcuni bambini facevano il bagno, si spruzzavano e gridavano eccitati.

– Anch'io vojo bagno – disse Brot.

– No, tu hai appena mangiato – disse Ebenezer.

– Cosa?

– Cinque quintali di locuste, due panettoni farciti, un frullato di rane e mascarpone e due cocomeri ripieni di vodka.

– Ma è stato quand'ero Brot grande, non vale.

– Ubbiditemi! – gridò Ebenezer, adirato.

– Posso fare un cazzone di sabbia? – chiese Carmilla che aveva trovato una paletta.

Ebenezer si prese la testa tra le mani. Quante responsabilità per un diavolo di undici anni! Brot si tuffò unendosi agli altri bambini, Carmilla iniziò la sua scultura, Ebenezer e l'ologramma si sedettero sulla sabbia tiepida, pensosi.

– Lei che non è virtuale, senta che buon profumo di mare – disse Tuttifrutti.

Ebenezer aspirò a piene narici e starnutì fragorosamente.

– Mi scusi, sono gli strascichi di una cotta. Però è vero, c'è un'aria magica, in questo posto.

– Spesso i ricordi dei ragazzi sono così – disse Tuttifrutti – magari dietro le dune c'è qualche mostro, o strega, o soldato in agguato, ma ci sono anche mattine come questa in cui la vita sembra nascondere tesori dietro ogni albero del giardino. Era un bambino fortunato il suo Elianto, fino al brutto giorno in cui entrò in clinica. Questa parte dei suoi ricordi è laggiù, dove c'è quella casa bianca con il grande albero, sotto la nuvola scura.

Ebenezer si guardò intorno. Sulle dune camminavano gli scarabei stercorari, spingendo la loro palla. Libellule galleggiavano nell'aria. Vicino a lui, sotto un'immensa agave, la sabbia era smossa, come se qualcuno ci avesse appena giocato. C'erano una conchiglia, una spada di legno, due soldatini, il disegno di un cuore con una "B" al centro. Lontano, si sentiva cantare. Un ragazzo con una chitarra e due ragazze erano seduti su un pattino in secca.

Il vecchio si alzò dalla sedia a sdraio e si incamminò verso di loro, seguito dai tre gatti. Uno dei mici andò verso la riva, a guardare i bambini che facevano il bagno. Il secondo venne a strusciarsi contro le gambe di Carmilla. Il terzo passò davanti a Ebenezer, lo guardò fisso negli occhi e starnutì.

– E questi chi sono?

– I gatti di Elianto. E quel signore è Ermete, suo nonno. È molto presente, nella sua memoria. Più dei genitori e della sorella, che sono là in fondo, su quel pattino che sta tornando a riva.

– Buongiorno – disse il vecchio togliendosi il cappello di paglia – bella giornata, vero?

– Bellissima – annuì Ebenezer.

– Mio nipote adora il mare – disse il vecchio – è un buon conoscitore della fauna pelagica e gli piace molto nuotare. Lo vedete? È là che sta facendo il bagno insieme ai bambini sordomuti della colonia. C'è anche un bimbo nuovo, rosso come una porchetta. Certamente ha preso troppo sole. Ma anche lei è un po' rosso, giovanotto. Dia retta a me, si metta un po' di crema. Anche nei ricordi, il sole brucia.

– Grazie del consiglio – disse Ebenezer. Il vecchio si allontanò. La fila dei pescatori si fermò proprio davanti a loro. Posarono una parte della rete a terra, mentre l'altra fu caricata su una barchetta. Da lì due uomini iniziarono a calarla a semicerchio, circondando la zona di mare dove i ragazzi facevano il bagno.

– Cosa fanno? – chiese Ebenezer.

– Pescano un ricordo di Elianto – disse Tuttifrutti – un ricordo meraviglioso che ci è stato richiesto.

Quando la rete fu tutta calata, i pescatori, da riva, iniziarono a tirare, una dozzina per ogni estremità, stringendo sempre più il semicerchio. I bambini se n'erano accorti e gridavano eccitati. Uno dei pescatori era un uomo alto e abbronzato, con un cappellaccio di paglia e due vistosi orecchini. Si voltò verso Ebenezer: aveva ciglia folte e occhi così scuri da sembrare truccato. Lo salutò con un cenno della mano.

– È Pierre, un pescatore che ha girato tutti i mari del mondo – disse E.A. Tuttifrutti – un tipo bizzarro, sembra sia stato anche su una nave pirata.

– Cosa fanno – disse Carmilla accorrendo incuriosita – pescano i bambini e li mangiano?

– Proprio così – disse Ebenezer. La rete fu tratta a riva; la sacca finale brulicava dell'argento delle squame e del verde delle alghe, e i pescatori separavano i pesci dai bambini che ridevano. Qualcuno faceva finta di boccheggiare, un altro fingeva di essere un granchio e pinzava con le dita le gambe di Pierre, Brot si era ingozzato una triglia che non andava giù, e la coda gli sporgeva dalla bocca.

Carmilla guardò un po' spaventata un grosso polpo, che alla chetichella stava riguadagnando il mare. Ebenezer era sul punto di buttarsi anche lui a giocare in mezzo a quella pesca miracolosa, quando una vampata di luce illuminò la spiaggia. Qualcosa di simile a un secondo sole avanzava nella sabbia, verso di loro.

Si avvicinò, con una buffa andatura barcollante. Era una creatura, sembrava fatta di vetro sfaccettato, ma all'interno si vedevano pulsare gli organi e la linfa scorrere dentro a vene e capillari.

Assomigliava a un delfino, e forse a un gatto o a un uccello, o a nessuno di questi. Tutti capirono che quello era il Kofs.

Il sole entrava e usciva dal suo corpo cristallino dividendosi in mille raggi di colore diverso. I pescatori, i bambini, i pesci lo osservavano immobili. Ebenezer allungò una mano per toccarlo. Era liscio, e sprigionava calore.

– Non è come gli altri che avevo visto finora – disse.

– Il Kofs – disse Tuttifrutti – è sempre come uno se lo è immaginato.

Un sordomuto lanciò un verso rauco di gioia, si avvicinò alla creatura splendente, e le montò a cavalcioni. Quella si mosse lentamente, trasportandolo con sé.

Gli altri bambini li circondarono eccitati.

– È vostro – disse Tuttifrutti – sappiatelo usare bene. E fate che ritorni presto.

33

PERSEFONE

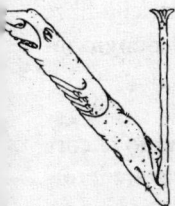

el deserto di sabbia e macerie di Yamserius c'era qualcosa che Boccadimiele conosceva già. Non sapeva cosa,
ma un presentimento la spingeva a correre distanziando
gli altri.

Dietro a lei Iri, con la fedele Okumi, era salita su un
muro diroccato per riprendere il panorama.

– Bella location, peccato che ci sia poca luce. Che video ci am-
bienteresti, Rangio? I Joy Division o *Vado al Motor Show* dei Bi
Zuvnot?

– Non ho voglia di scherzare – disse Rangio – ho solo un gran
freddo, e la chitarra piena di sabbia.

– Ehi, ragazzi – disse Boccadimiele indicando un gruppo di case sventrate – notate nulla?

I due si guardarono, si guardarono e guardarono Boccadimiele
come si guarda una che ha detto di guardare dove non c'è niente
da guardare.

– Non ve ne siete accorti, stupidi? – disse Boccadimiele. – Questo è il nostro quartiere, o ciò che ne resta. Quello è l'Ipermarket da
dove siamo partiti, là c'è il nostro bar, quell'albero pietrificato è il
platano dove appoggio sempre la bicicletta, e quella è casa tua Iri,
non vedi il cancello?

– Tu sei pazza – disse Iri. – Le macerie si assomigliano tutte.
Dov'è il palazzo giallo dei Servizi di Zona? Dov'è l'Hamburger
House? Dove sono i giardinetti delle nostre disperazioni?

– Guarda attentamente, e vedrai – disse Boccadimiele – anche
se le case sono crollate, le insegne cancellate e gli alberi morti.

– Io non vedo nulla – disse Rangio – però è vero, quella panchina sembra proprio quella dove ci siamo messi a suonare la notte di Capodanno.

– E vicino c'è quella dove hanno trovato morto Mescolo. E lì abbiamo fatto a botte coi Nazi-Chic. Lì è dove Elianto si è sentito male la prima volta, ricordo ancora il suo grido. Dove ci sono quelle macchine accartocciate c'era il parcheggio, e in fondo il vicolo con il bar.

– Hai una grande immaginazione – sospirò Iri.

Avanzarono a fatica nella sabbia alta e nei calcinacci, fino a raggiungere un anfiteatro di rovine, dove fasci di fili elettrici e fibre spezzate di neon pendevano da brandelli di muro. Rangio inciampò in un oggetto metallico semisepolto nella sabbia.

– Ehi – disse – questa è la cassa di un negozio.

La forzò, quella emise un trillo roco e dentro c'erano ancora due monete. Rangio se le infilò in tasca e si mise a rovistare intorno. Trovò un mucchio di polvere bianca.

– Droga? – chiese Boccadimiele.

– No, detersivo – disse Rangio fiutandolo – e guarda qua, c'è uno spray dopobarba. Siamo nel nostro reparto profumeria!

– I reparti profumeria sono tutti uguali, gli ipermarket sono tutti uguali e hanno tutti lo stesso padrone e tutto somiglia a tutto, in un mondo morto. Lasciatelo dire a me che ci ho lavorato – sentenziò Iri.

– Non esistono due posti uguali al mondo – disse decisa Boccadimiele – anche le mattine di nebbia sono diverse. In quella panchina è morto un nostro amico con una siringa nel braccio, e io e te, Rangio, c'abbiamo scopato tutta una notte. Non era la stessa panchina. È possibile che non sappiate riconoscere non solo i posti, ma gli odori, la luce, la rabbia che hanno respirato?

– Forse Boccadimiele ha ragione – disse Rangio – su Yamserius c'è un pezzo della Contea Otto.

– E quello lo conoscete già, allora? – disse Iri con tono di sfida, indicando l'unico segno di vita nel paesaggio: un gigantesco camion illuminato da festoni natalizi, con due altoparlanti sul tetto. Sopra il parabrezza c'era l'insegna:

CAMIONMARKET PERSEFONE

Tutto il cassone era tappezzato di cartelli:

Anguilla marinata 500 svanzike.

Avviso per i rapinatori: siamo armati!

Si fanno massaggi, si leggono tarocchi, si compra e vende oro.

Offerta speciale: pantegane da brodo 200 svanzike la dozzina.

Misture alchemiche, preparati galenici, cocktail, elisir, pozioni amorose.

Si accettano carte di credito.

I cani possono entrare, specialmente quelli grassottelli.

Maschere antigas, anche taglie piccole.

Si eseguono ristrutturazioni di abiti per mutanti.

Torta della casa, 10 svanzike la fetta.

Il personale della cassa non è in possesso della chiave della cassa e non esiste neanche la cassa, tengo tutto nelle mutande e se provate a toccarmi vi faccio secchi.

E per finire, un cartello più grande di tutti:

DA PERSEFONE: QUEL POCO CHE RESTA
A PREZZI QUASI ONESTI.

Bussarono al portellone posteriore. Sbucò prima la canna di un fucile, poi il viso rugoso di una donna con una selva di capelli grigi. Poi, grassa, solenne e zoppa, apparve Persefone.

– Ma è la droghiera – esclamò Iri – quella che ha il negozio nel nostro quartiere!

– Ma no – disse Boccadimiele – è la vecchia portinaia di Elianto, un po' ingrassata, la signora Selene.

– Siete rimbambiti – disse Rangio – è la pazza barbona che sta sotto il ponte della ferrovia.

– Chiamatemi come volete – li interruppe la donna. – Droghiera, portinaia o pazza. Mi chiamano anche Persefone, Artemide, Saturnia o la Camionista del Deserto. Fatto sta che se non ci fossi io, parecchi morirebbero di fame, in questo schifo di posto. Venite, venite, vi offro una cioccolata. Non ci vedo più tanto bene, ma mi sembrate molto giovani.

– Proprio così – disse Iri – siamo giovani di un altro mondo.

– Tutti i giovani sono di un altro mondo – disse Persefone avvicinandosi al banco.

C'erano alcune scatolette polverose, un baccalà stecchito, un vecchio vaso di caramelle, una bottiglia di millefiori con dentro un rametto, una grappa con dentro una pera e un'acquavite dove nuotava un'iguana.

– Non ho più l'assortimento di una volta – grugnì Persefone, tirando fuori da sotto al bancone un cartone pieno di bussolotti – forse non ho neanche più la cioccolata. Che ne direste di un bel latte in polvere all'aroma di gianduiotto rancido?

– Straordinario – disse Iri.

– Ma cosa è successo su Yamserius? – chiese Boccadimiele.

– Tutti volevano riempire troppo il frigo – rise Persefone – e quando non ce ne fu più, ognuno cominciò a desiderare il frigo dell'altro fino a spargargli addosso. Poi un giorno, boom!

– Un'esplosione, una guerra, un terremoto?

– Peggio. Ci siamo guardati negli occhi e abbiamo capito che a nessuno importava più se l'altro crepava. A quel punto era già tardi. I più ricchi si sono chiusi nei bunker, i più fessi sono morti, i più furbi come me hanno trovato un camion da portare in giro e fanno un sacco di soldi che non sanno come spendere. Ne volete?

Persefone vuotò le tasche e buttò a terra una manciata di svanzike, che i topi si affrettarono a rosicchiare.

– Bene – disse Persefone, mostrando una caraffa di brodaglia biancastra – ecco il latte in polvere, diligentemente diluito, poi taglio il gianduiotto in quattro parti uguali: lasciatelo sciogliere, sentirete che gusto, certo un gianduiotto rancido per quattro dosi di latte è un lusso, normalmente ne faccio venire fuori almeno trenta, ma mi siete simpatici. Perché siete venuti qui?

– Abbiamo bisogno che lei ci prepari un elisir – disse Iri, sorseggiando il latte – un senno vitale.

– Per un nostro amico che sta morendo – disse Rangio.

– Lodevole intento. Ma perché dovrei aiutarvi? – ghignò la vecchia. – Potrei fare di meglio: ad esempio ammazzarvi, bollirvi e vendervi a tranci. La carne umana è molto richiesta, tra gli abbienti di Yamserius.

– Anche noi potremmo fare di meglio – disse Boccadimiele, estraendo il serramanico – ad esempio sbudellarla e fregarci il camion con tutto il carico.

– Che ragazzina sveglia! – disse entusiasta la vecchia. – Anch'io ero così alla tua età.

Catturò un topo piccolo, tenendolo per la coda lo intinse nel latte e se lo mangiò.

– Adoro i pasticcini – disse – va bene, ragazzi, se avete la ricetta e gli ingredienti, li miscelerò per voi. La ricetta è questa? Accidenti, roba fina. Avete il succo di huapanga? Bene. E questo vasetto cos'è? Per Madre Luna, veri protofunghi, anticorpi numero 104, una rarità! E poi abbiamo dell'ottimo istinto di sopravvivenza. Dovete aver girato un sacco di mondi. L'acqua minerale, eccola qua. Manca solo il ricordo meraviglioso.

– Lo avremo domani.

– Niente problemi, potrete aggiungerlo all'ultimo momento. Vi darò istruzioni in merito. E adesso ragazzi, lasciatemi lavorare.

Persefone scostò una tenda, dietro la quale c'era un tavolo ingombro di storte, alambicchi, boccette e bottiglie di tutti i colori. Le etichette andavano dal Whisky Caolila alla spremuta di planaria, dal Curaçao Limbo al Piperon de Pyrénées, dal distillato di pechblenda al sangue di geometra. La vecchia si mise un cappello a cono e dei guanti di gomma. Poi, con un gesto ampio e ieratico, versò il succo di huapanga in un bicchiere millimetrato e disse:

– Per i poteri del Primo Alchimista Ermete Trismegisto e per le Cinque forze elementari e per i Pantaloni del filosofo e la giustizia in Terra, chiamo a raccolta le molecole pigre e gli atomi perdigiorno, affinché nessuno manchi non facciam serendipity ma ut unum sint e si scàpen, zo bòt, ogni roccia scioglierà il mio pianto, si compia l'incanto del Senno di Elianto!

Il succo di huapanga iniziò a bollire e a emettere una radiazione giallognola. Il viso di Persefone si trasformò in una maschera paurosa, che la luce dell'ebollizione illuminava, e la sua voce sembrava provenire da miglia e miglia sotto terra.

– Nel primo elemento del Senno di Elianto contempliamo un vasto mare e una grande barca e tutti sanno calcolare dalle stelle la loro posizione e il destino e il giorno e l'ora. Ciò mi fa tornare alla mente il mio defunto marito, Talete Fuschini, che il diavolo se lo tenga, gran brav'uomo efficiente nel talamo, ma ahimè troppo sognatore: bellezza lo sedusse tra i papaveri, e si mise a rapinar banche. Egli soleva dirmi che gli uomini sono soggetti alla legge delle Tre lancette.

Ad alcuni manca la lancetta dei secondi: e costoro non sanno mai godere un singolo attimo, ma pensano sempre a ciò che è stato prima e a ciò che verrà dopo, e non si accorgono delle piccole quiete gioie, o delle grandi e rapide gioie che li circondano.

Ad altri manca la lancetta dei minuti. Costoro corrono all'impazzata, gareggiano contro gli attimi inseguendo chissà cosa, poi di colpo si fermano delusi, poiché nulla hanno trovato, e lasciano che le ore scorrano una più inutile dell'altra.

Ad altri manca invece la lancetta delle ore. Ed essi vivono, si agitano, fanno piani, appuntamenti, progetti, ma non sanno se è notte o giorno, o mattina o sera, se sono felici o disperati, non vedono mai la loro vita, solo un rotolare di anni pesanti e inarrestabili.

L'uomo giusto ha tutte e tre le lancette, più la suoneria quando è ora di svegliarsi, più una lancetta conficcata nella sommità del cranio che lo collega a tutti i quadranti stellari. Astucapitto? Nulla nascosto rimanga, huapanga huapanga, ridacci la bella creatura, e il mare che piaceva tanto a Elianto, e dentro al tuo sole metto la mia luna, ecco qui i protomiceti della notte dei tempi, triassiche amanite, i funghi che crescono di notte carezzati dalle mie mani bianche, dalla luna fertile che li spinge da sottoterra con un dito, i funghi che tendono le loro piccole ife verso i sogni e alcuni di essi non solo sognano ma fanno sognare, eccome, in brodo o secchi e fumanti e in supposte ecco a voi i signori Peyote e Psylos e Pleuros che ora si uniranno a nozze con la calda huapanga e nasceranno rumbe e civiltà incas, señores, ve lo dico io che sono la regina delle barwomen e imparai il talento e il mestiere da King Misclot, il migliore di tutti i barmàni. Musica, maestro:

King Misclot la domenica fece un cocktail al peperoncino così potente che la temperatura della città si alzò di venti gradi in una notte, giuro che è vero.

King Misclot il lunedì preparò con ingredienti segreti un cocktail d'amore così porneroticosexappillico che quella sera stessa i sexmografi segnalarono un terremoto di sesto grado e invece erano un milione di molle di letto che cigolavano.

King Misclot il martedì venne sfidato da un cliente ubriaco che gli disse: scommetto un milione di svanzike che non riesci a fare un cocktail che mi butti a terra. King Misclot mescolò gin, angostura, grappa di pera, merlot, pinot, sbargiullo, pallini da caccia, solfuro d'ammonio e due gocce di mercurio protoplastico, chiuse tutto in una damigiana e spaccò la damigiana in testa al cliente, che perse la scommessa.

King Misclot il mercoledì fece un cocktail così leggero che tutto il party si svolse sul soffitto.

King Misclot il giovedì preparò un cocktail tonificante per la squadra di rugby dei Cardiff Pitbulls che vinsero la partita trecentosessanta a zero, ma furono squalificati perché picchiarono uno per uno tutti gli spettatori, c'ero anch'io.

King Misclot il venerdì fece un cocktail per un signore che aveva perso la fede in Dio, e dopo averlo bevuto, codesto signore non solo ritrovò la fede, ma un anno dopo fu eletto papa col nome di Etilio primo, giuro su Dio.

King Misclot il sabato non lavorò, riempì la vasca da bagno di gin e Martini, e ci si annegò dentro. Voleva fare un cocktail unico e inimitabile, e ci riuscì, perché nessuno poté avere più l'ingrediente King Misclot. Giuro che è vero.

E così abbiamo unito in solenni nozze la huapanga e i protofunghi e poiché sposa bagnata sposa fortunata ecco l'acqua, ma non un'acqua qualsiasi, acqua pizzighina della sorgente dell'albero huang che sgorga ogni duecento anni, dentro ogni bollicina c'è un universo, perciò attenti ai rutti perché potreste aver bevuto pianeti abitati, e tieni duro Elianto, lotta contro male e febbre e vomito e sudore e tremito e spasmi e la malvagità umana e tira su la testolina e alzati in piedi e cammina piano, un passo dopo l'altro come un soldatino meccanico, apri la porta vai fino al mare nuotaci dentro, eccoti qua, salta nella provetta insieme al tuo istinto di sopravvivenza, ora tutto bolle e l'unione è completa, ma resta sempre come sei, tutti vogliono vivere, non tu soltanto, anch'io così vecchia e stanca e i tuoi amici che ti vogliono bene, guarda i loro visi riflessi nell'acqua, penseresti mai che potrebbero tradirti? Eppure anche nel loro sangue c'è un virus velenoso, uno strano frutto, una molecola ribalda, un rumore nel cofano, un troll tra le fibre ottiche, qualcosa che potrebbe cambiarvi l'anima, guardate nella nebbia della combustione alchemica e cosa vedete?

Oh, guarda su quella panchina, com'è bella e pallida, è Biancaneve ma non ha mangiato la mela si è messa nel sangue un frutto amaro, una spada affilata di crack talvin eroina, povera faina Boccadimiele e ora il vomito la soffocherà e il cuore le scoppierà e nessun principe la sveglierà, anzi guardate i passanti che sentono i suoi lamenti e fuggono spaventati, era così bella, con quella bocca rossa che ora è livida e spenta, ma cos'è accaduto, perché la città fu così nemica di questa giovane guerriera con la piccola spada a serramanico? Tante volte fu buttata a terra, in strade desolate e locali rumorosi, tra giovani dal volto duro e giovanette troppo truccate e nessuno la aiutò, undici volte la arrestarono, la sua storia è chiusa nel mio cassetto, io la conoscevo bene, era allegra e coraggiosa e viaggiò per i sette mondi ma tutti la dimenticarono e finì così, la povera Boccadimiele, a scopare coi vecchi per mille svanzike, finché non si ruppe come una bambola, ma non era una bambola, era vera e il sangue scorreva forte nelle sue vene, eppure la lasciaste sola, e lei morì sola, con un fiore all'orecchio e i suoi inutili rossetti in tasca.

Ma cosa succede, chi vedo là? Chi arriva? I fotografi impazziti scattano flash su flash, è lei, è la grande regista Iri coi suoi capelli multicolori e le giacche di paillettes che fanno trend. Ricordate? Cominciò con i documentari sull'emarginazione e poi diventò una star dei festival e lavorò per gli Arkangeli e i porci e i cannibali, perché insomma bisogna sapersi gestire, e dimenticò i suoi amici e narrò la loro storia senza passione con luci troppo colorate e attori troppo pagati e guardatela ora, Iri ubriaca nella suite del Grand Hotel, con la televisione a tutto volume e l'acqua che riempie fragorosamente la vasca da bagno e non sa a chi telefonare, non ha più un amico al mondo, rispondi almeno tu vecchio Rangio, ma quello non risponde, allora entra nella vasca e pensa, oh, se ora inondassi l'acqua del rosso delle mie vene tutto in un attimo diverrà del mio colore preferito e che titoli che retrospettiva, come la ameranno dopo, come si ricorderanno di lei ora che non c'è più: *Ragazzi intrepidi*, titoli di coda, the end.

Ma Rangio, il nostro magro sognante Rangio, perché non ha risposto? Eccolo con la sua auto che percorre le vie del quartiere, non è più magro e sognante, è un omaccio robusto che sa farsi valere, tutti lo mettevano da parte e lui è diventato un duro, ha sposato una signora moglie si è fatto un signor negozio di dischi e guai a chi glielo tocca, si è comprato una signora pistola e va in giro la notte a far la ronda nel quartiere e quando incontra dei ragazzi come era lui una volta, li inchioda al muro, li perquisisce e li picchia se può, odia quasi tutti, odia i barboni e i negri e i sudisti e i viados e i rangi. Odia tutta la musica moderna, gli piace solo qualche vecchio pezzo dei suoi tempi, talvolta mentre sta solo alla cassa del negozio sente un blues di Snailhand Slim e si intenerisce, gli sembra di tornare il Rangio di una volta, ma intanto è entrato un ragazzino e lui si è accorto subito che ha intenzione di fregare qualcosa, si aggira tra gli spartiti e i dischi con aria da lupo, non ha i soldi per comprarli, ecco che se ne infila uno sotto il giaccone e Rangio urla "Fermo lì", ma quello lo guarda con odio e scappa e Rangio spara e lo accoppa. Nessun dramma, si farà sei mesi di galera ma il negozio continuerà a incassare, il tempo passa lento in carcere, ma anche a casa non passava mai. In cella potrebbe riprendere a suonare la chitarra, ma l'ha venduta per comprarsi il negozio, chissà dov'è ora la magica chitarra dei suoi anni migliori, ma è meglio così, i tempi cambiano, come dice la canzone, anche se non sempre i tempi cambiano come vorrebbero le canzoni. Understand? Siete spaventati? È giusto esserlo. Ora che la nebbia si dirada e vedete il liquido che si è depositato, limpido senno vitale, ora avete paura perché sapete che ogni integrità e nitore può nascere dal nero e dal velenoso, e lì ritornare, la vita cercherà di cambiarvi, scuote forte l'ampolla e vi spinge uno contro l'altro, luccioline, e dovrete lottare perché la vostra amicizia e ricchezza e fratellanza non si disperdano, perché la fiala resti trasparente, imparate dal dolore, non temete che vi abbracci e vi contagi, portate questo senno a Elianto e ditegli che la luna verrà a visitarlo ogni volta che vorrà, ditegli di continuare a sognare, ditegli di resistere. Che non dimentichi nessuna delle storie che ha inventato, dei personaggi che ritaglia nella mia ombra, delle città che vede in delirio, dei mostri e dei prodigi, tutto ciò che è stato mortificato è risorto, e ora traspare luminoso non per andare in paradiso, ma per restare qui tra noi, qui in poche gocce è il miracolo, sul barcollante pianeta, tutti e otto i mondi dentro una camera e su quel muro, e nello sguardo di Elianto e nei labirinti del suo male, e tutto ciò che hai immaginato un giorno ti guarirà e tutto ciò che è vero un giorno ti apparirà, ve lo spero prometto e giuro in nome di Ermete Trismegisto e del grande King Misclot e della buonanima di mio marito Talete e della legge pluriversale che ci unisce in questo paese di morti, delle teorie di Noon dal suo letto di contenzione, dell'amore tra gli umani e gli alati e della battaglia che Elianto dovrà sostenere, e per la quale io misi a frutto tutti i miei ricordi, tutti i miei dolori, tutta la mia semplice arte. E adesso andate, brutti scarafaggi, mi avete fatto commuovere.

34

L'INCONTRO

Il reparto Cimeli di Mnemonia era un grande magazzino di trovarobato. Già nella prima sala erano accatastate armi, orsacchiotti, pellicole di film, maglie sportive, divise militari, scarponi, costumi teatrali. Centinaia di scarpe da calcio e biciclette erano appese al chiodo. E quella era la prima di ventiseimilaseicento sale. Al bancone di ingresso, un parallelepipedo di laser, Fuku, Tigre Triste e gli yogi si sgolavano da parecchi minuti con sempre meno garbati "C'è nessuno?".

– Un momento, un momento – disse una voce da una sala vicina, e poco dopo apparve un fulmine verde contorto e artritico, che procedeva a sobbalzi irregolari. Era il custode Saetta.

– Per servirvi – disse con voce da olio che frigge.

– Siamo venuti a ritirare una spada, una katana – disse Fuku.

– Avete lo scontrino della ricevuta?

– No – disse Tigre Triste – ma ricordo il momento esatto in cui la abbandonai: era il tre luglio di nove anni fa, verso le sette di sera, e la buttai nel torrente di Cima Rovina...

– Non mi interessa – disse Saetta.

– Ma senza katana io non posso rientrare al mio monastero...

– Il regolamento parla chiaro: niente scontrino, niente spada. Sa quanti furbi vengono qua ogni giorno? Solo stamattina se ne sono presentati già tre, vestiti da egiziani per ritirare il tesoro di Tutankamon.

– Mettiamoci d'accordo, signor fulmine – disse Visa – che ne direbbe di fare cambio tra la spada e questa utilissima e preziosa tabacchiera antica?

– L'unica cosa che mi servirebbe davvero sarebbe un rimedio contro i reumatismi – si lamentò Saetta – conoscete qualche medicina per l'artrite zigzagale cronica?

– Forse qualche seduta di shiatsu? – suggerì Pat.

– Ehi, Saetta – disse una voce gracchiante, che proveniva da un alone bianco, formato da uno sciame di moscerini fosforescenti – non perdere tempo con questi, buttano via i ricordi di famiglia e poi si pentono. È sempre la stessa storia!

– Hai ragione, Lampo – disse Saetta.

– Signor Lampo – disse Tigre un po' irritato – lasciai la spada perché credevo di non esserne più degno. Ha mai sentito parlare della parola "onore"?

Lampo non rispose. Raddoppiò di volume ed emise un bagliore accecante, poi eruttò un tuono fragoroso: era il segno di un'irrefrenabile emozione.

– Ma lei – esclamò Lampo – è il grande Tigre Triste?

– In persona – disse il lottatore, inchinandosi.

– Saetta, idiota, come hai fatto a non riconoscere il signore? È il più grande lottatore di tutti i tempi! Ho visto tutti i suoi incontri in televisione, quando lavoravo sulla Terra come tubo catodico. Che fenomeno! Ricordo il suo match contro quel Charlie Ventosa, che incontro!

– In effetti fu dura.

– Dura? Avresti dovuto vedere, Saetta! Charlie Ventosa gli si attaccava dappertutto, aveva delle manacce che sembravano sturacessi e lasciavano dei lividi rossi enormi, ma Tigre lo afferrò, lo lanciò e lo attaccò al soffitto. Ci vollero i pompieri per tirarlo giù. E "Istrice" De Panfilis? Aveva peli lunghi dieci centimetri, duri come aculei, e quando si gonfiava non sapevi da che parte prenderlo. Tutti gli avversari si ritiravano bucherellati. Ma il nostro Tigre conosceva il suo punto debole: "Istrice" si era rasato in un punto strategico, per non bucare la moglie nell'intimità, e Tigre lo afferrò proprio lì, come un leone per la coda, lo roteò e lo lanciò sul pubblico. Che spasso!

– Bei tempi – disse il lottatore.

– Ehi – disse Saetta sfrigolando improvvisamente – ma lei non è Tigre Triste?

– Non ci faccia caso – disse Lampo – è un po' tardo di riflessi. Le consegno subito la katana, è un grande onore per me.

E Lampo sparì in un lampo.

...

Poco dopo il clan del monastero era sospeso in aria attendendo l'ascensore invisibile che li avrebbe fatti uscire dal palazzo di Mnemonia.

Tigre Triste impugnava la sua katana, che era una piccola spada di legno da bambini.

– È stata la mia prima spada, il maestro me la fece con una cassetta da frutta. Spesso la spada più importante non è la più bella, o quella che ha bevuto più sangue.

– La mia prima arma – disse Visa – fu una sciabola intagliata nel legno di un albero huang.

– E dai – sbuffò Pat – la mia fu un bazooka di stecchini.

Una lucciola pulsante indicò che l'ascensore stava scendendo al loro livello. Il vuoto si aprì. Sospesi nell'aria c'erano Carmilla, Brot ed Ebenezer, tornati adulti. Ebenezer, che portava un grosso sacco sulle spalle, gridò a Visa:

– Per Caacrinolas, Malacoda e Paymon! Ma tu sei il mio amico Visagurubandana, figlio di Visachamapakra!

– No, signore, io sono Visamarachanda, figlio di Visashuniwara. Visagurubandana era il mio bisnonno, figlio di Visachamapakra mio trisnonno e padre di Visagrundawadi che era mio nonno, nonché padre di mio padre Visashuniwara.

– Intanto che approfondite la genealogia, che ne dite di salire sull'ascensore? – disse Pat spazientito.

Così fecero, Ebenezer prese il vecchio yogi sul palmo della mano e lo guardò con attenzione:

– La somiglianza col tuo avo è impressionante. Beh, piccolino, sappi che quando ero molto giovane, alcuni secoli fa, ero amico del tuo bisnonno Visagurubandana, figlio del grande Visachamapakra, uno sciamano nepalese rifugiatosi in Occidente con il nome di Fuscus Nonius. E insieme piantammo un albero huang dai poteri magici!

– Vuole ripetere per favore? – disse Visa con tono trionfale.

Pat ingoiò saliva, mentre la lucciola segnalava una nuova fermata. Le porte invisibili si aprirono e in attesa stavolta c'erano Iri, Rangio e Boccadimiele.

– Scendete anche voi? – chiese Brot.

– Ehi! – disse Rangio. – Ma tu sei Rospo Brown, quella carogna dell'impresario di Snailhand Slim! Nelle foto non hai le corna, ma ti ho riconosciuto subito!

– Ehm – balbettò Brot – si trattò di una parentesi giovanile.

– Adesso capisco perché non vuoi mai andare in missione da quelle parti – disse Carmilla.

– Beh, ragazzi, ci si ritrova finalmente – disse Ebenezer. – Andiamo tutti nello stesso posto, perché tutti dobbiamo qualcosa al nostro caro giovanotto Elianto.

L'ascensore li depositò a terra, e davanti a loro si aprì il campo di papaveri.

– Si torna a casa – disse Rangio – ragazze, datemi la mappa nootica.

– C'è un problema, amici – sospirò Boccadimiele – ricordate quando su Yamserius ci sentivamo un po' giù e mi avete chiesto di fare una canna?

– Ebbene?

– Temo di aver usato la mappa come cartina...

– Niente paura – disse Fuku – i miei amici di oggi ne hanno una piccolissima, ma perfetta.

– Tirala fuori – disse Visa.

– Non ce l'ho più – disse Pat imbarazzato – nella tabacchiera c'è un odore che pizzica il naso. Credo sia volata via dopo un mio starnuto.

– Noi ne teniamo una in un posto sicuro – disse Ebenezer.

– Ah no, eh! – protestò Brot. – Davanti a tutti no!

– Vuoi che raccontiamo a Lucifero che l'assegno che ricevi annualmente non è, come sostieni, il regalo di una setta satanica di tuoi ammiratori, ma sono diritti d'autore di dischi?

– No, no, me li sequestrerebbe tutti – disse Brot – va bene, mi tiro giù le braghe, ma nessuno deve vedere oltre voi.

Brot mostrò il culo. Centinaia di pittori si misero a dipingerlo, entusiasti.

...

Era notte fonda ma Elianto ancora non dormiva. Quella notte la chioma del castagno sembrava trasformarsi a ogni istante, e la mappa prendeva sempre nuovi chiaroscuri e contorni. A un certo punto una piccola forma, forse un frutto, si era staccata dalla cima. Elianto ne aveva seguito la caduta, mentre rimbalzava da un ramo all'altro. Gli era venuta sete, ma la bottiglia d'acqua era vuota. Aveva suonato, ma nessuno era venuto. Si era addormentato.

Ora, entrando uno alla volta dalla finestra, ben dieci visitatori fuori orario invasero la camera magica, e si disposero attorno al letto, attenti a non fare rumore.

La prima ad avvicinarsi a Elianto addormentato fu Boccadimiele. Aveva in mano due fiale: in una c'era la pozione di Persefone, nell'altra il Ricordo Meraviglioso. Li versò insieme: si udì un lieve frigolio aspirinesco e il bicchiere fu pieno del Senno.

Poi fu la volta di Tigre Triste. Posò la sua spada di legno sulle coperte, vicino alla mano del ragazzo.

– Il Maestro capirà – sussurrò a Fuku – ora è lui il vero guerriero.

Visa e Pat donarono un origami di carta, un bellissimo drago. Purtroppo non era visibile a occhio nudo, ma l'importante era il pensiero.

– E noi che regalo facciamo ? – disse Brot.

– Non dubitare – lo rassicurò Ebenezer – il Kofs farà grandi cose per lui.

– Ma io vorrei lasciargli un mio ricordo. Che ne dite di un pezzo di coda? – Carmilla stava per dargli un'unghiata di disapprovazione quando si udirono dei passi nel corridoio.

Ebenezer spalancò le ali e tutti vi si nascosero sotto. Poi diventò nero nero, mimetizzandosi nel buio della stanza.

Siliconi entrò sospettoso.

– Questa camera non mi piace – disse a voce alta – si sentono sempre strani rumori.

Guardava il letto di Elianto e non si era accorto della massa accovacciata sotto la finestra. Da fuori, Satagius lo chiamò con decisione:

– Siliconi, venga subito fuori di lì. Non mi fido di lei!

– Le dico che ho sentito dei rumori. Cosa sarà stato?

– Sicuramente un diavolone con le ali larghe dieci metri – disse Satagius.

– Spiritoso – disse Siliconi, e uscì dalla stanza.

– Ecco un bel regalo da fare a Elianto – disse Carmilla. – Malcinea, sorellina mia telepate, puoi sentirmi? Mandaci giù il dottor Siliconi, procedura d'urgenza.

Nei corridoi, risuonò una risata satanica.

35

ELIANTO VA ALLA GUERRA

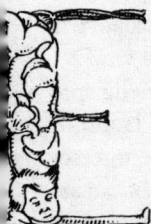

E lianto si svegliò con la gola riarsa, e bevve il suo senno. Chissà chi ha riempito il bicchiere stanotte, pensò, forse Malcinea. Sentì l'acqua rinfrescargli la gola, provocandogli uno strano brivido. Senza motivo, un Ricordo Meraviglioso gli tornò alla mente. Era l'estate di qualche anno prima, e lui camminava sul bagnasciuga, cercando tesori tra gli ossi di seppia, i granchi morti e i legni levigati dalle correnti. All'altezza del banco di sabbia della marea, là dove l'acqua è bassa e trasparente, vide i ragazzi sordomuti della colonia che facevano il bagno, e si spruzzavano l'un l'altro schiaffeggiando la superficie del mare. Le bocche erano aperte in grida gioiose, erano grida mute, ma Elianto ne avvertì ugualmente tutta l'allegria, così prese la rincorsa sulla battigia, a piedi sghembi come i fenicotteri, e si tuffò. Fece alcune bracciate a rana, trattenendo il respiro sott'acqua, attraversò una pioggerella di pesciolini e un fondale bianco come nuvole, e lentamente il fresco gli sciolse il calore lungo la schiena e sulla nuca. Così quel ricordo sembrava rinfrescare la sua febbre, togliere il dolore e ridare energia al suo corpo indebolito.

Emerse stremato, con un rantolo, proprio in mezzo ai sordomuti. Nessuno di loro si mostrò sorpreso per il nuovo partecipante al gioco, e subito cominciarono a spruzzarlo. Elianto allora gridò a squarciagola, come se dovesse farlo per tutti, e i ragazzi se lo indicavano l'un l'altro: lui era la loro voce adesso, e più spalancavano la bocca e più Elianto gridava, e il suo corpo riprendeva forza a quella vibrazione, e il mare beveva la sua malattia. Dalla spiaggia arrivarono due bambine e iniziarono anche loro a gridare, una aveva una voce acutissima da uccello, iniziò una gara di capriole, erano tutti senza fiato, ma nessuno si fermava, ubriachi d'allegria. Per ultimo arrivò un bimbo grassoccio, scottato dal sole, che starnazzava come una cornacchia. Da una barca poco lontana venne la voce di Pierre, il pescatore-pirata, che diceva "Attenti bambini, finirete dentro la nostra rete!" ma nessuno si scostò e Pierre gridò ridendo "Vi metteremo in padella pesciolini, tu bionda finirai fritta come una triglia, te che sei bello grasso ti faremo al cartoccio, a te lungo e sottile ti cucineremo impanato". Un sordomuto piccolo e magro afferrò Elianto per una spalla e gli fece segno di gridare ancora. Spalancò la bocca e Elianto fece il grido più forte e trionfante della sua vita.

Il ricordo svanì all'improvviso ed Elianto si accorse della spada di legno sul letto. Senza chiedersi chi l'avesse messa lì, la impugnò e tagliò l'aria con due fendenti. Così, quasi senza accorgersene, si ritrovò in piedi. Tanto fu lo stupore, che ricadde subito a sedere. Di fronte a lui, altrettanto stupito, c'era il dottor Satagius.

– Elianto, ma tu... ti sei alzato?

– Credo di sì – disse il ragazzo.

– Lo sapevo, lo sapevo – esclamò il dottore fregandosi le mani. – Ci sono stati altri casi come il tuo: improvvisamente le funzioni riprendono e poi...

– E poi?

– E poi incrociamo le dita – disse Satagius. – Ero venuto per dirti che hai visite...

Elianto aveva già visto far capolino dalla porta la scarpona traforata di suo padre.

– Avanti – disse.

Entrarono timidamente, annusando l'odore della malattia, un po' impauriti. Elianto li trovò invecchiati: il padre aveva le basette più bianche e una guancia gonfia, la madre due rughe profonde agli angoli della bocca, la sorella era un po' ingrassata e aveva raccolto i capelli sulla nuca per snellire il viso.

– Non pensavamo di trovarti così bene – disse il padre.

– Ti avevamo portato una torta ma eravamo così nervosi che ce la siamo mangiati per strada – disse la madre.

– Sai – gli sussurrò la sorella, baciandolo sulla guancia – siamo venuti clandestinamente. Papà è impazzito, ha preso la macchina e ha guidato sei ore di fila. Abbiamo passato due posti di blocco, per fortuna non ci hanno fermati.

– Era quasi un anno che non venivamo – disse la madre con una smorfia – come sei lungo, sei alto più di me.

– C'è un dentista qua dentro? – mugolò il padre, tenendosi la guancia.

– Si è tolto due denti con una chiave da idraulico – spiegò la sorella.

– Siete fortunati – disse Satagius – stamattina Elianto si è alzato in piedi per la prima volta. Non dobbiamo esagerare con l'ottimismo, ma nel Morbo Dolce talvolta si segnala un misterioso arresto, una regressione della malattia, e il primo segno è la scomparsa dei dolori paralizzanti alla schiena. Come ti senti ora, Elianto?

– Bene – disse il ragazzo, e poi quasi senza pensare aggiunse – portatemi in città, per favore.

– Ma Elianto – disse la madre – sei matto?

– Portatemi in città! Voglio partecipare ai Giochi dell'Indipendenza. La contea mi aveva scelto come sfidante, non ricordate?

– Ma questo era due anni fa, prima che ti ammalassi.

Siliconi entrò proprio in quel momento. Vide Elianto seduto sul letto e l'abbronzatura gli trascolorò in un pallido ocra.

– Ha visto dottore? – disse trionfante Satagius. – Avevo ragione o no a sperare?

– Questo non significa nulla – mugugnò Siliconi – dovrebbe alzarsi in piedi e camminare.

– Così? – disse Elianto, alzandosi quasi di scatto.

Siliconi passò da ocra chiaro a burro rancido.

– Che ne dice, gli diamo il permesso di uscire? – disse Satagius. – La casistica insegna che quando le funzioni riprendono, bisogna subito stimolarle.

– Sono assolutamente contrario – disse Siliconi.

– La ringrazio del suo parere, esimio collega, e contemporaneamente le comunico che il consulto è terminato e che il paziente uscirà dalla clinica.

Siliconi uscì imprecando.

– E chi lo accompagnerà? – disse preoccupata Elisperma. – Siamo senza permesso, non possiamo circolare.

– Questo è un problema – ammise Satagius.

...

Siliconi si diresse verso il suo ambulatorio, ma lo trovò sman-tellato. Allora corse al telefono a gettoni, che però era implacabil-mente occupato dalla Piazzi e dalle sue mostruose pantofole.

– Signora, lasci libero, devo fare una telefonata urgente – disse brusco il dottore.

Dall'interno dell'ovolo non venne risposta. Siliconi le toccò un braccio e la metà superiore della Piazzi uscì dal guscio, dondolò con espressione sorridente e crollò al suolo. La signora era morta dalla notte prima, ma nessuno se n'era accorto. Dovettero schio-darle a forza la cornetta dalle mani.

– Boccia – ordinò il dottore iroso – la porti via subito!

Il portantino caricò la defunta e partì a tutta velocità. Appena dietro la curva del corridoio si udì un rumore di flebo travolte.

Febbrilmente, Siliconi compose il numero del tenente La Topa. Gli rispose una segreteria dalla voce impersonale.

– Il tenente non può parlare con nessuno, è impegnato in una riunione strategica sugli assalti alle salumerie.

– Gli dica che sono il dottor Siliconi, e che Elianto sta cercan-do di venire in città.

Si udirono bip in varie tonalità e poi risuonò la voce marziale del tenente.

– Cos'è questa storia?

– Elianto si è ripreso. Ci sono delle pause in questa malattia, giorni e anche mesi in cui i sintomi si attenuano. E ora il giovanot-to vuole partecipare alla sfida.

– Ha fatto bene ad avvertirci. Metteremo posti di blocco ovun-que. Non passerà il giovane bastardo ottaiolo, glielo assicuro.

– Grazie, e ricordi ai suoi superiori la mia richiesta di dirigere la clinica...

– Noi sappiamo sempre come ricompensare una buona spiata – disse il tenente – e ora la lascio, le massaie teppiste mi attendono.

Siliconi posò la cornetta e si fregò le mani soddisfatto. Aprì la porta del suo ambulatorio ed ebbe la seconda sorpresa della gior-nata. Sulla sua poltrona, con lunghe e notevoli gambe posate sulla scrivania, stava suor Malcinea, senza velo. Aveva una splendida chioma fulva, occhi da pornodiva e un volto da Miss dell'Est.

– Sorpreso, dottore? – disse con voce slacciabottoni.

– Ma è proprio lei, sorella? E... parla?

– Parlo e parlerò. Avevo fatto voto di silenzio dieci anni fa – disse Malcinea carezzandosi con una mano le caviglie snelle. – Fanatismi giovanili! Ma il voto è scaduto a mezzanotte e penso proprio che comincerò una nuova vita.

– Beh, certo – balbettò Siliconi – una bella suora come lei... volevo dire una bella ragazza come lei è sprecata come suora.

– Sì – disse Malcinea – credo proprio di averne abbastanza. Sono stanca di invidiare Sofronia. Voglio recuperare tutto quello che ho perso in questi anni: bei vestiti, abbronzatura integrale, film di prima visione, lingerie adeguata. E soprattutto... un po' di compagnia.

Malcinea conficcò il laser del suo sguardo indaco, appena un po' meno letale di quello di Carmilla, proprio nel cranio di Siliconi, gli frullò il cervello, percorse la spina dorsale con passo di ragno, risalì la prostata, titillò lo scroto e scaricò settemila ferormoni erotizzanti nell'uccello del dottore, che ebbe un'erezione come non aveva più dai tempi del film *Mondo sexy di notte* dodicenne al cinema Alfa.

– Cosa fa stasera? – disse Siliconi, ipnotizzato.

– Perché aspettare stasera? – disse Malcinea, stirandosi voluttuosamente. – Venga, facciamo due passi in giardino, c'è quel gran prato così morbido, ho sempre sognato di sdraiarmici.

– ...armici – fece eco Siliconi, seguendola come un cagnolino.

Uscirono nel parco e giunsero ai piedi del castagno. Il Pristide giaceva inoperoso dopo il misterioso incidente avvenuto nella notte: qualcuno aveva letteralmente divorato metà del blocco motore. Malcinea si appoggiò con le spalle al tronco e iniziò a strusciarsi come una gatta.

– Come è piacevole sentire il contatto della natura. Provi anche lei dottore...

– Oh, sì! – disse lui, e si mise a grattarsi e dimenarsi come un orso.

– È bello, vero? – disse Malcinea, guizzando via.

– È bellissimo! – disse Siliconi. Cercò di seguirla, ma restò incollato all'albero.

– Che fa dottore, non viene? – disse Malcinea. – Ah, già, questi tronchi sono molto resinosi, a volte si resta attaccati. Ma lei è così forte che riuscirà senz'altro a liberarsi.

– Veramente non ci riesco proprio – si lamentò Siliconi.

– Oh, è una situazione spiacevole, allora – disse Malcinea con voce beffarda, e Siliconi notò che i suoi capelli erano troppo lucenti per non essere una parrucca. – Deve sapere, dottore, che sul tronco di questi alberi vive un grazioso funghetto. Si chiama Pleurotus ostreatus ed è carnivoro. Secerne una sostanza con cui anestetizza piccoli insetti e vermi. Poi li avviluppa con le ife e li succhia.

– Ma io – disse Siliconi, sentendosi girare la testa – non sono un verme.

– È sicuro? – disse Malcinea.

I funghi, che sporgevano come piccole mensole dal tronco, avevano già iniziato a circondare Siliconi, e uno più grosso degli altri gli si appiccicò sulla bocca come una ventosa.

– Aiuto – cercò di urlare il dottore, ma fu come se gli somministrassero etere, e perse i sensi.

– Addio, dottore – disse Malcinea – i funghi di un castagno normale mangiano i vermi piccoli, i funghi di un castagno huang mangiano i vermi grandi!

Si allontanò, mentre si udiva un rumore di piccoli avidi bacetti.

...

Nella camera magica, erano arrivati i ragazzi intrepidi. La gioia di aver visto in piedi Elianto aveva lasciato posto alla preoccupazione. Come avrebbero potuto portarlo in città l'indomani mattina?

– Sarà dura – disse Boccadimiele – abbiamo incontrato posti di blocco dappertutto.

– Se passassimo per i campi? – propose Iri.

– Non credo che Elianto possa camminare così a lungo, e poi travestiamolo da vecchietta – obiettò Satagius.

– Nascondiamolo in qualche cofano d'auto, dentro la chitarra, dentro a una valigia – disse Rangio.

– A quest'ora Siliconi avrà informato tutti i poliziotti del paese – disse sconsolato Satagius – guarderanno anche dentro alle gomme di scorta.

– Non è possibile che non si trovi una soluzione, ora che ce l'abbiamo quasi fatta! – disse Boccadimiele furibonda. – Mi viene una rabbia che non so che farei! Ahi!

– Cos'è successo? – chiesero gli altri, vedendo che la ragazza si teneva una mano sul viso.

– Questa cosa è entrata dalla finestra e mi ha colpito a un occhio – disse Boccadimiele, mostrando un aeroplanino di carta. "Leggimi!" c'era scritto su un'ala. Lo srotolarono, e lessero questo messaggio:

"Trovatevi stanotte alle tre sotto il grande castagno. Non parlate con nessuno e portate delle corde per legarvi. Il viaggio sarà veloce ma scomodo. Firmato: l'amica di un'amica".

– Si parte, ragazzi – disse Boccadimiele, trionfante.

– E come faremo, voleremo?

– Forse – rise Boccadimiele.

...

Siliconi riaprì gli occhi, stordito. Si tastò, e si ritrovò tutto intero. Ma allora era stato un sogno, un orribile sogno. Ma certamente, che cosa assurda, suor Malcinea che diventa una strafiga, il castagno coi funghi cannibali. Basta aspirine col whisky! L'unica cosa che non ricordava era come fosse arrivato fin lì, all'uscita della clinica, dove il portiere, dalla garitta, lo chiamava con grandi cenni.

Era un portiere grasso, rubizzo, che non aveva mai visto prima. Gli strizzò familiarmente un occhio e disse:

– Dottor Siliconi, c'è un regalo per lei.

– Un regalo? E cos'è?

– Questo – disse il portiere, consegnandogli un mazzo di chiavi da auto.

Una Ferrari Testarossa, nuova fiammante, era posteggiata proprio davanti all'ingresso. Sul parabrezza c'era un biglietto:

"Noi sappiamo sempre come ricompensare una buona spiata. Un regalo per lei, dai suoi nuovi amici".

– Yuhuuu – gridò Siliconi, aprendo la portiera e carezzando il cuoio dei sedili e la radica del cruscotto. – Certo che il governo sa come motivare i suoi informatori. Questa è proprio la macchina adatta per il nuovo direttore di Villa Bacilla!

Mise in moto, e il rombo gli fece fremere la spina dorsale.

Mise la prima, la seconda, la terza ma dovette subito frenare. C'era una lunga fila di macchine, davanti a lui. Strano, non aveva mai incontrato traffico a quell'ora. Inoltre non ricordava che ci fosse un rettilineo in quel punto. E il cielo aveva un insolito colore infuocato.

Un agente della polstrada, con un casco rosso, percorreva la fila in senso inverso.

– Ehi, capo – disse Siliconi sporgendosi dal finestrino – cosa succede?

L'agente si fermò e si tolse gli occhiali. Aveva gli occhi arrossati e una barbetta a punta.

– Non si preoccupi, signore. Un ingorgo di qualche chilometro. Non durerà molto. Al massimo quaranta, cinquanta...

– Cinquanta minuti? – esclamò Siliconi. – Ma è un'eternità!

– Ha detto proprio giusto – sghignazzò l'agente, e partì sgasando a tutta manetta. Doveva usare una miscela particolare, perché si lasciò dietro una gran puzza di zolfo.

36

TRIMASTER

Il vento che sibila nelle città non è lo stesso che muove le onde del mare e solleva turbini di neve sui fianchi delle montagne. Il vento di mare, quieto o furibondo, sa che diventerà rotta, deriva, direzione, che gonfierà una vela, che sarà temuto o invocato nel suo lento ruotare sul quadrante della Rosa. Sa che ogni suo nome lo riporta al luogo di origine: Grecale, Ostro, Libico, Siriaco.

Il vento di montagna sa quanto la sua forza è rispettata, poiché può spingere le nuvole sulle cime, e provocare bufere e slavine, può fermare ascensioni e sveltire il passo dei viandanti, soffocare una valle nella neve e risparmiarne un'altra.

Ma cosa viene a fare il vento in città? Quasi nessuno ne conosce il nome, né sa da dove venga. Se è forte, è un ospite fastidioso che sbatte le persiane, infuria sui panni stesi, fa volare sulla strada cappelli e cartacce. Se è gentile, viene privato della dignità di vento e viene chiamato brezzolina. Se d'estate manca viene invocato, se d'improvviso si scatena in un tornado è incomprensibile e odioso, come un mostro da un altro pianeta.

Il vento, in città, può solo venire a morire, per rabbia o consunzione.

Eppure sopra i grattasmog di Tristalia, il vento soffiava forte in quell'alba livida, sbatteva le antenne, spazzava smog e polvere, e per breve tempo la città ebbe un cielo di un colore raro ma i cittadini dormivano e non lo videro, a eccezione di qualche spazzino, ladro o fornaio.

E di un ubriaco miserabile, che appoggiato a un muro, circondato dalle bottiglie scolate nella notte, guardò in alto e vide le nuvole avvicinarsi veloci, cavalcate da tre angeli rossi. Scendevano lenti, con larghe volute, timonando le ali con maestria, fino ad atterrare sul tetto del grattasmog più alto.

– Gli angeli! – gridò l'ubriaco. – Sono scesi tra noi, alleluja!

Cercò di fermare un autobus, che lo schivò e proseguì la sua corsa. Finì col volto dentro una pozzanghera, con tutta quella gioia che non poteva dividere con nessuno.

E gli angeli, poiché erano nati angeli, posarono sul tetto il Kofs, e dal tiepido cristallo della creatura iniziarono a diffondersi le radiazioni, e chiuso nella sua altissima torre, nel roveto di circuiti, cavi e fibre ottiche, il Zentrum lanciò un grido di terrore. Senza che nessuno lo sollecitasse, fece apparire sui trecento monitor di controllo queste frasi:

Abbi tempra di leone, sii fiero e non curarti
di chi s'adira, agita e cospira
mai verremo sconfitti
finché il grande bosco di Birnam non avanzi
verso l'alto colle
contro di noi.
Chi conosce la mappa, la via conosce
qui già sono, loro, gli alati
chi più ha sofferto conosce la risposta
e non servirà fare di tre uno
poiché abbiamo tutto, tranne noi stessi
tra le nostre ricchezze miseri moriremo
perché cos'è un campo di grano senza papaveri,
cosa sono i papaveri senza l'abbraccio del grano?

– Staccate tutti i livelli, meno quelli che regolano le funzioni essenziali – ordinò Abakuk – e chiamate subito qualcuno del governo.

Ma nessuno rispose all'appello di Abakuk. Tutti erano affaccendati in ben più urgenti cure. La paura era salita a 285, la svanzika valeva 2,44 markodollari (molto male quindi) e molti abbienti si preparavano a emigrare, rastrellando e trasferendo miliardi con fulminei ordini a computer bancari. Alcuni speculavano, altri erano già rovinati, nei supermarket i vigilantes tentavano invano di arginare l'assedio delle massaie infuriate e di impedire il bagarinaggio dei surgelati. Ci si accoltellava per una maschera antigas o una bottiglia d'acqua. Tutti erano spinti da un panico immotivato, circolavano le voci più strane, da quelle di un'epidemia a nuvole di gas tossico alla misteriosa presenza di entità diaboliche e alberi-polipo. Madonne piangevano in sessanta punti del paese, e decine di predicatori erano apparsi nelle piazze, invitando tutti a pentirsi e rilasciando biglietti per astronavi e arche. Un truffatore che vendeva false chiavi di bunker antiatomici, ne spacciò duemila in poche ore, e intanto venivano già affissi i manifesti delle nuove elezioni.

"*Contro la paura, votatemi*" dicevano, oppure "*La Nova Repubblica vi ha rovinato. Prepariamo la Supernova!*"

"*Basta con* VENTI *presidenti, ci vogliono* VENTI *NUOVI*" stava scritto sotto la foto di un candidato in barca a vela, col vento in poppa.

E gli ultimi due presidenti superstiti della sfida, stavano inseguendosi con le auto blu nel centro della capitale, sparando dai finestrini, schiantando semafori, falciando passanti. Mathausen Filini sparava colpi di bazooka sui monumenti cittadini urlando "O miei o di nessuno". Educati gridava "Le regole, le regole, non si spara sui civili" e scaricava raffiche alla cieca.

Negli studi televisivi, si festeggiava Baby Esatto nuovo candidato del PI, Partito Intelligenti, che avrebbe avuto come presidente onorario Fido PassPass e avrebbe riunito i voti degli Insultatori Televisivi, degli EX-EX-EX e dell'Unione Stilisti.

Baby Esatto stava analizzando lo strano messaggio del Zentrum...

– C'è di tutto, dal *Macbeth* al *Kalevala*. Sta cercando di dirci qualcosa.

– Non c'è nulla di grave, Baby – disse Fido PassPass – non sono colto come te, ma anch'io conosco quel brano del *Macbeth*, quando il fedele Jago va dalle streghe e rassicura re Leary che non c'è pericolo, tanto gli alberi non camminano.

– L'hai letto fino alla fine?

– Non l'ho letto, però ho intervistato un attore che l'aveva recitato centinaia di volte – disse PassPass – ehi, senti questa notizia: Previtali torna, si è fatto fare la plastica al naso, si farà chiamare

Nazarin e si presenterà per un nuovo partito, gli RPR, Ricchi per il Rinascimento. Sanno riciclarsi bene, vero?

– Senti chi parla! – disse Baby Esatto. – Che ore sono?

– Sono le dieci e mezzo, Baby. Stai tranquillo, non s'è ancora visto nessun rappresentante della Contea Otto e tra un'ora avrai vinto la tua sfida.

– Non ho mai visto quel ragazzino così nervoso – disse il neo-colonnello La Topa, da poche ore capo della scorta di Baby Esatto. – Eppure gli ho detto che non ha niente da temere. Abbiamo posti di blocco ovunque, nessun fottuto ottaiolo può entrare in città e tantomeno qua dentro.

Il cellulare nel suo taschino trillò e La Topa, che era anche lui un po' teso, gridò "Chi va là!" e si puntò la pistola contro il petto. Ripreso il controllo, rispose.

– Qua colonnello La Topa, chi parla?

– Sono l'agente Zanzibar 112. Mi sono regolarmente infiltrato nella clinica come rappresentante di polmoni artificiali e mi sono ingraziato Satagius con un purgante del Reich. Ma qua stanno accadendo un sacco di cose strane.

– E cioè?

– Elianto è sparito stanotte e i suoi genitori sono introvabili. È scomparso anche Siliconi, non è rientrato a casa e abbiamo trovato le sue scarpe e i suoi occhiali nel prato della clinica. Satagius non sa nulla ed è fuori di sé per l'abbattimento del castagno. Avete fatto davvero un bel lavoro.

– Quale lavoro?

– L'albero non è stato tagliato, è stato estirpato alla radice, e ora c'è una voragine di trenta metri che zampilla acqua. Cosa avete usato, un elicottero Hercules?

– Non ho mai dato ordine di abbattere quel castagno – disse il colonnello – questa storia non mi piace, tenga gli occhi aperti, agente Zanzibar.

– Non dubiti. Sto controllando anche le ecografie dei malati.

– Bravo! Passo e chiudo – disse La Topa, mentre si era accesa la luce rossa che segnalava l'imminente inizio della diretta. Una maquillatrice stava ritoccando gli ultimi brufoli di Fido PassPass e Baby Esatto stava seduto sul divano degli ospiti, con aria cupa.

Partì *Liberi eppur vicini,* sigla dei Giochi dell'Indipendenza, e Fido PassPass apparì a un'audience di trenta e passa milioni:

– Buongiorno telespettatori e siate maggioranza! Oggi non avremo telegiornali e sondaggi né tetri resoconti di inevitabili lontani massacri e stolide risse etniche. Avremo soltanto il sano divertimento culturale e agonistico dei Giochi dell'Indipendenza. Ci saranno cantanti e ospiti famosi, spericolati dibattiti e giochi culturali e tra di voi verranno sorteggiate dieci cene col vostro vip preferito. Che ne direste di un picnic a lume di candela con me, o di una notte al caviale con la top-model Oona Himmler, o di un colto meeting macrobiotico col filosofo Geppetti, o del brivido di un filetto al sangue nella cella del mostro di Viareggio? Dimenticate le tensioni e i problemi del paese, e il caos in cui ci ha gettato la Nova Repubblica, con la vecchia incancrenita nomenklatura dei venti presidenti. Sono stati loro a creare questo clima di sfiducia e rassegnazione, loro hanno affossato la svanzika e fatto crescere il prezzo del latte, loro hanno avvelenato l'aria e permesso il proliferare della violenza e degli immigrati, l'epidemia di herpes, il revival delle T-shirt comuniste e i cattivi risultati della nostra nazionale di calcio. Ma ora nasce la Supernova Repubblica dei venticinque presidenti, fatta di gente capace e onesta come Nazarin, un nome nuovo della politica, un industriale lontano dai vecchi intrallazzi, o come il vostro umile ma sincero Fido PassPass, di cui tutto si può dire meno che usi le sue trasmissioni per fare politica. E soprattutto il futuro ha il volto pulito e giovane di Baby Esatto, undici anni e mezzo di intelligenza pura, che tra un'ora esatta in questo studio affronterà lo sfidante della Contea Otto, che però non si è ancora presentato. Forse se la fa sotto. Allora, Baby, combatterai contro un fantasma?

– Non ho paura neanche di quelli.

– Formidabile, Baby! Allora, commentiamo se vuoi i primi risultati. Sappiamo già che Joe Vassallas, del governo, ha massacrato il rappresentante della Contea Sedici nel duello di Tir. Vedete la foto del camion dello sfidante, sembra un termosifone. Del resto Vassallas è un grande speed-driver e probabilmente si candiderà come presidente degli Automobilisti Incompresi. La Selezione di Teste di Cuoio Governative invece è in svantaggio contro le squadre della morte della Contea Due nella caccia al nomade. Gli sfidanti hanno preso dodici Rom vivi che valgono tre punti, due feriti da due punti e quattro cadaveri da un punto, totale quarantaquattro, mentre il governo ha solo trentasei punti. Abbiamo qua un grande esperto di war-games, il generale Lutweill e gli chiediamo: crede che questo parziale insuccesso dipenda dalla gestione poco marziale con cui il presidente nazi-chic Mathausen Filini ha indebolito le forze dell'ordine, trasformandole in mollacchioni da Nova Repubblica?

– Lo credo – disse il generale.

– A proposito di mollacchioni, i Bi Zuvnot hanno tenuto un concerto fiacchissimo e sono in svantaggio nel sondaggio contro i Famna Peppa. Il cantante Eros Pistillo non si è presentato adducendo come scusa che, nel concerto di prova, uno spettatore grasso e brutto come un rospo gli avrebbe sputato in faccia da sotto il palco, causandogli un eritema sul bel faccino. Queste sono scuse da fichetti froci. E che dire di Rollo Napalm, che se l'è svignata con un'attricetta dopo aver fatto i soldi con i match truccati della Quarta Repubblica? Per fortuna al suo posto c'è un vero supercampione, un asso segreto che tra poco ammirerete. Amici telespettatori, ci colleghiamo col Palasport Viribus Unitis per l'incontro di Lotta Malvagia tra Fuku Occhio di Tigre, sfidante della Contea delle Montagne, e il misterioso Trimaster, campione del governo!

Una selva di telecamere inquadrò il volto del nobile guerriero-nuvola, seduto al suo angolo.

– Sei nervoso, Fuku? – disse Visa, nascosto nel taschino dell'accappatoio tigrato con cui Fuku aveva fatto il suo ingresso tra scarsi applausi e nutriti fischi.

– Un po' – disse Fuku – non mi aspettavo questo Trimaster, è un nome assolutamente nuovo.

– Non ti preoccupare – disse Pat, massaggiandogli un mignolo – se il maestro Tigre Leggera ha detto che non hanno un lottatore superiore a te, bisogna credergli.

– Sarà – disse pensoso Visa. – Ma forse abbiamo fatto male a rimandare Tigre Triste al monastero.

– Ehi – disse risentito Fuku – non vi fidate di me?

Si udirono le note dell'inno di Tristalia e un boato accolse l'uscita dal sottopassaggio del campione governativo. Aveva il volto mascherato, un tabarro nero con tre draghi d'oro, e salutava con tre dita alzate.

– Ed ecco a voi la carta segreta del governo, un lottatore che vale tre volte Rollo Napalm: il guerriero dei tre stili, lotta, pugilato e arti marziali, ferito in decine di combattimenti con più di ottanta fratture, ha sempre ripreso a combattere, centottantasei incontri vinti su centottantasette, due metri e due per centosessanta chili, ecco a voi Trimaster!

Il lottatore balzò sul palco, buttò a terra il mantello con un gesto iroso e si strappò la maschera.

– Per Buddha, Odino, Manitù, Shiva il rosso e san Callisto – esclamò Fuku.

Di fronte a lui stava Rollo Napalm, o ciò che ne avevano ricavato. Il volto era massacrato di cicatrici, il naso rimpastato, le orecchie rincagnate, e gli era stata trapiantata una fulva chioma leonina. I segni delle saldature dei tre pezzi erano chiaramente visibili sul torace e sulla coscia. Il suo grido rauco non aveva nulla di umano. Era uno spaventoso Rollenstein, un cyborg, un Golem che del povero Rollo aveva solo gli ineguagliabili muscoli.

– Dev'essere telecomandato – disse Visa – guarda come si muove a scatti.

– No – disse Pat – secondo me è dotato di un sistema neuronale autocorrettivo, e ha una centralina da qualche parte. Sicuramente la sua forza è mostruosa, deve avere uno scheletro di tungsteno, e certamente non sente il dolore. Potresti staccargli un braccio e continuerebbe a combattere.

– Allora cosa si fa? – disse Fuku, sudando freddo.

– C'è una sola soluzione – disse Pat – guarda là sulla schiena, quella cicatrice quadrata. Sono sicuro che è lo sportello della centralina. Qualcuno deve entrarci.

– Vado io – disse Visa.

– Andiamo insieme – disse Pat – e tu, Fuku, intona la preghiera della ragazza che va sposa.

– Lo farò – disse Fuku.

L'arbitro li chiamò al centro del ring. Il volto di Trimaster era minaccioso, ma il suo sguardo era quello di una cernia surgelata.

– Ehi – disse Fuku – ci siamo già visti da qualche parte?

– No – disse Trimaster con voce metallica – ma sicuramente sarò l'ultima cosa che vedrai nella vita.

– Siete pronti? – chiese l'arbitro.

– Prima, come il regolamento concede, vorrei fare il saluto cerimoniale dei guerrieri-nuvola – disse Fuku, e messosi in ginocchio intonò il canto della ragazza che va sposa, un antico brano che i guerrieri del convento dovevano cantare per punizione se arrivavano in ritardo alla mensa. È la storia, non molto allegra, della giovane Okumi che vorrebbe sposare il bel squattrinato Akira ma il padre, il rigido Fujiwara, le impone di sposare il brutto ma danaroso Takeda. La ragazza chiede all'airone sacro di Buddha di trasformare il bell'Akira nel brutto Takeda durante la cerimonia delle nozze per poi ritrasformarlo a nozze finite, ma l'airone trova la cosa troppo complicata e vola via dicendole di arrangiarsi, perciò la giovane Okumi piange sulla barca che la porta verso le infelici nozze e a questo punto era arrivato Fuku quando ormai i fischi del pubblico avevano raggiunto livelli da tornado e sul ring volava di tutto.

– Quando finisce questa lagna! – gridò Trimaster.

– Il regolamento lo consente – disse imbarazzato l'arbitro – però gli concedo ancora soltanto un minuto.

Okumi era appena entrata nella chiesa dei Sette Gladioli e il brutto ma danaroso Takeda la guardava libidinoso col naso pieno di porri e la bocca sdentata, mentre il bel squattrinato Akira spronava il suo cavallo, quando Visa e Pat riuscirono ad arrampicarsi lungo l'asciugamano che Trimaster teneva sul collo, e ad aprire il portellino.

Dentro, in effetti, c'era una centralina con tredici tasti.

1) Aggressivo
2) Molto aggressivo
3) Omicida
4) Discorso iniziale
5) Discorso ufficiale dopo la vittoria
6) Intervista con giornalisti
7) Doccia
8) Comportamento adeguato a cena
9) Brindisi
10) Comportamento adeguato al ballo ed eventuale seduzione
11) Prestazione sessuale

12) Discorso di svicolamento
13) Nanna

Visa e Pat spostarono la programmazione dal terzo al decimo tasto, e scapparono. Suonò il gong.

Fuku avanzò verso il centro del ring, in posizione di guardia. Trimaster avanzò a sua volta e disse:

– Posso avere l'onore di un ballo?

Fuku esitò, ma vide che gli yogi, da bordo ring, gli facevano segno di accettare. Le mani di Trimaster si serrarono attorno ai fianchi. Trimaster iniziò a ballare un lento con un sorriso un po' ebete.

– Lei non è di qua, vero signorina? – disse il colosso.

– No, vengo dalle montagne.

– Ah – disse sorridendo Trimaster – là c'è aria buona.

– Insomma... – disse Fuku, timidamente.

– Sa che ha dei bei capelli? Quanto ci mette a farsi la treccia?

Il pubblico iniziò a rumoreggiare. Era un ben strano incontro anche se Fuku, imbarazzato, tentava di divincolarsi da Trimaster che aveva cominciato a palparlo, e questo poteva sembrare un accenno di lotta. I secondi del campione governativo avevano capito che qualcosa non funzionava, e facevano segno a Trimaster di avvicinarsi alle corde, ma il colosso non era programmato per interruzioni al corteggiamento.

– Il suo profumo mi inebria – proseguì Trimaster – come si chiama? – e cercò di far linguino nell'orecchio di Fuku, che si divincolò e lo colpì con un calcio al petto.

– Sprechen sie deutsch? Parlez-vous français? Tåler du svenska? – chiese Trimaster barcollando.

Fuku saltò e con un calcio volante lo colpì in pieno viso. La centralina nella schiena del colosso emise scintille.

– Questo è twist, vero? – disse Trimaster, e si mise a danzare come un indemoniato.

Il pubblico si mise a ululare, non sapendo se ridere o indignarsi, volarono lattine, gatti morti, sedie e sputi.

Fuku colpì ancora e Trimaster disse con voce a sedici giri:

– Che ne direbbe di andare a prendere una boccata d'aria sul terrazzo? – poi esplose in centinaia di frammenti di carne, cavi elettrici, bulloni e tendini sintetici. Restò intera solo la testa, che al centro del ring ripeteva sempre più fiocamente:

– Oh sì, baby, così, continua così, mi fai impazzire, baby...

37

LA DOMANDA FATALE

È questo il blues delle cose che non si vedono
del tarlo nel legno, del topo in cantina
del pesce solitario dentro l'acqua torbida
dell'assassino nascosto in un uomo perbene.

È questo il blues delle cose che non si vedono
della mia fatica nel tuo vestito di cotone
del ragno nei tuoi bei capelli biondi
della pallottola che vola verso il cuore.

È questo il blues delle cose che non si vedono
dell'uccello che canta nella chioma dell'albero
delle parole con cui ti sto pensando
del dolore di questa folla in strada.

È questo il blues delle cose che non si vedono
del verme nel ceppo, della bacca nel gin
dei martelletti dentro al pianoforte
dei morti che ridono in fondo al cimitero.

È questo il blues delle cose che non si vedono
del teschio bianco sotto la pella nera
del teschio bianco sotto la pelle bianca
delle parole che ti dissi, mentre si faceva buio.

(SNAILHAND SLIM, *Invisibile blues*)

Il giovane poliziotto a occhi chiusi ascoltava la cassetta pirata di Snailhand Slim, battendo il tempo sul volante dell'auto. Si accorse troppo tardi che era arrivato il capitano.

– Che razza di musica è questa, agente? – disse.

– Sono canzoni country dei ranger americani – disse l'agente – parlano di banditi, di taglie e della bellezza della legalità.

– Uhm – disse il sergente – mi sembra un po' troppo negroide, come musica. Passami il radiotelefono. Devo inviare un messaggio al comando.

– Pattuglia posto di blocco Cinque a colonnello La Topa, mi sentite? Ok, la situazione è sotto controllo. Cinquanta auto con a bordo cittadini della Contea Otto sono state fermate e perquisite. Nessuna traccia di Elianto. Continuano invece, lungo la statale, avvistamenti isterici e allucinazioni. Ci sono pervenute numerose chiamate di cittadini terrorizzati da un albero-polipo che si sposterebbe usando le radici come tentacoli. Alcuni dicono di averlo visto mimetizzarsi in mezzo a un bosco, e poi ripartire. Un agente della pattuglia Dieci ha segnalato, in mezzo a un radura, un grosso castagno che a suo parere era spuntato dal nulla. Ci siamo recati sul posto, ma non c'era nessun castagno. L'agente in questione è stato dimesso dal servizio. Pensiamo che tutto ciò faccia parte del clima di tensione e dell'alto livello di paura ingenerato dalla sconsiderata politica della Nova Repubblica. Attendiamo istruzioni.

Il colonnello La Topa ascoltò il rapporto e scosse la testa. Alberi polipo! La gente stava proprio perdendo il senno! Consultò l'orologio: erano le undici e dieci. Tra meno di mezz'ora sarebbe scaduto il termine di presentazione per lo sfidante e Baby Esatto avrebbe smesso di agitarsi e masticare caramelle cerebrostimolanti. Attraverso il vetro della regia, vide lo studio splendido di luci e di ospiti importanti e il ragazzino sempre più nervoso, mentre Fido PassPass congedava una cantantona involtolata in un croccante lamé.

– Bene – disse Fido PassPass – ringraziamo Berillia che ci ha presentato il suo ultimo successo *Parterre di Vip* e riprendiamo con le ultime notizie sui giochi. I corrotti della Nova Repubblica ne hanno fatta un'altra delle loro: hanno mandato sul ring una vecchia carcassa di robot riciclato e così la Contea delle Montagne ha vinto la sua sfida. Ci toccherà di andare ancora a sciare in alberghetti di quart'ordine, quando era già pronto il progetto di un grande complesso turistico con piste riservate ai vip e comode risalite in divanovia.

Per fortuna la Nova Repubblica è morta e già pulsa il cuore della Supernova! Mi dicono che Mathausen Filini ed Educati hanno finito la benzina e si stanno spaccando la testa a colpi di cric nei vicoli dell'angiporto, come due teppisti qualsiasi. *Sic transit gloria mundi!* Ma ecco un'altra buona notizia. Stasera avremo un'ospite straordinaria. Dal college svizzero dove ha completato gli studi di marketing e stretching, arriva Amarilla, sorella gemella di Ametista che raccoglierà la bandiera gettata nel fango dalla Nova Repubblica. L'ho sentita cantare e vi assicuro che, anche nella voce, è identica alla sua indegna sorella. Ma è soprattutto qui davanti a voi telespettatori che il nuovo fermenta. Stiamo attendendo lo sfidante della Contea Otto ma i minuti passano e sembra sempre più probabile che Baby Esatto vincerà per rinuncia. Come si potrà non eleggere presidente un ragazzo così intelligente, rispettato e temuto? Mancano dieci minuti allo scadere del termine, c'è il tempo per alcuni collegamenti. Il primo è con la sede del Zentrum, in cima al Grande Chiodo.

– Sono Firmino PassPass e vi parlo dalla sala controllo del supercomputer. C'è una grande eccitazione, qui. È una giornata poco ventosa e, come vedete, i tecnici vanno in giro senza cinture di sicurezza. Il Zentrum è pronto a scegliere le domande. Ma abbiamo una sorpresa: vi facciamo parlare direttamente con lui!

Sugli schermi di Tristalia apparve l'immagine computerizzata di un vecchio sorridente e barbuto. Era già successo altre volte che venisse dato un volto umano al supercomputer. Qualcuno malignamente osservava che, sotto la barba, i lineamenti erano spesso quelli del presidente vincente.

– Salve, telespettatori – disse il volto – sono una rappresentazione videografica del supercomputer Zentrum Win, ma quello che sto dicendo proviene direttamente dai miei circuiti logici e dalla mia stupenda intelligenza. Sono pronto a dare il mio contributo a questa sfida tra umani. Vinca il migliore, e siate maggioranza.

– Che te ne pare? – chiese Fido PassPass a Baby Esatto.

– Trucchetti per allocchi – rispose il ragazzino, nervoso – quanto manca?

– Cinque minuti, stai calmo.

– E ora un secondo collegamento – disse PassPass, riprendendo la diretta. – Abbiamo già sentito i pareri del nostro parterre di vip, e registrato il gran tifo governativo, ma anche nella Contea Otto c'è chi segue con ansia la sfida. Sentiamo dalla nostra inviata cosa succede laggiù.

– Qui è Fedora PassPass che vi parla dall'osteria "Buca dell'Inferno", dove sono riuniti i sostenitori ottaioli. Per la verità qua si beve e si mangia, ma ormai tutti sembrano rassegnati alla sconfitta, a eccezione di alcuni ultrà assai folcloristici. Si tratta di minatori che hanno appena finito il loro turno di lavoro, ancora sporchi di fuliggine e coi caschi in testa. Sono risaliti dal sottosuolo per sostenere il loro fantomatico campione. Proviamo a intervistare quello che sembra il loro capo, un omone gigantesco che sta sbraitando come un ossesso. Buonasera, qui è la tivù governativa, lei come si chiama?

– Il mio nome è Brotti, Carlito Brotti, faccio il lavoratore sotterraneo, e sono qua per tifare Elianto, e vi dico di aver fede, perché il nostro campioncino arriverà in tempo e farà un *biip* così al quel fighetto *biip biip* di Baby Esatto e voi del governo dovrete mangiarvi i *biip*, sono pronto a scommetterci il *biip*...

– Come avete sentito il gergo minerario del nostro intervistato è molto colorito. Fortunatamente il nostro fonocensore ha i riflessi pronti ed è riuscito a coprirne gli eccessi. Ma, ripeto, siamo nel campo del folclore. Ormai mancano pochi minuti e nessuno, qua dentro, crede più che questo Elianto possa arrivare in tempo. A voi, studio.

– Un collegamento assai divertente – disse Fido PassPass. – Certo, quando la Contea Otto sarà governativa, bisognerà insegnare a qualcuno le buone maniere. Ma sono ormai le undici e ventotto, e direi che è giunto il momento di congratularci con Baby Esatto. La sfida tra governo e Contea Otto sembra giunta all'inevitabile conclusione. Un applauso per...

– Aspetta un momento – disse Baby Esatto. – Metti la pubblicità.

Dal lato dello studio che aveva le finestre sul giardino un assistente faceva dei segni concitati.

Baby Esatto si precipitò nel corridoio. Lì non c'era l'illuminazione artificiale dello studio, ma la luce del giorno. E così vide l'ombra dell'albero avanzare, oscurare il sole, e strisciare beffardamente dalla finestra fino ai suoi piedi. Spuntato dal nulla, in mezzo a siepi di mortella, riconobbe il colossale castagno di Villa Bacilla. Dai rami stava scendendo un ragazzo con chitarra a tracolla, ultimo di un nutrito equipaggio.

– Cosa sta accadendo? – chiese Baby Esatto a un giovane soldato, che saliva trafelato le scale.

– Ha scavalcato la recinzione – disse quello, terrorizzato – io... non so spiegare... ha sollevato le radici come fossero gambe ed è balzato dentro al giardino... devo essere diventato pazzo... c'era un sacco di gente sopra i rami...

– Lei non è pazzo, è tutto vero – gridò Baby Esatto. – Bruciate quell'albero, sparate, fermateli!

Corse verso l'entrata degli studi ma era troppo tardi.

– Ci si rivede Baby, dopo tanti anni – disse Elianto. Stava davanti a lui pallido e sorridente, col vestito con cui era stato ricoverato due anni prima: una camicia striminzita e pantaloni a metà polpaccio. Al suo fianco due ragazzine, una bruna e una coi capelli multicolori. Il colonnello La Topa, con sguardo beato, era a braccetto di una signorina di inquietante bellezza, con gli occhi color indaco.

– Non potevo mandarli via – disse La Topa con voce estatica – hanno viaggiato così a lungo, e li ha accompagnati la zia Malcinea, che è così gentile e cara...

– L'hai detto, topolino – disse Malcinea baciandolo sul collo.

– Colonnello, si svegli, lei è in trance – gridò Baby Esatto.

– Che succede là fuori? – disse Fido PassPass. – Tornate qui, tra dieci secondi riprende la diretta.

Elianto si precipitò nello studio e si sedette sulla poltrona dello sfidante.

– Sono Elianto, rappresentante della Contea Otto – disse rivolto alle telecamere – sono pronto, quando si comincia?

– Oh, inatteso ed eccitante colpo di scena! – esclamò Fido PassPass, con un sorriso così spontaneo che gli si incrinarono due incisivi. – Ancora un breve stacco pubblicitario per prepararci alla sfida.

Baby Esatto rientrò e guardò Elianto con odio.

– Sei fuori tempo massimo, vattene via – sibilò.

– No, Baby, è in perfetto orario – gli disse all'orecchio Fido PassPass – e poi ormai gli spettatori l'hanno visto. Stai tranquillo: ho appena parlato con gli addetti del Zentrum. Tutte e dieci le domande riguardano Geroboamo Boon, autore di un unico rarissimo libro *Casi di isteria da suono notturno di armonica a bocca in equipaggi di sottomarini*. Lo hai letto la settimana scorsa.

– Perfetto – disse Baby, e sedette con aria strafottente di fronte a Elianto.

– Non c'è molto tempo per i convenevoli – disse Fido PassPass – ma per il nostro giovane Elianto una domanda è d'obbligo. Come mai è arrivato in extremis?

– Abbiamo dovuto convincere gli abitanti del castagno, i picchi e la civetta – disse Elianto.

– Prego?

– I picchi e la civetta. Non ne volevano sapere di viaggiare con noi. Poi li abbiamo convinti. Li può vedere lì, sulla finestra.

Era vero. Una pattuglia di uccelli era schierata sul davanzale della vetrata dello studio, e guardava dentro con interesse. La civetta ostentava un paio di occhiali neri.

– Come tutti gli ottaioli, il nostro ragazzino è un po' matto – disse PassPass. – La sfida comincia! Tirerò una moneta a testa o croce, e chi vincerà potrà scegliere il numero, da uno a dieci, della terna di domande proveniente dal Zentrum. Questo per assicurare una perfetta regolarità. Il concorrente che premerà il pulsante per primo avrà il diritto di rispondere. Allora Baby, testa o croce?

– Lascio la scelta al mio avversario – disse Baby Esatto.

– Quanto è sportivo e spettacolarmente sicuro di sé il nostro campioncino! Allora quale serie di domande scegli, Elianto?

– La tre.

– Ecco la prima domanda, e vinca il migliore.

Il volto barbuto e sacerdotale del Zentrum apparve sullo schermo. A Elianto sembrò lo specchio della matrigna di Biancaneve. Il Zentrum aprì la bocca per parlare, ma si bloccò.

Qualcosa di misterioso lo stava disturbando. Il Kofs era entrato in azione. Un suo raggio aveva attraversato il cielo della città, mille volte più sottile di una bava di ragno, e dopo aver irriso le schermature radar del Chiodo titillava una fibra ottica del Zentrum provocando qualcosa che potremmo chiamare solletico. Davanti a trenta milioni di spettatori, il supercomputer si mise a sghignazzare indecorosamente.

– Che accade? – esclamò Abakuk nella sala controllo. I tecnici si agitavano come formiche impazzite, ma nessuno degli strumenti segnalava un guasto. Il Chiodo beccheggiava, senza che ci fosse un alito di vento.

– Qualcosa non funziona? – chiese nervosamente Fido PassPass. – Dobbiamo sospendere?

– No – disse il Zentrum, ritornato serio. – Ho ripreso il controllo. Posso fare la domanda:

"*La nevrosi da armonica a bocca nei sottomarini è da sempre una delle naiatrie, o malattie militari, più diffuse. Nella seconda guerra mondiale, trecentottanta soldati sommergibilisti furono strangolati dai loro commilitoni per aver ossessivamente suonato lo strumento durante la notte. Come si chiama lo scienziato che diede nome a questa nevrosi, e come morì?*"

Baby Esatto premette trionfalmente il pulsante.

– La nevrosi è detta sindrome di Hohner-Boon, lo scienziato si chiama Geroboamo Boon e morì ingoiando l'armonica a bocca mentre faceva l'amore con la moglie.

– Esatto, due volte Esatto! – disse il Zentrum.

– Il governo è in vantaggio uno a zero – gridò Fido PassPass – due minuti di pubblicità e poi il finale di questa appassionante sfida!

In questi due minuti accaddero un sacco di cose. In studio, Baby Esatto ricevette le congratulazioni dei vip. Fuori dallo studio, Rangio piangeva di rabbia, Boccadimiele si mangiava le unghie, Iri riprendeva con la telecamera Malcinea che baciava metà dei soldati. Elianto sembrava tranquillo, e strizzava persino l'occhio ai suoi amici. Alla Buca dell'Inferno gli ottaioli rumoreggiarono delusi, e qualcuno si diceva già pronto all'esilio. Solo il gruppo dei minatori lanciava slogan combattivi e rutti belluini. Il loro capo vuotò d'un fiato un barilotto di birra, e gridò "Non finisce qui!".

Nel Tempio sulla montagna il Maestro Tigre Leggera, che stava svolazzando per l'emozione, piombò al suolo con la zavorra di pietre, causando un cratere nel tatami. Visa e Pat litigarono furiosamente. In un oceano lontano, su un galeone antico dotato di tivù satellitare, dalle bocche di duecento pirati uscì un "Oooooh" di delusione. Lo stesso "Ooh" uscì dalla bocca di un orango e di una gorillessa, in un deserto ancora più distante. Il Kofs rise.

– Siamo pronti al secondo atto della sfida – disse Fido Pass-Pass.

– Sono pronto anch'io – disse il Zentrum, e si preparò a scoccare la nuova domanda. Ci volevano esattamente tre millesimi di secondo, perché il testo passasse dai circuiti allo schermo. Ma tra il secondo e il terzo millesimo qualcosa di molto più veloce del Zentrum si inserì nella trasmissione. Il volto era sempre quello del supercomputer ma la voce era diversa, allegra e squillante.

La domanda fu:

"Un bizzarro scienziato del diciannovesimo secolo, che passò metà della sua esistenza in un manicomio londinese è conosciuto, oltre che per le sue originali teorie filosofiche, per l'invenzione di una macchina con la quale si potrebbero raggiungere i mondi onirici e catturare le creature immaginarie, compreso il meraviglioso e simpatico Kofs. Qual è il nome dello scienziato e come si chiama la macchina da lui inventata?"

Baby Esatto e PassPass si scambiarono uno sguardo parallelamente ebete. Elianto premette il pulsante e rispose:

– Lo scienziato era Maurits Cornelis Noon e la macchina si chiamava Camera ciditronreredica, ovvero camera di trasloco oniro-reale a rete di calamaro.

– Esatto, anzi Elianto! – gridò il computer.

– Uno a uno – disse Fido PassPass con un filo di voce. Guardò Baby Esatto, che era invecchiato di colpo e dimostrava ventotto anni. Non riuscì a spiccicare parola.

– E ora due minuti di pubblicità – disse allegramente Elianto, cavandolo dall'impaccio.

In quei due minuti, naturalmente lo scenario cambiò. In cima al Chiodo non era il vento a causare le oscillazioni, ma il grande andirivieni dei tecnici che si affannavano a trovare il guasto. Il Zentrum aveva ripreso a funzionare regolarmente: ma chi aveva inserito quella domanda bizzarra e non prevista?

Nello studio televisivo Rangio danzava tripudiante, Boccadimiele fece tre salti mortali e Iri riprese Malcinea che baciava l'altra metà dei soldati. Alla Buca dell'Inferno i diavoli-minatori, dimenticata ogni prudenza, sfoderarono le code e iniziarono a rotearle come lazos, mentre Brot volava per la sala lanciando lapilli e dolciumi. Al Tempio Nuvola il Maestro decollò in verticale con un urlo di trionfo, e Visa e Pat saltavano come grilli. Nel Mar delle Trille si udirono salve di cannoni, e il silenzio del deserto di Yamserius fu interrotto dall'inconfondibile schiocco di un tappo di champagne.

Solo il Kofs restò impassibile sul tetto. Già mezzo grigio per lo smog, emetteva un ronzio pacato e guardava il Grande Chiodo con aria soddisfatta.

Nell'altissimo edificio, i tecnici avevano controllato ogni funzione del supercomputer, e la loro diagnosi era stata la seguente: un caso di scratching elettromagnetico (come quando la puntina scivola sul disco) dovuto probabilmente all'esplodere di una macchia solare. Evento rarissimo, imprevedibile e irripetibile nel breve periodo. Cinquanta programmi antivirus vennero allertati, le paraboliche dei radar ruotarono alla ricerca di onde maligne. Gli elicotteri si alzarono in volo.

– Dovrebbe essere tornato tutto normale – disse il capo dei tecnici.

– Speriamo – disse Abakuk, guardando una strana luce che brillava in cima a un grattasmog, dall'altra parte della città.

– Trattenete il respiro, telespettatori – disse Fido PassPass – chi risponderà a questa domanda, vincerà l'incontro. Sei pronto, Zentrum?

– Sono pronto – disse il vecchio barbuto sullo schermo – stavolta non mi faccio fregare.

Fido e Baby si lanciarono un'ennesima occhiata interrogativa.

Il supercomputer aveva scelto la terza domanda sull'opera omnia di Geroboamo Boon, e stava già per formularla quando, sempre tra il secondo e il terzo millesimo di secondo, qualcosa lo bloccò nuovamente.

– Salve, amico – disse una voce, inserendosi nei suoi circuiti.

– Chi sei?

– Sono un Kofs, mai sentito parlare di me?

– Sì, che ti conosco, bestiaccia! Ma ora non ho tempo, sto lavorando. E poi scommetto che sei tu che mi hai fatto il solletico e che hai sostituito la seconda domanda.

– Proprio così...

– Beh, come vedi ora ho ripreso il controllo della situazione. Sono troppo forte per te, non ci riprovare!

Tutto questo colloquio si svolse in pochi decimi di secondo. Ma in quella brevissima pausa si decisero molte cose.

– Allora, se hai ripreso il controllo della situazione – disse il Kofs – c'è un po' di dati che vorrei sottoporti. Non saranno troppi per te?

– Di quali dati stai parlando?

– Di questi – disse il Kofs.

Un lampo di luce avvolse il Grande Chiodo, mentre il Kofs sparava in vena al Zentrum:

- tutta la storia assiro-babilonese
- tutti i numeri di telefono panamericani
- tutti i marcatori dei campionati di calcio di ogni tempo, da quelli veri a quelli sognati dai tifosi
- l'elenco di tutti i suicidi per amore del 1300 a oggi con biografia completa
- tutti i canti di montagna cantati su corriere all'andata e ritorno di gite scolastiche
- tutte le barzellette da Edipo in poi

- tutte le ricette di cucina scritte da nonne fin dalla prima nonna del mondo
- l'opera omnia di Shakespeare in tutte le lingue oltre ai mille peggiori monologhi dall'*Amleto* recitati dai più infami guitti di ogni epoca
- tutte le conversazioni e contestazioni tra vigili e multati dall'invenzione della ruota
- tutte le poesie inedite contenute nei cassetti dell'umanità
- le traiettorie e gli spostamenti accuratamente registrati, con cartografia annessa, di tutte le zanzare del mondo fin dalla preistoria
- la storia di tutte le guerre.

Il Zentrum restò immobile sullo schermo, a bocca aperta e nel suo volto sintetico si disegnò una smorfia di dolore. Poi, davanti a trenta milioni di telespettatori allibiti, il supercomputer gridò con voce impaurita:
– Elianto, Elianto, cosa accadrà?
Elianto sorrise, e premette il pulsante.
– Posso risponderti – disse.

Mentre il Zentrum esplodeva per overdose circuitale il Grande Chiodo si inabissò nel centro della Terra, come se l'inferno l'avesse inghiottito. Una nube di gas colorato si alzò nei cieli mentre dai bancomat usciva acqua calda e dai rubinetti sgorgavano svanzike, gli allarmi delle banche suonavano mazurke, tutte le Madonne delle chiese si mettevano a piangere e qualcuna addirittura tentava la fuga, la costituzione veniva sostituita con il regolamento del videogioco Street Killers e su tutti i monitor di computer appariva il film porno *Umide e cibernetiche*, venivano aperte dighe e allagati campi di calcio, lanciate in orbita tutte le auto dei garage sotterranei e i semafori diventavano indaco, l'aviazione veniva spedita all'attacco di Atlantide e le ruspe invadevano il Vaticano per costruire un ippodromo, la Borsa crollava non solo metaforicamente e metà del prodotto nazionale lordo veniva investito in un'impresa di pulizie.
La catastrofe proseguì nella notte. All'alba la città era saccheg-

giata e deserta, in preda al black-out. Sopra questo mare di rovine si videro volteggiare tre creature alate. Due procedevano abbracciate, la terza, più grossa e tozza, cantava accompagnandosi con la chitarra, e tutti i cani rispondevano ululando.

– Avrei dovuto subito capire che ti eri messa le lenti a contatto – disse Ebenezer – quando ho notato che il tuo sguardo non ipnotizzava più nessuno.

– Eravamo in missione, caro, e non potevamo permetterci distrazioni – disse Carmilla. Aveva splendidi occhi celesti.

– Sei come la luna baby – cantò Brot
– sei come la luna piena baby
tre o quattro giorni, poi più non la vedi
e poi ritorni e mi vuoi ai tuoi piedi
oh sei come la luna, baby.

– E se avessi immaginato tutto? – disse Elianto.
– Se avessi immaginato tutto, saresti comunque guarito.

38

FINALE

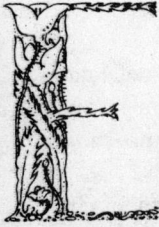

Elianto è tornato in clinica, dove resterà fino a guarigione completa. Satagius è ottimista. Il castagno huang è tornato al suo posto per altri duecento anni. Coi soldi della vendita del Monet è stato creato un nuovo reparto pediatrico intitolato a Talete. Stanno piantando altri alberi: ora che Siliconi è sparito e la contea ha vinto la sfida dell'Indipendenza, Villa Bacilla diventerà un gran bel posto per tirarci le cuoia. I genitori di Elianto resteranno nella contea. Tornare nella capitale sarebbe rischioso, visto quello che sta succedendo nella Supernova Repubblica. La campagna elettorale infuria e si attendono i nuovi venticinque presidenti. Malgrado la figuraccia in televisione, i sondaggi danno per certa l'elezione di Baby Esatto e Fido PassPass, e ce la faranno anche Nazarin, Amarilla e La Topa, nuovo candidato nazi-chic. Il Zentrum e Abakuk sono stati sostituiti con nuovi modelli.

E gli altri? Che ne è di loro?

Ora è notte, e guardando nella mappa nootica Elianto cerca di distinguerli uno per uno, ma non è facile, a volte si confondono con l'ombra di una foglia o di un ramo, e il vento agita e confonde le loro figure. Ma Elianto ha imparato a guardare.

Talete assiste Noon nell'ospedale psichiatrico di Londra (anno 1876), e insieme stanno studiando un siero oniro-reale insieme a un giovane medico di nome Henry Jekyll.

Pendolo ha sposato Sofronia con la marcia nuziale di trenta martelli di colleghi.

Il portantino Boccia ha messo su una scuola-guida.

Iri col cortometraggio *Ragazzi intrepidi* ha vinto il premio come miglior regista esordiente al Festival del Film alternativo di Chicoutini (Québec).

Rangio ha firmato un contratto con Brot "Rospo" Brown per una serie di concerti underground nelle grotte di Postumia.

Boccadimiele gira tutta notte inquieta nei bar e nei vicoli della stazione, e in periferie nebbiose, racconta la sua storia a chiunque incontri e ogni tanto ruba qualche auto e va al mare a pensarci un po' su.

Fuku Occhio di Tigre è tornato al monastero e insegna tai-chi a una ventina di pupe niente male.

Visa e Pat stanno litigando su un progetto per la produzione industriale di marmellata di amarene bonsai.

Tigre Triste insegna autodifesa ai gatti.

Il Maestro Tigre Leggera, in un giorno di maggio, è volato via ma si attende il suo ritorno da un momento all'altro.

Ebenezer e Carmilla si sono follemente amati e graffiati quasi ogni giorno, tanto che Lucifero ha deciso di liberarsene e li ha spediti sulla terra per un corso di aggiornamento sulle neomalvagità. Hanno aperto una pizzeria nel nord di Tristalia e la loro pizza piccante Inferno è qualcosa da non perdere, anche se dopo si ha per tre giorni l'alito di un drago.

Brot, dopo aver lavorato come Senso di Colpa al reparto Incubi, è stato trasferito come Rompicoglioni nell'Ingorgo. Attualmente, travestito da autostoppista viaggia sulla Ferrari di Siliconi e Filini, martellandoli con barzellette preistoriche.

Malcinea lavora sotto mentite spoglie al Vaticano e il suo obiettivo è il capo.

Ermete Trismegisto è bloccato a metà dei marsupiali.

Capitan Guepière scrive poesie malinconiche e scanna spaniardi.

Rangoutan si è sposato.

Il Kofs è tornato a Mnemonia con qualche ricordo in più.

Il ballerino di tango naturalmente balla.

I pittori hanno posato tele e pennelli, e dormono in riva al fiume.

Elianto guidò la rivolta dei papaveri, la più grande rivolta della storia.

Negli universi c'è un gran rumore.

UNIVERSI OVEST,

LOTTERIA (PARADISO)

MNEM

BLUDUS

KISASENESHI

ME

BENTESICHA

POSIDON

LIBERACE

MAR DELLE TRILLE

PROTO

MUMMULLONI

TER

LUNA

RIO VEGGIO, MONZUNO

INDICE

Parte terza
Chi salverà Elianto?

Parte quarta
La battaglia finale

Stampa Grafica Sipiel
Milano, marzo 2002